人生の成就

澤田展人
Nobuhito Sawada

人生の成就

装画・装幀　前田健浩

1

二〇八九年七月一一日。結城紘一郎はしらすおろしをたっぷりかけた飯を食べ、なすの味噌汁を飲んでから、濃い茶をすすった。禁断の煙草を抜け落ちた前歯の間に挟んで、ゆっくりふかした。この国で煙草はもう五十年近く前から禁断の草である。体に悪いものを徹底して排除することが国がかりで進められ、植物としての煙草が目の敵にされた。子どもたちには、人類の生命を脅かす毒草であると教えられ、自生している煙草もあらかた駆除されてしまった。

紘一郎は、煙草の種をひそかに手に入れ、庭で栽培していた。「人類の蒙昧な歴史展示館」を訪れて、二十世紀半ばにおける煙草製造の手順を脳に刻みつけるように読んだ紘一郎は、自宅で手製の紙巻き煙草をつくり出した。はじめのころは、ただいがらっぽいだけだったが、この頃は葉の奥に潜んでいる不思議に懐かしい香りが喉と胸をくすぐるようになった。「どんなもんだい」と紘一郎は一人呟く。朝食の後の一服は魂の平安をもたらしてくれるのを、誰も知らないのだろうと思った。

紘一郎のとびぬけて気ままな暮らしは、息子や嫁たちから嫌われ、気持の悪い腫れもののように扱われている。長男彬の妻萌香《もえか》は、紘一郎を「あの不良じじい」と言い、息子や娘を会わせようとしない。彬は、訪れるたびに、紘一郎の家が繁茂する植物に覆われていくのを見て、「父さん、何とかしろよ」と半ば命令口調で迫る。彬によれば、瀟洒な家が立ち並ぶこの界隈で、紘一郎の家だけが何の手入れもされず荒れ果てていくのが我慢ならないのだ。彬と弟の譲は、幼いころあたりでいちばん手入れの行き届いた家で生まれ育ったのに、今では、通りかかる子どもたちがお化け屋敷と指さす家に、生い茂った草花をかき分けて出入りしなければならない。

彬が来るたびに同じようなことを言う。

「父さんがこんなひどい家に暮らしてたら、近所で噂が立つだろう。いったい息子たちはなにをしているんだ。親不孝も目に余る、とね」

紘一郎はこの腰抜けのバカ息子、と怒鳴りつけてやりたいが、彬ごときに腹を立てる方がエネルギーの無駄遣いと思ってぐっとこらえる。与えられた勉強は二十日鼠のようによくこなす彬は、最高の学歴を得てこの国を動かす理財省の上級役人になった。だが、理財省は、七十年ほど前に起きた疑惑事件以来奇怪な省に異常進化していた。都合の悪い文書を大規模に改ざんしながらも、事の真相にメスを入れられずにすんだ幸運が、強権に合わせてすべてをつくりかえ頬かむりする体質の省を生み出した。やがて理財省をどの省も見習うようになった。

仕事が人間をつくる。彬は、私生活においても、その時々の自分の都合に合わせて目前の現実をつくりかえてしまう男になっていた。彬にとって、父親が何を思い、何を感じて生きているかはどうでもよいのだ。ただ、この国が設定した高齢者のモデル通りに暮らし、息子や嫁と協調してくれればいいのだ。自分は父親のことを大切にし、人生の成就を手助けした息子として評価されなければならない。そう思っている彬には、父親の様子は耐え難いものだった。

紘一郎は、裾が擦り切れ、膝が抜けてしまったコールテンのズボンをほとんどはき換えたことがない。萌香に「お義父さん、膝に穴のあいたズボンで近所を歩くのはやめてください」と言われると、紘一郎は膝に継ぎを当てて歩き回った。上には登山用の厚手のシャツを着て、こちらは一週間に一回くらいは着替えた。

人生の半ば以降は定職に就かず、便利屋の仕事で彬と譲の二人の子どもを育ててきた。どちらも大学まで行かせた。そして今も、紘一郎はこの住宅地を回って草取りや剪定、屋根や壁の補修、水道の修理などの仕事をしている。住人たちは、知識産業の管理職や研究職、それに彬のような役人が多い。温暖化による夏季の酷暑を避け、首都機能がこの北方の都市に移転してから、あたりには役人がとりわけ増えた。彼等の大半が家と庭に侵入してくる野生を嫌う。雑草も虫も目にしたくない異物であり、自分の手を煩わせることなく、徹底して除去しようとする。だから、仕事の丁寧な紘一郎は地域でけっこう頼りにされ、電動カートであちこち走り回っては、庭仕事と家屋の修繕に励んだ。

二男の譲はコンピュータで画像をつくる仕事をしている。ユーザーに依頼され、地底の空洞、木星や土星の地表の景観、竜巻の内部空間、脳内の神経線維が形成するネットワークなど、探査機器がもたらすデータを画像化することで、見ることの困難な世界を可視化する作業をやっている。常識に凝り固まっていないところもあって、紘一郎の暮らしを面白がるときもあるのだが、なにぶん、妻の衣知花《いちか》にたえず遠慮して、そうそう父親の肩をもつことができない。衣知花は、譲の仕事が軌道に乗るように会社を設立し、今では経営者をしていた。衣知花に言わせると紘一郎はアナログ時代の化石であり、見ているだけでイライラしてきて蕁麻疹を生じさせるような男であった。

朝食を終えた紘一郎はベランダを開け放ち、台所からボールを一つ手に取り庭に下り立った。隣家との境に苗木で植えたカリンズが、天に向けて枝を旺盛に伸ばしている。瑞々しい葉に覆われ、巨大な緑のトーチのようだ。葉の隙間を埋めるように真っ赤な実が房になって無数に垂れ下がっている。弾けるような丸みが紘一郎の目を射てくる。紘一郎は房を手当たり次第に摘み取りボールに放り込んだ。台所に戻った紘一郎は、房を三本指でつまみ、しごく。掌の中に実がこぼれてきて、もう一つ用意したボールに落ちていく。たちまち溢れるほど積み重なったカリンズの実は、丸い皮で真っ赤な身を包み、窓から差す朝日に光り輝いている。紘一郎は、まるで山盛りのイクラを眺めているようだと思う。

ボールに水を満たし、浮かんできた枯れ葉などのごみをすくい取る。水の中に手を入れ、カリンズをかき混ぜると、弾力性に富んだ粒が掌の中で踊り、指の間からこぼれていく。その感触がなんとも言えず心地いい。鍋にざっと移し煮立てる。赤い煮汁の中からピンク色のあぶくが浮いてくる。紘一郎は自然界の赤はなんとバリエーション豊かなのだろうと感嘆しながら、長いヘラで全体をよくかき混ぜる。ボールの上に裏ごし用の網をかけ、煮終えたカリンズを穴杓子ですくい取ってのせる。木べらでカリンズの山を圧し潰していく。ここからが気長な作業である。辛抱強く圧し潰していると、果肉がどろどろになって網の裏側に溜まってくる。ヘラでこそぎ取るようにしてやると、濃い赤にほんのり白を落としたようなカリンズの搾り汁がボールの中に落ちていく。

三十分ほど裏ごしをしてボールに得られるのは、せいぜい底に深さ二、三センチほどのどろっとした液体である。その何十倍もの嵩の種が残骸となり、紘一郎は堆肥用のコンポストに投げ込んだ。液体にたくさんの砂糖を入れゆっくり煮詰めていく。野生の果実がもつ芯の強い甘酸っぱさが立ち昇ってくる。かき混ぜながら煮ていくうちに色が少しずつ変わっていく。薄白い赤が赤紫になっていく。もう液体ではなくジャムである。紘一郎は鍋の表面すべてが沸騰する泡で花模様になったところで火を止めた。できたばかりのカリンズのジャムを人差し指につけ、口の中にもっていく。

いつもの年と同じきりっと刺激的な酸っぱさが口の中に広がる。ボールに山盛りだった野生がカップ一つ分くらいのジャムの中に凝縮した。これはいい、と紘一郎は思った。午後来る予定の楢本千晶にこのジャムを出してやろう。それには小さなパンケーキでも焼いて、そこにジャムを添えてやろうか、と思った。

紘一郎は楢本千晶の面立ちを思い浮かべる。「人生の成就プラン」を営業して回る彼女は、紘一郎の信念からして敵以外の何者でもないのだが、会って話をするたびに、なぜかはなやいだ気持にさせてくれる。前回彼女が来たのは一か月ほど前で、草木が伸び放題の庭に興味を示し、商談もそこそこにベランダに置いてあったサンダルをつっかけ外へ出て行った。紘一郎が追いかけて、これはハスカップ、あれはブルーベリー、あっちのはカモミールで、その横はラベンダーなどと教えると、その都度感嘆の声をあげた。それは四十前のこの女性が、いまだ好奇心の塊と言ってもいいような精神の持ち主であると感じさせた。どうしてこんなに屈託なく反応し、朗らかな笑い声をあげられるのだろう、と紘一郎はあっけにとられた。千晶は、建物の壁に沿って奥に進み、ドクダミが繁茂しているのに気づき立ち止まった。

「いやあ、ドクダミは強いね。刈っても刈ってもまた出てくる。根っこでつながってるから、なかなか退治できない」

紘一郎が白い花をつけ始めたドクダミを指して言った。

「え、ドクダミを目の敵にしてるんですか」

「そうさ、日陰の汚らしいところにはびこってたちが悪い。臭いも嫌だね。この臭いを嗅ぐと、気持が悪くなって吐きそうになる」

「こんなに植物を大切にしている結城さんがそんなことを言うんですか」

千晶はドクダミを二、三本根元近くから折り取り、自分の鼻の前にもって行き臭いを嗅ぐと、紘一郎の顔の前にかざした。悪戯をしかける少女のように小鼻にちょっと皺を寄せたかと思うと、紘一郎に向かって笑顔を弾けさせた。紘一郎はドクダミを避けるように顔をそむけた。

「きゃは」

千晶が若い娘のような笑い声をあげた。

「年寄りをからかっちゃいかんなあ。だいたい、ドクダミは昔から便所草と言われて、嫌われものなんだよ」

「だめですよ。ドクダミがかわいそうです。私、祖母からドクダミ茶のつくり方を教わりましたから、結城さんに教えます。いいですか」

紘一郎が答えるのを待たず、千晶は、木箱の上にあった草刈り鎌を手にして、壁際のドクダミをあらかた刈ってしまった。手に握るほどの太さの束をてきぱきとつくり、紐で括った。軒下から庭をぐるりと見回してから、物干しに向かって行き、竿に束を次々と吊るしていった。

「天気のいい日が続いたら、五日くらいで乾燥します。雨に当ててはいけません。雨の日は中に入れてください。からからに乾いたら、鋏で細かく切って、フライパンで炒ってください。弱火でゆっくりです。たったこれだけです。鍋で煮出したらドクダミ茶ができますから、一口飲んでください。結城さん、もうドクダミの悪口を言わなくなりますよ」

あの日、庭から室内に戻った千晶は商品と企業ポリシーを説明した後、長居することなく帰った。紘一郎は、この女をもっとひきとめておきたいという気持が身のうちに湧いてくるのを、どうしたことだろうと思った。

若い世代の言うことを素直にきくことのまずない紘一郎が、千晶の吊るしていったドクダミが乾燥するまで毎日見守り、丹念にフライパンで炒った。鍋で煮出した汁は、地面に生えているドクダミの強い臭気がなくなり、穏やかな香りを立ち昇らせた。口に含むと、ヨモギに似たほろ苦さが、口腔を浸した。不快な味ではなかった。苦さは生命の強さの筋となり、生命をこの世界に立たせているのだ、と思った。

庭の土と空気と光それに水が凝縮して植物の体をつくりだしていることを実感させる味だった。紘一郎は、ミミズの体がそうであるように、自分の体も、大地のさまざまな成分の通り道なのだと納得した。飲みながら、千晶のことを思い浮かべ、また会いたいと願った。

千晶が初めて「人生の成就プラン」を勧めにやってきたとき、紘一郎は心中穏やかではなかった。息子の彬と譲が、紘一郎に相談もなく「バラのほほえみ」社に連絡をとり、商品説明のために紘一郎のところに社員を訪問させるよう段取りしてしまったのだ。

「ばか者、誰がそんな余計なことをしてくれと頼んだ。俺が死ぬときは、お前らの知らないところで野垂れ死にする。誰にも迷惑はかけない。俺の姿が見つからなくなったら、どこかで死んでるもんだと思ってくれ」

「それが、父さん、わがままなんだ。姿が消えてだよ、黙って放っておくわけにはいかないだろ。失踪者として捜査機構に届けも出さなきゃいけない、痕跡を求めて山や森を捜索しなくちゃならない。どれだけの社会的費用を支出しなければならないか、考えてごらん」

彬は「人生の成就プラン」に従えば、どんなに穏やかで幸せに満ちた晩年の日々を送ることができるか、紘一郎に説明しようとした。また、自分の同僚の親たちが、喜んでプランを受け入れ、至福の日々を送った後、ことばに尽くせないほどの穏やかで輝きに溢れた表情を浮かべて亡くなったことを語った。同僚たちが、親にいい最期を遂げさせることができた、親孝行ができてよかった、と異口同音に語ったことを付け加えた。譲は、彬ほど執拗ではなかったが、まず説明を聞いてみてほしい、「人生の成就」で実際どんなことをするのか、知識を得てから判断してほしいと言った。

息子たち二人が、「バラのほほえみ」社に、社員による訪問説明をもうすでに依頼してしまった、「バラのほほえみ」社はわが国で最高水準の技術をもっていて絶対に信用できる、とさんざん言い張り、紘一郎は不承不承、説明だけは聞くことにしたのだった。

2

紘一郎は「高齢期リスク・チェック」を受けて、今後五年間に認知症を発症する確率が八〇%、治療困難な悪性腫瘍を発症する確率が七〇％と診断されていた。現在紘一郎が従事している仕事の社会貢献度を数値化したものと、紘一郎の今後の生存に要する社会の側の負担を数値化したものとのバランスシートは、大幅なマイナスとなっていた。マイナスの最大値を一〇〇とする尺度で、紘一郎の数値はマイナス六七であった。マイナス六〇を越えると、五年間の期限内に「人生の成就」を受けることを国家から勧告される。紘一郎のやっている便利屋の仕事は、社会貢献度がごくわずかにしか評価されていなかった。高い数値になるのは、再就職した上級役人だとか巨大企業の重役、知識産業の研究開発者、医師、金融アナリスト、国際会計士などで、こうした地位にある者は、高齢になっても、バランスシートのマイナスはなかなか大きくならない。したがって、彼らは、かなり高齢になっても「人生の成就」を受けるよう勧告されることは少ない。だが、近年、こうした職業の人間でも、自ら望んで「人生の成就」を受け、この世に別れを告げる者も多くなっていた。

「人生の成就」は、この国の医療技術の粋を尽くした「あこがれの安楽死」である。誰もが初老期を迎えると、どんな「人生の成就」にしようか、と夢中になって語り始める。人は自分が生涯の夢にしてきた場面を「人生の成就」においてリアルに体験することができる。それは一時代前に隆盛したバーチャル・リアリティとは全く異なる。バーチャル・リアリティがどんなに精巧であろうとも結局は疑似現実でしかないのに対し、「人生の成就」は現実そのものだと、大方の人間に認識されている。体験者の脳内に埋め込まれた受信装置に電磁波を送ることによって、大脳の視覚、聴覚、嗅覚、触覚、味覚の受容領域に通常の知覚と同等の刺激を与えることができる。この結果、体験者は、施設内の理想空間に横たわった状態で、新たな現実を見たり、聞いたり、嗅いだり、さわったりするのである。

体験者は、たとえば、平凡な勤め人だった人間が、実業家として大成功をおさめ、従業員たちとともに事業の成功を喜びながら、満足感いっぱいで眠るようにこの世と別れていく。あるいは、健康で丈夫な体を高齢になるまで維持し、百名山全山登頂を成し遂げ、仲間に祝福されながら歓喜のまま永遠の眠りにつく。みな、喜びの感情に全身が浸された状態で最後のときを迎える。心肺機能を緩やかに停止させるために筋弛緩薬が点滴で注入され、体験者は穏やかに眠るように死へと移行する。みな、最高に充実した幸福な人生をまさに体験している状態で死を迎えるので、死に顔は幸福そのものである。

「人生の成就」は、新たな一大産業の分野をつくり出した。実施する企業は、自社のプランがいかに優れたものであるかを競い、体験者が死を迎えたときの表情を写真にして、各種媒体に露出させた。俳優など著名人の幸福に輝いた死に顔がメディアに溢れるようになった。死のイメージが変わった。

一代にして世界有数の健康関連産業HEALTHYNETをなした福江周という男は、八十歳を迎えるとすぐに、七千億ジェンの私財を惜しみなく投じて、誰にも真似できないような「人生の成就」を遂げた。五百八十九人の医者、大脳生理学者、生化学研究者、情報工学者が彼の人生を成就させるために動員された。彼の波乱に富んだきらびやかな第二の人生は、一年間にわたって実現され、HEALTHYNET本社ロビーで、その人生のハイライトシーンが定期的に上映された。火星探査宇宙船の船長福江が、地球への帰路、機材の故障により、五人の乗組員とともに暗黒宇宙の漂流者になりかけたが、福江の技術と船外に出ての冒険的な修理活動によって無事帰還する物語。パーティーで世界屈指の美人女優と知り合い、著名な映画監督の妻であると知りながら駆け落ちし、監督との決闘に勝利して女優と結婚する物語。人生の意味について思い悩んだあげく、仕事を投げ捨ててガンジスの源流域、炎熱のサハラ砂漠、密林のアマゾン流域をさ迷う修行者となり、ついに生命の奥深い意味を体得した者として無慮無数の衆生に迎えられる物語。脈絡無視、英雄伝のつまみ食いのように無茶苦茶に紡がれた福江の第二の人生は、刻々と公開された。「さすが七千億ジェンかけただけの人生だ。自分の乏しい財産でも、せめてあの千分の一、いや万分の一の第二の人生を実現したいものだ」と、悩み多き大衆に思わせたのである。

「人生の成就」を受ければ、人は望み通りの人生が実現された喜びに包まれ永遠の眠りに就く。誰もがそう思う社会では、「幸福な死」が至るところに露出され、死は避けるべき怖ろしい事態ではなくなっていった。認知症と悪性腫瘍、どちらとも発症リスクが低い者でさえ、自らの衰えを自覚し始めたときに、「人生の成就」を積極的に、大急ぎで、受けるようになった。

こうしてわがＪＡＢＯＮ国では、他の国が解決に苦しんでいる高齢者問題が解決した。自己が生存することによって社会的負担が大きくなる確率の高い高齢者が、すすんで「人生の成就」を受けて死に赴き、心身が健康で社会貢献できる高齢者だけが長寿を迎えることになった。高齢者が人口に占める割合が低くなり、国が若返った。

さらに、国民全体の労働意欲が高まった。職と地位を獲得する競争に敗れ人生の落伍者だと自己を認識した者は、勤勉な労働意欲を喪失するのが社会の常である。ところが、ＪＡＢＯＮ国では、高齢期までに十分な資金さえ蓄えておけば、「人生の成就」で名誉も地位も富も実現できるのである。実人生での達成の喜びよりも、「人生の成就」で味わう喜びの方がずっと激しくこたえられないのだと、語られていた。だから、人々は素晴らしき第二の人生を買うために、よく働き、高齢になると気前よく資金を注ぎ込んだ。国家としての衰退を避けられないと見られていたわが国は、停滞を脱し力強い経済成長を始めた。

3

この技術は、かつてわが国の南條理央《みちお》という大脳生理学者が三十代後半の若さで確立したもので、今も世界の最先端をいくものである。凡人にはただ夢見るだけでしかなかった理想の人生を現実に体験させる技術は、高齢者の間に爆発的な需要を生み出し、「人生の成就」を希望する者が長い順番待ちをする状況が起きた。人口の高齢化に悩んでいたわが国にとって、望むべき最高の解決策が生まれた。医療技術は、ただ寿命を長くすることではなく、死を控えた人間に幸福を与える方向に転換した。

技術の標準化と実施施設の増加により、人生の最終末に「人生の成就」を受けることは社会において一般化していった。同時に、「人生の成就」は巨大な裾野をもつ産業になり、従事する脳生理学研究者、医療専門家、情報処理担当者が二百万人を超える規模になった。

また、わが国にとって、世界最先端を行くこの技術を海外に売り込むことは、再び世界に強国として躍進していくための切り札となった。腕利きの営業マンたちが、アジア、アフリカ、中南米に販路を広げていった。人口の急膨張とその後にやってくる人口構成の高齢化に悩む諸国は、

「人生の成就」プランに飛びついた。こうして、わが国は、世界の人々の幸福をリアルに実現する知識と技術を集約的に保有する国として、不動の地位を獲得した。


楢本千晶がはじめてやってきたのは、半年前の冬の日だった。降りしきる雪の中を千晶は歩いて紘一郎の家を訪ねてきた。入口で、頭や肩に降り積もった雪を手で払っている千晶に紘一郎は声をかけた。

「あんた、バラのほほえみ社の営業レディだな。息子たちに言われてきたんだろ」

紘一郎は腕組みをし、ぶっきらぼうな口調で言った。

「はい、はじめまして、バラのほほえみ社の楢本千晶と申します」

頭にかぶった雪を払い落としてから、千晶はフードをはずして答えた。額から、解けた雪が滴になって垂れた。

「あんた、今どき珍しい。防雪コートを着ないのかね」

紘一郎は幾筋もの水で濡れた千晶の顔を見て思わずことばが出た。防雪コートを着ると、生地の表面から雪を吹き飛ばす空気が出て、どんな雪降りでも、体が雪をかぶることはない。雨の日の空気傘と雪の日の防雪コートは、身を守るために誰もが使う用具であった。

「はい、私、雪の日は雪をかぶって歩かないと、なにか物足りないものですから」

「はは、面白い人だ。俺も、雪の日には雪まみれになって歩く方だよ」

そう紘一郎が言うと、卵型の顔にソバージュの長い髪を垂らした千晶が、目尻を垂らして笑った。つくった笑顔ではなく、紘一郎のことばに素直に反応した表情だった。

「あら、お仲間がいて、よかったですわ」

千晶の屈託のない返事に、紘一郎は腕組みを解き、

「まあ、上がんなさい」

と手招きした。

居間に案内された千晶は、

「結城様、今日は、当社の最高の技術をぜひご覧ください。『人生の成就』を提供する会社はいくつもございますが、当社が実現いたします幸福は他社と比べ物になりません」

と語り出した。

「知ってるよ、お宅の宣伝はテレ・ニュースでもしょっちゅう流れてるじゃないか。街を歩いても、大画面に宣伝が絶えず登場する。ほら、あれだろ。『旅立ちの笑顔』ってタイトルで、あんたんところで死んだ人間を映してる。最期の瞬間の顔を陳列してるだろ。俺は、あれが嫌いでね、こいつらバカ面並べて死にやがって、何をやってんだ。俺だったら、せめて、あっかんべえして死んでやる」

千晶は、ちょっとの間なにも言わず、髪をかき上げながら紘一郎に微笑みかけた。

「面白いですね。あっかんべえして死ぬなんてご希望、はじめて聞きました」

「そうか」

「そうですよ。ほとんどの方は、子どもや孫が安心してくれる死に顔にしたいな、とおっしゃいます。それはやっぱり幸せに満ちた笑顔だろうと、みなさん考えてらっしゃるんですね」

「バラのほほえみを浮かべて死にたいってか」

「はい。業界シェアナンバーワンの当社だからこそ実現できるバラのほほえみです」

会話の間、千晶は目を大きく見開き、紘一郎の反応を一つ一つたしかめるようにうなずいたり、顎に指を当てたりした。彫りの深い顔の奥で目が光を湛えている。それは紘一郎の気持を吸いつける力をもっていた。紘一郎はあらがうように目をそらした。

「それじゃあ、まあ、わかったよ。あんたも仕事で来たんだろうから、説明くらいは聞くか」

紘一郎に言われて、千晶はバッグから商品説明の道具を取り出した。ワンタッチで開く全方位型のスクリーンである。一瞬で紘一郎と千晶は、腰かけているソファごとドーム型のスクリーンに覆われた。

「お、これはなんだ。暗くて何も見えんぞ」

「はい、突然、失礼しました。すぐ、映写を始めます。私どもの『人生の成就』で体験されることをリアルに再現いたします」

千晶の声がしたかと思うと、吸い込まれていきそうな深い青が頭上に広がり、足もとは険しい岩場であった。剥き出しの岩と短い草の緑に覆われた急峻な山が目の前に立ちはだかっていた。映像の視点は、稜線を歩く者の目の位置にあり、登山者の体験する空間が、紘一郎の周囲全体に広がっているのだ。山体の右側がスプーンで削り取られたようにえぐれており、下は草に覆われた緩やかな傾斜地になっていた。オレンジや黄緑のテントが草の中に混じっていた。喘ぎながら足場を確かめゆっくり高度を上げていく者の視覚と聴覚の世界がリアルに再現されている。手で岩をつかんで、足を引き上げようとする。山肌の岩石と高山植物が視野いっぱいに広がり、画面下方から現れてきた手が岩の突起をつかむ。

平面のスクリーンを離れた位置から見る体験とは全く異なる。見る者は映像がつくり出す世界のただ中にいて、前進すれば世界がゆっくり後退する。首を回せば、世界を見る角度が変わり、視界に入っているものが入れ替わる。身体の動きによって発生する映像の変化は滑らかで、前方の世界の安定感が保たれている。映像酔いは少しも起きない。

喘ぎ声は、まるで自分が発したかのように首から胸のあたりで発生している。紘一郎は、自分が昨夏単独登山に行ったカムイエクウチカウシ山を登った場面と同じであることにすぐ気づいた。

紘一郎は昨年七月、自分の内部にまだ生きんとする力があることを確かめたくて、日高山脈奥に向かったのだった。長い林道を歩き、沢を繰り返し渡渉し、滝を高巻きし、沢水の中を歩いてついに八ノ沢カールに立った。紘一郎は自分にはまだ困難に立ち向かって前へ進む力が残っている、と少し誇らしげに思った。

カールでの小休止後、頂上を目ざして稜線へと登り始めた。獰猛な姿で斜面に根を張るハイ松を乗り越えたり、くぐったりをしばらく続けた。ハイ松群を過ぎ急な岩礫帯にかかったときから、紘一郎はこれまでに経験したことのない憔悴に見舞われた。呼吸が苦しくなり、筋肉疲労で手足を動かすのが辛くなるのは、険しい山に登るときにはいつものことだ。だが、このときは、手足の感覚がだんだんなくなり、宙を浮くような感覚に襲われた。つかむ手も足もふわふわして、頼りなくなった。急激に動悸が高まった。

紘一郎はこのまま進めば、かなりの確率で自分は滑落すると思った。そのとき、そのまま命を失うのもそう悪いことではない、という気持が一瞬胸をよぎった。あんな「人生の成就」などという怪しげなものにわが身を任せるくらいなら、思い切りよく岩場を転げ落ち、大地に抱かれるようにしてこの世を去っていく方がよほどいいではないか。だから、躊躇うことはない、まだ登り続けろ、そういう声が聞こえた。ちょっとの間、急斜面で手を岩から離し、二本足で立ちあがった。膝が小刻みに震えた。大気をかき混ぜるように、腕をゆらゆらさせた。急斜面を落ち岩に叩きつけられる自分の姿が明滅した。

「地獄の底を見るのは。まだ後にとっておこう」

小さく呟きながら紘一郎は、斜面に貼りつく姿勢に戻り、ゆっくり下り始めた。いつも強気で、撤退することのまずない紘一郎が、指呼の間にあった頂稜を諦めて下ったのであった。

この国では、事故死が最も嫌われる。「わが国は、死の恐怖を克服した。もはや、死はわれわれに手なずけられたのである」と国の指導者が豪語するこの国で、最も忌み嫌われるのは事故死である。自動運転の移動装置が完備し、交通事故はほとんど起こらなくなったが、海や山で冒険を求める人々の事故は防ぎようがなかった。苦悶に歪んだ顔、傷だらけで血まみれの身体は、この国の人々の感情をひどく傷つける。死は安らかで穏やかで幸福に満ちたものでなければならないのに、事故死をした者の遺体はあまりに無残で人目にさらすことができない。そうした死は反社会的で反道徳的だと感じる人々が社会の主流を形成し、事故死に至るような行動をする者を非難するようになった。

剥き出しの野蛮を現出させる事故死は、穏やかな秩序に罅《ひび》を生じさせ、死に対してかつて人々がもっていた怖れと不安と絶望を呼び覚まし、跳梁させることになる。いったん目覚めた死への不安は、伝染病のように人々の精神を蝕み破壊する。だからそのような死に至らないように慎重に生きることが国民の責務であるし、親兄弟が危険な行動に出ようとするときには強く抑えるのが家族の責任である。

　紘一郎は打ち砕かれ血まみれになった遺体になって帰還することで、このくだらない国に一撃を与えてやるのも悪くないと思いながら、息子や嫁たちが世間から受けるであろう非難を想像することをやめられなかった。下山しながら紘一郎は、カムエクから引き返したのは家族のしがらみから逃れられなかったためだと自分に言い聞かせつつ、その一方で、「俺は死ぬのが怖いんだ。この体が生きたいと言ってる間は、臆病風に吹かれてでも生き続ける」という本音をぐっと胸の奥に押し込んだ。

　そのカムエクの頂稜真下に、今、紘一郎はいる。かすれそうな吐息が、体力の限界に近い状態で登っていることを物語っている。岩をつかむ手、注意深く足場を求めて引き上げる足、ゆっくりした動作が着実に体を蒼穹の奥へと押し上げていく。体の動きとカムエクの山肌の情景すべてが連動し、山登りをしているときと同じ内部感覚が生まれていた。

「いかがですか」

　千晶が問いかけてくる声で、紘一郎は、スクリーンの映像と一体化しかけていた意識が現在の場所に戻った。

「当社で『人生の成就』を体験していただきますと、このように臨場感溢れる新しい現実に出会うことができます。今日は映像と音だけですが、実際には肌にふれる風も山の香りも感じることができます」

「ゼーゼー、ハーハーって苦しそうに息してるのはどういうわけだ」

「結城さん、よくぞ聞いてくださいました。当社のプログラムの優れたところに気づいていただけましたね」

「何を言ってるんだ」

紘一郎は向かい合わせのソファにすわっている千晶に問いかけた。カムエクをいだくように広がっている青空に照らされ、千晶の頬と鼻が仄青く染まっていた。

「はい、当社の『人生の成就』は、ただ楽しい、ただ幸せだ、といった場面を平凡に再現するものではありません。人生の深くかけがえのない喜びは、辛く苦しい途中経過があってこそ得られるものです。そのような人間観察に立ち、心の底から嬉しさに揺り動かされる感動体験をしていただくのが、当社の基本方針でございます。したがいまして、結城様には、苦しいところを必死に耐え抜いた後に山頂に立っていただくように、このプログラムを試作させていただきました」

「ふーん」

「わかっていただけましたか」

「まあな。ところで、あんた。息子たちから、俺がカムエク登頂を諦め、がっくりして帰って来たと聞いたんだな」

「はい。当社に『人生の成就』をお任せいただきましたら、結城様が願っていることがこんなふうに実現できます、というサンプルをつくらせていただきます。当社の試作品を体験していただき、新しい現実がどんなに素敵で喜びに満ちているか感じ取っていただけたのでしたら幸いです」

千晶が話している間に、映像はカムイエクウチカウシ山の頂上に達した。激しい吐息の音がおさまり、視野は遠方に向かった。前後左右に展開する日高山脈の連なりは、苦難を乗り越えた者だけが手に入れられる絶景だった。だが、紘一郎はもうどうでもいいという顔で手を振った。

「なんだ、ばかばかしい。ほんとに登ってもいない山の疑似体験をして、なにが嬉しいもんか。山はこの手と足を使って、苦しんで苦しんで登るもんだ。あんたは俺がどんな思いでカムエクを下りてきたか、わかっちゃいないね」

千晶は紘一郎の反発の強さに少し悲しげな顔をした。

「たしかに、たしかに。おっしゃることはよくわかります。現実においてできなかったことを幻で実現して何の意味があるのか、ということですね」

「まあ、そうだ」

「結城様、私もこの仕事に就く前は、同じような疑問をもちました。実人生と同じくらいリアルな第二の現実なんてありうるのだろうかと、思いました」

「当然の疑問だ」

「はあ、それがですね、今では、第二の現実にも同じくらいのインパクトがあり、ワクワク感もあることを確信しているんです」

「ほんとにそうか。根拠を言いなさい」

「私どもでは、『人生の成就』の体験が行われている間、家族の方にご本人の横に付き添っていただく機会を設けております。ご本人が第二の現実で体験している場面が、モニター画面に映ったり、立体映像として実現しますので、ご本人にどんな場面でどんな反応が起きているかわかるのです。たとえば、お孫さんの結婚式に出て、親族一同に囲まれ談笑している場面などになりますと、ご本人がそれはもう嬉しそうな表情をされます。先日は、陛下からじかに勲章を受け取った場面がありまして、ご本人の実業家の方は、それはもう誇らしげな表情を浮かべておりました。

私、そういったみなさまのお顔を見まして、ひょっとして実人生以上に嬉しい体験をしているのではないか、と思ったのでございます」

「何を言ったって推測にすぎん。『人生の成就』で何を体験しようと、みんな死んでいくんだ。だれも、あれはこうだった、これはこうだったと報告することはできん。客観的な報告なしで、事実認定ができるわけがないじゃないか」

千晶は二、三度軽くうなずくと、テーブルの上に置いていた三六〇度投影機に手を伸ばしパネルに数字を入力した。

「では、結城様、こちらもごらんください。私、ちょっと失礼してお手洗いをお借りさせていただきます」

そう言うと千晶はスクリーンの端をたくし上げ、ドームの外に出た。

「トイレは、玄関の方だよ」

紘一郎は、カムエク頂上からの展望の中で、声を発した。千晶が姿を消すと、世界が変わった。豪奢なホテルの一室が目の前に広がり、白いバスローブをまとった女がダブルベッドに横ずわりしていた。女の腰の下には、金糸で刺繍を施された水色の掛け布団が広がっていた。カメラが女にだんだん近づいていく。女は湯上りなのか、首と胸もとにほんのり赤みがさしていて、ぬくもりが漂うようだ。洗いざらしの長い髪が左肩にかかり、女が顔を軽く振るとウェーブのかかった髪がバスローブの上で揺れる。

紘一郎はその女を見てすぐに、大学に入ってすぐに恋焦がれた涼花だとわかった。涼花のことを、紘一郎はひそかにムグンファ（無窮花）と名づけていた。涼花には、次から次へと絶えることなく花を咲かせ続ける生命力が備わっているように感じられたのだ。一瞬の隙もなく華やかであり続ける女だった。紘一郎にとって、涼花は、この世に、仰ぎ見るような雰囲気をまとった女が本当にいることを証する存在だった。だが彼女におずおずと声をかけお茶に誘うところまではできたが、紘一郎がぐずぐずしているうちに、学生で起業して評判になっていた男とつき合うようになってしまった。今では、何十年も前に紘一郎の前を通り過ぎただけの女である。

その涼花が目の前にいて、紘一郎を誘う表情をしている。右手をさし伸ばすと涼花が優しく握り返し、自分の隣りへと導く。映像の主人公は涼花の腰に自分の腰を密着させてすわる。涼花は主人公の手を自分の腹部にもって行き、バスローブの紐をほどかせた。そして、今度は胸もとに手をもっていき、襟を開かせる。涼花の形のよい乳房が現れ、乳首が硬く突き上げているのが手に取るようにわかる。

紘一郎の動悸が高まった。主人公が涼花の乳房に口をつけ乳房をしゃぶり始めると、視界は涼花の肌で埋め尽くされた。涼花の胸に顔を密着させ舌で舐める音がドームの中に満ちた。涼花を抱く男の視線と一体化したカメラは、女がベッドに横たわるのに合わせて動いていく。主人公の手が、涼花の腕をバスローブの袖から抜き取る。下腹部を覆っていたバスローブを開くと、全裸の涼花が現れた。紘一郎は見る者ではなくなった。主人公と一体となり、服を脱ぎ捨て涼花に覆いかぶさる者になった。ペニスに力が漲り、熱くなってきた。涼花の肩を両手でつかみ、唇に唇を押し当てる。体内に熱いものが渦巻き、じっとしてはいられない。喉の奥がひりひりして、涼花の肌を噛みたくなった。

突然、ドームの中に背を屈めた千晶が入ってきた。涼花に身を重ねた気分でいた紘一郎は慌てて、姿勢を正した。千晶がリモコンを操作すると、たちまちドームが折りたたまれ、掌に入るほどのサイズになった。わが身を見て、庭からの光に照らされ応接セットで千晶と向き合っているのに気づき、紘一郎は悪戯を咎められた子どものような表情をした。動悸はまだ続いていた。

「なんだよ、いい場面で」

紘一郎が照れ隠しに言うと、千晶は軽くウィンクをしてみせた。

「申し訳ございません。これより先は、私には刺激が強すぎて」

「そうか、残念だな。それにしても、よく俺の思い人を見つけてきたもんだな。感心する」

「はあ、結城さんの好きだった人に似てました？」

「あの女は似てるも何も、柳井涼花だろ」

「そうですか、そんなに似てましたか。実は、息子さんたちからいただいた結城さんの個人データをもとに、スタッフがつくり出した女性像でした。結城さん好みの女性を造形化した当社の高い技術水準を感じていただけたと思います」

「なるほど、そうきたか。俺のような年寄りをその気にさせるんだから、たいした技術だよ」

千晶は紘一郎に向かってぐいと身を乗り出した。

「ありがとうございます。涼花さんという方は、結城さんのマドンナのような方だったのでしょうか。でしたら、最後まで見ていただければよかったですね。でも、この先は、もうすごいんですよ。くんずほぐれつで」

紘一郎は、千晶を思わず見返した。下半身を熱くした欲求の目覚めをさとられまいとして、ごくりと唾を呑み込んだ。

「いいよ、いいよ、もう。じじいにあまり強い刺激は体に毒だ」

「そうでしょうか。当社のモットーは、生命の欲求はすべて美しい、なのです。欲求のよい悪いは区別しません。憧れの女性と心ゆくまで過ごすことは、人生の最高の喜び以外のなにものでもありませんでしょう」

「へえ、あんたいいこと言うじゃないか。ただなあ、じじいにエロ場面見せて興奮させることになんの意味があるか、それを考えると空しくならないか」

千晶は大きくうなずくと、紘一郎の目をじっと見返した。

「よく言っていただきました。当社の技術の高さをお話しするいいタイミングでございます。いいですか、当社の技術は性の営みの絶頂感をも実現したのです。当社の『人生の成就』では、興奮して終わりではないのです」

「うそ言え」

「いいえ、うそではございません。今日は視覚と聴覚しか体験できないのが残念ですが、実際は触覚、味覚、体内感覚など五感すべてを刺激して、あのときの絶頂感を味わっていただくことができるのです。女性との交接によって男性の局部が受ける刺激も、大変リアルなものなのです」

「そうするとどうなる？」

「はい、私が家族の方とともに立ち会わせていただいた高齢の男性は、モニターに性の営みの最高潮が映し出されたとき、下腹部がぐいぐいと盛り上がって、体全体を力強くのけぞらせました」

「おいおい」

「私、ああ、とてもすばらしい瞬間を味わっていただいたのだな、と横についているだけで感動いたしました」

　千晶は、目を潤ませ、頬を紅潮させせながら語った。

「話をつくっちゃいかんよ。ほんとは、このくそじじい、なんてスケベなんだ、って思ってたはずさ」

「結城さんこそ、話を勝手につくってます。私、そんなこと思いません。私どものプログラムによって、人生の最高の喜びを体験していただいている。なんて素晴らしいことなんだろう、と純粋に思っただけですよ」

　まるで身内の年長者にでも話しかける口調になり、営業用語をはずれているのに気づいた千晶は、頬に手を当て視線を落とした。

「へえ、そうかね。そんなにいい気持になれるなら、俺もひとつ体験してみるか」

「え、ほんとですか。嬉しいです。では、さっそく契約に入らせていただいてよろしいでしょうか」

「なに、冗談だよ。あんたんところの施設で絶頂体験をさせてくれ。ただし、終わったら家に帰してくれよ」

「だめです。結城さん、無茶苦茶言いますね。いったん体験室に入ったら最後のときを迎えるまで出ることはできません。これは契約の段階でご承諾いただかなければならない重要事項の一つなのです」

「そうか、残念だな。それなら、俺はやめとく。あんたんところとは契約しない」

　紘一郎はにやりと笑い、千晶の反応を探るような視線を向けた。

「まったく。私を困らせて喜んでいますね」

ことばと裏腹に、千晶の顔に不快の翳はなくむしろ、駄々をこねるような紘一郎を面白がっている笑みが浮かんでいた。

「何を言ってるんだい。俺はそもそも『人生の成就』なんて、真っ平ごめんなんだ。死ぬときくらい勝手にさせてくれと、思ってるのさ。死ぬ前にたくさんいい夢見たところで、何の意味もない。まともにものを考えられる人間だったら誰でもわかることじゃないか」

千晶はなんでも言いなさいとでもいうように、紘一郎が叩きつけることばに一つ一つ頷《うなず》いた。

「結城さんにおことばを返して申し訳ありませんが、夢ではないんです。現実に幸福な人生を生きて、その喜びをまるごと味わうことができるんです。そのことをわかっていただけなかったのは、私の力不足です。またお訪ねさせていただいてよろしいでしょうか。結城さんに納得していただけるものを必ず用意してまいりますので、少々お時間をいただけますか」

少し間を置いて紘一郎は口を開いた。

「あんたは名前なんて言ったかな」

「はい、楢本千晶です。覚えていただけたら幸いです」

「楢本千晶だな、わかった。次もあんたが来るんなら、俺はかまわん。だが、他のわけのわからんやつならお断りだ」

「ありがとうございます。今日は、拙い説明におつき合いいただきお礼申し上げます」

訪問プレゼンテーションの用具をしまい、千晶はソファを立った。一緒に立ち上がろうとする紘一郎を手で制して、外套を身に着けた。

「ところで楢本さん、あんた、歳はいくつだ」

「はあ？」

千晶は紘一郎の唐突な問いに戸惑う顔を見せた。しばらく互いに目を見合わせた後、紘一郎が口を開いた。

「いや、これは失敬した。女性にいきなり聞くことじゃないよな。さあ、どうぞお帰りなさい」

「でも、どうして」

「いや、ちょっとあんたのことを面白い人だな、と思ってな。いくつくらいかと、急に聞きたくなったんだ」

「そうですか。結城さん、私はうそは言いませんよ。商品についても、歳についてもですからね。いいですか、今、三十七歳です」

千晶の答えを聞いて紘一郎はほんのわずか顔を曇らせた。

「そうか三十七歳か。あいつと同じだ」

「えっ、どなたかお知り合いに三十七歳の女性がいらっしゃるんですか」

「いいや。こっちの話だよ。気にしないでくれ。引き止めて悪かったね。さあ、お帰りなさい」

帰ろうとしていた千晶の足が凍りついたように動かなくなった。

「結城さん、その三十七歳の方は、今、恋焦がれている方ではありませんか。その方のプロフィールをいただけましたら、『人生の成就』で、相思相愛の恋愛シーンを体験できるようにいたします。よくいらっしゃるんですよ、思いを寄せている相手の方の写真を私どもに見せる方が。で、この人の心を射止める人生を実現してくれと熱望されるんです。結城さんのような世代の方が多いんですよ」

「いい歳こいて、どうにもならないじじいたちだな」

「そんなこと言っていいんですか。結城さんだって、そのような相手がいらっしゃるみたいじゃないですか。ぜひ、相手の方の３Ｄ画像などデータをお貸しください。次回の訪問のときに、お相手の方を取り入れたサンプルをご用意しますので」

少し考えこむ顔をした紘一郎は、身にまといつくものを振り払うように大きく首を振った。

「なに、バカ言ってんだよ。そんな相手などいるわけもない。さあ、あんたも今日の仕事はおしまい。帰った、帰った」

紘一郎はソファから立ち上がり、なおも話そうとする千晶を無理矢理先導してドアを開け、玄関に向かった。千晶は、立ち去り難い気持を顔にあらわし、紘一郎を止めようと手を差し出すのだが、ことばが出なかった。

「じゃあな、楢本さん。俺みたいなわからず屋のところに来て、無駄足だったな。会社の上司に伝えておくといい、結城紘一郎は全く見込みなしだ、とね」

千晶は靴を履き、一呼吸整えて、紘一郎に語りかけた。

「いいえ、とても興味深いお客様だと伝えておきます」

「へえ、興味深い客か」

「では、また。今日のことは、息子さんの彬さんと譲さんにお伝えしておきます。お二人とも相談の上、次回の日程を決めさせていただき、ご連絡差し上げます」

「どうせ、あいつらは、おやじがさっさと『人生の成就』を受けるように、説得してくれと言ってるんだろ。面倒なおやじに早く往生してもらいたいのさ」

「いえいえ、そんなことはおっしゃってません。まずは、お父様の要望をできるだけ聞いてほしい。お父様の要求に従ったオーダーメイドの『人生の成就』にしてあげたい。たとえ高額になってもかまわないと、こうおっしゃってます」

「あんた、ごまかすんでも、もう少し上手に言いなよ。要するに、金は自分たちで出すから、頑固なおやじをなんとか往生させてくれ、ということだろうさ」

紘一郎は玄関のドアを開け、外に出た。千晶が来たときに降りしきっていた雪はやんでいた。真っ青な空からの光が紘一郎の両の目を射た。

「おっと」

「わあ、晴れましたね」

紘一郎に続いて外に出た千晶が快活に声をあげた。

「私、新雪を踏んで歩くのが大好きなんです。では、また」

千晶が街路に出て行くのを見送りながら、彼女が来たときに頭に雪をかぶっていたことを思い出した。防雪コートを着ていないのが珍しいと思って、そのことを口にした。だが、彼女は、広い車道に出ても、歩みを止める気配を見せなかった。今どき、徒歩で来て徒歩で去っていく来訪者は珍しい。オートカーで目的地に行って乗り捨て、帰る前に端末で呼び出してやれば、ちゃんと迎えに来る。誰もがオートカーの会員に登録して、大半の移動に利用しているのだ。変わった女だ、と紘一郎は呟いた。

4

その日の夜、彬と譲が連れ立ってやってきた。性格も職種も違う二人が一緒に行動することはめったにない。「バラのほほえみ」社の説明を受けた当日ということで、示し合わせたのは間違いなかった。

大根、里芋、蕗、こんにゃく、がんもどきを淡いダシでゆっくり煮たのと、氷下魚《こまい》の一夜干しを焼いたのを肴に焼酎を飲んでいるところに、二人は高いワイン持参でやってきた。

「父さん、俺たちもつきあうよ」

そう言って彬は紘一郎に向き合ってテーブルにつき、譲はその隣りに腰を下ろした。彬は赤ワインの栓を抜いてから、食器棚をのぞいてワイングラスを見つけようとした。

「なにを探してる？」

「ああ、ワイングラスがないか、と思ってさ」

「そんなしゃれたものがあるわけないだろう。そこらのコップで好きに飲め」

紘一郎に言われて、彬は細身の小さなグラスを二つ出してワインを注いだ。

「父さん、ワインはワイングラスじゃないと香りを楽しめないんだ」

「彬、お前は相変わらずごちゃごちゃとうるさいな」

「いや、俺はせっかくのワインだから、おいしく飲みたいだけさ」

「どうせ、また、俺に説教しにきたんだろ。顔に書いてある」

「しかし、父さんときたら、まだろくに話してもいないのにうるさい、とはね」

「お前がもう少しまともな仕事をするようになったら、ゆっくり話を聞いてやる」

「また、これだ。俺はこの国の方向性を考えアウトラインを描く仕事をしてるんだよ。まともな仕事じゃないか」

「その、えらそうな口のきき方が、まともじゃないことの証拠だ」

「たまに訪ねてきているのに、すぐそうやって嫌味な言い方をする。やめてほしいな」

紘一郎と彬が話し始めると、たいてい入口でジャブの応酬になり、中味になかなか入っていかない。それを知っている譲が横から口を挟んだ。

「まあ、父さんも兄さんも、いい加減にしなよ。ほら、もっと和やかに話したらどうなのさ。父さん、今日、楢本さんて女の人が来たでしょ。どうだった?」

譲は、そう言いながら、大皿から箸でこんにゃくをつかみ頬張った。

「ああ、うまい。父さん、料理の腕は落ちないね」

「なんだ譲。お前、いっぺんに二つのことを聞くな。俺は何を答えればいいんだ。女のことか、料理のことか」

「そんなこと、言わなくたってわかってるくせに、父さん。楢本千晶さん、いい人だったろ」

譲はこんにゃくを口に入れたまま笑って答えた。

「まあな。あれは、面白い女だ。『人生の成就』なんて、あんなくだらないものをセールスしてなきゃ、なおいいんだがな」

「あの人は、バラのほほえみ社で、営業成績が最も優秀な社員の一人なんだそうだ。一億ジェンを超える商談を次々とまとめていると聞いた。この前は、ペット・ロボットの通販で財を成した会社の経営者と二十億ジェンの契約を結んだそうだ」

彬が情報通の顔をして言った。

「二十億ジェンで実現できる人生って、どんなんだろう」

グラスの赤ワインを飲み干した譲が彬に訊いた。

「ああ、なんでも、世界の秘境を自分の足でめぐる旅をするそうだ。南米だったらパタゴニアからアンデス山脈、アタカマ砂漠だぜ。そんな場所を冒険しながら、最後はわがJABONのマウント・フジでゴールだそうだ。そんな壮大な旅で生涯を終えるなんて、すばらしいよな。男のロマンじゃないか」

「なにがロマンだ、くだらない。そんな自己満足のために使う金があるんなら、職業難民の救済だとか、世の中のために役立てたらどうなんだ」

「父さん、職業難民の救済だなんて的外れなことを言っちゃいけない。自分たちは職業難民だ、もっと生活保障をしろと恥知らずに声を張りあげている連中の実態をよく見たらいい。自分たちは畑を耕したい、作物を育てたい、魚を獲りたい、木や鉄でものをつくりたい、だとか、とにかく、あいつらは時代錯誤なことを言っている。そういうのは、ロボットがやる仕事なのに、自分たちにやらせろ、と感情的に主張する」

「当然の主張だ」

「違う、彼らは、歴史をまったく学ぼうとしない。人間を過酷な肉体労働から解放し、もっと創造的な仕事に向かわせるために、ロボットとＡＩが開発されてきた歴史をね。にもかかわらず……」

「お前の前提が間違っている。肉体労働が創造的ではない、という断定に俺は賛成しない」

　紘一郎は不快な表情で彬のことばを遮った。

「いや、断定ではないよ。あの連中を試しに畑に連れていって、ロボットと同じ作業やらせてごらん。実際にやらせた実験があるんだけどね、すぐ疲れてしまって、こんなきつい仕事はできない、人権無視だ、なんて文句を言い始めたんだぜ。だからさ、自分たちはロボットに仕事を奪われた職業難民だ、なんてただの言い訳さ。彼らを救済する必要なんかないんだよ。放っておけばいい。いよいよ困ったら、自分たちも頭を使う生産的な労働に適応できるように必死になるだろうさ」

「それが、お前のご奉仕する政府の公式見解か。ずいぶん冷たい、独善的な考えだな」

「公式見解じゃないけど、基本的には同じ立場だよ。時代が変わっているのを、国民に意識してもらいたいんだ。労働は十年一日のごとく同じことを繰り返すことではなく、常に創造性を追求して斬新なものを産み出すことだ、という発想転換が必要なんだ。経済がずっと停滞していたこの国が、今やっと上向きになってきたのは、労働が創造的でなくてはならないことが国民の中に浸透してきたからだよ」

「兄さんの持論だね。俺は、手仕事というか、人間が物と接触することの価値を全面的に否定することはどうだろうか、と思うけどな」

　話し出すと相手が誰であろうと止まらなくなる彬の勢いを止めようと、譲が口をはさんだ。

「いや、今、わがＪＡＢＯＮは知識立国で一気に国力を伸ばさなければならないんだ。悠長なことを言っている場合ではない。いいか、南條理央博士の最高の技術を見ろ。人間に思い通りの人生を実現させる脳科学、生物工学、情報工学の集大成だぞ。あの技術のおかげで、わが国の経済が一気に活性化した。創造性を追求することこそがこの国を救うというい例だ。先進的な仕事は嫌だ、昔ながらの仕事をさせてくれ、なんて寝言を言ってるやつらは、南條博士を見習うべきだ」

彬は一気にまくしたてると、紘一郎の反応を窺った。なにか反論を始めたら、すぐに封じ込め、「人生の成就」プランがこの国を支える大きな柱であることを説いてきかせようという顔つきだった。

「南條博士か。お前も人を見る目がないな」

ぐい呑みの底に残っていた焼酎を一息で飲み干し、紘一郎は言った。

「え、父さん、なにを言ってるんだ。南條博士のおかげで、すっかり世界に後れをとったJABONの学問と技術が復活してきたんだよ。どんな人間にも思い通りの人生を成就させる技術を確立するなんて、本当に人類の歴史を変える偉業じゃないか」

「お前は、国の方針だったらなんでもオーケーなんだろう。自分の頭で少しは考えたことがあるのか」

紘一郎の挑発的なものの言い方に、彬は奥歯を噛みしめ、渋面の下から腹立ちがぶつぶつと泡だった。父親だからといって、時代遅れのこだわりを子どもに押しつけるな、と憤りが爆発するのをようやくのところで抑えた。

彬も譲も、ものごころついたときから、父親が便利屋として戸外で肉体労働をしている姿しか知らない。この国で肉体労働によって稼ぐことのできる額はけた外れに低く、従事者は最底辺の集合住宅に住むのがふつうだった。兄弟は紘一郎に育てられている間、大半が高度な知識産業に従事する階層が居住する地域に、自分たち家族が暮らしていることを奇妙に感じていた。ただ漠然と、家には父親が受け継いだ財産でもあるのだろうと子ども心に思い、父の前で疑問を口にすることはなかった。

父親の仕事をひけ目に感じながら育った兄弟は、しかし、いつも不思議に感じることがあった。それは、紘一郎が、学校の数学や英語の難問を子どもたちに聞かれると、苦もなく解いてしまうことであった。どうして埃と泥まみれの作業着で働いている父親が高い能力をもっているのか、逆に言えば、そんな能力をもっているならもっといい仕事に就くこともできたのではないか、高校生のとき彬はそういう疑問を譲にぶつけた。彬は、クラスのライバルたちが親の学歴や地位の高さを自慢することに屈辱を感じていたのだ。

「父さんは気ままに生きるのが好きなんじゃないのか」

深く考えもせずにそう答えた中学生の譲に、彬は苛立った。

「父さんがさ、ほんとは頭がいいのに、わざとこういう暮らしを選んでるんだとしたら、子どもの俺たちにはいい迷惑だよ。俺は、父さんの気ままな人生のおかげで、俺たちがチャンスを奪われることになるような気がして、いらいらする」

「兄貴、そこまで言わなくても。父さんは、自分の若いころのことも、昔やってた仕事のことも何も言わない。それと、俺たちが小さいときに母さんが死んだ。きっと、なんかいろいろあって、今みたいな暮らしを自分で選んだんじゃないのか」

「フーン、譲、お前は父さんの肩をもつのか」

「いいや。ただ、俺たちにはわからないことが父さんにあるような気がしてるだけさ」

こんな形で吐き出された彬の父親への不満は、自分の不定形な未来への不安に衝き動かされたものでもあった。不安を打ち消すように彬は勉強に打ち込み、学歴競争のトップを走った。今では理財省の上級役人を務めている。一方、彬に比べ穏やかな気性に生まれついた譲は、理工系の大学に進んだが、趣味で始めた画像づくりにのめり込み、それが現在の仕事に結びついた。彬のように父の生き方をストレートに批判する気持は薄かった。

ただいずれにしろ、今、紘一郎は兄弟にとってたやすく言いくるめることのできる相手ではなかった。老いては子に従うどころか、子の生き方に疑念をさしはさみ、ときには嘲笑してくる厄介な存在だった。

「高齢期リスク・チェック」を受けて、早期に「人生の成就」を受けるように勧告されたにもかかわらず、紘一郎は従う様子を少しも見せない。彬夫婦、譲夫婦の四人で知恵の限りを尽くして説得したにもかかわらず、

「俺は野垂れ死にをするのだから放っておいてくれ」

の一点張りで頑として首を縦に振らない。今回、名うてのセールス・レディ楢本千晶を派遣してもらったのは、兄弟たちの切り札のつもりだった。だが、紘一郎の口ぶりからは気持の変化の兆しは少しも感じられなかった。

しばらくの間、三人はことばを交わすのをやめ、それぞれの殻にこもったように静かに酒を飲んだ。沈黙を破ったのは譲だった。

「父さん。俺ずっと思ってたんだけどさ、父さんが『人生の成就』を受けないって意地を張ってるのは、母さんのことがあるからなんだろう。いや、母さんだけじゃない。一緒に死んだ俺たちの姉さん、名前がひなたって言ったよね、そのひなたって子のこともあるんだろ」

譲は紘一郎の反応を気にするように、視線を父の方に繰り返しさ迷わせた。紘一郎は譲に悲し気な笑いをほんの一瞬見せたかと思うと、腕組みをして、顔を天井に向けた。同じ姿勢のまま いつまでもことばを発しなかった。胸をふくらませ、大きな息をするのが聞こえた。

「やっぱり、そうなんだ。母さんと姉さんが海で死んだんだよね。俺が二歳のときのことだから、全然覚えてない。兄貴だって、叔母さんがまっさおな顔をして海に迎えに来て、俺と兄貴を叔母さんの家に連れていったくらいのことしか覚えてないって言ってる。なあ、父さん。母さんと姉さんは溺れて死んだんだろ。そのときのことをもっと詳しく教えてくれないか。父さんは、母さんと姉さんが苦しい死に方をしたのに、自分だけが最後にいい思いをするなんてできないと思ってるんだろ。だから『人生の成就』を頑固に拒否してるんだろ」

これまで正面切って紘一郎に聞くことのできなかったことを、譲は初めて口にした。この家にはかつて紘一郎の妻の菫《すみれ》と長女のひなたがいた。二人は、四十年程前の夏に、水難事故で亡くなった。紘一郎は事故にかかわりのありそうなものはあらかた始末してしまった。妻と娘の写真を部屋に置くことさえもしなかった。ひなたの弟である彬にも譲にも、詳しい事実は話そうとしなかった。母のことを聞こうとすると、当たりさわりのない思い出話をするだけで、事故のことに話が及ぶ前に話を打ち切った。そんなやりとりが繰り返されるうちに、兄弟は紘一郎に母や姉のことを聞くことをしなくなった。家族の中で事故のことを語らないことは、父が自分たちに求めている暗黙のルールだと受け止めるようになったからだ。譲が見えない壁を突き破るようにしてようやく声を振り絞ったのに対し、紘一郎は天井を向いたまま身じろぎしなかった。紘一郎が口を開くのを待って、長い間、兄弟はそれとなく父の様子を窺い続けた。雪まじりの強風が、窓ガラスを舐めるように吹きあがっていく音が聞こえてきた。答えを待つ沈黙に耐えられなくなった彬が、焼酎の瓶をもち、紘一郎のぐい呑みに注ごうとした。紘一郎は、ぐい呑みに蓋をするように右手を伸ばした。

「もう、いい。俺はもう十分だ。後はお前たちでゆっくりやれ」

紘一郎はゆっくり立ち上がり、居間を出て行こうとした。

「待ってくれよ、父さん。どうして、譲が聞いてることに答えないんだ」

彬がテーブルの上で拳を握りしめて言った。紘一郎は向き直り、右手を無精髭の伸びた頬に当て、彬と譲の顔を交互にゆっくり見つめた。

「お前たち、こんな雪の日にわざわざ来てもらって、すまなかったな。母さんとひなたのことを聞きたいのか。いや、俺がどう思っているのか聞きたいのか」

そう言って、紘一郎は口を閉ざし、彬と譲をみつめた。無言でうなずく二人に、紘一郎は語りかけた。

「悪いがな、俺はお前たちに母さんとひなたのことをどう思っているか、話すことはできない。話せば、全部嘘になりそうな気がするからな。ただな、俺が『人生の成就』とやらが与えてくれるくだらない人生を受け入れないのは、俺の生き方の根本にかかわるからだ。ただ、そういうことだ」

「父さん、本当にそれだけ？　どうして思わせぶりな言い方するんだよ。ちゃんと教えてくれよ」

彬がテーブルにおいた拳を小刻みに震わせながら言った。

「ああ、いくら聞かれても、もう言うことはない。さあ、もう遅い。お前たちは、明日の仕事があるだろう。早く帰れ」

言い出したらけっして後には引かない父親の振る舞いを幾度も経験している譲が立ち上がった。

「わかったよ、父さん。父さんは、やっぱり、母さんや姉さんのことを気にして、『人生の成就』を受けないんだね。それは父さんの覚悟だと思う。でも、不慮の事故で身内を失くした人間だって、人生の最後に穏やかな幸せを感じたっていいだろ。現代の技術はそれを可能にしてるんだ」

「もう、そんなことは、どうでもいい。俺を一人にしてくれ、頼む」

紘一郎に返すことばを失った譲がおさまりのつかない顔のまま玄関に歩を向け、彬も続いた。

5

八月の上旬、三十九歳の紘一郎は四歳の彬と二歳の譲とともに浅瀬に入り、ビーチ・ボールで遊んでいた。妻の菫と七歳のひなたは少し沖に出て泳いでいた。スイミング・スクールで泳ぎをおぼえたひなたは、菫に泳げるところを見せたくて、すすんで波に向かっていった。浜は、紘一郎の家族の他は、砂浜に寝そべる若者たちが点在するくらいで閑散としていた。

この国では、夏に海水浴をする人間は急速に減っていた。都市の近郊に全天候型の大規模プールが数多くつくられ、どの施設も最高度の安全が売り物であった。カメラによって隅から隅まで監視され、危険が徹底して排除されていた。どの親も安全な施設で子どもを遊ばせることを最優先し、わざわざ海に行って子どもを危険にさらすことはない、という世間常識に従うようになった。

山や海で遭難したり死に至る者への同情は、社会から失われていた。いや非難の集中砲火が起きるのがふつうだった。安全に遊べる場所が用意されているのに、わざわざ危険なところに行って事故に遭ったらそれは自己責任だ、と教育の場でも、メディアでも強調された。事故が起きたときの救援、捜索、治療にかかる費用は社会的損失である、したがって、社会的損失を未然に発生させない行動が道徳的である、と多くの者は考えるようになった。

紘一郎はこのような道徳観を気に入らないと広言し、いつも、

「冒険しなくなったら人間おしまいだ」

と語っては、周囲の穏健な人々の顰蹙を買っていた。

海岸に別荘をもつ友人の赤松に、近くにいい砂浜がある、海水浴をかねて家族で遊びに来ないかと誘われて、紘一郎はすぐに快諾した。赤松も、海での遊びを危険視する世の中の風潮に逆らい、気ままに泳ぎ、カヌーを操って海岸線を探検する男であった。海の経験のほとんどない子どもたちをいきなり連れていって大丈夫だろうかと心配する菫を説き伏せ、紘一郎はオートカーに家族で乗り半島の先へやってきた。

別荘に寄って赤松夫妻と久方ぶりの再会を喜び合った後、教えられたとおりの道を辿って家族で浜へ向かった。夫妻は昼食を用意して待っていると言った。浜に至る道は、草に覆われた断崖

にジグザグにつけられた小径であった。穏やかな海に左右から突き出た岩場が小さな入り江をつくっていた。白い砂浜が日に輝いていた。先を行く菫とひなたが歓声をあげた。譲を背負った紘一郎は、彬の手を引いてゆっくり浜を目ざした。薄水色の海水は、底の砂模様がわかるほど透明で、紘一郎もあの水に体を委ねて時を忘れたいと思った。外海から岩場で守られた浜は波静かで、子どもたちに水遊びさせるには恰好の場所だった。

ひなたははじめ彬や譲と水のかけあいをしていたが、思い切って全身を水に浸すと、嬉々として入江の奥へ歩き出した。菫がひなたを追いかけた。ひなたは両手をそろえて前に差し出し、両足で底を蹴って静かな海面に浮かんだ。スイミング・スクールで習ったクロールを始めた。指をそろえ腕をまっすぐに伸ばして水をかくと、見る間に菫を置き去りにして、右へ進んだ。

「わあ、ひな、すごいね。お父さん、ひなが泳ぐの見た?」

菫はひなたの泳ぎに驚きの声を発し、自分は平泳ぎでひなたのいるところを目ざした。菫とひなたが泳いでいるのを横目で見ながら、紘一郎は水辺で彬と譲の相手をしていた。小さな波が膝をくすぐるように泡立つのが気持よかった。照りつける日差しが水しぶきとともに砕け、光の粒になって砂に消えた。思い切って仕事を中断して、めったにしない家族旅行に出てきてよかったと思った。

紘一郎は、浜を囲む岩場の彼方に広がる海に一筋の白い線があるのを目に留めたが、それがなにを意味するか、深く考えることなく、彬と譲の遊び相手を続けた。二人に浮き輪をつけて、菫やひなたのところに連れていこうかと思ったときだった。

さきほど白い線だと思ったものが、視界の限り左右に続く海水面の盛り上がりになって岩場の近くまで来ていた。

「ひなた、お母さん、大きい波が来たぞ。早く戻っておいで」

紘一郎がそう叫んだとき、浜を底から揺るがすような音が轟いた。人の背丈ほどの波しぶきが岩場を越えて立ち上がった。岩場の切れたところから高波が入江に押し入り、小さな浜の水を根こそぎかき混ぜた。ひなたの水着の水色と、菫の水着のオレンジが、空に舞い上がるように持ち上がったかと思うと、波しぶきが砕け散る中に消えた。

紘一郎は彬と譲を両腕に抱きかかえて砂浜を突っ切り、断崖の一段高いところに二人を置くと、急いで海に戻った。ひなたと菫の姿を探し求めたが、盛り上がった海面がどこまでも続いているだけだった。さきほど水遊びをしていた場所に立つと、腰から胸まで浸すような波がやってきて、押し倒されそうになった。腰を落としてこらえると、今度は引いていく波に沖へもって行かれそうになった。たちまち水が引いていき、ずっと先まで海の底が現れてきそうだった。

「ひなた。菫」

この世の底が現れてくる、そんな怖ろしい気持で金縛りにされそうだった。紘一郎は浅くなった海をバシャバシャと駆け出した。

「ひなた。菫」

波にさらわれた妻と娘が沖に流されて行くにちがいない、早く助けなければと思った。

「危ない。やめるんだ」

紘一郎の腕をつかんで引き止めようとする者がいる。髪を伸ばした浅黒い肌の男だった。

「放せ。子どもと妻が波に消えたんだ」

「それはわかってる。でも、ほら、沖を見な。もう一度波が来る。あんたもさらわれる」

「ばか。黙って見てられるか」

紘一郎は男の手を振りほどき、沖へ走り出した。膝がしらほどまでしかない水の中を、しぶきを蹴り立て、つんのめるようにして進んだ。岩場の手前に水色とオレンジが一瞬浮き上がったような気がして、紘一郎の胸が高鳴った。そのとき、身の丈を越える水の塊が目の前に迫ってきていた。紘一郎は水の壁に突き入る気持で全身を前に投げ出した。波の下を潜って前進するつもりだった。だが、紘一郎の体は、海の底から巻き上げてくる巨大な力につかまれ、めくりあげられた。それは情け容赦のない力で紘一郎を水面までもちあげたかと思うと、今度は、海底へ一気に突き落とした。紘一郎は水に鷲づかみにされ肩から海底に叩きつけられた。骨が砕かれるような衝撃を受けた紘一郎は、砂底を二回、三回と転がった。目を開けると、砂が湧き上がるように舞い立ち、灰色に混濁した世界だった。

空気を求めて上を目ざした。こんなに深いはずはないと思った。押す波と引く波がぶつかり渦を巻く中で紘一郎の体は、揉みしだかれた。もう息が続かないと思ったとき、不意に頭が水面に出た。必死に手足をかいて頭を出し続けようとしたが、波が絶え間なく顔面に襲いかかり、紘一郎を沈めようとした。予測しがたい方向からやってくる水に、自分にはもはや抗う力がないと思った。

「こっちだ、こっちを見ろ」

岩場に立った三人の男が紘一郎に手を振り、叫んでいた。互いに腕を組み、背後から押し寄せる波に耐えている男たちは、ロープで結んだ浮き輪を紘一郎に投げようとしていた。

「わかったか。こっちだ。今、投げるからつかまるんだ」

浮き輪が宙を舞った。紘一郎の手前十メートルほどのところに落ちた浮き輪を目ざして、夢中で泳いだ。紘一郎が浮き輪をつかむと、男たちはロープを引き寄せた。男たちの力で岩の上に救い上げられた。紘一郎は肩から血が流れているのに気づいた。体中が小刻みに震えた。岩に腰を下ろし、上体を折り曲げると、嗚咽が洩れた。恐怖に刺し貫かれた全身が、痙攣に襲われた。膝から下が別人の脚のようにカクカク揺れた。紘一郎はゆらゆらと立ち上がり、海面に向かって飛び込みの姿勢をつくった。

「やめなよ」

胸板の厚い若者が、怒鳴り声とともに紘一郎の頬を張った。

「妻が。娘が」

「バカなことをするな。あんた、また海に入ったら、確実に死ぬ。海難救助隊を呼んだから、黙って待つんだ」

それでも紘一郎は海に入ろうとしたが、若者たちに腕をつかまれ、身動きできなくなった。

「だから、もうやめなって。さっきニュースでわかったけど、遠い島で地震が起きたらしい。その波なんだ。俺たちいっつもこの海で遊んでるけど、こんな波、見たことない」

「こわい波だ。救助隊待つしかないだろ」

若者たちに体を支えられて、紘一郎は岩場を歩いた。しぶきをかぶりながら、すべてが夏の幻であってほしいと祈るうち、浜に戻った。日の降り注ぐ浜に立ち、またも、底を剥き出しにし始めた入江に目を凝らした。外海につながるあたりで波が逆巻いていた。ひなたと菫らしき姿などここにも見えなかった。

断崖の棚になっている場所に避難させた彬と譲は、無事だった。紘一郎は妹の由梨枝に電話をし、彬と譲をすぐ迎えに来てほしいと伝えた。菫とひなたの捜索の結果がわかるまで二人を由梨枝の家で預かってほしいと頼んだ。

その日の夕方、沖に流されたひなたと菫の遺体が、浜の東方の海岸で発見された。二人とも溺死だった。遺体の確認に付き添ってくれた赤松夫妻は、紘一郎の家族を海水浴に誘ったことを繰り返し詫びた。そのとき、紘一郎は、ものを考える力を失っていた。赤松夫妻に返すことばは出てこなかった。昼前まで楽し気に笑い、話していた菫とひなたがこの世に存在しなくなったという事実に直面し、自分のいる世界が非現実的な書き割りのような気がした。書き割りの景色から空気が抜き取られていき、苦しくてたまらない。この世界で正気を保って生き続けることは不可能に感じられた。書き割りを突き破って外に広がる虚無に身を投げ、粉々になりたいと思った。

一秒一秒、息をするのが苦しい、人の命がこんなに簡単に壊されるものなら、自分の命も早く壊れればいい、紘一郎はそう願った。だが、遺体の確認、海難救助隊と捜査機構による事情聴取、メディアからの取材、近親者への連絡、遺体の搬送と葬儀の打ち合わせ、と次々と押し寄せる出来事に対応を迫られた紘一郎は、礼儀として身に着けた世間知でひたすら機械のように応答した。もうすでに自分は粉々に砕けているのに、それでも生きている、生きて世間の人々に応じているのが不思議だ、と思った。

菫とひなたの死は、自然の恐ろしさを甘く見た家族の事例として、メディア空間で非難の対象となった。とくに、父親の紘一郎に対して、海難救助隊の出動要請をしながら、反省の色が見られない、あいつは反社会的な冒険主義者だと誹謗中傷が集中した。紘一郎はただ毎日をやり過ごすために、そのころとりかかっていた仕事に集中した。全神経と知力をそれに向けて振り絞らなければ前へ進めない仕事だったので、消耗もしたが、菫とひなたの方へ崩れ落ちて行きそうな感情を封じ込めておくには幸いした。二人のことを思い出させるものを身の回りから遠ざけ、彬と譲との会話でも、妻と娘につながる話の芽を慎重に摘み取った。

紘一郎が不自然なほど菫とひなたの面影を避けたことは、しかし、紘一郎の内面を平穏に向かわせたわけではなかった。むしろ、何気ない日常の中で、紘一郎は、大量の水が気管から肺に流れ入ったとき菫とひなたが経験したであろう苦しみが、ふとした瞬間に自分を襲ってくるのを感じるようになった。暴力的に水に侵されていく苦しみが全身を包み込み、締めつけてきた。現に呼吸しているのにやってくる窒息感。それは、紘一郎を根元から押さえつけ、身動きできなくさせた。

だが、同じ経験の繰り返しは、紘一郎を狡猾にさせた。窒息感を予兆の段階で受けとめると、大声を出して野山を歩いたり、ジムでウェート・トレーニングに励んだり、頭を空にすることに努めた。自らが世界のただ中で圧殺される恐怖を未然に避けることを習性とするようになった紘一郎は、仕事にのめり込んだ。必ず打ち倒さなければならない相手のある仕事だったので、弱気に走ることを自分に封じた。菫とひなたを思い浮かべることを封じた。

料理をはじめ家事が嫌いでなかった紘一郎は、彬と譲を育てながら仕事をする生活サイクルを徐々につくり出していった。菫とひなたが残した存在の影はいつの間にか薄れ、彬と譲は男ばかり三人の暮らしを当たり前に感じるようになった。由梨枝は、母のいない男の子たちを憐れんで、ときどき様子を見に来るのだが、紘一郎はあまりいい顔をしなかった。

「兄さん、どんなに頑張っても、男には母親の代わりになれないところがあるのよ。なんでも一人でやろうとしないで、私でも誰でも、手伝いを頼みなさいよ」

紘一郎をたしなめる由梨枝にいつも言い返した。

「男には女の代わりができないとは、ずいぶんな時代錯誤だ。そんな男女の役割なんて話でなくて、ほんとに困ったことがあったら助けてくれ、って言うさ。ただ、今んとこは、なんとか俺一人の手で家が回ってる。気にかけてくれてありがとうよ」

由梨枝は、そう言われると、彬と譲があまり問題なさそうにしているのを見て、不承不承帰っていった。由梨枝は、紘一郎があえて家の中から母親の匂いを消して生きていこうとするのが、子どもたちの心に何か翳を落とすのではないかと気にしていたのだ。だが、子どもたちは、紘一郎の手をあまり煩わすこともなく順調に育った。兄弟が中学、高校へ進むと、由梨枝は、菫とひなたの死の影響は紘一郎の家からすっかり消え去ったのだと決め、顔を出すのをやめた。

今、紘一郎は思う。無念の死を遂げなければならなかった菫とひなたの存在が、紘一郎をして「人生の成就」を受け入れさせないのだろう、と息子たちは言う。自分だけが楽しい人生を享受して、死を迎えることは許されない、と思っているのだろう、と邪推している。あの馬鹿ども。菫とひなたと、あのくだらない「人生の成就」を、どうして秤にかけることができるんだ。菫とひなたの死があろうとあるまいと、俺は脳におかしな装置を埋め込まれて「素晴らしい人生」を体験させられること自体が耐えがたい屈辱なのだ。どうして、そのくらいのことがわからないのか。いったい、あいつらは何を学んで生きてきたんだ。

紘一郎は息子たちと自分の間には、とうてい埋めがたい深い隔たりがあることを改めて思った。この四十年程の間にできてきた異常な国家と社会を、息子たちは異常と思っていない。むしろ社会の変化に適応し、安全な場所で生かされていくことを願っている。そんな息子たちだった。なぜ父が社会の同調圧力に反抗しているのか、息子たちに教えるべきではなかったか、と紘一郎は自問する。いや、無理だったのだと紘一郎は答える。菫とひなたが海で死んだことを標的にして、自分たち家族に非難と嘲笑を投げつける世間に対峙しなければならなかった。紘一郎は、息子たちを守る分厚い楯にならなければならなかった。社会の中で彬と譲が不利な立場に追い込まれないように配慮してやらなければならなかったのだ。

自分の主義を教え、世の中は間違っている、父とともに戦え、と教育することはできなかった。学校と世間の常識の中で、安全に生きてくれればいいと思った。ただいずれ、彬と譲が大人になれば、父の姿を見て、何か感ずるようになるだろう。父が何を心に抱いて、世の道徳に逆らっているのか理解しようとするようになるだろう、そう思っていた。だから、彼らには特別なことは何一つしなかった。

その結果はどうだろう。彼らは、自己責任を問う社会の圧力を忖度し、自分の意思をどこかに置き忘れてしまった。彬も譲も、今ではこの国の中堅層になった。その彼らは、父親がさっさと「人生の成就」を受けて、この世から旅立ってくれなければ、肩身が狭いのだ。「バラのほほえみ」を浮かべて極上の最期を遂げてくれることを待ち望み、「孝行息子」の評判を得ることに汲々としているのだ。なんというあさはか、なんという薄っぺらな男たちか。

紘一郎は、彬と譲が立ち去り、食器が雑然と残されたテーブルの椅子に一人腰を下ろした。歯噛みし、拳でテーブルを叩いた。ぐい呑みに残っていた焼酎を一息に呷った。菫とひなたをさらった大波が目に浮かび、しぶきの中で明滅する水色とオレンジが自分を向こうの世界に呼んでいるような気がした。

6

楢本千晶が二度目の訪問をしてきたのは、雪降りの最初の訪問からほぼ二か月後だった。紘一郎の庭では、日陰に雪がまだ残っていたが、あちこちに福寿草が花をつけていた。千晶はまたも徒歩でやってきた。黄色の鮮やかな光沢を放つブラウスに萌黄色のコートを着た姿で玄関に立っているのを見て、紘一郎は、まるで庭の春が人の姿をとって現れたような気がした。

「なんだ、あんた、また来たのか。まあ、上がんなさい」

「はい、ありがとうございます。では、遠慮なく」

千晶は紘一郎に従って居間に入ったが、すぐテーブルにはつかず、ベランダに目をやった。隣家との垣根として植えた満天星《どうだん》はまだ枯れ枝を風にさらしていたが、その根元からベランダに向けてクロッカスが白、紫、黄色の花を咲かせ、まだら模様の絨毯になっていた。

「まあ、きれい」

「クロッカスだね。あれは、土が合っていたのか、何株かてきとうに植えてやったら、増えてきてね。まあ、楽しめるのは春のほんのいっときだが、かわいいもんだ」

「結城さん、いいご趣味ですね」

「べつに、庭いじりが趣味というわけではないんだが、いろいろ植えてみてね、どう育つかに興味があるんだ。だから、見た目を考えてやってるわけじゃない。夏来てごらん、なんだかわけのわからないものが鬱蒼となってるから。息子たちは、雑草だらけの庭だと決め込んで、きれいに刈れとうるさいんだよ」

「いいえ、そんなことありません。今、このクロッカスを見てるだけで、結城さんが草花を愛してることがわかりますわ」

「いや、そういうもんではないんだが。ありがたく聞いとくか」

紘一郎は、コートを脱いで腕に抱えた千晶を見た。ふんわりと体にまとわれた黄色のブラウスが、あたりに光を放つようだった。ベランダに面して簡易テーブルと木の椅子が置かれている。紘一郎は椅子に腰を下ろし、千晶にもすわるように勧めた。

「結城さん、また、お目にかかれて幸いです。前回は、私どもの試作品を体験していただき、ありがとうございました。その後、彬さん、譲さんともお話をさせていただき、次の試作品を製作いたしました。きっと、結城さんに喜んでいただき、当社との契約を考えていただけるものと自信をもっております」

「ほお、ずいぶん強気だね。今回は何を体験させてくれるんだ。また山登りかね、いや、ジャズドラマーになって白熱のジャムセッションやってる体験かね」

「えっ、結城さん、ジャズドラマーが憧れだったんですか」

「まあね。人は、自分のいちばんできそうもないことに憧れるもんじゃないか。俺は、リズム感が全然ないくせに、ドラマーになって汗を飛ばしながら太鼓を叩きまくる自分を夢見たもんだ」

「そうだったんですか。残念ながら、息子さんたちは、お父様の夢を知らなかったようです。こちらの聞き取りでは、ドラマーのことはちらっとも出てきませんでした」

「そりゃ、まあ、そうだろう。息子たちには話したことがない」

「そうですよね。親が自分の若いときの夢を子どもに話すのは照れ臭いですよね」

「あんた、子どもがいるのか」

紘一郎の、いきなりの問いに千晶は、ことばに詰まり、あいまいな笑いを浮かべてうつむいた。

紘一郎は、千晶の表情の変化が気になり、額から頬へ、頬から口許へ視線をやり、開き加減のブラウスの襟から胸のふくらみをみつめた。

「私、親ではあったのですが、親らしいことは何もしてません。お恥ずかしい限りです」

「なんだか、わからないことを言う人だね、あんたは」

紘一郎にことばを返されて、千晶は無理に笑顔をつくった。

「そうですよね。私、ときどき、おかしなことを口走るんです。ごめんなさい、聞き流してください」

「こりゃ、ますます、わけがわからない」

「あ、ほんとに、私のことは置いておきましょう。話題、変えます。今日は、結城さんに、当社の技術水準の真のレベルを体験していただくために来ました。私どもの『人生の成就』では、失った大切な人と生き直すことができるんです」

「ふーん」

「結城さん」

千晶が声を落として紘一郎に話しかけた。紘一郎は千晶の声にかすかなかすれがあり、それが自分の気持をどこか懐かしいところに誘うような気がした。

「この前、三十七歳の女性のことをおっしゃってましたね。私、その女性がわかったんです。その後、彬さん、譲さんからお話を聞いて、奥様とお嬢様を失くされたことを知りました。奥様が亡くなったのは三十七歳のときなんですね。どうして、あのとき、私、すぐ奥様のことが思い浮かばなかったんでしょう。まったく迂闊な自分が情けなくなりました」

「ふーん」

「当社は、ご依頼主にできるかぎり詳細にライフ・ヒストリーを語っていただき、そのヒストリーをもとにもっとも素晴らしい第二の人生を実現することを基本方針としております。結城さんが、今のところ『人生の成就』そのものを拒否していらっしゃいますので、ライフ・ヒストリーは息子さんたちから聞く他ありませんでした」

窓から差していた薄日が急に陰った。紘一郎は、千晶が何を言おうとしているのか探るように身を乗り出した。

「息子たちは、何だって言ってた？　あいつらは、俺のことをどれだけわかってるんだ」

「はい。自分たちが小さいころ、奥様の菫さんとお嬢様のひなたさんを失くしたことが、お父様にとって痛恨の出来事だったろう、とおっしゃっていました。そのことをずっと心の奥深くにしまって今日まで生きてきたのではないか、と。奥様とお嬢様がどれほどの恐怖と苦しみに直面しなければならなかったかを思うと、自分だけが満ち足りた気分を体験することはできない。それがお父様の本音ではないか、とおっしゃっていました」

「あんたにも、そんなことを言っていたのか、あいつら」

「はい。お父様思いの素晴らしい息子さんたちです。当社では、息子さんたちからのお話と、提供していただいた映像データを手がかりにして、データアーカイブを徹底的に調べました。その結果、おもちしたのが本日の試作品です。説明は後でいたしますので、まず映像を投射するスクリーンを広げさせてください。居間の方に移ってよろしいでしょうか」

千晶は商品説明をするための用具を収納したバッグを手に立ち上がろうとした。

「俺は、見ない」

語気鋭く紘一郎が言い放ったために、千晶は顔がこわばるのを隠せなかった。

「必ず、結城様にお喜びいただけると信じてもってきたのですが」

「俺は、あんたが見せようとしているものが何だかわかるから、嫌だと言ってるんだ」

「えっ」

膝に置いたバッグをつかんでいる千晶の手が震えた。

「そりゃあ、ぼけ始めた俺でもわかる。菫とひなただろ」

千晶はなにも答えず、ただ静かに顎を引いた。

「だから、俺は見ないと言ってるんだ」

「おことばですが、見ていただけましたら、必ず気持が変わります。もし、奥様とお嬢様が事故に遭わなかったら、お二人と結城様がどのような人生を歩まれたかをリアルに体験していただくことができます。お嬢様が立派に成長した姿を、奥様とともに喜び合うことができます」

「バカな。何が悲しくて、もう死んでしまった者の幻を見て喜ばなければならないんだ」

「結城様、『人生の成就』で出会うことは幻ではありません。かつての悲しい記憶をその中にすべて溶け込ませた新たな現実なのです。実際に奥様やお嬢様とふれあい、語り合い、気持を通わせて過ごすのです。そのとき、生き生きとした感情がはたらき、ともに生きていることの喜びが湧いてくるのです」

「あんた、よくも、知ったふりして言うもんだ。脳に刺激を与えて死んだ者を蘇らせたところで、なんになる。それは、人間が科学技術を弄んでつくり出したゴーストだよ」

紘一郎は、憤然として千晶にことばを叩きつけ、千晶がもうなんと答えようとも応じない素振りをした。千晶は、紘一郎をじっと見返した後、宙に何かを探し求めるように顔を上向けた。瞼を閉じ、右手を頬に当てた。

「もう死んでしまった者は、たしかに二度と帰って来ません。辛い事実です。でも、いっしょに生きることを、もし、もう一度体験できるなら、私はやってみたいです」

「あんたにとって、人が死ぬってことがたいした切実じゃないからそんなことが言えるんだよ」

「いいえ、私にも、胸をかきむしられるような出来事がありました。結城さんの心の中に立ち入るようなことを私がしましたので、私自身のこともお話しさせていただきます。私、以前は、製薬会社に勤めておりました。遺伝子解析に基づいたオーダーメイドの製薬をする仕事で、ずいぶん忙しく仕事をしていました。これまで、治療が不可能とされた病気にも効果がある薬をつくる仕事ですから、面白さも感じてのめり込んでおりました。二十代後半に、金融アナリストをしている男性を紹介され結婚しました。私の仕事を評価してくれて、お互いの立場を尊重しながらいっしょに暮らしていこうと言われました。この人なら、ともに未来をつくれると思いました。

二年たって、私は妊娠しました。夫もすごく喜んでくれたのですが、遺伝子検査を受けたところ、しょうがいをもった子が生まれる確率が六〇%という結果でした。医師は当然のように中絶の手続きを進めようとしました。夫も、残念だけど、中絶して、次の子に備えよう、と言いました。今この国では、しょうがいのある子が生まれる確率が高かったら、出産する人はほとんどいません。

私は、残念だったね、でもまた次だね、と言われるたびに思いました。どうしておなかのこの子は、命を授かったのにこの世に出てくることを許されないの、と。しょうがいのある子はできるだけ産まない方がいい、とだれが決めたの。私、とくべつ深い考えをもっていたわけではありません。世の中のふつうの女性と同じように生きてきました。でも、いざ、妊娠してみたら、自分の体の中に生まれた生命は、しょうがいがあってもなくても、私と一心同体の命だ、という気がしてきたんです。

それで、私は夫にこの子を産みたい、と言いました。夫は、それは無理だ、あの夫婦は無知で傲慢だ、社会負担を平気で増やすエゴイストだ、と非難される、それはやめてくれと私を説得しました。でも、私の産みたいという意思は変わらなかったのです。私は出産に向けて準備を始めました。すると夫は、突然、人格が変わったように、私のことを危険思想の持主だ、と非難し始めました。出産間近のころ、私たち夫婦の関係はまったくぼろぼろでした。私は孤独と不安の中で子どもを産んだのです。

生まれた子は男の子。医師からダウン症だと言われました。私は覚悟していたので、事実を落ち着いて受けとめることができました。両手に抱きしめたわが子が母乳を飲み始めたとき、ああ、私は本当にこの世界に一つの命を産み落としたのだと実感しました。涙が出ました。でも夫は一度も産院に来ませんでした。来たのは離婚届をもった代理人だけ。夫はわが子を一度も見ようとせずに私から離れていきました。

生まれた子は草太と名づけました。心臓が弱くて、無事に育ってくれるかはらはらしましたが、危ないところを乗り越えていきました。助けてくれたのは私の母です。夫がいなくなった家にしょっちゅう来て、草太の面倒をみてくれました。草太はかわいいと何かにつけて言い、この子の将来を考えるとつい気持が暗い方に向かっていく私を勇気づけてくれました。いないいないばあをして草太が笑ったときには、母と手をとりあって喜びました。

母は草太が一歳になったとき、私に職場に戻ることを強く勧めました。草太の面倒は自分がみるから、あなたは仕事をしっかりやって成果を挙げなさいと言うのです。私は、自分が産むと決めた子なのだから、できるだけ他人の手を借りずに育てるつもりだったのですが、母に言われると、自分は職場でいい仕事をできていたのだというプライドが目覚めました。また、遺伝子レベルで病気を治す研究をしていけば、ダウン症の子を助ける画期的な薬だってつくれるかもしれない、そんなわくわくする夢をもって職場復帰しました。

幸い父が家のことは何でもできる方だったので、母は自分の家をあまり顧みずに草太の世話をしてくれました。二歳、三歳と草太は順調に育っていきました。私は仕事が忙しくなると、本当は自分が主になって草太の面倒をみなければいけないのに、母がやってくれるのに頼りきりになり、それを当たり前に感じるようになっていました。

今あのときのことを考えると、私は夢のように贅沢な時間を過ごしていたんだな、と思うんです。私は、草太を母に任せて仕事に打ち込み、家に帰れば、私に甘えてくる草太を抱っこし、好きなだけあの子の感触を楽しんでいました。草太は、目がきゅっと丸くて、とても人懐こい子でした。体と知能の発達は遅れていましたが、母も私もそのことで不安がりはしませんでした。草太が歩いた、靴を履いた、走った、スズメを追いかけた、そんなことでいちいち大騒ぎをして喜んでいました。

そんなときに、取り返しのつかないことが起こったのです。

私が研究室に残ってデータの確認をしていたところに、母がうろたえて電話をしてきました。草太が風呂で溺れたと言うのです。母が夕方草太を風呂に入れていっしょに遊んでやりました。浴槽にアヒルのおもちゃを浮かべて遊ばせたら、草太が大喜びして、なかなか風呂から上がらなかったそうです。母がちょっと強引に風呂から上がらせて草太に服を着せ、夕食の支度にかかりました。料理をしているうちに、居間にいるはずの草太のことをうっかり忘れたようです。食事を出そうとして、草太がいないのに気づきました。「草太、草太」と呼んでも返事がないので、母は慌てて風呂場に行きました。

草太はアヒルのおもちゃを手につかみ、うつぶせで風呂に浮かんでいました。母が閉めたはずの風呂の蓋を自分で動かしたのでしょう。けっこうな重さの蓋です。三歳の草太が、大人の想像を越えることをやったのです。電話で、私は母に、救急車が来るまで、草太の胸を繰り返し圧迫するように言いました。口から息を吹き込むことも指示しました。でも、草太は、心臓も肺も回復しませんでした。救急隊員も懸命に蘇生措置をしてくれましたが、草太が息を吹き返すことはありませんでした。

母は、自分の不注意で取り返しのつかないことをしてしまったと嘆き、自責の念から逃れられなくなりました。私は、母に甘えて草太を任せきりにしていた自分が悪いのだと思いました。草太と私と母の三人、小さくてすぐ壊れてしまいそうな幸せを奇跡のように保っていたのです。小さな幸せは、繊細な注意を払わなければそのうち壊れてしまうことを私は自覚していなかったのです。母は精神を病み、私は仕事を続ける気力を失くしてしまいました。仕事でどんなに実績をあげても、草太がいなくなってしまった空白を埋めることはできないと思ったからです。

結城さん、私の話を長々としてしまって申し訳ありませんでした。私は草太を失ってから、心が干からびてしまいました。どんなことでも、心の底から喜んだり楽しんだりできなくなりました。草太は自分の一部分だったのです。草太がいなくなることは、自分の中でいちばんのびやかに広がっている場所を締め付けられ、捻りつぶされてしまったようなものだったのです。仕事も辞めてしまいました。未来を信じ希望をもてる人間でなければ、研究は徒労の積み重ねにしか感じられなくなります。私は希望をもてなくなっていたのです。不思議ですね。母親に草太を任せている間は研究に生きがいを感じていたのに、草太を失ったら、あんなに打ち込んでいた研究で自分を支えることができないなんて」

千晶はこれだけ話すと、しばらくの間、口を閉じた。一方的に自分のことを語り続けたことを恥じるかのように、目を瞬いた。

「そうか、あんたずいぶん苦労したんだね」

半ば目を閉じ、腕組みをしていた紘一郎が口を開いた。

「はい。私、自分のことばかり一方的にお話しして、申し訳ありません」

「お母さんは、その後、どうしたんだね」

「母はうつ状態になり、家事も十分できなくなりました。でも、だんだん回復しました。今は、父との二人暮らしをなんとかやっています。たまには旅行にもいっしょに行ったりしてますので、ちょっとはいいのでしょう」

「そうか、それはよかった。お母さん、辛かっただろうね。で、あんた、仕事辞めたらよけい苦しくなったんじゃないのか」

「ええ、みんな、仕事は辞めずに続けなさい、と言ってくれました。あんたには仕事しかない、とまで言う友人もいました。でも……」

「でも、どうしたんだい」

「でも、私は草太を忘れるために仕事に打ち込むのが嫌だったのです。どんなに辛くても、あの子を今ここに抱きしめるようにして、ずっと過ごしていたかったのです。私は、自分の意志を貫いてあの子を産みました。だから、あの子は私の命と同じなのです。あの子がいなくなった喪失感はどのようにしても埋めることができないものなのです」

「あんたは、ずいぶん生真面目な人だ。そんなふうにやってたら、立ち直ろうにも立ち直れない」

「いいえ、結城さんの経験されたことをお聞きしましたら、私など苦しみ足りないくらいです。結城さんは、奥様とお嬢様を失くした痛手に向き合いながら、息子さんたちをあんなに立派に育てられた。私には、とうていできないことです」

「何を言ってるんだね。立派に育ててなんかいない。勝手にあいつらが大きくなっただけだ」

紘一郎のことばに、千晶は何も答えず、悲し気な表情でベランダの外を見やった。

「ああ、えらそうに言って申し訳ない。あんたは、たった一人の息子さんを失くしたんだね。誰もいなくなったんだ。その辛さは、俺の経験を超える」

「いいえ、気を遣っていただき、心苦しいです」

千晶は、そこまで言ってからことばが出なくなり、目を潤ませた。紘一郎は、なにを言ってもその場を取り繕うだけのことばにしかならないのを覚り、ただ千晶の様子を見守った。なにも言わず語らずでいるうちに、窓から差す薄日が消え、たちまち室内に暗がりが漂っていった。二人のすわっている窓辺だけが、まだほんのりと明るさを残していた。

「あのう」

千晶がやっと口を開いた。

「なんだろう」

「やはり、見ていただけませんか」

「何を？」

「奥様とお嬢様です。もし生きていらっしゃったら、こんな姿だったでしょう。それを私どものスタッフで再現しました。結城さんが当社の『人生の成就』を受けていただけましたら、奥様とお嬢様と実際に会い、お話をしたり、出かけたり、食事をしたりしていただけます。お嬢様が立派に成長したのを祝福することができます。本日は、そのほんの一部ですが、見て、そして感じていただきたいのです。いかがでしょうか」

「楢本さん、あなただったら、人生の最後に、亡くなった草太君とまた会いたいのか？　会ったところで、自分はすぐ死ぬのに、だよ」

「結城さんは、きっと気休めの幻だとおっしゃりたいのだと思いますが、私はそうは思いません。私は、もうお前はこの社会に生きている価値はないと宣告されたら、人生の残りの時期は草太と楽しく過ごしたいです。たくさん遊んで、たくさん旅をして、草太の笑顔をたくさん見て、そして眠るように死にたいです。私の望みはおかしいでしょうか」

「ああ、おかしい。生きている価値があるかないかを、勝手に決められてたまるか。あんたが言ってることは、最愛の人とまた出会えることと引き換えに、死へ送り込まれることを受け入れるようなもんだ。甘い餌を仕掛けた罠に導かれて殺される鼠だよ。人間は鼠じゃない」

「やめてください、結城さん。そんな残酷な言い方をしないでください」

千晶が声を張りあげて言った。この家に訪ねてきてから初めて出した大声だった。紘一郎がどんなに挑発的なもの言いをしても、穏やかにかわしてきた千晶が、思わず洩らした感情的な声だった。

「ああ、腹を立てたんだね」

「いいえ、そんなことはありません。ただ、たとえがひどすぎると感じました」

「そうか、あんたの大事な部分にさわってしまったようだね。ごめん、謝る」

「結城さん、もういいです。私、なぜ、この仕事をしているか、お話しします。私、草太を失った後、母も遠ざけ、一人でその日暮らしをしていました。ネット空間に登録しておけば提供される在宅の仕事を細々とやりながら、ひどく空しく寂しい気持に耐えていました。そんなときに、『第二の現実を生きる』というセミナーに誘われたのです。誘ってくれたのは、大学のときの知人です。私が落ち込んでいることをどこかで聞いたのでしょう」

「それは、南條理央の教えを広めるセミナーじゃないのか」

「えっ、どうしてわかったんですか」

紘一郎は、千晶の問いかけに少し顔をしかめた。

「まあ、『第二の現実』ということばを聞いたら、その人と関係あるんじゃないかという気がしただけさ」

「そうですか。私は、セミナーで、人間は自分たちに襲いかかってくる理不尽な現実に耐えるだけであってはならない。人間には、自分を幸せにする第二の現実をつくり出す能力があるのだと教わりました。それは、不思議と私を力づけてくれました。科学の進歩は、人間の脳によく工夫された刺激を与えることによって、第二の現実を生きさせることを可能にしているのです。最愛の人を失くしても、第二の現実でその人とともに生きることができるのです。私は、それを聞いて、ああ、私はいつか草太にまた会えるのだ、と思いました。草太に会って、放っておいてばかりでごめんね、ママのことを許してね、と謝れるんだと思いました」

膝をそろえ肩をすぼめて小さくなっていた千晶が、話しているうちに、顔がしだいに紅潮し胸を張る姿勢になった。紘一郎に話しかけるというより、体の内側でたぎるものに押され、ことばが噴き出してきたようだった。

「第二の現実で草太君に会うのを楽しみにして、あんたは生きているのか。なんだか寂しい話だな」

紘一郎は自分のことばが千晶を傷つけるのではないかと思いながら、胸をよぎったものをそのまま口にした。

「結城さんは、菫さんやひなたさんに会いたくないですか。その胸に抱きしめたくないですか」

「あんた、堂々めぐりしてるよ。さっきもおんなじことを訊いた。間もなく死んでいく俺が、脳みその中の幻に会って、なにが面白い。その幻は、どこの誰がつくり出したかわからない代物なんだよ。自分の脳をよそ者にいいように操られるのなんか、俺はまっぴらだね」

「ちがいます。結城さんは、一時代前の古い観念にとらわれているんです。生身の体で生きているときの現実も脳がつくり出したものですし、第二の現実も電気刺激を受けた脳がつくり出したものです。どちらも同じように脳がつくり出したものです。二つの現実の間に本質的な違いはないのです。第二の現実を生きているとき、人はすべてをありありと見たり、聞いたり、味わったり、嗅いだりするのです。科学の力は、人間に、自分が焦がれてやまない人生を真に体験させることを可能にしたのです」

「だったら、死期が迫ってるとか、認知症になりそうだなんてときに限らず、第二の現実を体験したいときにいつでもオーケーにすりゃいいじゃないか。あんたも、今すぐ、草太君に会えばいいじゃないか」

「それは、できません」

「だろ。第二の現実なんて、死ぬ前の一場の余興にすぎん。空しく消え去るもんだよ。俺たちの生きてる現実に比べたら泡みたいなもんだ」

「そうではありません。生きている間に、現実と第二の現実を行ったり来たりすることは、この国の法律で禁止されているからです」

「なぜ禁止されているんだ？」

「それは第二の現実で体験する幸福が、完璧で崇高だからです。それに比べたら、今ここにある現実はあまりにも不完全で矛盾に満ちています。第二の現実から、第一の現実に戻ったら、人は、祭の後にやってくる虚脱感のようなものにとらえられ、まったく無力な存在に落ち込んでしまうでしょう。人の無力化を避けるため、それはしてならないことなのです」

「あんたが言ってるのは、第二の現実が人間にとって麻薬のようなものだと認めてるのといっしょだ。第二の現実なんて経験したら、人間は腑抜けになってまともに生きられなくなるってことだろ。いいか、不完全で矛盾だらけの現実でいいんだ。人間はそれ以外のところに行くべきではないのだ」

千晶は、紘一郎の叩きつけるようなものの言い方に、首を傾げ、うっすらと目を閉じた。内からこみあげてくる悲哀の情をこらえているようだった。

「結城さんは、強い方ですね。私は、もし、そんな怖ろしい現実しかこの世界にないんだとしたら、とても生きていくことができません。私は、人生の終わりに草太と出会い、楽しく過ごすことができるとわかったから、いくら苦しいことでも耐えられるようになりました。私は弱い人間ですから、第二の現実で心の底から幸せになれると信じ、それを支えに、今を生きているのです。この仕事を続けて十分な貯えができたら、いつの日か、草太と幸福な日々を送る第二の現実に移り、生涯を終えます。悪性腫瘍や認知症のリスクが高くならなくても、私は自分の意思で積極的に『人生の成就』を契約するつもりです」

やれやれ参ったというように、紘一郎は腕を広げ、首をすくめた。

「あんたにそこまで確信させたセミナーって、すごいもんだな。そんなに疑いなく、南條理央の考えを信じていいもんだろうか」

「いいえ、当時、迷いの中にいた私は、気になることをすべて講師の先生にしつこく質問しました。きっと呆れられてたと思います。でもどんな質問にも明確な答えが与えられました。私は、人間の科学技術は、人間の脳を安全に操作し、真の幸福を実現できると確信しました。私は、人間ってなんてすごいんだ、自分は苦しみの底から救われるんだ、と思いました。それは、自分の心の暗闇に小さな火が灯ったような感じだったのです。とてもあたたかいもので、弱い私に勇気を与えてくれました。私は思いました。自分と同じように傷つき弱っている人に、第二の現実のすばらしさを伝えよう、どんな人でも幸福な人生を体験できることを知ってもらおうと」

「それで、あんたはバラのほほえみ社に入ったというわけだ」

「セミナーの講師から、私、言われたんです。この感動をずっと保ち続けたかったらいい仕事があります、と。『人生の成就』のプランをお勧めする仕事です。薬の研究をしていた私が営業をするって、おかしいですよね。おそるおそる仕事を始めました。でも、最初のお客様が、私の話を納得いくまで聞いてくれて、『人生の成就』を契約してくださいました。さんざん反抗したあげく行方不明になってしまった息子さんをもつお父様でしたが、治療困難な悪性腫瘍を発症していました。息子さんのことが気がかりで、死ぬに死ねない。胸が張り裂けそうになるとおっしゃいました。私どもは、息子さんの居場所が見つかり、お父様と再会する第二の現実をご用意し、体験していただきました。幾晩もかけて息子さんと話をし、和解していく過程を、私は横に付き添ってモニターでずっと見ていました。自分のお客様が本当に願い通りの人生を実現できたか、気になりましたから」

「ふーん、で、そのおやじさんはどうなったんだ」

「不安と絶望に打ちひしがれていたお父様の顔が日に日に穏やかになり、息子さんと和解に至ったんです。それはもう穏やかで満ち足りた表情でした。そのお顔で、永遠の眠りに就かれました。私、そのとき、思ったんです。これほど、お客様を幸福にできる仕事は他にない、と」

「ふーん」

「この仕事をずっと続けていこう。得られたお金を貯めよう。そのお金を、草太と母と私の三人で暮らしていたかつての夢のような時間を生き直すために使おう、と。稼げば稼ぐほど、自分が思う通りの第二の現実を『人生の成就』で得られるんです。第二の現実のためにお金を使い切って、静かに眠るようにこの世から去っていけばいいんです」

「それが、あんたが懸命に働く動機だというわけだ」

「はい。わかっていただけましたか」

「言ってる意味はわかったが、あんたの気持は理解できないね。そんな大金をはたく必要がどこにある。あんたが、草太君を思い出してやれば、そこに草太君はいるんだ。それでいいじゃないか」

「いいえ、それでは、草太は私の思い出の中にしかいないんです。『人生の成就』を経験すると、そこには本当に草太がいて、私と手をつないでいっしょに遊んだり、泣いたり笑ったりするんです。抱きしめたら、草太の匂いがするし、体があったかいんです。私はそういう草太に会いたいんです」

「なんてこった。あんたは、ひどい迷妄を、セミナーで吹き込まれたんだよ。本当に大切なものを見失わせる迷妄だよ」

「めいもう、ですか」

「そう。大間違いの怪しげな思想だ。この国のほとんどの連中がはまっているおかしな教えさ」

「何をおっしゃりたいのか、よくわかりません」

「そうか。じゃあ、言おう。いいか、あんたはまだ三十七歳、とても若い。あんたにはこれからの人生にいくらでも可能性がある。草太君のことを悔やむのもいい、悲しむのもいい。だが、あんたは草太君の死を乗り越えて自分の人生を生きなきゃいけない。それが一番大切なことさ」

「え、そうでしょうか」

「そうさ。草太君と第二の現実で再会するためにこれからの人生を捧げるなんて、まさに本末転倒だよ。そんなおかしな考えをもったのは、人生の最期に体験する第二の現実が、生身の体で経験する現実に優るとも劣らないという、おかしな思想にかぶれたからさ」

「おかしな思想ではありません。多くの現代人が受け入れている新しい価値観です。過酷な現実に打ちひしがれ、生きている意味さえわからなくなっている人間に、夢と希望を与える思考法なのです」

「夢と希望だなんて、よく言うよ。人間を集団自殺することへ従順に向かわせる倒錯した教えなのさ」

紘一郎は内から湧いてきた怒りに身を任せて立ち上がった。

「もういい。あんたのようないい人を、おかしな方向に導いた南條理央に腹が立つ。あんたの誠実なところはよくわかった。しかし、人に体裁のよい安楽死を勧めるのは間違っているんだよ。わからないか」

すっかり暗くなってしまった室内で、紘一郎は指先を震わせ、おぼろげに浮かんでいる千晶の顔に向かってことばを投げつけた。千晶は、静かに立ち上がった。手探りするようにおそるおそる歩き出した。

「今日は、結城さんの大切なお時間をいただきありがとうございました。私の個人的なことまで話したこと、お許しください。でも、きっと結城さんならわかっていただける、と思って申し上げたことです」

居間を通って玄関へゆっくり歩き出した千晶に寄り添って、紘一郎も暗がりを歩んだ。

「あんたの話は胸にしみたよ。よく、今日までがんばってきたね」

ほんのりと鼻と頬が浮かんでいる千晶の横顔に、紘一郎は話しかけた。千晶は紘一郎と肩を並べる背丈をしていた。その大柄な肢体をゆっくりと紘一郎に向けた。

「ありがとうございます」

千晶の声が、これまでのやりとりを吹っ切るような生気を含んでいるのを、紘一郎は心地よく感じた。

「気が向いたら、また来なさい。あんたの仕事と関係なく、ゆっくり話をしてみたい」

「嬉しいです。ふらっと寄ったりしていいですか」

「ああ」

「ありがとうございます。私、結城さんを怒らせてしまって、二度と来るなと言われるのではないか、と思いました」

「あんたに対して怒ってるのではないんだ。ただ、この国のあり方についての本音が、つい溢れてきたんだ。許してくれ」

紘一郎は室内の照明を点灯した。明るくなった居間で、千晶の黄色いブラウスは、春の花のように光を放った。玄関で、千晶がコートを羽織るのを見守った。

「今日も歩いて来たのかな。オートカーを呼んでないだろ」

「はい、歩いて帰ります」

「そうか。じゃあ、気をつけて」

坂道を下っていく千晶の後姿がおぼろげになり、街路の闇に溶けていくのを紘一郎はじっと見ていた。

7

市街地北方に細長い沼が横たわっている。はるか昔氾濫を繰り返した川の名残りである。沼をまたぐ太鼓橋を、紘一郎は欄干に手を沿えゆっくりあがっていく。上空に、翼を広げた大きな鳥がゆるやかな弧を描いている。風に乗ったグライダーのように、少しも羽ばたいていない。鷲か鷹のどちらなのだろう。紘一郎は「ゆうよく」と呟き、「よく」の漢字を空に思い浮かべた。「弋」が元来何を意味しているのか想像し、それが猛禽類の飛行の軌跡だったら面白いと思った。橋を下ると、「麗《うるわ》しの大地」という名の公園の入口になる。

紘一郎と似た年恰好の男女が次々とゲートに向かう。入場者をカメラがとらえ、顔認証により安全な散歩者と判定されると青いランプがつき、ゲートを通過することができる。紘一郎はいやいやながら右手首をゲートの矢印に従って差し出す。センサーを装着したリストバンドがするりと巻き付く。入場者の手首の太さに応じて自動的に調整され、きつくも緩くもないのだが、紘一郎はいつも装着の瞬間に、心臓がきゅっと絞めつけられる。

公園の利用者は、リストバンドをしたままジョギング、散歩、アスレチックなどをするのだが、脈拍、血圧、血中酸素といったデータが刻々とリストバンドを通じて、保健管理省の大型コンピュータに送信される。利用者が体調を顧みず無理な運動をしようとするときには、各自が携帯している情報端末に「制止」の警告が送られる。また、余りにも怠惰な運動しかしていない利用者には、もっと速度を上げて歩くようになどと勧告が送信される。住民の健康増進のためにつくられた「麗しの大地」では、誰もが最適の運動を行うよう細心の管理がなされていた。


「なんだ、こんなくだらんもの」

公園ができたばかりの七年前、譲とともにやってきた紘一郎は、リストバンドを力ずくではずし繋みの中に捨てようとした。

「だめだよ、父さん。顔認証してつけたバンドだから、捨てたらだれがやったかすぐわかる。要注意人物でマークされるようになるよ」

「散歩くらい気ままにさせろよ、譲、そう思わんか」

「まあ、父さんの気持もわからないではないけど……」

「けど、なんだ。中途半端なものの言い方をするな」

「ほら、病院でとるデータって、日常とかけ離れた環境にいるときのもんだろ。でも、ここならリラックスして歩いたり走ったりしてるときの数値だから、信頼度が高い。だから、体が今どんな状態か、けっこう正確に判断できるし、しょっちゅうこの公園を利用してれば継続的なデータがとれる。ＡＩが体に異変を起こしてる人を見つけ出して、通知もしてくれる。予防医学としての効果もあるし、データがたくさんとれるから国民の健康管理にも使える。大型公園はもうほとんど、このやり方を導入してるんだよ」

紘一郎は、譲が話している間も、リストバンドを引きちぎろうとしていた。譲よ、お前の説明など聞きたくない、俺の言いたいのは、散歩を国家が管理するなどそもそもあってはならないということだ。予防医学とか、健康管理とかそんな問題じゃない。そんなことじゃなくて、人には誰にも気兼ねなく好きなように歩き、好きなように道草を食う自由があるということだ。それはこの世界の根本問題だろ、そう言ってリストバンドを思い切り投げつけようとした。だが、悪戦苦闘の末はずしたバンドを握った右手を、譲につかまれた。

「父さん、やめてくれ」

眉をしかめた顔には、やや刺々しさがあった。温厚な譲がめったに見せない表情だった。悪戯を咎められた子どもの顔になった紘一郎は、渋々右手を引っ込め、リストバンドをジャケットのポケットに入れた。

「なあ、譲よ。人間、腹が立ったときは、向こう見ずなことをしていいんだ。俺はそういう風にお前や彬を育ててきたつもりだがな」

　譲の本音を聞きたいという思いで、紘一郎はことばを洩らした。譲は何も答えず、あいまいな顔で腕組みをした。そのうち、父親がリストバンドを投げ捨てるのを諦めたと見てとり、わずかに表情を緩めた。

「まったく変わった親だよな。学校時代、誰に聞いてもさ、お上に逆らうことを推奨する親なんかありえない、と言われたもんだよ」

「ちがうぞ。俺は、道理の通らないことには屈するな、と言ってきたんだ。逆らうことを勧めたわけではない」

「まあ、どっちでもいいけど。でもさ、僕も兄貴も、父さんの色にはあんまり染まらずに育ったようだ」

「嘆かわしいことさ。俺はな、この国の人間が、何をされても文句を言わない家畜みたいになってるのに耐えられないのだ。いいか、データ管理のバンドをつけて公園を黙々と歩く人間は、もう人間じゃない。牛や羊と同じ家畜だ」

「父さん、それは飛躍しすぎ。公園の散歩ができる上に、健康チェックまでしてくれるんだから、良質のサービスを提供してもらってる、と考えればいいんだよ」

　そう言い返されて、紘一郎は、そもそも人間はという議論を始める気になったが、譲の横顔を見るうちに、喉まで出かかったすべてのことばを呑み込んだ。

　五月半ばの青空の下、面倒なことはいっさい忘れて、譲とのんびり歩こうと思ったのは、そもそも紘一郎の思いつきだった。彬とはいっしょにいてもイライラするばかりだが、譲なら気持が和むような気がしたし、徒歩愛好会が四つ星半の極上評価をつけたこの公園を、まずは歩いてみるかと思い立ったのである。働く時間を自由に裁量できる譲に声をかけたら、平日の昼間に紘一郎のところに現れたのだった。

リストバンドの件では譲に不承不承、従って歩き出した紘一郎だったが、「麗しの大地」の遊歩道には大満足であった。

まず沼の岸辺に密生する葦原沿いの道を辿ると、野鳥ののどかなさえずりが耳をくすぐり、上空を飛翔する鳶や鷹、鷲に目を奪われた。道は岸辺に入り込んでいき、やがて湿地帯を横切る木道になった。木道の下では葦の根元を水が浸し、オタマジャクシの群れが黒い模様を描いていた。水上を歩く浮遊感が散歩者の足を軽くする。湿地帯を過ぎると、道は沼の岸を離れ、石畳になって内陸に向かっていく。ブナや柏の大木が現れ、森の中を縫う小径になる。横に小川が現れ、木漏れ日を乱反射している。木柵の手すりを頼りに急勾配を登っていくと、山中に澄んだ水をたたえた窪地が現れる。鮮やかな緑の苔が分厚くはりついた岩盤が窪地の奥にそびえ、目を凝らすと、岩の隙間の至る所から水が溢れ出ている。窪地にたまった水が、水面から盛りあがる勢いを見せ、小川に溢れ出している。

なおも登ると、まるで高山で森林限界線を越えたときのように樹木が消えた。可憐な高山植物が岩礫地帯に咲き乱れ、風に揺れていた。道は赤茶けた岩を砕いた礫で敷き詰められ、歩くにはとても快適だった。ときには胎内くぐりのような狭い通路や、岩づたいに山肌を回りこむ場所もあったが、転倒と滑落を防止するための柵とネットが手厚く設置されていた。

頂上に達すると展望が一変する。芝桜に覆われた斜面が「麗しの大地」の縁にむかってゆったり波を打っている。赤紫、ピンク、白の花が、大地のもこもことした衣となっている。前方の芝桜の斜面を曲がりくねって下る道はそのまま野原道になり、エゾスカシユリやハマナスが沿道で風に揺れている。

草がまばらになり、道はやがて白い砂の浜辺に出る。波が押し寄せ、涼やかな音を立てて砂に吸い込まれていく。砂地は硬く、靴が砂まみれになることはない。引いては返す波の合間を見計らって、波打ち際を歩くのは楽しい。見渡す限り続く遠大な浜を歩いている感覚が歩く者に訪れる。

左に湾曲する浜辺を歩き通すと、不意にこんもりとした林になる。木陰に四阿《あずまや》とベンチが点在し、休息を求める者はゆっくり足をとめることができる。ここから、はじめに歩き出した沼の岸辺までは指呼の間である。多くの者は葦原を目ざして歩き出し、二周目に入っていく。沼と葦原以外はすべて人造の公園であるにもかかわらず、散歩者は大自然を満喫した気分に浸ることができる。譲とともに一周した紘一郎は、公園設計者に賛嘆の念を禁じえなかった。山、丘、森、野原、川、海などの巧みな配置によって、実際のスケールからはありえないほどの雄大な景色を体感させられた。思いがけないところでやってくる突然の景観の変化、それは紘一郎を身震いさせ、全身を活性化した。

「麗しの大地」は、限られた空間につくられたミニチュアの自然であり、紘一郎は「あんなフェイクなんぞ、俺は嫌いだ」と、息子たちの前では口にした。だが、口とは裏腹に紘一郎はその後も一人でよく訪ね、園内をめぐり歩くことを日常の習慣にしていったのである。しかも、気の合う仲間には「雑談でもしながら歩かないか」と声をかけた。八のつく日にはよほどのことがない限り「麗しの大地」に出かけ、知っている誰かに会い、歩きながら情報交換をするのが恒例になった。

リストバンドをつけるのは忌々しいことだったが、監視カメラが密に設置されていないことを併せて考えると、我慢するしかないと思った。紘一郎はどこに行くときも、監視カメラを探知する装置を身に着けている。仲間との情報交換の場面を撮影されることは絶対に避けなければならなかった。「麗しの大地」では、自然そのままを演出するため、機器の設置が最小限に抑えられているのが気に入った。

沼の上空を仰ぎながら湿地帯の木道を歩いていく。今日も、滑空する鳥が視界を横切る。大きさからして鳶だろう。葦原にいる蛙でも狙っているのだろうかと、高度を下げてきた一羽を目で追う。と、後ろから足音が聞こえ、背の高い痩せた男が紘一郎に肩を並べた。頭に申し訳程度にのせた薄い白髪を風にそよがせているのから、深見銕夫《てつお》だとすぐわかる。銕夫は紘一郎の顔をにゅっとのぞき込み、

「やあ」

と言いながら相好を崩す。鼻の頭を赤くした銕夫の顔を見ると、いつも顔の真ん中に梅干しが鎮座しているようで笑ってしまう。

「やあ、この酔っ払い」

紘一郎は銕夫が吐き出すウイスキー臭に刺激され、目を瞬いた。

「なんだ、この歯っ欠けじじい」

人差し指を、紘一郎の前歯が欠けているところに突きつけ、銕夫はにっと笑う。

「バカだな。前歯一本くらい抜けてる方が便利なんだ。知らんのか」

紘一郎はそう言いながら、唇を横に引いて前歯を見せた。

「知ってるさ、くわえ煙草で庭仕事ができると言うんだろ。まったく、不良じじいだ。お前、近所の住人に通報されたら有毒嗜好品所持で逮捕されるぞ」

「かまわん、かまわん。逮捕されたら、煙草研究の蘊蓄を総動員して、人類の精神文化に煙草がどれほど高貴な貢献をしたか、力説してやる。この頃の官憲は、煙草の何たるかも知らずに検挙さえすればいいと思っているから、俺がレクチャーしてやる」

二人は木道を軽やかな足取りで歩き、沼の水面を賑わす鴨の群れに視線をやりながら、久しぶりに遠慮のない会話に耽った。この国の公式見解を根幹から否定する言辞は、よほど信頼できる相手でなければ口にのぼらせることはできない。紘一郎は、銕夫と出会うだけで心が軽くなり、胸の奥底にしまっていたことばが喉から溢れ出てくるのだった。

「お前、あまり力むとろくなことはないぞ。お互いこんな歳になったら、ほどほどにやらにゃあ」

「ふん、ほどほどなんて言える柄か。真昼間から酒臭い息を撒き散らして。どうせ、腹立ちをおさめるために、呷《あお》ってきたんだろうが」

「ちがうな。今日は仕事の予定を一つも入れずに、散歩を楽しみに来たのさ。あんまり、空が青くて風が気持いいもんだから、軽く一杯ひっかけてきただけだ」

「信じられん」

「それより、お前、真面目な話だが、その前歯を見ると治したくて仕方なくなる」

死ぬまで大丈夫な遺伝子構成になっていると歯科医師に保証された歯だったが、庭仕事の最中に岩にぶつけて折ってしまった。紘一郎は何年も放置してきた隙間を指さして言う。

「アル中の歯医者に任せられるわけないだろ」

「結城よ、俺がかなりの腕前の歯医者だってことを忘れたか」

四十代半ばにして法学者をやめて歯学部に入り直したというおかしな経歴をもつ銕夫は、事あるごとに紘一郎に自分の技術をアピールしたがる。

「あれだろ、歯になる胚細胞を歯根に埋め込むってやつだろ。俺みたいな歳になっても、あれをやると歯が生えてくるのか」

「おそらくな」

「おそらくって、これまた頼りにならん話だ。それじゃ、ごめんだね。俺は、歯の一本くらいなくても、いっこうにかまわん」

銕夫は木道の上でいきなり大きく前に一歩踏み出すと、紘一郎に向けてくるりと体を回転させた。

「お前、いいーって口を横に広げて歯を見せてみろ」

「なんだ、突然」

「いいから、いいから、その煙草臭い歯を俺に見せろ」

紘一郎は下顎を思い切り左右に広げ、いいーっと声を出した。銕夫は赤い鼻を突き出し、どれどれと紘一郎の歯に見入った。

「おお、こりゃ、治せそうだぞ。いいか、結城、その隙間の両側の歯をガリガリっと削って尖らせる」

「ガリガリっと削る？　なんだその野蛮な治療法は？　まじないの一種か」

「ばか、いい暮らしをしてる人間は、歯の治療のことをなにも知らない。俺が言ってるのは、今世紀の初めまで誰でも受けていた治療法だ。いいか、歯を削ったら型を取るんだ。二日あれば、ブリッジができる。これをその歯が欠けた所にカパッとはめてやれば、治療終了だ。俺は、キャビの治療が専門だからさ、しょっちゅうやってることだ」

銕夫はちょっと声をひそめて「キャビ」と言った。紘一郎はそのことばが引きずり出してくる、この国の深い闇のことを思わないわけにはいかない。わがＪＡＢＯＮ国では、虫歯（キャビティ）は克服された病であると喧伝されていた。遺伝子組み換え技術は歯科技術を飛躍的に発展させた。虫歯を治療することよりも、虫歯にならない歯を育てることが歯科学で研究された。乳歯が抜け永久歯が生えてくる絶好のタイミングで、虫歯にならないように組み替えた遺伝子をもつ胚細胞を歯根に注入してやると、ほぼ生涯にわたって虫歯菌に侵されることのない永久歯が生えてくる。

この技術の難点は、遺伝子組み換えの精細な工程と、歯の生え変わる時期に数年間にわたって断続的に行われる施術回数で、総額五〇〇万ジェンくらいかかるとされていた。しかし、施術が完了すれば一生虫歯に悩むことはない。歯科には、もう、歯列矯正やホワイトニングなど美容目的でかかるだけでよくなる。この国の親たちは、子どもをつくる以上、虫歯にならない歯にするのは親の責任と受けとめ、費用を計画的に準備し、歯の生え変わる時期になると施術を子どもに繰り返し受けさせるのが当たり前になった。

「虫歯のない国ＪＡＢＯＮ」と、政府が誇らしげに発表した。世界に先駆けて虫歯を克服した国として、研究と医療の水準の高さを国際的に発信した。だが、どんな親も例外なく五〇〇万ジェンを用意できるわけではない。所得の低い親たちは従来通りの削って虫歯を治す医療の存続を願った。しかし、この国では技術水準が高いことと利益率が高いことがすべてを左右する。街の歯科医院は雪崩を打つように遺伝子組み換え施術に転換し、従来型の治療をする歯科医院は姿を消した。

今やこの国では、虫歯をもつ者は差別と蔑視の対象である。キャビと呼ばれる彼らは、遺伝子組み換え施術を受けられない貧困層であり、社会の進歩から取り残された無知で無教養な種族であるとみなされている。彼らは誰にもわからないようにこっそり、削って治す昔ながらの治療を受ける。治療院は、歯科の看板を掲げず、ありふれた民家に設けられた地下室にあることが多い。

深見鋏夫の治療室も自宅の地下にあった。鋏夫は、紘一郎が研究者の職を失って便利屋になったのと同じころ、法律研究の仕事を辞め歯学部に入学した。時代の先端を行く遺伝子組み換えには見向きもせず、虫歯や歯槽膿漏の旧式の治療を学ぶことに専念した。今は、住宅地の一角で、キャビの人々の虫歯治療をひっそりとやっている。

この国で、虫歯で歯が痛んでいたり、歯が欠けていることは、その人間が「劣等な種族」であることをあからさまに示す。だから、人前で「歯が痛い」などと言うことは禁句であり、うっかり口を滑らしたら、「あいつはキャビだ」と差別されることは間違いない。

キャビは、汚れ仕事を転々とする人々やその仕事内容を指す隠語になっている。人知れずこっそり虫歯治療に通うキャビの姿は、この国で清潔で見栄えのいい職に就くことのできない人間のもう一側面である。「人生の成就」を拒否して認知症になった人間の介護、遺伝子操作の過程で生じた危険生命体の焼却、廃炉になった原子力発電所の放射能封じ込め、不慮の事故死を遂げた者の遺体回収とエンバーミング、不法移民へのヘイトスピーチと街からの追い出し、困窮死した人間の家屋の清掃と解体などなど、美しく清潔な社会の表面にけっして現れてはならないものを処理する仕事は、キャビがするものとみなされていた。

虫歯にならない医療を子どもに与えることのできない人間たちイコール貧困層であり、「虫歯もち」という気づかれやすいしるしを負う者である。彼らと、「汚れ仕事」に従事する者は、ほぼ重なりあう集団であった。

鋏夫が旧式の歯科治療を学んだのは、キャビの世界に入っていくことをあえて選んだからだと紘一郎は知っているが、表立って口にはしない。この国では、先進技術を推し進めることに背を向ける者は、時として危険思想の持主だと噂を立てられかねないのである。だから、鋏夫のやろうとしていることを推しはかりながらも、ただ、酔っ払いの歯医者としか言わない。

「お前、お呼びがかかって、もうだいぶたつな」

「そうよ。息子たちが、おやじ、金はいくらでも出すから、最高の最期を迎えてくれってな。バラのほほえみ社の腕利きのセールスレディを送ってよこした」

「腕利きか」

「そうだ、なかなかいい女だ。いいかお前、昔俺が憧れてた女が裸で現れてな、思いをかなえてくれます、と言うんだ」

「え、腕利きのセールスレディがいきなり裸になるのか」

「おいおい、お前は、酔っ払ってるだけじゃないな。エロじじいか」

「だって、裸の女が思いをかなえてくれると、お前が言ったんだぞ」

「いや、バラのほほえみ社の技術をもってすれば、憧れの女性とセックスもできるし、絶頂にもいけるという、脳コントロールの話だ」

「そうか。それで、結城、お前はどうなんだ。ちょっとはその気になったか」

「なるわけないだろ」

話しているうちに、道は林の中に入り、丸太で組まれた急階段になった。紘一郎も鋏夫も一足ごとに足もとを確かめ、上を目ざした。右下を深くえぐって流れる小川が、岩場で渦巻く音を立てていた。鋏夫が息を切らしながら言った。

「そうか、残念だな」

「残念なものか。あんなものにつられて、死の間際にセックスの興奮を味わおうとするやつの気が知れない」

「うーむ。俺は、かつての憧れの女と思いを遂げられますと聞いたら、ぐっときそうだな」

「ばかも休み休みに言え。深見、お前がぐらっときてどうすんだ。このいかさま世界と本気で戦う人間のことばとも思えん」

「冗談の通じない男だな、まったく」

「お前のように、冗談と本気の境目のない人間も困りものだ」

「あまり本気で突っぱると、ろくなことがないぞ。見境なしに冗談と本気をかきまぜて生きていくくらいでなくては、この国ではまともな精神を保てないだろうが」

「はは。まあ、お前の言うとおりだ。俺としたことが、つまらんことを言った。ところで、深見、この前の情報のことだが、もっと詳しいことを聞きたい」

「ああ、人生の成就を受けた人間の家族で、途中から本人と家族の面会が拒否されたってやつだろ」

「そうだ、俺が入手した情報の中でいちばん気になるのは、面会拒否だ。人生の成就では、いかに素晴らしい人生の場面に被験者が出会っているかを家族にもモニターで見せる、というのが売りだろ。『ああ、うちのお父さんが、今こんな感動を味わっているんだ』なんて、被験者のそばに付き添っている家族に思わせるわけだ。脳内に生じているはずの映像をモニターで見て、被験者の幸せそうな顔も見る。そうすると、みんな、被験者が幸福で感動的な体験をしていると納得するわけだ。それに、金を出した息子、娘なら、自分たちが親に幸福な人生を与えてやっている事実に満足する。ここが大事なところだ。それなのにだ、面会を拒否するってどういうことだ。あやしくないか」

　紘一郎は、潜行する仲間と「麗しの大地」で出会うことで得られた情報を継続的に記録し、分析していた。人生の成就プランが、科学に名を借りた殺人であり、人間の家畜化であるという信念をいまだ曲げない人々を結びつけるために、紘一郎は便利屋として動き回り、散歩者になることで出会いの機会を常に用意してきた。このごろ、彼が蓄積してきた情報で際立って多くなってきたのは、「家族の面会拒否」であった。

　二人は丸太で補強された急傾斜の階段を登りきった。紘一郎は窪地の泉を見下ろす小高い場所に設けられた四阿に銕夫を導き、腰かけるように促した。木陰をつくっている櫟《くぬぎ》の大木からツクツクボウシの声が絶え間なく降ってきた。

「じゃあ、ゆっくり話すか。俺んところのキャビの患者から聞いた話の件だよな。貧乏で生活もかつかつだっていうのに、母親には幸せな最期をプレゼントしたいと思って、生真面目に働いて、二〇〇〇万ジェンも貯めたってさ。その金を全部はたいて、母親に人生の成就を受けさせたんだな。母親にはさ、激しい親子喧嘩の結果、家出したもう一人の息子がいてな、まあ俺の患者の弟なんだが、母親は八十を過ぎて、その息子が気になってしようがない、このままでは死ぬにも死ねない、って嘆いてたらしいんだ。それでさ、兄貴が、行方不明の弟が突然帰ってきて母さんと和解し、その後は仲良く暮らすっていうストーリーを虹の架け橋社に頼んだんだと。兄貴にすれば、弟が帰ってきて母親と和解する場面を自分も見たいじゃないか、そして、当然、母親の喜ぶ顔もな。だから、人生の成就が進行していって、その感動の場面を母親が体験する日が来たら、必ず自分を呼んでほしいと頼んでいたらしいんだ」

「そりゃあ、当然のことだ」

「ところが待てど暮らせど、虹の架け橋社から連絡がこない。しびれを切らした息子が、母に面会したいと強く申し入れたんだ」

「うん、それで」

「それが、母親の容体が危険な状態だから、外部の人間との接触はお断り、と言われたんだそうだ」

「妙な話だ。危険な状態なら、なおのこと息子に会わせるべきじゃないか」

「そうだよ。ところが、人生の成就はきわめて高度で繊細な医療を統合したもので、社にすべてを一任する契約になっている。もしも当社の意向に反して面会して、母親が望み通りの最期を遂げられなくてもいいのか、せっかくの二〇〇〇〇万ジェンが無駄になってもいいのか、といったようなことを婉曲に言われて、息子は面会を先延ばしした」

「で、どうなった」

「間もなく母親が亡くなったという知らせを受けて、息子が虹の架け橋社に駆けつけたんだ。母親は、穏やかな微笑みを浮かべて横たわっていたそうだ。施術の担当者からは、行方不明だった息子と再会し抱きあって喜ぶ場面に立ち会った社の者は、みな感動の涙を禁じえなかった、と伝えられたってことだ。葬儀の後には、感動のシーンの３Ｄ映像を収めたメモリーを渡された、というんだ。これ、どう思う？」

「きわめてあやしい。息子は、母親が幸福な最期を遂げたと信じてるのか」

「それがな、真面目と親孝行だけが取り柄のような純朴な男で、母親に幸福な最期を実現してやったと信じたいんだ。母親が幸福を感じている現場に立ち会えなかったのが残念だが、穏やかな死に顔だったことで満足すべきなんでしょうか、としんみりした顔で俺に言うのさ」

「聞いてると、虹の架け橋社の対応がひどく気になる。息子の気持をぞんざいに扱ってないか」

「ああ、そうだ。家族の面会を拒否したことの詳細を説明し、平謝りすべきじゃないのか。俺は聞いてて腹が立ったよ」

「で、その母親は、本当に穏やかで幸福な笑顔をしていたんだろうか」

　すぐに鋳夫が返事をしようとするのを制して、紘一郎は立ち上がり、峠に向かって歩き出した。階段をのぼる女二人の話し声が、近づいてきた。鋳夫はあわてて紘一郎を追った。後続の散歩者が泉のそばのベンチに腰を下ろしたのを視野に収めた後も、紘一郎は木製の手すりをつかんで高度をあげていった。樹木の消えた岩礫地帯を紘一郎は足早に進み、胎内くぐりの岩場の前で、後ろを振り返った。二、三歩登っては息を整える銕夫の様子をじっと見守った。

「酔っぱらいは足が遅くていかん」

「ふん、山歩きするやつは、歳をとればとるほど健脚を自慢したがる。よくない癖だぞ」

「なにも自慢なんかしてない。ただ、遅いやつのことを遅いと言ってるだけだ」

「まあ、好きなように言え。ほら、酔っ払いのじじいも、ここまで登ったぞ」

紘一郎は、両腕を天に差し上げて伸びをする銕夫を横目に、リュックから布張りの折りたたみ椅子を二脚取り出し、登山路の脇に置いた。銕夫とともに腰かけ、眼下の林の上を吹き抜けてくる風を浴びた。林の向こうに見える沼が、空に浮かぶ雲を映していた。銕夫が首に巻いたタオルで顔の汗を拭き終わるのを待って、紘一郎は口を開いた。

「それで、どうなんだ。人生を成就したはずの母親は、ほんとのところどんな表情をしていたのだ？」

「いいか、息子はこう言った。『母親の死に顔を見た親戚はみんな、いやあほんとに嬉しそうないい顔をしてるね、あんた楽な暮らしでもないのに、よくこんな親孝行したね、と口々に言いました』、とね」

「そんなもんか」

「俺は、なんだ母さん、いい死に顔してたのかって、ちょっと拍子抜けしたんだ。ところが、息子は、まだ言い足りないって顔で俺を見返すから、あんた自身はどう思ったのか聞きたいな、と突っ込んだんだ。そうしたらな、しばらく口ごもった末に、『でも、私は、なんか違う。自分の母親が嬉しい顔をするときはこんなんじゃなかった、という気がしてならないんです。なにか別の人間の顔を見ているような変な感じがしました。これって、おかしいですか』ってさ」

「そうだよ、おかしい、おかしいとも」

紘一郎は思わず声に力が入り、太ももに置いていた両手を強く握りしめた。そのおかしさをずっと手繰っていけばいいんだ、そうすると、この気味悪い世界の綻《ほころ》びにつながっていくはずなんだ、と思った。

膜のようにゆるやかに紘一郎を絞めつけてくるものがあり、そのどこにも抜け穴がない。だから、どのようなときも息苦しさが完全に消えることはない。紘一郎にしてみると、自分の母親の遺体を目の前にして、違う人間の顔のような気がしたというキャビの男の感覚は、きっとまっとうな人間にふと訪れた「何か」なのだ。銕夫が与えてくれた情報は、この世界にできた綻びを示していることは間違いなかった。膜を内側から突き破る手がかりは、きっとたくさん転がっているのだ。

「深見、これは大きい証言だ。なあ、そうじゃないか。いちばん世話した息子が違和感を感じてるんだぞ。いったい、どういうことだ」

「お前の言いたいことは、こうだろ。その母親は幸せそうな顔なんかしてなかった、虹の架け橋社の職員によって顔をつくられたんだ」

「ああ。その孝行息子にはかわいそうな話だが、母親の人生は成就しなかったのさ。家族を呼べないような、よほどまずいトラブルが起きていたのだろう」

紘一郎は声を落とし、銕夫の方に少し身を乗り出して言った。銕夫は、首のタオルをはずして両手で広げると、顔に押し当てた。目のあたりをぐりぐりと押した後、首の回りを拭った。

「なあ、息子はなんの仕事をしてるんだ。キャビの身で、ずいぶんこつこつと金を貯めてきたんだろう」

「ああ、どういうわけか、俺のところに来ると落ち着くって言うのさ。虫歯直しに来てるのか、愚痴こぼしにきてるのかわからない、ひとしきり駄弁っていく男だ」

「お前のところは、どうやら、貧者の憩いの場だな」

「おお、そんなもんよ。で、その息子だが、身寄りのない年寄の介護をしてるんだ。キャビに多い仕事だよ」

「そうか、人生を成就させてくれる子孫もいなければ、手持の金もないっていうような年寄たちの世話をしてるんだな。ご苦労なこった」

見栄えがよい死を迎えるための資金準備もなく、息子娘にも頼れない者は、わずかながら残っている介護施設に収容される。そうした者たちのうちでも、認知症を発症し、社会的な存在価値がないとみなされた者に対しこの国は冷たい。死に対しなんの準備もしないでおいて、いざ年老いてみれば食事を食べさせてもらい下の世話をしてもらうようなことは、いきあたりばったりの無責任な生き方の結果だとみなされている。施設に入れられた彼らの面倒をみることを望む者はほとんどいないため、介護の仕事はほとんどキャビに押しつけられている。

介護施設は都会の文化的で教育的な環境にはふさわしくないとされ、都市近郊の荒蕪地か過疎の遠隔地に設けられている。すべての人間が、心身の能力と社会貢献度が低下していくのに応じそれぞれの年齢で美しく人生を成就することが理想とされているＪＡＢＯＮ国では、介護施設は本来あってはならぬ国の暗部である。わけのわからぬことを口走り、大小便を垂れ流す人間の存在は、できればないものにしてしまいたいのである。

「その男は、柳沢不二夫というんだ。おい、不二夫君なんて、俺は気軽に呼んでる。不二夫君、施設での話をときどき語るんだ」

「そうか。なかなかつらい仕事だろ」

「まあな。彼に言わせれば、認知症の年寄でも、目をしっかり見てゆっくり話しかけてやれば、話は通じる。はなから話が通じないと思って、ぞんざいに扱うと、認知症がひどくなるってさ。実際、年寄を人間扱いしない乱暴な職員もいるらしい。逆に彼は、年寄をちゃんとした人間だと思って相手してるから、苦労はあっても、なんとかやれている。けどな、彼が仕事で辛いのは、介護じゃない。喚いたり暴れたりしているところとか、おしめ剥きだしで徘徊してるところとか、大便をこねくり回してるところとかを動画で克明に記録することなんだと。ほんとにいやだと言っていたな」

「なんだそれは」

「お前もそう思うか」

「そりゃそうだ。なんのためにそんなことを」

「職員には、認知症研究のための素材であると説明されてるんだが、ほんとは、人生の成就プランをなかなか受け入れない人間に見せるためじゃないかと、不二夫君は言っていたな」

「どういうことだ？」

「いいか、お前みたいに、ぐずぐずと人生の成就を受けない人間がいるだろう。そういう人間の教育用だろう、ということさ。ほら、早く人生の最高の瞬間を体験して幸福な死を迎えなさいと言われても、まだまだこの世に未練のある人間はいる。お前もそうだろ」

「ふん、このごろ、未練もだんだんなくなってきたが」

「そんな、情けないことを言うなよ。話を不二夫君に戻すぞ。彼が言うには、人生の成就を受けないでいるうちにもし認知症が進んだら、こんなひどい状態になるんだ、と映像を見せてショックを与えるためだろう、ということさ」

「なるほど。認知症の人間は、このいやらしい国の表面をとりつくろうために、見えないところに押し込められたからな。俺たちが子どものころは、呆けた年寄はまだどこにでもいたよな。今では、認知症になるまで親を放っておくことは許されないことだとみんな思い込んで、もしも家族で認知症の者が出たら、誰にもわからないように、すぐ施設に入れてしまう。だから、認知症になったらどんな状態になるか、つぶさに見て聞いて、感じることがなくなったんだ。映像を見せるというのは、ありうる話だな」

「けどよ、人に恐怖感を与えるための教材として認知症を動画にするなど、人間じゃない、鬼だぜ。不二夫君にそんなことを命令するやつの面を張り飛ばしてやりたい」

「深見、お前、珍しくカッカしてるな。あまり腹を立てると、少ない髪がますます抜けるぞ」

「結城に言われるとはな。それにしてもひどい話さ」

　鋉夫の詠嘆が林を越えて吹き上げてくる風に吸い込まれた。紘一郎は簡易椅子から立ち上がった。泉の場所から、オレンジと水色のジャンパーに身を包んだ二人の女性が紘一郎たちに視線を向け、歩き出したのが目に入った。鋉夫を促して、胎内くぐりの岩場に足を進めた。

ちょっとした冒険気分が味わえる岩場を通り抜けると、白っぽく平らな火山岩がなだらかに折り重なる斜面になる。ところどころに高山植物が群落をつくり、白、黄色、紫の花を咲かせている。歩く者は、スカイラインに身をさらし頂上に一歩ずつ登っていく気分を味わうことができる。

紘一郎のすぐ後を登ってくる銕夫が息を切らしながら話し出した。

「不二夫君が、母親の死に立ち会って経験したことは、なかなか有力だ。いいか、これまで入手した情報にもとづいて、俺たちが推測してきたことが、どうやら本当らしいということだ。人生の成就プランが実現する至福の死に顔ってやつが、かなり疑わしいんだ」

「しっ。声が大きい。いいか、もっと情報を集めよう。同じようなあやしい事例がないか国中から情報を収集すべきなんだ。遺族がちょっとでも感じた疑問を集積できるといいのだが」

「そうなんだ。だがな、人生の成就をやってる企業について言説空間を検索しても、出てくるのは称賛と感謝のメッセージばかりだ」

「ああ」

「故人がどれほど満ち足りた笑顔で最期を迎えたか、遺族がどれほど安らかな気持で故人を見送ったか、それはまあ感動のことばが溢れてるだろ。それ以外に書くことはないのかと言いたくなる」

「それは、疑問や戸惑いレベルの書き込みでも、閲覧制限のかかった棚に自動的に振り分けられるからだろう」

紘一郎は額の汗を右袖で拭いながら言った。

8

ＪＡＢＯＮ国では、「あらゆる人のことばをあらゆる人のもとへ」の理念に基づき、すべての人の電子データ化された言語表現は、原則としてすべての人にアクセス可能になった。たとえば、「草の葉先から零《こぼ》れ落ちる朝露」に興を覚えた人間が、エッセー・俳句・短歌・川柳など好みの表現で端末に入力してやると、巨大なデータベースに保存される。別の人間が検索をすると、かつて記述されたすべての「草の葉先から零れ落ちる朝露」の趣きについての言語表現を読むことができる。なるほどと思った表現に「共感マーク」を入れてやると、多くの者に好まれる表現が序列化されるとともに、読み手の好みがデータベースに記憶される。

「共感マーク」を多く集めた表現は、季節のあいさつなどに頻繁に引用され、投稿した人間に称賛が寄せられる。しかし、少数者による独特な表現も独特の感性の持主によって評価され、言語の豊かさを維持するために必要なものとみなされている。それらを読むことは、人間の現実体験を言語によって数倍豊かにさせるとして、言語情報省によって推奨されている。また、ＡＩがデータベースから推奨作品を選択し提供するサイトが複数存在し、登録者の嗜好に応じて瞬時に言語表現を端末に表示する。

小説やノンフィクション、論説文、思想も同様にすべてデータベース上に存在する。書物の形態で読みたい者には、データを印刷・製本機に流し込めば本になって現れる。こうしてすべての人間が作家かつ読者になった。サイトを運営する企業はユーザーの閲読への課金と広告を収入源にしており、読者が好みそうな作品の情報を切れ目なく提供する。閲読数が上位にランキングされる作品を書いた者には莫大な報酬が支払われ、無名の人間が話題を呼んで執筆後二、三か月にして数億ジェンの富を手にすることもときには起こる。

「情報の超民主化」と称されるこの状況は、ここ三十年ほどの期間にできてきたものであった。だが紘一郎や銕夫らにとって、「超民主化」は、人々に心地よいものしか見えなくさせるバリアであり、緩やかにすべての者の首を絞めつけていく真綿であった。

かつて、紘一郎が渾身の思いで書いた論文「自然死の擁護」は、ただちに、野蛮で暴力的な説として言説空間で激しい非難にさらされた。このような説は理性ある人間が表明しうるものではない、人類を無知蒙昧の旧時代に引き戻すものである、悪意に満ち瘴気を放つこのような言説を野放しにすべきではない、などとする指摘が集中砲火のように浴びせられた。紘一郎の論文は、言説空間の奥底にある「無知蒙昧の偏見思想」の棚に押し込められ、容易にアクセスできるものではなくなった。どうしても閲覧したい者がフォルダの奥を探っていくと、「これらのコンテンツにはきわめて有害で偏見に満ちた思想が含まれている可能性があります。あなたは、自己責任において、これらにアクセスしますか」と警告が繰り返し表示される。

ほとんどの人間はこの警告を無視することが、言語情報省によって、自分が有害思想の同調者とみなされる危険を冒すことだと認識している。そのため、紘一郎の論文は、危険思想であると衆目が一致したその他の論文とともに、言説空間の奥でホコリをかぶって眠っている。読むのが危険であるか、無意味であると言説空間上で分類された論文は、通称「ホコリかぶり」と言われている。この国では、あえてホコリを払ってそんなものを読もうとする人間は皆無に近い。

紘一郎は、しばらく前に自分の論文を検索してみた。警告を何度も無視して論文に辿り着いたが、自分以外の者が閲読し評価を書きこんでいるのに驚いた。「旧思想を代表する時代錯誤」「猟奇趣味のグロテスクな論文」「反吐を催させるアンチヒューマニズム」「哀れと惨めをきわめた未開思想」「読むこと自体が徒労の壮大な無意味」などの評価が並び、最後に「それでもあなたは読みますか」とだめ押しの一行があった。

はじめ紘一郎は、わざわざホコリかぶりの収納庫にやってきて罵声を浴びせかける人間をずいぶん暇人だと嘲笑ったが、すぐに、いや裏の意図を読み取るべきではないか、と思った。間違って迷路の奥に入り込んできた者に、論文を読むことを放棄するように警告しているのか、あるいは、このような論文を探り当てたこと自体が反社会的で反人間的な危険な振る舞いであると気づかせようとしているのか、いずれにしても「情報の超民主化」の奥地に仕掛けられた不気味な罠に思われた。

情報はたしかに誰が発したものであっても、言説空間上に存在している。享楽的で頽廃的な情報も溢れている。キャビをからかったり愚弄したりする差別的な言説も溢れている。一見、気分のおもむくまま何を書いても、消し去られることのない自由な空間になっている。だが、人間が死を克服したとするわが国の公式見解を疑ったり、否定する見解は、激しい非難にさらされ、嘲笑の的になり、発信者の個人情報が執拗に追及され公表される。発信者の生命に危害を与えようと呼びかける書き込みが集中しても、言語情報省は「あらゆる人のことばをあらゆる人のもとへ」の理念を楯にして、なんの対策も行わない。その結果、「人生の成就」プランを批判する言説どころか、わずかな疑問を述べることすらほとんどなくなった。仮に行う人間がいたところで、たちまち、きわめて危険な書き込みとしてＡＩによって判断され、閲覧制限のかかった特殊な場所に瞬時に振り分けられるであろう。

「まあな。この国では、人生の成就なんてくだらんものを押し通すために、ものの見方や考え方がこの三十年間ですべて書き換えられたんだ。実に上手にな。みんな幸せに死にたいからだ。幸せに死ぬことを科学技術が実現したと信じ、自分もそうなりたいという気持が洪水のように広がったんだ。みんな押し流されちまったのさ。異を唱えるやつは人類の敵だと、徹底して非難されたからな。ちょっとした疑問でさえ、発すべからざるものになっちまった」

鋳夫が話すうちに、道はなだらかな稜線になり、苦もなく、頂上に着いた。「麗しの大地」全体を見渡すことのできる、手ごろな平坦地である。滑らかな肌の岩が七つ、八つ配置されている。紘一郎と鋳夫の他に誰もいなかった。

岩に腰を下ろした鋳夫は両手に広げたタオルに顔を押しつけ、頬や瞼を揉みながら深いため息を洩らした。うつむいた鋳夫の頭頂にまばらに残った白髪を揺らし、風が吹き抜けた。紘一郎は、不意に、悲哀の網にからめとられた。自分と鋳夫に老いが容赦なく訪れ、刻々と肉体を支配し始めてきていることを認めないわけにいかなかった。

敵とみなすものと戦うことに全身が鼓舞され、敗れることを意に介しなかった壮年期はずいぶん前に過ぎ去ってしまった。ここにいるのは、七十代後半のただの老いぼれ二人である。紘一郎は成算のない戦いを続けることに深い疲労を感じていた。自分が何をしようと、この世界に傷一つつけることができない。他者に思いを届けることができない。何を言っても、すべて表層を滑って消え去ってしまう。かつて、紘一郎たちが戦ったとき、少なくとも自分たちの主張を掲げて正否を問うことができた。敵の面前で叫びをあげ、言論の勝負を挑むことができた。紘一郎を駆り立ててやまぬ激情が枯れ果てそうになっても、少しの休息は、また彼を立ち上がらせた。

今はもう、抗って生きることを楽しめなくなってきていた。いや、この国では抗うということさえほとんど不可能になっている。批判的言説は世界の中にただ呑み込まれていくだけである。嘲笑か蔑みを浴びせられたかと思う間もなく言説は世界の奥深くに消え去り、ほとんど人の目にふれることはない。声をあげるということが、闇の中にことばを投げ捨てることでしかなくなっているのである。

何をしようとしても物哀しさがすべての感情の基調となり、紘一郎に行為を支える意欲が湧いてこない。生きていることすべてが億劫な苦行で、老いることの到達点がこのような徒労感であるならば、おのれの人生すべてが何の意味もないがらくたでしかない、と思われてくる。こんな感情に襲われるとは、自分でも情けないと思う。だが、生命力の枯渇が、紘一郎の現実としてひたひたと目の前に迫ってきているのは否定しようがなかった。

自分を鼓舞してくれる生命力が失われてしまっているのを自覚している紘一郎は、眠りかけた感性と意欲を刺激してくれるものを求めた。庭の植物に手をかけ、便利屋の仕事で街をめぐることも、紘一郎の生存を支えてはいた。だが、それらは、老いた紘一郎をしてあえて前に進ませるものではなかった。もっと激しく、血を滾らせるものでなければ、動き出すきっかけにならなかった。

「ああ、おかしな国になったもんだ。幸せに死ぬために汗水たらして金を稼ぐ愚民たちの寄せ集めだ。そんな自分たちの世界を守るために、違う意見を徹底して排除する。これはおかしいぞ、という素朴な疑問さえなかなか口にできないんだ」

紘一郎はそう呟いて立ち上がり、銕夫にも歩き出すよう促した。

「だけどな、俺は、さっき話したキャビの息子みたいに、親が本当に人生を成就したのか疑問に思っている人間がいることを、まず事実として伝えることを、なんとしてでもやらなければならんと思う」

「ああ、そうだ。だが、情報の超民主化が、化物のような敵だ。人生の成就についてどんな情報を流したところで、海に一、二滴のインクを流すようなもんだ。ただただ、かき消されていくだけだ」

銕夫は下りが苦手である。伸縮のきかなくなった膝をぎくしゃくさせながら、ぼやきを呟いた。紘一郎も右股関節に生じた痛みが、右足で体重を支えるたびに腰を内側から刺してくるのを感じていた。老いぼれ二人が、白い火山岩の上を、体を右に左に揺らし、斜面を下っていく。それでも、ほんのひとときの高山気分が終わり、もうすぐ、芝桜に覆われたなだらかな散策路に着くはずだ。紘一郎は、銕夫に歩調を合わせ、足もとをこれでもかというほど確かめ、ゆっくり歩を進めた。

と、火山岩地帯が途切れるあたりに腰を下ろし、俯いている男の背中が目に入った。紘一郎と銕夫は目を合わせ、どちらも頬を緩ませた。二人は自分たちの気配を感じとられないように忍び足で男の背後まで歩み、ともに声をかけた。

「おい、柿本」

「あん？」

柿本と呼ばれた男はゆっくり首を回した。

「どうした、こんなところで腰を下ろして」

紘一郎は、グレーのジャージの上にベストを着込んだ男がたしかに柿本であることに、小さな喜びを感じ、いつものように気軽に声をかけた。だが、後ろの二人を向いた柿本は浮かない顔だった。

「いや、どうしたもこうしたも、足首をひねったようだ。結城、この公園を歩くのは、俺にはちょっとハードすぎる」

紘一郎と錬夫は、柿本の前に回って腰を下ろした。

「ばか言え、ここはな、年寄でも子どもでも安全に歩けるように設計されてんだ」

「いやいや、こうやって現実に、足をくじいた人間がいるんだ。もっと安全なところで情報交換しようじゃないか」

「なんだか、情けない話だな。俺は、狭い隠れ家で密談するより、こういう広い空の下でやあやあと言いながら、情報交換する方がいいんだ」

「そうかよ。公園で歩きながら連絡を取りあうというのは、結城の趣味に合わせてるんだ。そろそろ、他のメンバーの趣味にも合わせようじゃないか。俺は、日帰り温泉で湯に浸かったり、マッサージされたりするのがいいんだ。温泉で落ち合うというのはどうだ」

柿本春馬が大の運動嫌いであることは、紘一郎の仲間内では誰でも知っていた。四十代では針金のようだった春馬の体は、六十代半ばからぐんぐん貫録を増し、下腹部は迫り出し、腰部と太ももは石臼のようになった。紘一郎は、春馬を「孤高の研究者」と呼んでいるが、実態は、作業場で行っている素材の研究に疲れると手当たり次第にジャンクフードを貪るあやしい男であった。

春馬はかつて極めて優秀な生化学の研究者で、物質自体のもつ揺らぎが生命現象の根底にあることをつきとめようとしていた。無機的な物質現象と有機的な生命現象の間に断絶はなく、物質の揺らぎが自然界のすべての変化の根底にあることを理論的に明らかにしようとしていた。彼は、結城紘一郎が人間による生命のコントロールに反対する論文を発表したのに賛同し、「人生の成就プラン」を阻止する運動に加わった。たちまち学会内外から柿本への誹謗中傷が嵐のように起こり、勤務していた研究所を追われた。

柿本のそれまでの研究論文は、研究所の他のメンバーの業績として書き換えられ、彼の名は学会から消し去られた。研究者の道を断たれた柿本は、転職を繰り返した末に、ごく小さな企業を起こした。廃棄製品からレアメタルなどの有用資源を回収するスキマ企業である。春馬は「素材のなんでも屋」を自称している。少量であれば、顧客の要求する性質をもった物質をどんなものであれ、用意して見せると豪語していた。

「温泉かよ。俺はどうも、あの、いきの下がったマグロみたいに、人間が休憩室でごろごろしてるのが気に入らん。あれは駄目だ」

「ふん、どうも、結城は健康志向でいかん。昔、この国ではウォーキングというのがはやってな、いい年こいたおやじとおふくろたちがリーダーに先導されて列になって歩いてたんだぞ。写真になって残ってる。あれを見ると、収容所に入れられる囚人の集団を思い出す。結城が、歩け、体を動かせ、というのを聞くと、俺はあれを思い出す」

「お前、歩くのが嫌で、収容所を持ち出すとはな。だが、このＪＡＢＯＮで、くだらない死に方を逃れるには、体を使って健康を保つのが、最低限できることの一つだろうが」

「わかったよ。でもよ、健康そうなお前の方が、人生の成就を早く受けろと催促される身の上になったんだろ」

「へへ、痛いところを突いてくるな。俺の便利屋という仕事は社会貢献度がかなり低いんだろうよ。歯医者の深見、起業家の柿本に比べたら、ちょっとは健康でも、バランスシートはマイナスになりやすい。柿本、お前は、糖尿病の検査数値が悪化したら、すぐ人生の成就へのお呼びがかかるぞ」

「いや、いいんだ。俺は、お呼びがかかったら、すぐ会社をたたんで財産整理する。あとは、雲隠れだ。温泉三昧、美食三昧してから、上手にこの世からフェードアウトするさ」

「それをお前、敵前逃亡と言うんだ。もっとファイティング・ポーズを見せろ」

「まあまあ、二人ともいい加減にやめておけ。お前たちのそのやりとりはもう聞き飽きた。そういうのを、昔、エンドレス・テープとか壊れた蓄音機と言ったらしいぞ」

　錬夫が二人のやりとりの間に入った。紘一郎も春馬も、相手を茶化して面白がっているのだが、放っておくと、とめどがなくなり、ことばにだんだん棘が出てくる。どちらも、年寄りにしては大人げないところがあるので、ジャブの応酬くらいでやめさせた方がよい。

「こんなところに三人固まって、いつまでも話してると、あやしまれる。たしか、この辺りは監視カメラがあると結城が探知してたろ」

「おお、そうだ。ここは障害物が少ないからな、映りがいいんだ。移動しよう」

鋏夫に促された紘一郎は答えた。

「わかった、わかった。俺も行くぞ。だが、ゆっくりしか歩けないからな。急なところは、肩を貸してもらうかもしれん」

そう言いながら、春馬は、自分でも持て余し気味の体を揺さぶって立ち上がった。


白、赤紫、濃いピンクの芝桜が斜面を覆っている。三色の芝桜が色ごとに高度をほぼそろえて植えられているので、水平な縞模様が波打っているようだ。雲間から射す光を受けて、白い花の帯のところが光を発しているように見える。道は丸太で組まれた小刻みな階段になり、細かな砂利が敷き詰められていた。右足をひきずる春馬は、「おっ、おっ、おっ」と小さな声を発し、拍子をとりながら重い体を下に運んだ。道はゆるやかに右に曲がり、斜面に平行になった。紘一郎と鋏夫が肩を並べ、春馬が後を追った。

「さっきの話だが、結城。人生の成就を勧告されて、息子たちはどういう反応なんだ」

額から汗を垂らし始めた春馬が、前を行く紘一郎の背に声をかけた。紘一郎はそんなことはどうでもいいというように、前を向いたまま右腕を軽くあげて二、三度振った。

「柿本は天涯孤独だからいいよな。俺も結城も、家族があるから、自分の意志を貫くのは簡単にはいかん。結城は、息子たちから、いくらでも金を出すから、望み通りの人生を成就してくれ、とせがまれてるらしいぞ」

「そうか、孝行息子に育ったというわけだ」

「また、皮肉を言いやがる。今の時代の孝行は親思いという意味ではなく、世間体第一という意味なんだ」

紘一郎はぶっきらぼうにことばを返した。

「ははは。嫌な世の中になったもんだ。見栄えのいい死にざまを用意したから、父さん、早くあの世に行っておくれ、と息子に言われるのがブラックジョークじゃなくて、現実なんだからな。俺は妻も子どももいない、気楽なもんさ」

「そんなところで自慢か、柿本は」

鋏夫が後ろを振り返ってニヤリと笑った。

「そうだ、自慢するさ。この国は家族のつながりを利用して、人間をじわじわと締めつけてくるからな。俺みたいに血のつながりのない人間は、早く人生を成就しろなどと言われても、後顧の憂いなくとんずらできるし、野垂れ死にもできる。お前らみたいな家族もちは決断が鈍るだろ」

「うーむ、柿本の言うことはいちいちもっともだ。だが、お前は先見えがして家族をもたなかったわけじゃないだろ。ただ、女にひどくもてなかっただけだ」

紘一郎が言うと、鋏夫も春馬も屈託のない笑い声をあげた。盛りあがるように咲いた芝桜が散歩者に奇妙な浮遊感を与える。天上世界を歩いているような気分を味わいながら、三人はしばらく無言で歩き続けた。

「おお、ところで、お前ら知ってるか。城山のことを」

春馬が話し始めた。

「そうだ、去年の夏まではここでときどき情報交換していたが、最近はさっぱり姿を見ていない。

どうしたんだろう、と思っていたところさ」

紘一郎が歩を止め、後ろの春馬が自分の横に来るのを待った。

「やっぱり、知らないんだな。俺は、三次元ニュースを部屋に映してときどき見てるんだが、この前、ニルヴァーナ社の広告が入ってな、当社で最期を迎えられた方の最高の笑顔を参考にご覧ください、ってやってたのよ」

「よくあるやつだ。あれは、バラのほほえみ社が、最初に始めたんだ。自分もこんないい表情で死にたいと思わせる顔が並んでる」

「ああ、そうなんだが、この前俺は、城山の幸せいっぱいの顔がドーンと出てきたのにぶち当たったもんだから、びっくり仰天した」

「おい、本当に城山か。……冗談で言ってるのじゃないだろうな」

ありうべからざる名前が発されたことで、紘一郎は春馬に噛みつかんばかりの険しい表情になった。

「結城、お前も見てみればわかる。ニルヴァーナ社の広告だ。どう見ても、城山翔平だ」

場が気づまりになること必至の話題を出してしまった春馬は、紘一郎の顔を横からじっと窺った。城山は紘一郎が大きな信頼を寄せていた盟友だった。紘一郎が「安楽死に名を借りた国家殺人を許すな」と声を挙げ、宗教組織にはたらきかけを始めたとき、キリスト教会の一員として署名活動や声明の発表を行ったのが城山だった。宗教界が雪崩を打ってJABONの国策に協力をするようになっても、城山は自分の教会を拠点にして不服従の歩みを続けていたのだ。

昨年の夏会ったときに、城山は「人間はかつて傷の痛みを和らげるために麻酔を開発した、今、死の苦しみを和らげるために人生の成就が開発された」という主張は、人の心にするりと入り込んで多くの者を垂らしこんでしまう、そのことに打ち勝つ方法がなかなか見つからない、と暗い顔で言っていた。垂らしこまれていたのは彼自身だったのか、と紘一郎の思いは去年の夏に戻っていく。

あのとき、今にも雷鳴が轟きそうな黒い雲の下で、木柵に肘をかけ二人で沼を見ていたのだった。城山は、「カエサルのものはカエサルに、神のものは神に」というイエスのことばを口にして、人間の技術や医学が進歩するということは、かつて神の領域のものとされたものがどんどん人間の領域に移るということでしょう、と言った。人の命ももはや神の領域のものではない、とこの国の大半の人が考えているのです。では、その人たちにとって、神の領域に属するものとして、何か切実なものが残るでしょうか。城山は、紘一郎を横において、ほとんど独り言のように話し続けた。

紘一郎は、どの宗教組織も、国策に協力して人生の成就を容認したときから、「絶対者への敬虔」を捨てたのだと思っていた。簡単に言えば、宗教であることをやめたということだ。暗い顔の城山に、宗教組織への未練など捨て、おのれの信ずることだけに率直になればいいではないか、と単刀直入に言ってやりたかった。あの城山が、脳に刺激を受けて満面の笑顔で生涯を終えたとは。そのつくられた笑顔の後ろには、せめて、ＪＡＢＯＮ国と闘わずして軍門に下った宗教組織への精一杯の抗議があったと信じたい。

「そうか、城山が、幸せいっぱいの顔でな」

紘一郎はそこまで言って、ことばが続かなかった。

急に沈黙に入った紘一郎の後を受けるように銕夫が口を開いた。

「俺たちにはわからない事情がきっとあるのさ。宗教の世界のことは俺にはさっぱりわからんし」

「宗教界独特の事情なのか、城山個人の問題なのか、どっちにしろ、やりきれない話だよな」

柿本春馬は、そう言って、痛む右足にわざと力を入れて大股で先を目ざした。春馬は若いころから徒党を嫌い、自分の意思を越えた組織の動きに巻き込まれることを拒否する男であった。そんな春馬が、紘一郎を結節点とする地下ネットワークに協力しているのは、人生の成就に異論をもつ者が少数者として徹底的に分断され、孤立化させられる状況を身を以てくぐり抜けてきたからだった。

「ところで、柿本、さっき深見とも話していたんだが、人生の成就を受けた人間の家族が面会を拒否されたケースがポツポツ出ている。おかしいじゃないか。拒否された家族同士で連絡をとり、どんな扱いをされたかつき合わせてみれば、医療過誤として訴えを起こせるのではないか」

「それは、一昔前のやり方だ。もうこの国では医療ミスの判決など、ずっと出されていない。ミスをなかったことにする記録操作も完璧になっている。それに、家族同士が分断されていて、情報交換すら難しい状況なんだから」

対決型の問題提起を実現したい紘一郎に対して、春馬は鼻であしらうようなことばを返した。

「だがな、俺たちはこの施術について、医療技術上の最大の弱点は何か、ずっと考えてきただろ。人生の成就が最高の場面を迎えるときに家族を立ち会わせないことは、俺たちの推測が当たってることを示しているんじゃないのか。とすれば、やり方次第で一気に敵を追い詰めることができるということだ」

「おいおい、結城、話をいきなり進めるな。もう少し、段取りを追って話せ」

春馬が入れた横やりに、紘一郎はしばらくの間、口を閉じた。芝桜の先に見えている草原地帯で、いちだんと丈の高いイタドリや野生の百合が風に揺れていた。

「わかった。いいか、南條理央の理論によれば、被験者にとって心地よい刺激を脳に継続的に与え続ければ、脳は受信装置を介して送られてくる刺激を優先的に受け入れるようになる。一方、きわめて刺激の少ない状態、俺は人工栄養を経管補給されぬるま湯に漬けられた状態を想定してるのだが、その状態に置かれた被験者が外界から知覚神経を通じて受ける刺激量は低下していく。あるときにクリティカル・ポイントが訪れるのだ。つまり、脳が、受信装置からくる刺激のみをすべての刺激とし、知覚神経からの刺激を受け取らなくなるのだ。ここが、重要な点だ。いいだろうか」

紘一郎は速足で前に進むと急に後ろを振り返り、銕夫と春馬の顔をじっと見た。

「いいようだな」

体の向きを元に戻し、歩を進めながら話を続けた。

「この切り替えによって、被験者の脳は、完全に人為的にコントロールされた刺激のみで活動するようになる。これが、人生の成就が実現されるうえでの必須の条件だ。だが、俺たちが疑問視してきたのは、このような百からゼロに変わるような劇的な変化が起こることについてだ。脳が、そんないちころで、気持のいい刺激だけになびいていくものだろうか、これが問題だ」

「いちころねえ。結城の言い方はわかりやすい」

合いの手のように春馬が言うのに紘一郎はうなずき、話を続けた。

「すべての脳が知覚神経からの刺激を遮断するかどうか。南條は、受信装置を通じて脳にとって心地よい刺激を一定時間与え続ければ、一〇〇％の確率で遮断が起きると主張している。受信装置の材質が脳神経に親和的な有機物であることも重要だ。脳神経は受信装置を取りこむように成長し、そこに強固な神経回路が形成される。そこを通る情報が知覚情報を量的に圧倒し、しかも、うっとりさせる快楽情報ばかりなら、あるときを境に、知覚情報の回路は無用のものとして遮断される。ここが南條理論の要だ」

「そうだ。俺たちはそれが科学的に実証されたものだと思っていたから、ずっと、施術の中盤以降、被験者の身体感覚がどうなっているかを注目してこなかった」

「深見の言うとおりだ。だが、俺たちは科学者としての南條を信用しすぎていたのかもしれない。これまで手に入れた情報からすると、知覚神経の遮断が起きなかったと推測するほかないケースがある。被験者の手や脚が不自然に曲がっていたり、皮膚にかきむしられたような擦過傷があったり、何かに抗ったような痕跡をもつ遺体の情報がある。脳が快楽を感じ、知覚情報が入ってこない状況なら、被験者の身体が激しい動きをするはずがない。とすると、知覚情報の遮断が必ず起こるということに対する反証が、存在しているということだ」

紘一郎はそこまで一気に言って、銕夫と春馬がうなずくのを確認した。

「では、知覚情報の回路が生き続けている場合、人生の成就において何が起こるか。受信装置を通じた人工的な情報と、身体空間からやってくる情報が、同時並列的に一人の人間にやってきたら、何が起こるか。両方の情報に矛盾がない場合はいいが、たとえば、人為的な情報が幸福な感情を生み出すのに対して、知覚回路からくる情報が悲哀を生じさせるものだったら、どうなるか。

おそらく、人格の基盤をなす情緒が混乱し、破壊されるだろう。この世界における安定した居場所がなくなり、いても立ってもいられない状況に被験者は放り出されるだろう。想像を絶するおそろしい状態だ。家族が被験者との面会を拒否されたのは、そのようなケースではないのか。至福の死に顔などありえない。苦痛に歪んだおそろしい顔をしているのではないか」

一息入れた紘一郎のあとを受けて、春馬が話し始めた。

「そういう推測を実証する情報がやっと出始めたんだな。大きなことだ。ただ、南條は俺たちの推測を真っ向から否定するだろう。あいつほど、脳優位の理論家はいない。心地よい人為情報と、不快な知覚情報の両方があったら、脳は心地よい方を選択し、知覚情報の刺激を受けたとしても、それを無力化するはたらきをする、と言うだろう。要するに、一個の人間を支配しているのは脳だ、ということだ。しかしだよ、俺たちが一致したのは、人間の知覚と感情は脳の活動ですべて決まるものではない、ということだ。脳に限定するのはきわめて偏った理論であり、人間が身体空間というシステムとして存在していることを見落としているか、あるいは意識的に無視しているのだ。人間の知覚も感情も記憶も、このシステム全体で生み出されるものであり、脳という支配者が独断的につくり出すものではない」

ずっと二人のやりとりに耳を傾けていた銕夫が、俺にも言わせろと言うように、話し出した。

「そうなんだよな。南條理央には、脳が最上位の器官であり、意識や感情は脳で局所的に発生するという先入観があるんだ。だから、脳に刺激を与えれば、その人間のすべてをコントロールできると考えるんだ。しかしな、人間が悲しいのは、その人間が生きている体と空間全体が悲しいんだ。脳が、悲観的な情報に刺激された結果、悲しくなるんじゃない。そんなこと、ふつうに考えればわかりそうなもんだが、あの博士には理解できないらしい」

　話に夢中になっているうちに、三人は芝桜の斜面の大きなジグザグ道を通り過ぎ、なだらかな草原地帯に入った。草薮でしきりに鳴いているひばりの声が、空に吸い込まれていく。草原の彼方は砂浜で、右前方へ砂州になって延びている。紘一郎は、ひばりに言って聞かせる気分で話し出した。

「俺は思うんだが、知覚神経の遮断が起きた場合でも、人生の成就が成功するとは限らない。どうしてかと言うと、そもそも人間の記憶は、脳の中の海馬に蓄積されているものが本体だという説を疑っているからだ。俺は、記憶というのが、脳も含め生命体のシステム全体の安定的なパターンだと思っているんだ。習い覚えた手足の動作も記憶だろうし、場面に応じた顔の表情の動きも記憶だ。それは細胞一個一個のはたらきが支えているんだ。いいか、細胞で起きている生化学的な反応には、生命誕生以来の記憶が残っているんだ。全身、全システムが記憶なんだ。だからな、人生を成就するなどときれいごとを言って、脳に新しい情報を注入したとしても、脳の記憶を書き換えることは不可能なんだ。知覚神経が遮断されたとしても、誕生以来全身で起きてきたはたらきは脳細胞のふるまいに定型となって残存し、新しい人工情報に出会うと混乱や破壊を引き起こす可能性大だ。つまりな、生命体としての根本が、脳の人工操作に叛逆してしまうかもしれないんだ。そんなことが起きたら、人間はどうなる？」

　鋉夫が紘一郎の話を遮るように口を出した。

「結城の言ってるのは、実証性に欠ける。脳科学の専門家からすれば、妄言かもしれんな。彼らは計器に表示されるデータしか信じない。結城の言うような、生命体の目に見えないシステムなんてものを相手にしないだろう」

「まあな。どっちが科学的か、実証的か、なんて話はどうでもいいんだ。俺は、やつらのやっていることが、生命のあり方自体を破壊する行為に思えてならないのだ」

「おお、もうすぐ浜辺だ。話に夢中になっているうちにコースの最終地点が近づいてきた。足を痛めたときには、こりゃ、とても下まで辿りつけないぞと思ったんだがな。おしゃべりの相手がいるというのはいいもんだ」

春馬がはずんだ声をあげ、浜辺に向かって歩を速めた。

「そうだな、気が重くなる話はここでいったん打ち切り。あとは、くだらん話で気分を変えよう。俺は、浜に出たらコースの二周目に入るぞ」

「いや、結城にはついていけん。なあ、柿本」

「あたりまえだ。結城にあわせていた日には、体を壊しちまう。俺は家に帰って足をいたわってやらなければ」

春馬と銕夫は目を合わせて笑い、草原を吹いてくる風に胸を反らせた。

9

二〇八九年七月一一日、午後二時、楢本千晶は結城紘一郎の家の前に立った。四月のはじめ、残雪の中で福寿草が花を咲かせ始めたころの訪問が蘇ってくる。紘一郎の懐に飛び込むつもりで、息子の草太を失ったときのことを語り出すと止まらなくなり、営業のことばをかなぐり捨て、紘一郎に自分の思いをさらけ出したのだった。時間をかけて話をすればするほど、千晶の気持は仕事から離れ、自分でも不思議なほど昂揚していった。結城紘一郎という人間には予測もつかない奥行きがあるように感じられた。不躾にぶつけたことばを深く受けとめ、彼女の人生の選択を大きく肯定してくれるであろうという期待が仄かに生まれ、もっと語れと千晶を衝き動かした。

だが、紘一郎が言ったのは、お前の人生は本末転倒している、ということだった。第二の現実を体験し、亡くした息子と楽しい時間を送るのが彼女の生きがいであると言ったのをとらえ、根こそぎ否定することばをずけずけと言い放った。だが、そのときの紘一郎の目が、厳しい否定の色ではなくかすかなやさしさを浮かべていたのを、千晶は忘れられなかった。

あの訪問の後、千晶は強い精神不安に襲われた。自分のやっていることを常に紘一郎に見られていて、仕事の一々を紘一郎に説明しなければならないようなおかしな気持に駆られた。やることなすことを紘一郎に見咎められ、「お前はそれでいいのか」と詰問されているような気がした。一度だけふらりと立ち寄って、庭のドクダミを刈り取り、ドクダミ茶のつくり方を教えたことがある。すぐ帰ったのだが、あのときの紘一郎には千晶ともっと話したいという表情が感じられ、そのときは不安な気持がずいぶんなごんだ。

千晶は、結城紘一郎という男のことを調べ始めた。調べないではいられなかった。言説空間で次々と現れる警告を無視して検索を続け、ついに紘一郎の書いたものに出会った。千晶はそのような行為が自分の職業からしてどれほど危険であるか、よくわかっていた。検索がある一定数を越えると、自分が要注意人物として分類され、監視対象になるかもしれない、ということも知っていた。だが、彼女は、紘一郎にかかわる情報、そして紘一郎自身が書いたものを読むのをやめられなくなった。彼女をひきつけて離さないものがそこにあったからだ。

人生の成就プランを管理する幸福実現省の機密部門に勤める友人に頼み、結城紘一郎に関して国家が把握している情報をひそかに伝えてもらった。心がうち震えるおそろしい情報の集積に、千晶はたじろいだ。彼女は自分が手に入れた情報をすべて封印し、仕事に専念した。仕事に打ち込むことで精神不安を打ち消した。そして、もう一度、結城紘一郎に捨て身でぶつかろうと思った。捨て身でぶつかれる相手に出会えたことを幸いだと思わなければならないと、自分に言い聞かせた。

「おい、来たか」

千晶がドアフォンを鳴らす前に、左手奥から声が聞こえた。麦わら帽子をかぶり、ショベル片手に庭の土を掘っていた紘一郎が、顔を綻ばせて立ち上がった。

「はい、来ました」

「そうか、そうか。中に入んなさい」

紘一郎は玄関前まで来て、ドアを開けた。

「ありがとうございます。結城様とまたお話ができるのを楽しみにして、来させていただきました」

「いい、いい、そんなかしこまった挨拶はいらん。あがってくつろぎなさい」

千晶は紘一郎に導かれるままに、キッチンの前に置かれた大きなテーブルのそばまで来た。木目を残した分厚い天板の上に電磁プレートがセットされていて、横にはパンケーキの生地らしきものが入ったボールが用意されていた。

「ほれ、そこにすわりなさい。この前、あんたが教えてくれたドクダミ茶を淹れよう、なかなかうまいぞ。ついでに、俺の得意はパンケーキなんだ。これで焼くから、あんた、見ててくれ」

紘一郎は電磁プレートにパンケーキのタネを四つ落とすと、千晶にフライ返しをもたせ、キッチンに入っていった。パンケーキの裏面が焼け、生地からぷつぷつとあぶくが立ってきた。千晶は次々と裏返していった。

「あんた、うまいな」

「ありがとうございます。結城さんはお菓子づくりを本格的にやるんですか」

「本格的じゃないよ。子どもを喜ばせるためにてきとうにつくってきただけ。おかしなことに、子どもがいなくなってじじいになっても、ときどきなんかつくってる」

「素晴らしいです」

「ほめられるといい気分だな。パンケーキにはマスカルポーネクリームをのせて、さらにその日の気分でフルーツやジャムを加えるといい。今日は、このジャムをのせてみよう」

紘一郎はガラス瓶からスプーンで、赤いジャムをすくって見せた。奥に濃い紫を含んだ不思議な色だった。

「なんのジャムですか」

「見たことのない色だろう。これは今朝カリンズの実を摘んでつくったジャムだ」

「カリンズって、あの小さな赤い実が房になっているのでしょうか」

「あんた知ってるんだ。まあ、フサスグリとか言うのが正式名称なのかな。俺は小さいときから親に倣ってカリンズと呼んでいた」

　マスカルポーネクリームの上にたっぷり載せたカリンズのジャムは、ルビーの眩い光を放って白いクリームの上を流れた。

「遠慮なく、食べてみてくれ」

　紘一郎から渡されたナイフとフォークを使って千晶は食べ始めた。

「わあ、このジャム、きりっとした酸っぱさの奥に野生の力が宿っているようです」

「そうか、わかるかね。息子や嫁さんたちに食わせても、ただ酸っぱいジャムだとしか言わないんだ。なにも手間暇かけてつくるほどのものじゃないと」

「まあ、それは残念ですね。私は酸っぱさに深みを感じられて、とてもおいしいです」

「いいこと言ってくれるね。じゃあ、次はドクダミ茶だ。この前あんたが来たときに教えてくれた通りにつくったのさ。飲んでみてくれ」

　紘一郎はガラスのティーカップにほんのり緑色をしたドクダミ茶を注いだ。千晶は立ち昇る香りを嗅いでから、カップに口をつけた。紘一郎も自分のカップでドクダミ茶を啜った。

「野生の苦みがよく出ていますわ。独特の臭みも消えていますし、結城さんのつくり方が上手なんでしょう」

「ははは。俺は言われた通りにやっただけだよ。うまいも下手もない」

　二人はしばらく静かにパンケーキを食べ、ドクダミ茶を飲んだ。紘一郎は、自分の前にすわっている千晶の姿をじっと見据えた。髪を後ろで束ねた顔は卵型で、深い眼窩の奥で少し茶色がかった目が窓の外の光を反射している。室内を見まわす千晶の視線がふと紘一郎をとらえると、かすかな微笑みを返してきた。千晶はふわっとした素材の夏服を着ていた。落ち着いたクリーム色の生地で、半袖からあらわれた二の腕には、張り切った筋肉のつややかさがあった。

「あんた、なにかスポーツをしていたのかな」

「あ、いいえ、何もしてないいんですよ。でも、女なのに筋肉あるね、なんてよく言われるんです」

「体が丈夫なのはいいことさ」

「先日、お話ししましたように、私、薬の研究をしてたことがありまして、それが動物の実験など、けっこう力仕事もあったんです。筋肉がついたのはそのせいかなあ」

千晶は紘一郎に向かって思わず馴れ馴れしい言い方が口をつき、話した後、頬を緩めた。

「牛や馬の相手をしてたかね」

「いいえ、そうじゃないんですけど、実験機材の準備とか、材料物質の運搬とか、意外と力仕事があるんです」

「ほお、そうかね。でも、研究の仕事を離れてけっこう経つんだろ」

「ええ、今は力仕事してません。だから筋肉あるようにみえるのは、ただの見かけですね」

「そうか、女はか弱いのより、逞しく見える方が魅力的だ、俺にとってはね」

「ほめことばですね、ありがたくいただいておきます。ジムに通って、体の中味もちゃんと鍛えようかしら」

「ジムなんかより野山を歩いたり走ったりする方がいいぞ」

「ええ。結城さんは山に登るのがご趣味でしたね。そのお年で、すばらしいことです。でも、私にはとうてい真似できません」

「そう言わずに、一度山に行ってみることだな。初心者が行くような山なら、俺でも案内してあげられるよ」

「え、ほんとうですか、嬉しい。でも、遠慮しておきます。結城さんの足手まといになりますから」

「ふーん、遠慮なんかいらんのに。ところで、あんた今日はさっぱり営業しないね。息子たちに頼まれて、なにがなんでも俺から契約をとるつもりで来たんじゃないのかね」

「はい、もちろん、そのつもりで来ました。でも、営業のお話をさせていただく前に、私は結城さんに聞きたいことがたくさんあるんです」

「え、なんのことだね」

千晶は背筋を伸ばし、居ずまいをただすと、紘一郎の顔に視線を据えた。瞼を大きく開くと、くっきりと浮かび出た眼球が強い光を放った。射すくめられた紘一郎は、目玉がものを言ったような気がした。

「私、今日は、特別な気持でやってきました。この仕事に就いてから、経験したことのない気持です」

「お、ずいぶん、前置きが真剣だね。いいよ、聞きたいことを言ってみなさい」

「はい、私、以前こちらに来させていただいたとき、無遠慮に自分のことをたくさん話してしまいました。亡くした息子のことまで言いました。結城さんはじっと聞いてくださってから、こう言いました。あなたは、第二の現実なんかじゃなく、自分の人生を生きなさい、と」

「ああ、言ったね。ただふっと思いついたことを言っただけだから、気にしなくていいんだ」

「違います。ただの思いつきじゃありません。結城さんは確信をもって、私のやっていることは間違っている、と全否定したのです。そんなお客様は初めてでした。私、あの日からずっと、結城さんのおっしゃったことを考えてました。私には、草太ともう一度会うこと以上にたいせつなことがあるだろうか、生きる喜びをほかのことで得られるだろうか、ということです」

　そこまで言って千晶はことばを切った。紘一郎の顔を見つめ、瞳の奥をのぞき込むようなまなざしをした。千晶は穏やかな笑みを湛えているのだが、紘一郎には、その底に深い悲哀が根を張っているように見えた。この女の不思議な魅力は、明朗な笑顔から、ふとした拍子に、人を深く引きこむ悲哀が立ち昇ることだと思った。

「結城さんがおっしゃるように、自分自身の人生に真正面から向かうべきなのだろうか、草太と出会うことを究極の目的とするのをやめるべきなのだろうか、と真剣に考え続けました」

「それで」

「私はどんなに考えても、やっぱり、草太にまた会うことが自分の人生の目的でいいのだ、と思いました」

「ふーん」

　紘一郎は、この女はおのれの抱えた悲哀の外に出ていくことを自分に禁じているのだ、と思った。千晶の声と表情につかまえられ、彼女の悲哀の中に自分が取り込まれてしまうような気がした。

「でも、そう思うと同時に、私に向かってあんなに強く自分自身を生きなさいと言った結城紘一郎という人はなにものなのだ、という疑問にぶつかったのです。どうして、あんなに確信をもって、私の生き方を全否定できるのかと思ったのです。で、私は結城紘一郎を徹底的に調べ始めたのです」

「なんとまあ」

「結城紘一郎という人物は、その経歴も業績も、一般人にはとてもアクセスしにくい状態になっています。調べること自体が危険で無謀な試みであると、警告が発されます。私も経験しました。でも、調べないではいられなかったんです。私は自分で調べるだけで足りず、国家機密にアクセスできる友人にも頼み込んで、結城紘一郎について調べてもらいました」

「あんたもずいぶん危険を冒したもんだ。仕事に支障が出たらどうするつもりだったんだ」

「私は、結城紘一郎にとりつかれたんです。中途半端なリサーチでは終われない。この人のことを調べ尽くさなければ、いても立ってもいられない、そんな気分になったんです。おかしいですか」

「ああ、十分におかしい。で、何がわかったんだ。言ってみてくれ」

「結城紘一郎さん、あなたはかつて倫理学の研究者でしたね。三十代から、医療における最先端の研究を視野に入れた論文をたくさん発表していました。海外の動向もいち早くとらえ、生命倫理に関してこの国では気鋭の研究者と目されていました」

「なんだ、そんなことか。埃をかぶった遠い昔の話だ。思い出話にもならん、くだらん過去さ」

紘一郎はグラスの底に溜まっていたドクダミ茶の残りを一気に飲み、眉を思い切りしかめた。

その渋面に向かって千晶は、携帯型の情報端末を差し出し、展開スイッチを押した。モニター画面がたちまち下敷き状に広がり、画像を映し出した。

「見てください。これ、若いときの結城さんですね。二〇五一年の新聞記事を取り込んできました」

「なんと新聞か。ずいぶん懐かしいものを見せてくれるもんだ」

紙に情報を印刷した新聞は二十年以上前に絶滅していた。かつて新聞があったことを話題にする老人もめったにいなくなった。情報を入手するためのメディアは身の回りに溢れ、簡単な操作一つで、情報はたちまち至るところのディスプレイに表示できるようになった。自分が好んでいたり関心のある分野の情報が、人工知能によって読みやすく整理され、写真や動画とともに提示される。読み手は瞬時に情報を受け取り、世界で起きていることを面倒な解釈なしに理解した気になれる。

新聞がなぜ絶滅したかというと、誰も、日常の振る舞いとして、まとまった長い文章を読まなくなったからである。じっくりものを読むことに時間を割くのは甚だしく効率の悪いことで、そんなことをしているのは社会の役に立たない暇人だとされた。世の主流からはずれた人間のためのメディアになってしまった新聞は、商業的にも存立基盤を失い、相次いで廃刊となった。

「この記事に見覚えがありますか」

「なんだよ、やぶからぼうに。いやあ、新聞はいいねえ、字がびっしり詰まってる」

紘一郎は写真入りの記事に目を落とした。

「ここに写っているのは、結城さんですね。国会の特別委員会が行った公聴会と説明がされています。政府が推進しようとしていた人生の成就プランについて、結城さんは学識者の一人として参考意見を述べたのですね」

「そうだ、よくそんな記事を見つけたな」

写真の中では、気負った表情の男が、用意したペーパーを脇に押しやり、眼前の国会議員を睨みつけるように意見を陳述していた。

「学識者から異論、と見出しがついていています」

「ははは。あれは、与党側からすりゃ、人選ミスだったのさ。俺の上司だった教授が研究室の予算をとるためなら持論を曲げても政府にへいこらする男でね、目を疑うような論文ばかり書いていたのさ。自己保身のために政府寄りの意見を言う参考人さ。ところが公聴会の時期に入院しちまって出られない、代わりは誰がってなったときに、あの教授の下についてる准教授なら大丈夫だろうと、俺がご指名されたのさ。俺の書いた論文をろくに読んでなかったんだろうな。それに、俺は、安楽死や尊厳死のような、現実の問題と直結する論文を書いてなかったんだ。参考人と聞いて、しめしめと思ったぜ。国会で、脳を人間が操作し意思や感情を操ることは危険この上ないことだと、科学的な論拠にもとづいて話したときには場内が騒然となったぜ。だってな、この国では、人間の意識や感情は脳の活動の所産だという理論が圧倒的で、脳をいかにコントロールするか技術を競う時代になっていたからだ。政府の予算もそういう方面にばかりついていた。俺は、脳中心の人間論に対して、からだ全体が人間であり、人間は開放系のシステムなのだからパーフェクトに操作することは不可能なのだ、と言ってやった。そのことを踏まえたら、どんなに高度な知識をもつ医療従事者であっても、他者の生命を勝手に操作したり、死へ追いやったりしてはならないのだと発言した。人間は、人間の死についても生についてもまだまだ知らないことがたくさんある。知らないことの前で、人間は謙虚でなければならない。いまだ浅はかな死生観しかもちえない人間が、人の命を人為的に断つことを認める法律をつくるべきではないし、そんなプランを実施すべきではない、と言ってやったんだ。国会議員のおっさんたち、予想外の意見を聞かされて、ぽかんとした顔してたぜ」

「大胆不敵ですね」

「そうかな」

「そうですよ。期待されている役割をまったく裏切る意見を述べたんですから」

「俺は、自分が言えば、内心おかしいと思ってた人間が後に続くと思っていたんだ。実際、医療や福祉の現場で、あれはおかしいという声だらけだったんだ」

「え、そうだったんですか。私は、この新聞を見るまで、人生の成就プランは国民の要望を受け、異論もほとんどなく成立したと思っていました。学校の教科書にもそう書かれています。人生の最期を穏やかに幸福に終えることを求める国民の声に押されて、人生の成就法が国会で成立した、と」

「この国では毎日歴史が書き換えられている。弾圧という強権的な手法は最後に残しておいて、むしろ、為政者が望まぬ異論を貶め嘲笑する論を大量に噴出させ、異論を封じ込め孤立させる。異論を唱えるものを少数者に見せかけることで、その影響力を奪っていく。もう何十年も行われてきたことさ。あんたは、人生の成就に対する異論が潰され、消し去られた後にもの心がついたんだよ。この国の常識というやつは、視野の狭い連中が後生大事に守ってきた怪しげな思い込みが積み重なったゴミ山のことだ」

「待ってください。結城さんが次々言うことに、私、ついていけません」

「いいよ、ついてこなくても。じじいのたわごとと思って聞き流してくれ」

「いいえ、だめです」

千晶の顔は、紘一郎が彼女を軽くあしらう態度を示したことに真剣な怒りを示していた。紘一郎の生涯のこだわりの根にあるはずのものをとらえずにはすまない、という思いで頬がこわばった。

「いいですか、わかるように、ゆっくり説明してください。さっきの話ですけど、公聴会で人生の成就に反対だと結城さんが意見を述べて、その後どうなったんですか」

「そうか、その話か。俺は、人生の成就反対論の急先鋒として、一躍注目を浴びたさ。いろいろなところに呼ばれて、意見を言ったよ。俺は、なんだ水面下に反対論が沸きかえってるじゃないか、と思った。でもな、職場では教授に思い切り罵られて、研究者としてのポストを奪われた。一方で、結城があれだけのことを言うなら、俺も応援するぞってやつがいっぱい現れたんだ。それで、俺は、これは国と勝負を決する戦いにしなければならないと思った。あえて、政府を挑発するような論文をたくさん書いた。言説空間にも、新聞にも、書きまくった」

「それでわかりました。私、ホコリかぶりの論文をたくさん見つけました。ほとんど同じ時期に矢継ぎ早に書かれてるんです。ほら、こんなタイトルです。『人生の成就に非ず、人生の死刑宣告なり』『国家による合法殺人』『現代のじじ捨て山、ばば捨て山』『マッドサイエンスの結末』『死の商人たち』『現代の愚民化政策』、どうです、みんな結城さんの書いたものです。ドキドキしながら読みました」

「あんた、ぜんぶ読んだのか」

「はい」

「おお。そんなことをしたら、危険な情報に繰り返しアクセスする不審者としてマークされてるかもな」

「えへへ。かまいません。私、結城さんが言おうとしたことを理解したかったんです。ただ、それだけ。結城さんのことが気になってしようがなかった」

「ふーん。で、読んでどうだった？」

紘一郎の問いに、千晶は無言だった。右の頬を掌で幾度もこすり、首をゆっくり天井に向けた。出かかったことばを呑み込むかのように喉首を震わせた。紘一郎は、千晶の姿を、罠にとらえられた鶴が身悶えしているようだと思った。この女は、自分をつかんで放さないものから必死に身を振りほどこうとしているのだろうかと想像し、千晶の姿態にあやしい気持がわいてきた。

「すみません、うまく、ご返事できなくて。私がもつ限りの理解力を振り絞って結城さんの論文を読みました。結城さんの主張の核心は、人間は死に対して謙虚であれということでした。人間の科学技術によって死の恐怖を取り除こうとする試みは、人間の生を豊かにするどころか、反対に貧しくうすっぺらなものにしてしまう、とも書いていました。私は、自分が結城さんと同じ時代の空気を吸って生きていると仮定して読み進み、説かれていることに共感を覚えました。でも、自分自身の立っている場所を思うとき、ああ、これはとても強い人の主張であり、強い人でなければ言えないことだと思いました。結城さん、あなたは、麻酔なしでお腹を切り裂き、胃を取るような手術を受けられますか」

「何を急におかしなことを訊く。俺は、そんな手術は真っ平ごめんだね」

「そうですよね。麻酔が普及した今、もしも麻酔なしで手術した方が成功率が高く回復も早いという学説が打ち出されたとしても、麻酔なしで手術を受ける人はいないでしょう。それくらい、麻酔なしの手術は私たちにとって怖いことです。結城さん、私は、生まれてから今日まで、死とは、人生で最高の喜びを味わいながら迎える生の終焉だと教わってきました。そこには、恐怖も不安も孤独もなく、全身を満たす歓喜だけがあると。ごく少数、健康と意欲を維持し百歳を越えても人生の成就を勧告されない方もいますが、そうした方は、すべてをやり尽くしたという深い満足とともに静かに眠りに就きます。この国では、突発的な事故死を除いて、死はもう人間の恐怖の対象ではなくなったのです。私は、そのような時代に生きているのだと教育を受け、それを信じて生きてきました。でも、結城さんが、そのような死はとうてい受け入れることのできないまやかしだと主張しているのを読みました。私はなんと怖ろしいことを主張する人だろう、と思いました。そして、結城さんの主張する通り、死の恐怖を忘れさせる人為的な措置をいっさいやめ、あるがままの死に向きあうことが生命倫理にかなっていることだとしても、私にはそんなことはとうていできない、と思いました。なぜって、私たち現代の人間にとって、死に直接向き合うことは、麻酔なしでお腹を切られ、臓器を切り取られるようなものだからです。死の恐怖を消し去る技術をもう手に入れているのに、あえてその技術を使わないなんておかしくないですか。結城さん、私の言っている意味がおわかりですか」

千晶のことばにはよどみがなく、今日このとき紘一郎に叩きつけるために、ずっと考え抜いてきたものであることは明らかだった。言い終えると、千晶の目は潤み、下瞼が赤みを帯びていた。

「うーむ、あんたの言いたいことは理解できたぞ。だが、その理屈は、すでに誰かから聞いたことがあるような気がする。ほら、麻酔のたとえだよ」

「誰ですか」

「はるか昔の知り合いだ」

「誰でしょう」

「そいつは、科学技術を疑ったり否定する人間を嫌ってね、ふやけた自然回帰の思想は人間を滅ぼすとさかんに言ってたな。しゃべり出すと止まらない。やつは言った。麻酔の進歩がなかったら、あらゆる医療技術は絵に描いた餅だ。麻酔のおかげで、意欲のある医者たちは果敢に難手術に挑むようになった、それは誰にも否定できない。だから、麻酔をやめろなんて誰も言わない。麻酔が人間を痛みから解放した。それは、科学の偉大な勝利だ。でも、科学がまだ勝利していないものがある。わかるか、死だよ、死。人間を死の苦しみから解放する技術がまだ開発されていない。俺はそれをやりたいんだ、とね。こいつは誰だろう、あんたわかるか」

「言っていいですか」

「もちろん」

「南條理央博士ではありませんか」

くるくるとよく動く目が、千晶を見据えてぴたりと止まった。ゆっくり大きく紘一郎はうなずき、驚きの視線で千晶の顔を見、胸を見た。

「当たりですか」

紘一郎は、アッハッハッハッハと声をあげて笑い、掌を開いて両腕を斜めに差し上げた。

「どうしたんですか」

「あんたには、まいった、ということさ」

「ええ？」

「あんたは、本気で俺のことを調べてきたようだな。南條理央は俺の高校のときの仲間だよ。あいつとはどれほど議論をしたか、わからない。今じゃ、あいつはこの国を動かすキーパースン、かたやこの俺ときたら街の便利屋だ。天地の差のある二人だが、高校のときは破目はずして遊んだり、真面目くさって哲学的な議論をしたり、いっしょにいた時間が長かったんだ。あんたが調べた中には俺の交友歴も入っていたのか」

「いいえ、そこまで詳しくは調べてきませんでしたが、結城さんが通った高校が南條博士と同じだ、ということはわかっていました。ひょっとしたらと思いましたが、そんなに親しくつきあっていたとは驚きです」

「親しいというよりは、お互い、相手のことをこんちくしょうと思いながら、つきあってたのさ。あいつは要領のいい男でな、コスパこそ最高の倫理だと得意気に言ってた。勉強も最小限の努力で最大の結果をあげることを信条にしていてだな、俺が回り道して予想と違う結果を手に入れる方が面白いと言うと、ふんくだらないという顔をしたもんだ。まあ、お互い理解しあえる相手とは思ってはいなかったが、じゃあ他にもっといい話し相手がいるかといったら、いなかったんだよ。俺に言わせれば、高校時代、南條は俺みたいな、自分と意見の全然違う男とつきあってただけ、今よりずっとまし。今は、周りにずらっとイエスマンを置き、自分に異論のあるやつは排除してるらしいぞ。あいつはもう研究者じゃない、権力者だ。困ったもんじゃないか」

「この前お話ししたように、私は南條博士の理論にもとづくセミナーに出て、精神のどん底から救われたのです。どれほど悲惨な現実に遭遇し、そこから逃れられなくなっても、人はその現実以外のもう一つの現実を生きることができるという理論です。高度に精選された情報を脳に与えることによって、人は第二の現実を生きることができる。それは、夢や幻覚ではなく、色も匂いも味もある本当の現実です。この理論は、第一の現実において耐え難いほどの悲惨な体験をし生きる望みを失った人にとって、福音ではないでしょうか。私に福音を伝え、生きる意欲を取り戻してくれた南條博士は、他の人には代えられない恩人です。その博士と結城さんがお友だちだったとは、私、なんと言っていいかわからない不思議な気持です」

「南條のことをそんなに尊敬しているなら、もう、話をすることは何もない。さっさと帰ればいいんだ」

いきなり子どもじみた口調になり、紘一郎は千晶に厳しいことばを投げつけた。なんだ俺は、あの南條に嫉妬しているのか、この女が南條のことを恩人と言った瞬間に心臓がびくりといったぞ。思わず口が滑ったが、どうしよう。この女が帰ってしまったら、俺は取り返しのつかない欠落感に苦しむかもしれない。くそ。ええい、ままよ。紘一郎は口をへの字にして、目を千晶からそらし、窓の外で風に吹かれるサクランボの枝を見た。生い茂る葉の間で、青い小さな粒が揺れていた。

「私、何を言われても帰りません。結城さんと納得のゆくまで話をするまでは帰りません。そう決めてきたんです」

少し上ずった千晶の声が聞こえてきた。紘一郎は、鼻の奥を鳴らして息を吸い込み、千晶に視線を戻した。

「そうか、わかった。俺も、立派なくそじじいだな。気が短くていかん」

「いいえ、なんでも思った通りお話しになってください。私、結城さんという人の奥底にあるものを知りたいんです」

「奥底なんて言われてもな。からっぽさ。俺には、あんたが想像するような特別なものなんかありゃしない」

「いいえ、結城さんはこう書いていらっしゃいました。『人間は死を意識することによってのみ、生を意味づけることができる。死から遠ざかり死を忘却しようとする者は、生を味わい尽くすことができない。彼らは、生を享受しているのではなく、生の表面をボウフラのように漂っているだけなのである』、と。これはどういうことなのでしょう。どうして死を意識しなければ生に意味を与えられないんですか。私のような者にもわかるように教えてください。私にとって死は、草太が冷たい体になって、沈黙した石みたいになってしまった事実であり、そこに踏み入っていけば自分も凍りついてしまうような怖ろしい世界なのです。それは、草太が生き返ることはありえないことを突きつける絶対的な不可能性なんです。絶対的な不可能性が生を意味づけるなんて、私にはわかりません」

「よく言った。あんたは本気でものを考えているよ」

「えっ?」

「そうなんだ。あんたの言う通り、死は絶対的な不可能性なんだ。反対に生の根本原理は不確定な可能性だ。不確定であることが、自由を生み、生命を拡張させ、未来への願望を生む。だが、生命は必ず死ぬ、いや死ななければならん。なぜなら、死ななければその生命の可能性が停滞し、限界づけられるからだ。死ぬことで、次の生命に拡張の余地を与えるのだ」

「そのことはわかります。個体としての生命は死ななければならないということですね。でも、人間には意識があります。人間の意識は、絶対的な不可能性を察知したときに、生きていることが無意味だと感じて震えあがり、耐え難い恐怖に襲われるのです。私自身もそうでした。生きる力が失われるのです。そんな怖ろしい死にはできるだけふれず、ただ生の喜びだけを感じていたいと思うのは、私が弱い人間だからでしょうか」

千晶の話しぶりは、散り散りのことばを手繰り寄せ、やっとつかんだものを喉から押し出すかのようだった。紘一郎は、千晶が思いつめた顔で話す間に席から立ち上がり、テーブルをめぐり歩いた。千晶の後ろにやってくると、彼女の両肩に自分の掌を置いた。千晶は紘一郎の動作に身動き一つ示さず、ことばを続けた。

「私は弱い人間なのです。弱い人間に死を直視しなさいと言うことは、おそろしく残酷なことです」

「そんなことはない。あんたはもう十分、死を直視してきたんだ。弱くなんかない。弱いのは俺の方だ。俺は、妻と娘を失ってからずっと、死から目をそらしてきた。あの二人を殺したのは俺だ。その俺にこの世に生きる理由は存在しない。正直、そう思った。だがな、俺は戦わなければならなかったんだ。わかるだろ」

「ええ。結城さんが公聴会で政府の方針に真っ向から反対する意見を述べたちょっと後に、あの水難事故があったんですね。でも、結城さんは、人生の成就法制定に反対する運動の中心人物になり、著名な知識人と宗教者に呼びかけて『国家殺人を許さない七人委員会』をつくり声明を発表したり、集会を開いたり、休む間もない活動をしました」

「なんと、なんと、よくそんなことを掘り出してきたもんだ。反対運動が盛んだったことは、この国の記録から抹殺されてきたんだ。国民の強い要望を背景にして、圧倒的多数の支持で成立したというのが政府の公式見解で、学校の教科書にもそう書かれているからな。ごく一部の旧思想にとらわれた人間だけが反対の主張をしたが、政策の実施と国民の満足によってそんな反対論も消え去った、ということになっている」

「そうではなかったのですか」

千晶の問いを聞いて、紘一郎は彼女の肩に置いた手を離し、近くにあった椅子を引き寄せて腰を下ろした。

「そもそも国策として安楽死を認めるかどうかとなったら、国を真っ二つに分ける議論になって当然だろう。だから、俺は反対意見を結集することで、この法案を潰そうと思ったんだ。七人委員会で政府に公開質問状を出したり、全国各地でパネル討論会を開いたり、まあ必死で走り回ったもんだ。宗教組織の長を七人委員会のメンバーにして、反対意見が広がることを期した。俺は長期戦を覚悟していたんだ」

「で、どうなったんですか」

「公開の議論を続ければ、反対意見は一般の人にも広がり、それはやがてうねりになるだろう、俺はそう思っていた」

「結城さんが思うのと違う方向に行ったんですか」

「ああ、そうだ。決着がつくのに一年もかからなかった。与党が議会で数にものを言わせて法案を通すと、待ってましたとばかりに人生の成就を受ける人間が出てきた。バラのような微笑みを浮かべて最期を迎えた人間の様子が、繰り返し報道された。ある種の熱狂が生まれたのさ。認知症や寝たきり高齢者の問題はこれで解決される、無意味な延命措置ももうしなくてすむ、しかも、死ぬ親も見送る子どももみな幸せだ、いったい何が問題なんだと、あけすけで俗っぽい言い方が世を席巻したんだ。そして起きたのが、反対意見を言うやつを嘲笑し、愚弄する暴力的な言論だ。反対意見を唱える人間をあぶり出し、威嚇し、恐怖を与える手法もとられた。大学だとかに職をもっていた反対論者は、上からの圧力で地位を奪われていった」

「結城さんもそうだったんですね」

「まあな。気がついてみたら周りは、政府の方針を推進すべきだというやつらばかりになり、俺のやることなすことに白い目を向けるようになった。あげくに、教授から君の研究と論文を放置しておけば、この研究室、いや大学に金が下りて来なくなる、辞めてもらうしかないと怒鳴りつけられた。俺の他にも反対論者は多かれ少なかれ、同じような目に遭ったのさ。なんというか、あっという間だったな。おかげで、俺の論文も、研究者だったという事実も闇に葬られたんだ。俺の過去は、仲間だったやつらの記憶の片隅に残っているだけさ。もうこんなじじいになってしまえば、俺が生命倫理の研究をしていたと言ったところで、老人の妄想と笑われるだろう」

息を詰めるようにじっと聞き入っていた千晶は、なおも続けようとする紘一郎を制して、ことばを挟んだ。

「息子さんたちは、私に結城さんの前歴をまったくお話しされませんでした。そんな重大なことを知らないんでしょうか」

紘一郎は腕を組み、顎を引いた。視線を下に落とし、しばらく無言になった。千晶は、それまで見ることのなかった悲哀の表情を認め、次のことばが出なかった。

「あいつらは知らないだろう。知ろうと思えば、いくらでも調べられることなんだがな。親戚連中には、俺の前歴は知らせるなと言ってある」

「どうしてですか」

「あいつらが幼いときは、不条理な誹謗中傷から俺が守ってやらなければならなかったからだ。その後は、便利屋の親父の子どもとして育ったことに誇りをもってもらいたかったからさ。大学の教員なんてものより、家の修繕をしたり庭仕事をする便利屋の方がずっといい」

「お父さんのかつての英雄的な活躍を知ったら、息子さんたちは何と思うでしょう」

「おいおい、あんたは英雄的な活躍と思うのか？　南條理央を尊敬するあんたが」

「私は英雄的だと思います。信念を貫いた方は英雄です」

「何を言ってるかね。俺は、死と向き合う代わりに、反対運動に向き合ったのさ。そのおかげで生き延びられたんだ。もしも、妻と娘が死んだこと、そう、彼女たちが入っていった海底の闇のことばかりを考えていたら、俺は正気を保っていられなかった。そういう意味では、俺も死から目をそむけ、逃げている弱い人間なんだ。ただな、こんなじじいになったこのごろ、自分が妻や娘のいる闇の方にふっと引き寄せられるのをたまに感じるんだ。ああ、俺も終わりだなっていうもの寂しい気持さ。やっと、死に捕まえられ始めたんだ。逃げようたって、逃げられないぞって、襟首を捕まえられてんのかな。だからもう、観念して、いつでも連れていってくれなんて、死というやつに話しかけることもある」

紘一郎は言い終えると静かな微笑を浮かべた。ずっと胸奥に秘め、深見銕夫や柿本春馬のような親しい仲間にも洩らさないでいる思いが、するするとことばになって出てきたことが不思議だった。この女には、俺の気持をあけっぴろげにさせる何かがあるのだろうか。隠しておきたい自分の弱さを恥ずかしがるどころか、嬉々として俺はしゃべっているではないか。紘一郎は、千晶が何を口にするか、待ち遠しく思った。

「私、今日、ここに来るまで、人生の成就法案は大方の人に歓迎されて成立し、定着したのだとばかり思ってました。結城さんのような方は異例の少数派だったのだろうと」

「俺に言わせれば、ある種暴力的な流れによって少数派にされたんだ。それを知っといてほしいな。うーん、あれも大きかったんだ」

「え、なんですか」

「俺が七人委員会のメンバーとしていちばん頼りにしていた宗教者がいたんだ。大きな宗教組織の代表でもあったから影響力も強かった。人間の死を医学的に操作することは神の意志に反すると明言し、人生の成就プランには絶対反対です、あなたといっしょに頑張りましょうと俺に言ってきた人だ。集会にもよく来て発言していた。その彼がね、奥さんに先立たれた上、治療の難しい癌にかかったんだ。癌が全身に転移し、脳にも来るのではないか、という病状さ。宗教者としてどんな最期を迎えるのだろうと思っていたら、なんと人生の成就を受けたんだ。安らかで喜ばしい死を迎えるための医療技術を神は義とするであろう、と語ってね。彼の喜びにあふれた穏やかな死に顔は国中に広められた。彼に連なる宗教組織も、人生の成就プランは神の意志にかなうものであると声明を発表した。もう、それからは雪崩のようだったな。反対を強固に主張していた連中が掌を返したように推進派に回っていったんだ。その動きの速いこと。人間の信念というやつがいかに当てにならないか、思い知ったさ」

「そんなことがあったんですか。結城さんは、それに対して世の中の動きがどんなふうに変化しても、自分の信念を守ってきたんですね」

「いや、俺は、自分の好きなように生きてきただけ。そして、死ぬときも好きなようにさせてくれ、と言ってるだけなんだ」

「そういう生き方は幸せですか。私には、もし自分が死に近づいたら、胸が詰まりそうになるほど孤独で不安になっていくような気がします。反対に、この前言ったように、人生の成就を受けて第二の現実に入れば、息子の草太に会えるんです。あの子と手をつないで野原を歩けるんです。そう考えると、死が近づくことは少しも怖くありません。結城さんのように、全く無防備で孤独に死に向かっていくことが怖いのです。それを受け入れられるのは、やはり強い人だけではないでしょうか。結城さんのようにね」

「あんたが、さっきから言ってたことの意味がちょっとわかってきたよ。強い人、強い人って繰り返すもんだから、なんだそりゃ、と思ってたんだがな。人生の成就なしに死を迎える人間は、麻酔なしで手術を迎えるようなもんだってことか。俺だったら違う比喩を考えるな。人生の成就を経て死を迎えるやつは、自分の人生という舞台を他人に占領されて喜んでる愚か者さ。そいつはね、自分の人生を生きてないのさ、言ってる意味がわかるかね。それに対して、自然の死をきちんと見つめ受け入れるやつは、人生を最後まで生き切ったと言えるんだ」

「結城さんのおっしゃる通りにすると、人はみんな、死に対して修行者のように厳しく向き合わなければなりません。でも、それは、結城さんのように特別に強い精神力をもった人でなければ不可能です。私は今日お話を聞いてそう思いました。ですから、多くの弱い方たちには人生の成就を体験して、喜びの気持のまま生涯を終えていただきたい、という気持は変わりませんでした。結城さんにいろんなことを教えていただき驚くことばかり。とくに、かつては人生の成就に反対する人たちが大運動を起こしたという事実にショックを受けました。反対意見を圧し潰す力がはたらいたこともおそろしいと思いました。でも……」

千晶は続くことばを探しあぐねて、沈黙した。紘一郎は千晶の動揺を感じとったが、何も言わず席を立った。台所に行き、庭で収穫したブルーベリーでつくったゼリーを出して来ようとした。

「あの、もうおかまいなく。私、もう失礼しなくては。仕事を離れて、たくさんお話をさせていただき、ありがとうございました。これからは、バラのほほえみ社の社員に戻らなければなりません」

「そうか、もう帰らないとだめか」

紘一郎の語調には、残念でならないという響きが籠っていた。

「あのう、まだ、お話しになりたいことがあるのでしょうか」

「今、ふっと、思ったことがあるんだ。俺があんたに会ったのはこれで四回目だ。たった四回だが、これほど、自分の気持を他人に率直に話したことは初めてだ。おかしいだろう」

紘一郎の声は少し上ずり、語尾が震えた。内心の緊張を抑えつけて話し出したかのようだった。

「そんなふうに言っていただいて、私、どうしましょう」

千晶のことばを聞いた紘一郎は眉を下げ、手で鼻の先をおさえた。あこがれてやまない女性に声をかけられた少年のようだった。しばらく口を閉ざしてしまった紘一郎に向かって千晶は呟いた。

「ふっと、思ったことって、なんでしょう」

「言っていいのか」

「ええ」

「じゃあ、聞いてくれ。あんたは、俺が人生の成就の反対運動をやっていた人間で、今も変わらない思想をもっていることを知っている。そして、あんたは人生の成就を推進する会社の営業マンだ。ということは、敵同士だ」

「なぜ、そんなことを。私は、敵かどうかなんて関係ありません」

「まあ、ゆっくり聞きなさい。いいか、俺は、あんたに俺たちの仲間から得た情報を、これから洩らす。あんたに本気で考えてもらいたいからだ。だが、俺たちがこういう情報を握っていることが治安関係に知られたら、俺たちのかすかな地下水脈みたいな運動でも必ず潰される。わかるかね」

紘一郎は千晶の向かいに立ち、厳しい表情で迫った。千晶は気圧されるように小さくうなずいた。

「人生の成就は完成された技術ではないかもしれない。とくに、実際の人生で経験したことと百八十度異なる第二の現実を被験者に与えようとする場合に、予期しないトラブルが起きている可能性がある」

「そんなことはありえません。私が契約を結んだ方は、みなさん、満ち足りた第二の現実を体験し、幸せそのものでお亡くなりになりました」

「あんたの知っている範囲内ではそうかもしれない。しかし、他の社で人生の成就を受けた母親が、途中からずっと面会謝絶で、亡くなってからやっと息子に呼び出しがあった、という事実がある。施術の途中から死ぬまで、家族は一度も本人に会えなかったんだ。似たような話は、全国的にあるんだ。これ、どう思う？」

「なにか、実施社のちょっとした都合があったのかもしれません」

「そんなふうにすませられることだろうか。被験者が最も幸福な体験をし、表情も幸せいっぱいになっているときに、家族に立ち会ってもらうのが、人生の成就のハイライトだろ。それが拒否されるというのはよほどのことだ」

「たしかに」

「だろ。俺が推測するには、人間の既成の記憶や知覚を、人工的な刺激を与えることによって別のものに置き換えるという南條理央の理論に欠陥があるんだ。そうとしか、思えん。被験者が要望した第二の現実を体験できていないとか、あるいは想定外の異常反応を示しているとか、おかしなことが起きているに違いない」

紘一郎がそこまで話したとき、千晶の顔が見る間に蒼白になった。

「うそです。ありえません。そんな予定外のことが起きたら、施術は中止され、問題の検証が行われるはずです。少なくとも私の勤める会社では、事故が起きたときの対応が内規で決まっています。それに、私が勤めてからこれまで一度も施術が中止されたことはありません」

「しかし、そのことは事故が起こらなかったことの証明にはならない」

「えっ、当社のお客様の中にも、家族が面会を拒否された方がいるんですか」

「それはわからない。俺と仲間たちが手に入れたのは、ほんのわずかな範囲の情報にすぎないから、もっと広範囲に起きているかどうかは、なんとも言えん」

「結城さん、あなたは確信をもって今のことをおっしゃったのですか」

「そうだ」

「もしも、私のお客様の中に、願った通りの第二の現実を体験できなかった方がいたとしたら、私は詐欺をはたらいたことになります。これは、私のやっていることの根本にかかわる問題です。結城さん、たしかな情報源にもとづいておっしゃっているんですか」

「ああ。俺の信頼する仲間から得た確かな情報だ」

紘一郎は、千晶の取り乱しように動転した。ふっと思いついて口にしたことが、千晶を激しく動揺させているのを見て、たじろいだ。

「あんた、事実を突きとめたいかね」

「はい、結城さんのおっしゃったことが本当なら、いったいどうして家族の面会拒否が起きたのか、他社のケースであったとしても知りたいです。そして、人生の成就に欠陥があるのかどうか、もちろん、私はないと信じますが、納得のいくように調べたいです」

「いい根性だ。あんたは本気で顧客のために仕事をしてるんだ」

「お客様のためでもありますが、自分のためなんです。自分のかかわった方が、幸せに人生を終えられたとわかることが、私の生きがいなんです」

千晶は声を高め、一息に言った。紘一郎には、その切羽詰まった言い方が、彼女自身に言い聞かせているもののように感じられた。

「俺たちは、現在、行われている人生の成就の施術に本当に問題がないかどうか調べようと思っているんだ。俺たちというのは、人生の成就に反対の運動をしてきた者の生き残りだ。で、何を調べたいかというと、脳に人為的な刺激を与える技術の安全性と、それから、被験者が施術前にもっていた記憶や知覚を消し去り新たに受容する人工の情報に置き換える技術の安全性だ」

「それは施術の根幹の技術です」

「そうだ。俺たちはまず、脳に埋め込む受信装置の材質やしくみを知りたいんだ。あんた、受信装置の仕様書と設計図をコピーして、俺に渡してくれないか」

紘一郎がだしぬけに言った求めを聞くと、千晶は顔を曇らせ、身震いした。

「無理です。会社の機密を盗めるわけがありません。結城さんは、私のことをさっき敵だと言いました。それが今度は、敵の私に寝返ろ、ですか。寝返って、味方になれと言うんですか。私、混乱してしまって、おかしくなりそうです」

「そんなことは言っていない。いいか、あんたがもし提供してくれたら、施術の安全性を調べることができる。あんたも、さっき、納得のいくように調べたい、と言ったじゃないか。これまで、政府も実施する企業も、国際的な競争にかかわる機密情報だと理由付けして、情報公開していないんだ。人間の生死にかかわる情報がブラックボックスになっているんだ。そのことが大問題なんだよ」

「結城さんは、怖ろしい人ですね。自分の秘密を明かすことで私にどんどん近づいてきて、あげくに私をそそのかしているのです。私の人生を変えてしまうかもしれないことを、平気で口にして」

「いや、俺の中にどんどん入り込んできたのはあんただ。俺の過去を調べ上げてな。俺にこんな要求をさせる気にしたのは、あんただよ」

そう言いながら紘一郎は、自分はなんという下卑たものの言い方をしているのか、と思った。急に湧き出てきた恥ずかしさを押し隠して、千晶を見た。千晶はこわばった顔に無理に平静を取り戻そうとしたが、きゅっと結んだ口がほんのわずか開いただけだった。

「あんたが、客の幸せを願って一生懸命になっているのはすばらしいことだ。だが、自分のやっていることが、客観的に見てどんなことなのかをとらえないと、そのけなげな行いが無意味な努力になってしまうかもしれない」

「私が受信装置の仕様書と設計図のコピーを渡したら、客観的な真実を明らかにするのに役立つんですか」

「ああ、そうだ。当然のことだが、俺たちはただ安全性を調べるだけ、海外に流すだとか、情報を洩らすことは絶対にしない。どうだろう、あんた、俺の頼みを考えてみてくれ」

「あのう、私、結城さんに頼まれたことで、混乱しているんです。考えればいいのですね。でも、お答えだけは先に言っておきます。引き受けることは一〇〇%ありません」

紘一郎がこれ以上なにか言おうとするのを遮断することばを放ち、千晶は椅子から立ち上がった。

「さあ、もうこんな時間、急いで社に戻らなければ」

見送ろうとする紘一郎を制止する仕草で千晶は玄関に向かい、

「長い時間、お邪魔しました」

と言って出ていった。

取り残された紘一郎は、まるで初恋の告白を軽くあしらわれた少年の気分で立ち尽くした。なんと馬鹿げた思いに駆られてしまったことか。話しているうちに、千晶がよき理解者であることに有頂天になってしまった。俺がとんでもないことを要求しても、それを真剣に受けとめてくれるほど、あの女は俺の気持に共感しているはずだ、という妄想が突然湧いたのだ。

もう、あの女はもう来ないだろう。俺は年甲斐もなく、あの女の情がほしくて無理な要求をした。なんとばかな。あの女ともう話せなくなることは、耐え難く寂しい。紘一郎は、千晶と交わした会話を反芻した。老いた自分の入り込んでいる袋小路が、とても手ごわい胸苦しさを与えることにたじろぎ、身震いした。

10

「ああだ、こうだと、うるさい、もう、いい加減にしろ。お前たちの話を聞いていると、じっとしていられん。俺は出かける」

紘一郎はいきなり大声を発して家を飛び出した。黒い雲が空を覆い、生温かい空気が街に充満していた。くたびれた作業靴をはいた足で、住宅地の坂道を大股で歩いた。彬と譲が追いかけてきて、さっきの話の続きをしつこくするかもしれない。それは御免だった。息子たちの姿が見えないかが気になり、二度振り返った。

いい歳をして、わけもなく、ただ歩く。彬と萌香、譲と衣知花の二組の夫婦が紘一郎を説得しようと、猫なで声になったり哀願になったり、脅しになったり命令口調になったり、いずれにしろ空疎なことをしゃべり続けるのに耐えられなくなった。

腹が立つというより、自分がただ立ち腐れていく空無感に急に襲われ、その場にいることに耐えられなくなったのだ。息子夫婦たち四人と自分がまるで違う世界にいるような気がして、彼らのことばが意味不明の雑音になった。同じ場所に位置を占めていながら、自分だけが意思疎通不可能な別空間に閉じ込められていた。ああ、何があっても、もう誰とも心を交わすことができない、という根拠不明の思いが体を駆けめぐり、じっとしていられなくなった。

勝手知ったる住宅街の道である。ジェットコースターのように下って上ってを三度繰り返す。傾斜地に並ぶ住宅にはどれも見覚えがある。紘一郎が屋根と壁を修繕した家もあれば、庭の手入れをした家もある。この道をまっすぐ行くと崖の上に出る。市街地の中央を北東の方角に流れる大きな川を見渡すことができる。どこに行くあてもないが、とりあえず崖を下り、川まで行こうと思った。川岸をぶらぶら歩いて時間を潰そうと思った。

紘一郎が数十年にわたって飼い慣らしてきた鬱屈の虫は、一度鎌首をもたげても、たっぷり歩けば、だいたいはどこかに引っ込んでいく。紘一郎は、鬱屈の虫がもたらす悲哀の感情に自分が乗っ取られるのを怖れていた。だから、「あ、あぶない」と思うときは、無闇に歩くことで自分を救おうとした。

崖にジグザグの踏み分け道がついている。通る者が余りいなくなったのだろうか、雑草が繁茂し膝近くまで花の茎を伸ばしているのがある。紘一郎は、花を避け、足の踏み場を慎重に探しながら下った。下りるという動作に気持を集中すると、先ほどまでの胸が詰まるような切迫感が消えていった。

崖下に来ると、紘一郎が住む住宅地とは趣がすっかり変わる。独身者が多く住む集合住宅や建売の小型住居が密集した地域である。右へ行けば、街の中央につながる広い車道に出るが、紘一郎は狭い小路をまっすぐ進んだ。そのうち堤防に行き当たり、あがって行けば川に出会えるはずだと思った。

昼過ぎに息子たち二組の夫婦が示し合わせたようにやってきたのだった。すでに「バラのほほえみ」社の楢山千晶が紘一郎のところを何度も訪問し、人生の成就の契約を勧めているのにもかかわらず、紘一郎がまったく応ずる素振りを見せないため、自分たちで説得をしようという意図であった。彬と譲が費用についてはなんの心配もいらない、紘一郎が望む通りの第二の現実をオーダーすると言ってきたが、そんな話は聞き飽きたと突き放してやった。

世間には、親が人生の成就を受けるよう勧告を受けたにもかかわらず、子どもたちが費用を出し渋ったために、老親が認知症を発症し介護負担を発生させた事例がよく取り沙汰されていた。親不孝な子どもであると、後ろ指を差される。上級官僚の彬は、国の方針に従う模範的な息子になりたいのに、父が頑として応じないことで、苛立ちをあらわにして言った。

「父さん、楢本さんから聞いたよ。この前の訪問では、人生の成就そのものを根本的に否定する考えを滔々と語り、会社からの説明にはほとんど耳を貸さなかった、と。よほどの心境の変化がなければ、契約は難しいのではないか、とね。ねえ、父さん、どういうつもり。頑固にもほどがある」

まったく、彬ときたら、頑固にもほどがあるとはよく言えたものだ。俺がどういう考えで拒否しているのか、本気で聞いてきたことがあるか。あの楢本千晶の方がよほどましだ。俺がずっとこだわってきたものに耳を傾けてくれたぞ。

それにあの女連中ときたらどうだ。まず萌香だ、萌香。

「お父様。彬も譲さんも、お父様のことを考えて、どれほど心配しているか、おわかりにならないんですか。身を切る覚悟を固めているのを知っていますか。もう家計が傾くのを承知で、お父様の人生の成就のために出費することを決めているんです。そこらの家ではやらないような、最上級の人生の成就ですよ」

ときた。なにが、最上級の人生の成就だ。ちんけな白日夢を親に見せるために大枚をはたくお前たちのおつむのいかれ具合に吐き気がする。

衣知花も輪をかけておかしい女だ。

「お父さん、あなたの息子たちは、社会的地位も業績も立派なものを築きました。一介の庶民だったお父さんが汗水たらして働いたおかげです。無名で終わる一生でも、なにも恥じることはありません。愛する息子たちが、幸福に満ちた最高の人生をこれから用意してくれるのですから、どうぞ誇りに思ってください」

ときた。くだらん、くだらん。俺は、あんなバカな息子しか育てられなかったことが無念でならんのだ。死ぬにも死ねん。こんなことなら、キャビになってもいい、国に逆らってでもまともに生きようとする子どもに育てればよかった。まったく、こんな歳になって、子育てを悔やむとは思わなかった。

紘一郎は家での会話を思い出すたびに気分が悪くなり、堤防に向かう足に意味もなく力を込めた。大粒の雨が頭頂に落ち、弾けた。路面が雨粒で黒くなっていく。傘ももたずにとび出してきたが、今さら戻るわけにも行かない。「なんだ、こんな雨」と呟きながら、堤防上に至るコンクリートの階段に歩を進めた。

分厚い雲の下、川は黒ずんだ太い帯になって横たわっていた。黄昏時にはまだ間があるのに、太陽の光はどこにも感じられず、粘りつくように濃い闇が川面に覆いかぶさっていた。河川敷のサイクリングロードを自転車で行く女子高生が、雨を感じてペダルをこぐ足に力を込めている。

紘一郎は、草が伸び放題の急斜面をつんのめりながら下りていく。雨がばらばらと地表を叩く音がいきなり始まった。大粒の雨が視野いっぱいどこでも、地上の空間に筋をつくり始めた。暗い世界の中で、石とコンクリートに弾ける雨は、一滴一滴が白い色になって紘一郎の視界を満たした。紘一郎は、サイクリングロードを上流へ歩き出した。たちまち、雨が登山用のシャツにしみこんでくる。頭から額に落ちる雨が目に流れ込んでくる。視界が滲み、ハッキリ見えるものは何もない。それでも紘一郎は歩いた。

自分の裡に辛うじて残っている、前に押し出す力だけが頼りに思えた。立ち止まったら化石にされる、人間であることをやめさせる目に見えない力が作動して、俺は窒息させられる。おそろしい。息が詰まり悶え苦しみながら、磔《はりつけ》にされる。生気を抜き取られて、固められる。

紘一郎は雨脚が激しくなった河川敷を、びしゃびしゃと靴底の水をはじきながら闇雲に歩いた。七十七年の人生が、まったく意味のない結末に至り、今退場を迫られている事実を反芻するたびに、耐え難い孤独と閉塞感が襲ってくる。もはや、怒りの感情は湧いてこない。なんのためにこの世に生を享けたのか。職場を追われ、嘲弄を浴びせられ、論文はホコリかぶりに閉ざされ、異議申し立てをした研究者である過去も抹消された。かつての仲間の多くは節を曲げ、装われた笑い顔を残してこの世から退場した。わずかに残った仲間は息を潜めて反攻の機をなお探っているが、いかんせん加齢には抗しえない。いずれみな死んでいく。間もなく、国家による殺人を誰もが嬉々として受け入れる愚者の楽園が完成するだろう。このおぞましい流れに一矢を報いることさえできずに、俺は朽ち果てていくのか。

ふと訪れてきて俺の肩をたたく無限の闇が怖い。完全な不可能と無意味が強固に支配する闇。それにつかまると窒息して、身動きできなくなる。食べることも、見ることも、聞くことも、語ることも、すべての行為から生きる喜びが剥ぎとられていく。この世界から生きる喜びが抜き取られた真空状態に俺は磔にされ、干からびていく。

菫とひなた、お前たちの苦しみが俺にうつってくる。海底で波にもみくちゃにされ息ができない苦しみ。もがいてももがいても水面にあがれない恐怖。気管から肺に海水が押しいってくるときの絶望。生きていることが暴力的に断ち切られる瞬間を俺は想像し、全身が凍りつく。絶対的な不可能性は、俺のやわな感性を硬直させ、粉々に破壊する。もう終わりだ。

なおも紘一郎は歩いた。雨がしみこんだ衣服は体から重く垂れさがり、下着が肌に貼りついた。歩を進めるたびに裾から水がしたたり落ちる。水浸しになったズボンと下着が腰にまとわりつく。深みに水没した人間を引き上げたらこんな姿になるだろう。水は生ぬるく、体と衣服の境目がべたついて身動きを妨げた。

広い橋の下をくぐる。雨宿りをしようという気持はまったくなかった。なにか破滅的なことが起きて歩けなくなるまで、前に進むしかない、と思った。

彬と譲よ。雪が積もると、何はともあれ外にとび出し、犬の子のように雪にまみれ転げまわっていたことを覚えているか。山をつくり、穴を掘り、雪を飛ばし、この世界の創造主のように雄叫びをあげていたのを覚えているか。俺はお前たちが可能性に満ちた未来を生きるだろうと手放しで喜び、父であることをありがたいと思った。だが今や、どうだ。お前たちは、目の前の安穏を守ることに汲々とし、世の風潮に従う以外なにもしない。未来を自分の手でこじ開けることを忘れたのか。

お前たちは、この世に違和を抱く父に、早く退場せよと迫る。お前たちのような、阿諛追従を習性とした人間を育てた自分が馬鹿らしくてならない。職業人として挫折させられただけでなく、親として無意味な生涯を送ってしまった。過ぎてしまったことは取り返しがつかない。彬と譲よ、お前たちはこれまでの偽りの生を、いつか逆転させようとする日を迎えるだろうか。いや、期待するだけ無駄な話だ。ああ、俺は、まったく無力で哀れな親だ。

雨に打たれるまま、紘一郎は河川敷をなお歩き、二股に着いた。左側の本流に、積み石で護岸された支流が右から合流している。深く激しい水を湛えた支流は、本流への落ち口で水しぶきをあげている。支流にかかった小橋を渡る。身を投げれば激流に巻き込まれ、一思いに藻屑となることができるだろうという声が聞こえたが、紘一郎は肩をすぼめ俯いた姿勢で橋を渡り切った。支流に沿った敷石道に足を踏み入れ、大股で上り坂を進んだ。前方に堰が二つ、三つと待ちかまえ、水かさを増した太い流れが階段状の滝をつくっている。轟音が紘一郎の体を包み揺らした。

前に進ませる力が消滅しそうになる。なお行くためには、立ちはだかるものに突き当たり、切り裂き、前に進まなければならない。紘一郎は喘ぎ、腕を振り、敷石を踏みしめた。靴にしみこんだ水が、靴下と一つになって足をぶよぶよにしている。どこもかしこも温い水に浸され、水中を歩いているようだ。

紘一郎は坂を上り詰めた。川は両側がコンクリートで固められ、一直線の水路になっている。空が少し明るくなったが、代わりに突風が吹いてきた。空で気流の入れ替わりが起きているのだろう、雲が間断なく流れていく。右前方から吹いてくる風が、いきなり体をあおった。紘一郎の全身が冷たい舌で舐められるようだった。水路が小山の中を潜っている区間に入る。暗いトンネルを歩いていく。右下を流れる支流が立てるごおっという響きが、耳の中で渦巻いた。トンネルを抜けると、軟石をくりぬいてつくった円形劇場のような場所に出るはずだ。あそこに出たら、少し休んで、本流に戻る道へ進路を変えようか、と思った。先ほどまで生あたたかい水にまみれていた紘一郎の体は、肌にかすかな寒さを覚えた。

トンネルを出る。ぬるい雨が、顔を冷たく叩く雨に変わっていた。さあ、円形劇場を見上げてやろうと首を起こしたとき、紘一郎は自分を圧してくる気味の悪い光景に、へなへなと崩れ落ちた。これまで一度も来たことのない場所であった。前方はなだらかに上っていく傾斜地で、雑木林を腰のあたりで伐採したかのように、小さな木口が数限りなく空を向いていた。風雨に曝され風化した伐木は、白骨を並べたようだった。下草は枯れて倒伏していた。

紘一郎は袖で目を拭い、改めて前方を見た。すり鉢の底にいる自分が白骨に取り巻かれている景色に変わりはなかった。風が強く吹きつけ、伐木の隙間でヒューヒューと音を立てた。ずさんな造成業者が、工事に取りかかるとすぐに撤退してしまったのか、許しがたい仕業だと呟こうとしたが、突風が顔面まともに吹きつけ、口を閉じて蹲った。寒さが体の芯からも、濡れた皮膚からもやってきて、抑えようのない身震いが始まった。紘一郎はズボンの尻ポケットに手を入れ、プラスチックの煙草ケースを探り当てた。手製の紙巻煙草を口にくわえ、充電式のシガーライターを押しつけた。詰め方の甘い煙草の先が一瞬赤く燃え、いがらっぽい煙が喉を通り抜けた。一口、三口煙を喫ったが、震えは少しもおさまらなかった。

こんなところにとどまっているわけにはいかない、早く見おぼえのある場所に戻らなくてはならない。紘一郎は立ち上がり、向きを変えてトンネルに戻ろうとした。だがトンネルの入口はどこにも見当たらなかった。どの方向を向いても白骨が突き立っているばかり、辿ってきたはずの川の流れも見当たらなかった。

黒い雲が流れ去り、空が少し明るくなったが、叩きつけるような冷たい雨は続いていた。見上げると、傾斜地に一筋、しっかり踏みしめられた小径があった。紘一郎は濡れて重くなったズボンに包まれた脚をひきずり、傾斜地を上る。上りきって前方を見たとき、紘一郎は、視界を占領する灰色の建物の群にたじろいだ。打ち放しのコンクリートの箱が、地表の小さな襞の間に至るまで、数限りなく貼りついていた。キャビが住む地域に違いないと思った。すべて規格品で統一された住宅が集中しているさまは、虫の卵か蜂の巣の凝集を思わせた。紘一郎は風に打たれて体が冷え切っていた。胸が震え、肩が震え、歯の根が合わなくなった。ふらつく足を踏み出し住宅地に下りていった。

緩い下り坂をまっすぐ歩くことができない。右に左に上体を揺らしていくうちに、周囲どちらを見ても、灰色のコンクリートの箱しか見えない地点に立っていた。彩色をまったく施されていない箱に、どの家も同じ形をしたレバー型の黒いドアノブがついている。居住者の名前はなく、数字とアルファベットを表示するプレートが入口付近に貼り付けられていた。

坂を下れば、キャビの居住地から別の市街地に行けるはずだと思ったが、紘一郎の立つ場所に傾斜はなかった。どこを見ても灰色の箱が隙間なく続き、どの道を行っても箱の密集度が高まる一方だという気がした。もっと遠くを見渡せる空間を見つけなければ、自分はこの中で堂々めぐりをするばかりだ。俺は永久に出られなくなる。寒さが募り、全身がだるくなった。後頭部に痛みが生まれ、脳の中が波立ち騒ぐようだ。歩くという動作を続ける意志がもう途切れそうだった。

紘一郎は、誰か通りがかりの人間に道を聞かなければならない、と思った。しかしどの通りを見ても、人の姿は見当たらなかった。箱につけられた小さな窓を見ても、室内に人のいる様子が感じられるところは一つもなかった。住居の区画を示すために設置されたコンクリートの細長い敷石、両側の敷石と敷石の間を隙間なく埋めているアスファルト。どこを歩いても同じ光景で、奥にも、手前にも、人の姿は見当たらなかった。

「じゃあね。またあしたー」。甲高い子どもの声が聞こえた。紘一郎は首をぶるぶる振って、声の方向を探ろうとした。左の方に声の余韻がある気がした。衰弱しきった体を左に向け、よろよろと歩を進めた。灰色の箱に挟まれた直線の道の奥に目をやると、四、五人の子どもたちが傘をさしてこちらにやってくるのが見えた。学校帰りの小学生のようだ。紺色や緑の体操着を着ている。紘一郎は体を大きく揺すって、懸命に前に進んだ。腕を上げ、手を振りながら、子どもたちの方へ走っていく。声を出そうとしたが、口が硬直して舌が回らなかった。「あー、あー」と呻き声を喉の奥から発しながら近づいていった。

紺色の体操着の女の子が「わっ」と悲鳴を発して紘一郎を指さすと、くるりと向きを変えて逃げ出した。青い傘が風にあおられ、女の子の足がもつれた。他の子どもたちも、「きゃー」と叫び声をあげて散り散りに逃げた。

「おおい、ちがう、あやしい者ではない」

紘一郎は、そう言いたかったのだが、切れ切れに意味のない音が漏れただけだった。紺色の女の子が道を右に折れ、またすぐに右に折れたのを目に留め、紘一郎は後を追った。必死に逃げていた女の子は、傘をさしたまま前のめりに転んだ。

「おおい、逃げないでくれ。道を教えてほしいだけなんだ」

女の子のすぐそばまできた紘一郎は、かすれ声でようやく話しかけた。息が苦しく、胸が痛かった。その場に跪き、女の子に手を差し伸べようとした。

「いやあ」

女の子は恐怖の叫びをあげ、這いずって紘一郎から離れた。立ち上がって走り出し、三軒目の住宅のドアの前に立った。ドアが音もなく開くと、女の子は吸い込まれるようにコンクリートの箱の中に消えた。

紘一郎に女の子を追う力は残っていなかった。ただ、あの家の前にいたら、誰か気づいてくれるかもしれない、というかすかな希望をもって、道路を四つん這いで進んだ。女の子の入った住宅の前まで辿りつくと、仰向けになった。胸が激しく上下し、喉から気管にかけて、ヒューヒューと音がした。冷たい雨が頬を打ち、目が見えなくなってきた。もうこの場から動けない。どこにも行けない。寒くて体中がかじかんでいる。ああ、どうせ死ぬなら、もっと暖かいところで、やわらかな布団にくるまれて死にたかった、と思ううち、意識が遠のいていった。

11

高層ビル街を雨を伴った強風が吹き抜ける。外回りの営業を終えた千晶は、紺色の蝙蝠傘を差し、「バラのほほえみ」社のオフィスに向かっていた。風の強い日は、空気傘はあまり役に立たない。噴出する空気によって降りかかる雨を吹き飛ばす道具でも、自然の風と雨にはかなうものではない。だからこんな悪天候のときには、ほとんどの社員はオートカーを呼んで、目的地に移動する。

「楢本さん、ほんとレトロ趣味だなあ」

オートカーから下りて小走りでビルに入ろうとする藤崎啓斗が千晶に声をかけてきた。同じ営業をしている年下の社員である。

「え、傘がレトロ?」

「そうですよ。僕の回りではおじいちゃんくらいです、雨のときに蝙蝠傘差して歩いてるのは」

「私は、どういうわけか、雨のときは傘を差したくなるのよね。それが雨に対する礼儀でしょう」

「礼儀ですか。楢本さんてほんと面白いこと言いますね」

ことばを交わしながら、エレベーターの前まで歩いた。「バラのほほえみ」社のオフィスは、四十五階から六十階までを占めている。この街では最も床面積の広いオフィスらしい。二人でエレベーターに乗り、啓斗が五十三階のボタンを押した。動き出すと啓斗が口を開いた。

「楢本さんて、いつも仕事が順調に行ってるみたいで、いいですね」

「なに、言ってるの。うまく行かないことだらけで、参ってるわ」

「そうは見えないですよ。高額の契約を次々とって、僕ら営業マンにとっては神様ですよ」

「やめてよ、私、高額の契約をとるのが目標じゃないの。それより、藤崎君の方がバリバリ仕事しててすごいわよ」

「全然、そんなことありません」

他に誰もいない空間にいることで、千晶も啓斗も気兼ねなくことばが出た。守らなければならない機密が多いこの会社で、直情的な啓斗は歯に衣着せぬものの言い方をして、上司からよく注意されていた。だが千晶は、社の主流からちょっとはずれた啓斗の振る舞いにはらはらしながらも、その率直さを気に入っていた。

「あの、楢本さん、今、僕、すごいへこんでるんです」

「あら、どうして」

「うーん、ここだけの話ということで聞いてくださいよ。チーフから、この件は絶対に洩らすなって口封じされてるから」

「なに、それ。私の口は堅いから、教えて」

「実は、僕が契約とったお客さんの遺族から、すごいクレームつけられてるんです。それが、被験者はこの街ではちょっと知られた不動産王で、あくどい金の使い方をして政界進出をしたんですが、スキャンダルまみれで失墜。晩年は財産はあっても、地位も名誉もなかった人です。それが、有力議員として活躍し、入閣に至るという人生の成就を頼まれたんです」

「なかなか大変なストーリーね」

「そうでしょう。契約額も一億ジェンはいく大型案件です。他社と競り合って僕がとり、チーフにもほめられたんです。ところが、昨日、遺族から、どうして本人との面会を拒否したんだ、おかげで、入閣が実現したときの本人の表情も見られなかったし、内閣の認証式のシーンをモニターで見られなかった、どうしてくれるんだ、と猛抗議です」

「えっ、それはほんとの話？」

千晶は思わず甲高い声で問い返した。エレベーターが五十三階に着き、ドアが開いた。乗り込もうとする社員が三、四人待っていた。歩き始めた啓斗の後を追い、袖を引っ張った。啓斗の耳もとで囁く。

「今の件、あとで詳しく教えて」

わかったと言うように啓斗は首を振り、所属する営業チームの執務室に向かった。


今日の顧客との応答を記録したスマートメディアをデスクの上に置くと、自動的に中味がデータベースに送られる。応答の内容だけでなく、顧客の表情、声の調子、着衣、姿勢までがデータとして送り込まれる。人工知能が、顧客が本音として考えていることを推測し、契約に至るためにさらに必要な要素を提示する。人生の成就で実現される名声・財産・地位・身体・性愛・子孫等について、何をセールスポイントにすべきか、また契約金額をいくらに設定すべきか、など営業指針がモニターに表示される。千晶は訪問した二名の顧客のどちらも契約に至る見込みが高いことを確認して仕事を終えたが、今日はまだ帰らない、なんとしても営業本部長の神戸に問い質さなければならないと思っていた。

先ほどエレベーターの中で交わした会話が気になって、チームの打ち合わせを終えて出てくる啓斗を休憩室の隅に誘ったのだった。

「あの話、気になってるのよ」

啓斗は周囲を見回し誰もいないのを確かめてから、小声で話し出した。

「楢本さんだから話すんですよ。僕が言ったって上司にばれたらやばいから。いいですか」

「わかってるわよ」

「じゃあ、言いますけど、その不動産王が人生の成就のいちばんいい場面のときに、家族が立ち会うのを拒否されて、結局死ぬまで面会できなかったんです。奥さんからも、息子さんからも、モニターで入閣する様子を見られなかったし、喜びいっぱいの本人の顔も見られなかったし、いったいどういうことだって猛抗議をされて、もう参りました。たしかに、望み通りの人生を今体験しているところに家族が立ち会えなかったら、納得いかないですよね。僕も、亡くなる前に、家族の面会ができるように、営業本部長に何度も申し入れしたんですよ」

「そうしたら?」

「いやあ、厳しい口調で、だめだの一点張りです。だいたい、契約をとってきた段階で、営業の仕事は終わっている。施術に入ってからのことは、すべて医務部、つまり歓びの殿堂で対応する。営業が余計な口出しをするのは、社の秩序をめちゃくちゃにすることだ、と怒られてしまいました」

「でも、被験者と家族との信頼関係をつくるのは営業でしょ。家族だって、なにかあったら営業の担当者に聞いてくるわよね」

「そうです、今回の件でも、話が違うじゃないかと、真っ先に僕のところに苦情が来ました」

「わかるわ。文句を言うとしたら、当然私たちのところよ」

「ですよね。だから僕も、契約をとった自分たちにも責任がある、家族の面会を拒否するなんて、ありえないことはやめてください、って本部長に言ったんです。本部長から医務部に、家族の面会拒否は絶対するなと強く申し入れしてほしいと要求しました」

「そうしたら？」

「何度言っても同じことです。医務部のやることに、営業はいっさい口出しをしてはならないというのが社の規則だ、と。それと、これを見ろ、と示されたのが不動産王との間で交わされた契約書です。細かい字で書かれた契約書の最後の方に、〝被験者の安全と施術の最高度の達成を実現するため、家族は、被験者への付き添いおよび面会を控えるよう当社より指示された場合には異議を申し立てない〟という項目があるんです。いや、迂闊にもそんな項目があることを僕は意識してなかったし、契約者にも説明してなかったんです」

「えっ」

千晶は思わず大きな声を発し、啓斗をまじまじと見た。

「なによ、それ。私初めて聞いたわ。私たち営業の社員に周知されていないわ。あなたの顧客との契約書だけに記載されてたんだろうか」

「いや、僕も聞きましたよ、本部長に。そうしたら、いや、すべての契約にその項目が記載されているはずだ、確認してみろ、と厳しい口調で言われました」

「おかしいわ、契約者との信義にかかわるそんな重要な項目があるなら、私たち営業社員全体にしっかり説明すべきよ。担当社員にも知らせないで、こっそりその項目を滑りこませたんじゃないのかしら。大問題よ」

「契約書がすごいボリュームですからね。一項目、気がつかないうちに加えられてたって感じです。でも、顧客に説明する立場の僕が知らなかったなんて、おかしくないですか」

「そりゃ、そうよ。で、あなたの顧客の家族は最後まで面会できなかったのね」

「そうです、急に歓びの殿堂から連絡が入ったので駆けつけてみたら、最期を迎えた直後だったと、息子さんから聞きました。死に立ち会った殿堂の担当者から、それはもう歓びに満ちた最期でしたと聞かされはしたが、家族が立ち会えなかったのが納得いかない、とさんざん抗議を受けました」

「死に顔はどうだったのかしら」

「息子さんや奥さんが言うには、たしかに歓んでいる表情に見えるけれども、どこか、無理をして笑っているような不自然さを感じる、ということで、僕も、はあそうでしたか、と答えるしかありませんでした。当社のプランで最高の人生を成就してくださいと自信をもって勧めたのに、こんな結果になって、今、すごい気分が落ち込んでるんです」

　藤崎啓斗の話は、千晶の胸の奥にしまい封印していたものをいきなり目の前に引きずり出してきた。全身を揺さぶられたあの最後の訪問の後、結城紘一郎のところには、別の担当者に代えてもらうようチーフに申し出をしていた。もう二度と会わないつもりだった。

あの男の激しい信念にふれたとき、千晶はおそろしくなった。あの男の目には、信念のためにあえて己を滅ぼそうとする異様な光が宿っていた。それだけではない。まわりのなんでもかんでも、手当たり次第に巻き込んで、危険な場所に突き進んでいこうとする闇雲な情動が伝わってきた。自分があの男の家を出るとき、あの男は私に自分の共犯者になってくれ、と言ったのだ。私はあのときの目つきが忘れられない。こわいところに私を連れていこうとしているのだ。でも、私には、どうしてだろう、あの男のこわいところにふれてみたい気持があるのだ。それがいっそうこわい。千晶は、自分の中に渦巻くあやしい気持を封じるために、結城紘一郎から遠ざかることにした。

なのにどうしたことだろう、結城が自分に洩らした情報が、自分の職場にも当てはまることだったとは。千晶は動揺し、冷静な思慮を失った。なにがなんでも、起こった事実を営業本部長に確かめるまでじっとしていられなくなった。あ、本部長が廊下をエレベーターに向かって歩いていく。千晶は弾かれたように席から立ち上がり、神戸《かんべ》営業本部長の背中を追った。

「本部長、楢本です。お忙しそうなところすみません。ちょっとお聞きしたいことがあるんです」

千晶が走りながら呼びかけると、神戸は苛立ちの表情をあらわにして振り向いた。

「だめだめ、急ぎの案件がいくつもあるんだ」

「きっと、どの案件よりも重要なことです、私が聞きたいのは」

神戸の行く手に立ちはだかると、膝が震え、声がかすれた。

「なんだ、血相を変えて」

「どうしても、本部長にたしかめたいことがあるんです」

「しようがないなあ、十分だけだよ、十分」

神戸はエレベーター前の通路を右に行き、突き当たりの大窓の前に立った。ビル群の窓の光が反射し合い、下の方は夜の底が抜けているような明るさだった。退勤時間をとうに過ぎて、通路に人の気配はなかった。

「本部長、当社が実施した人生の成就で、家族の立ち会いを拒否したケースがあったかどうか知りたいんです」

「そんなことを聞いてどうするんだ」

「そんなことではありません。家族立ち会いの下で、人生最高の瞬間を存分に体験していただくのが当社のセールスポイントではありませんか」

「ふーん。楢本、藤崎から何か聞いたのか」

「いいえ、藤崎君が顧客からのクレームに対応しているのが、漏れ聞こえたものですから」

「そうか。藤崎のやつ、不用意な応答をしやがって。情報のだだもれじゃないか」

「違います。あまりにも強硬なクレームだったので、藤崎君が冷静な受け答えができなかったのは仕方のないことです。それより、本部長、私の質問に答えてください。家族の面会を歓びの殿堂が拒否したことがあるんですか」

腕を組み窓の外に目を向けた神戸に、千晶は強い語調で問い質した。ふだん誰に対しても穏やかな話し方を心がけている千晶だが、今、意識して声を張りあげなければ、話が核心に行く前にかわされてしまう、と思った。神戸は渋面で夜景の彼方を見つめたまま返事をしない。

「どうなんですか、本部長」

千晶は神戸の耳に向かい、力を込めて声を発した。盛り上がった神戸の背中が千晶の前に屹立し、肩に埋もれそうな頭は夜景を向いたままだった。

「本部長、なにもおっしゃらないということは、事実を認めるということですね」

神戸はおもむろに体の向きを千晶の方に変え、一歩踏み出した。千晶は大柄な神戸が自分にのしかかってくるような気がした。神戸の丸い顔の中で、太い溝を刻んだ額が窓外の赤い光を反射していた。この男は、目の前の女を力で握り潰そうとする衝動に駆られているのではないか、とかすかな恐怖心が兆したとき、神戸の口が開いた。

「楢本、何を血迷って金切り声を発しているのだ。いいか、俺たちは営業だ。営業の仕事は顧客と契約を結んでくるところで終わってるんだ。歓びの殿堂、つまり医務部だ、医務部がクライアントにどのような対応をしたかは、俺たちの関与するところではないのだ。会社のルールを知ってて言ってるのか」

「それは最近伝えられたルールで、私、承服してません。そんなルールは変えるべきだと思います。顧客を大切にする営業社員ならだれでも、自分が勧めた商品に顧客が満足したかを知りたいはずです。本部長も若いとき、そうではありませんでしたか」

「だから、どうした」

「私は、何度も人生の成就の最高の場面に立ち会わせてもらいましたし、歓びに満ちたお客様の御臨終にもご一緒させてもらいました。そのときの感激がこの仕事を続ける原動力になっているんです。営業生え抜きの本部長も同様の経験をされているはずです。そんな、契約をとったところで営業の仕事は終わり、なんてことはありえません」

「楢本、もういい、もう言うな。今さら、営業の人間のやりがいみたいなことを並べ立てられても、俺にはどうすることもできん。言われても、どうしようもないんだよ」

千晶は神戸のことばに、本音がにじみ出ているのを感じた。他社との戦いに営業社員を鼓舞し、〝バラのほほえみ社はお客様からの信頼を絶対に裏切らない会社です〟を切り札にしろと吠えるように繰り返してきた神戸である。

「本部長、やっぱり、あったんですね」

千晶は神戸の耳に息がかかるほど近づき、声をひそめて言った。神戸の額の太い皺の下にくりぬかれた二つの黒い目が潤み、どんよりした光を放った。葛藤の極限で放心に至った者の無表情な目が、千晶をたじろがせた。しばらくの間、憮然と佇んでいた神戸が声を鎮めて話し出した。

「いいか、この件については、君と藤崎だけの秘密にしろ。顧客には当社として最上級の対応をして、矛をおさめてもらう」

「どういうことですか」

「特例的な弔慰金を出して、最高の人生の成就を本人は体験し遺族もその体験を共有したことにしてもらう」

神戸は渋い顔でゆっくり言い、千晶の目前ににじり寄った。千晶は気味の悪い語気を浴びせられて、返すことばを失った。美辞麗句で飾った会社の看板の裏に潜んでいた泥が突然溢れ出してきた。神戸が、お前もその泥にまみれよと言っているような気がした。

「本部長、そんなことは許されません。もし、施術中にトラブルがあったのだとしたら、しっかり調査をして、事実を明らかにすべきです。それがお客様に対する責任です」

「楢本、お前、今会社がどのような状況にあるか、わかって言っているのか。ニルヴァーナ社としのぎを削ってトップの座を争ってるときに、施術中に事故があったなどと発表できるわけがないだろう」

「やめてください、本部長は本心でそんなことを言っているのですか」

「やめろ、気持の悪いことを聞くな。いいか、このことは本社のトップに上げて、もう決まったことだ。決められたことに従うのが、この誇りあるバラのほほえみ社の社員というものだ」

「本部長、お聞きします。今回のようなことはこれまでにもあったのでしょうか。似たようなケースがひそかに処理され、隠されていた、ということは……」

「ばかやろ、あるわけないだろ。当社の医療技術の水準は世界最高なのだ。君もそのことを理解して顧客に説明してるだろうが」

千晶は神戸の返答に真実味を感じられなかった。本当に初めてのことなら、神戸は、この程度の否定でとどまる男ではなかった。千晶の疑問に対して激しく食ってかかり、疑問をもつこと自体をありえないこととして非難しただろう。彼の怒りにはいつも、肉体をかけた生々しさがあった。それなのに、会社の技術水準を持ち出してくるなんて、彼らしくない空疎な理由付けだ、と千晶は思った。

「あのう、本部長。私たち営業社員には、顧客が歓びの殿堂でどのような人生の成就を遂げたかを、詳しいデータで確認する権利が与えられるべきです。医務部で起きていることについての情報は、全社的に共有されるべきです。そうでなければ、私たちは安心して商品を顧客に勧められません。どう思いますか、本部長」

「いい加減にしてくれ。君は何様のつもりだ。情報の全社的な共有なんてな、組織の秩序を破壊するだけで、なんの意味も意義もない。各部門がそれぞれの任務を果たし、他の部門に干渉しないのが、会社組織にとって必須なんだ。組織横断的な民主制は、破壊と混乱しか生まない、これは現代経営学の基本だよ。それにな、今この国が世界でも安定した秩序を保っているのは、意味のない情報公開だとか、民衆発案なんてものをやめたからだ。君は学校で何を学んできたんだ」

「そんなことを聞いているのではありません。私は、ただ、絶対の安全性を誇っている当社なら、施術がどんなふうに実施されたかを営業社員も知っておくべきだ、と言いたいのです。本部長、これまでの施術の記録にアクセスする権限を私に与えてください」

「なにを藪から棒に。できるわけないだろ。さあ、俺はもう行かなければならない。楢本、さっき言ったように、この件は、君と藤崎以外には絶対洩らすな。これは社としての命令だ。君が有能な営業社員であることは十分承知しているが、命令に反した場合は、処分の対象にしなければならん。いいか」

威圧的なことばを最後に、神戸は千晶を振り払い立ち去った。千晶は、自分が神戸に問い質したことが、会社の闇の部分にふれることになったのは間違いないと思った。神戸を含む組織の上部の人間が、この問題を隠蔽するために動いている様子が脳裡に浮かんだ。

神戸は、草太の死後失意のうちに中途入社した千晶に目をかけてくれた上司だった。この仕事がどれほど顧客から感謝されるものであるかを、身をもって示してくれた。彼の背中を追って、千晶は仕事に励み、営業社員としての能力を高めた。その神戸が、千晶が仕事を始めたときの思いを踏みにじり、組織の命令に従えと圧力をかけてきた。神戸のいなくなった窓辺に立ち尽くし、千晶は組織の中にいることが、かえって、無人の荒野にいるのと同じ孤独をもたらすのを感じた。

藤崎の顧客の施術中にいったいなにがあったのか、それがわからないままで、自分は仕事を続けられるだろうか。その問いにケリをつけるために、意を決して本部長に疑問をぶつけた。だが結果は、疑問の解決どころか、千晶の全身を揺るがし、不安の中に宙づりにした。

あの結城紘一郎が自分の領域に千晶を誘い込もうとしてきたときの声が蘇ってきた。忘れよう、忘れようとしていた、紘一郎の声が千晶の耳にささやきかけてくる。……俺にこんな要求をさせる気にしたのは、あんただよ……その声は、千晶の胸の中に食い入り、繰り返し呼びかけてくる。私が結城紘一郎に何をしたというのだろう。あの男の過去を調べたからといって、同情心をもったわけでもないのに。あの男は、私の中になにを見たのだろう。千晶は繰り返し頭を擡げてくる問いに錯乱し、目の前の夜景が滲み、光の散乱になっていった。

強く肩を叩かれ、千晶は思わず「いや」と悲鳴を洩らした。振り返ると険しい顔をした神戸であった。心臓をぎゅっとつかみあげられ、千晶はことばが出なかった。神戸は小さなカードを差し出し、千晶に受け取らせた。

「医務部の情報管理をしている岡という男だ。俺と気心の知れたやつだ。神戸の代理だと言って連絡をとってみろ」

千晶がカードを読み返答をする間もなく、神戸は立ち去った。

12

腰のあたりまでの高さの白い棒が斜面いっぱいに突き出ていて、ゆらりゆらりとやわらかな動きをする。ベリーダンスのようだ。波に揺られるいそぎんちゃくを思わせた。紘一郎はなんとしても、いそぎんちゃくの野を越えて、小山の向こうに行かなければならないのだが、白い棒が触手になって脚に絡みついてくる。この、この、と叫びながら触手をつかみ脚から離そうとするが、表面がぬるぬるして力が入らない。中には先端が吸盤になっている触手があり、紘一郎の太ももと尻に吸いついてしまう。

なんだこんなものと手足を大暴れさせ、触手を振りほどき、力ずくで前に進もうとする。一歩、二歩進むと、また触手に絡まれ、吸いつかれ、紘一郎は絶望に駆られる。はるか昔から、白い棒が密集する野を前に進むためにもがいているような気がする。この下等な生物め、俺の邪魔をするなと怒鳴り声を発し、触手が巻きついた脚を振り上げ、目の前の邪魔物を蹴りつける。反り返る触手に右足が引っ張りあげられ、体が宙に浮いた。背中から長い滞空時間で地面に落ちたが、ふわりと軟着陸し痛みはやってこなかった。

背を丸め、腕を小さくたたんで胸に組んだとき、内ポケットにナイフがあるのに気づいた。紘一郎は立ち上がり、ナイフを右手に握って、太ももに絡んでいる触手を切った。力を入れるまでもなく、触手の先が落ち、黄色の断面が現れた。鋭利な切り口だと思って見るうちに、下から押し上げる力によって泡立ち、黄色の液体が流れ出した。人間の腕ほどの太さの触手が見る間に萎んでいき、斜面に皺だらけの白い肌をさらして横たわった。

なんだこいつら、意外に弱いじゃないか、と紘一郎は元気づき、手当たり次第に触手をナイフで切り、小山の上を目ざした。紘一郎のいくところ、黄色い粘液で染められた道ができていった。だが進めば進むほど、行く手の触手の密集度は高まり、紘一郎は滅茶苦茶にナイフを振った。黄色い滴が顔面に飛び散り、シャツを濡らした。もがいてもがいてここを脱け出してやると思ったとき、右腕が触手の藪に呑み込まれ、ナイフが奪われた。

力尽きて、斜面に仰向けに寝そべった。しばらくの間、下からいそぎんちゃくの野を見あげていると、触手が動いているのは半ばの高さより上であることに気づいた。根元はわりに細く、上部の揺れに従って左右に動いているだけだった。なんだそうだったのか。紘一郎は触手の林から脱け出る方法があることに気づいた。四方に目をやることで、白い触手の林立にムラがあり、隙間を辿って進んでいけそうだとわかった。肘を使い、胴をくねらせ、腹這いで進んだ。

ようやく小山の頂に辿り着き、立ち上がろうとしたとき、背丈を越える波が眼前からやってきて全身を呑み込んだ。紘一郎の体は波に押し上げられ、一瞬浮き出た頭がこの世界の光景を目に焼きつけた。先ほどまで這っていた斜面は消え去り、どこまでも海だった。一段盛り上がった波が見渡す限り白い筋をつくり、ひたひたと進んできた。海底をえぐるように落ちていく波とともに紘一郎は沈んだ。目を開けると、海底から生えた白い触手が四方八方に激しく揺れている。水を得たいそぎんちゃくが、歓びに打ち震えているようにも見える。

両腕を左右にかき前に進もうとすると、触手が太ももや胴体に絡みついてくる。やめろ、離せと叫びたいが、水中では口を開けられない。息をすることができないことの焦りと切迫感で身悶えする。息を詰め、両腕で必死に水をかき、両足で水を蹴る。体に絡みつくものの抵抗がだんだん少なくなり、紘一郎は頭上にかすかな明るさを感じた。

不意に腰を締めあげるように巻きついてくる力を感じた。これまで見てきたどの触手よりもはるかに太いものが紘一郎の胴体をからめとり、右に左に揺らした。触手はうす桃色をしており、赤黒い吸盤が密生していた。吸盤の中に朱色の目玉があり、無数の一つ目小僧に睨まれているようだった。海面近くまで揺り上げられ、ついで、海底深くまで沈められる。振りほどきようもない力をもつ触手に弄ばれ、紘一郎は海の中の振り子になった。もうこれ以上息を止めていることはできない、奇怪な生き物の慰みものになって俺の生涯も終わりだ、と思ったとき、紘一郎は上方に振られた触手から振りほどかれ、急上昇した。海面を割って宙に飛び出し、着水した。

立ち泳ぎをしながら、おそるおそる呼吸をした。喉の奥をヒューヒュー鳴らして、空気が肺に入っていった。ここはどこの海なのだろう、なぜ自分は一人で泳いでいるのだろうと思った。ぐるりと周囲を見回すと、コンクリートが突堤のように海上に横長の頭を出しているところがあった。紘一郎はあそこまで泳げば、いいのだろうかと思った。目を凝らすとコンクリートには白い触手がびっしり生えていた。身をよじって絶え間なく揺れているのは、紘一郎にこちらに来いと呼んでいるのだと思われた。あそこにいけば、もうひどい目に遭わずにすみそうだと考えたが、いや、また手足に絡みついて邪魔をされるのもいやだ、という気もした。

ふと、海の中に忘れ物をしてきたのに、自分は偶然のはずみで海上に浮かんでしまった、また海に潜って忘れ物を取りにいかなければならないのだ、という気持に駆られた。忘れ物を取りに行くことが自分の使命なのだと、わけもなく感じた。紘一郎は邪念を振り払って海の中に潜った。白い触手がゆらゆらしている海底である。触手をかき分けて忘れ物を見つけなければならない。紘一郎が泳いでいくと、触手が絡みついてくる。こら、俺の探し物の邪魔をするなとばかり、振り払い蹴りつけるが、新しい触手が待ちかまえていて紘一郎の体に巻きついてくる。苦しい、早く空気を吸わなければ。紘一郎は息を詰めている胸に手を当て、身悶えする。こんな苦しいのはごめんだ、水の中で息をしたら、肺の中にどっと水が押し寄せてくる。俺は、叫ぶことも喚くこともできず、水に侵食され、ただの物体になる。こわいぞ、こわい。俺はぶよぶよとした水中の骸となる。

だが、紘一郎が恐怖に駆られ幼児のように身をすくめたとき、海底からすべてを巻き上げる波が襲ってきた。紘一郎の体に巻きついた触手が千切られ、体が上方にさらわれた。頭が海面上に突き出た。紘一郎は全身を震わせ息を吸った。体じゅうに張りめぐらされた血管を酸素が流れ、至る所の細胞がちりちりと弾けた。手足が勝手に動き出し、紘一郎の体はわけのわからない踊りを始めた。よせよ、よしてくれ、手足よ、しゃんとしておくれと念じた。海面を踊りながら迷走する自分を上空から見る自分がいて、水面に叩き落されたハエのようだと思った。もがきながら息絶えるのはたまらないと、腕を天に差し伸ばし叫ぼうとした。

口を塞がれ、肩を押しつけられ、紘一郎の体は沈下した。抗う力は残っていなかった。海中を下っているはずだが、周囲を取り巻くのは水ではなく、生温かい靄だった。靄のはるか奥からふわふわと音がして、耳をそよがせる。なんだろう、空気を伝ってやってくるものがあるのはおかしい。訝しんでいるうちに、靄の中で白っぽいものが忙しく揺れ出した。蜘蛛の巣にとらえられた小さな蛾のようだ。身を振りほどくための震えに見える。

　白っぽいものにずっと気持を集中していると、世界が鮮明になってきた。窓に引かれたカーテンの隙間から細い光が差し込み、壁沿いの棚に置かれた水差しを光らせている。光は小刻みに明滅し、水差しが瞬いているようだった。カーテンは見覚えのある薄茶色の生地である。どうやら自分の部屋に寝ているらしい。ベッドと布団から、かすかに枯草のような匂いが漂い、自分の寝床と思われる。靄の奥から響いていた音が、人の声であることに紘一郎は気づいた。寝室のドアが開け放たれ、廊下を通じてリビングルームの物音が洩れ聞こえた。


――お義父《とう》さん、ずっと眠ったままね。いつまでも意識を回復しなかったら、どうするの。やっぱりすぐ、高度救急センターに搬送すべきだったわ。まったく、あなたたち兄弟が優柔不断だからこんなことになるのよ。

――いや、萌香、そう慌てて騒ぐな。きっと、親父はもうすぐ回復する。

――きっとだなんて、いい加減なこと言わないでよ。このまま意識不明で寝たきりになったら、もう恥もいいところでしょう。認知症の父親を放置して行方不明にさせたあげく、行き倒れ。キャビの密集地域で発見され、彼らの車に乗せられ家に送り届けられる。こんなことが「認知症者情報」として広まったら、私たちいい笑い者よ。

――待ってよ、義姉《ねえ》さん。親父が認知症だと決まったわけじゃない。

――譲さんもいい加減になさいよ。「高齢期リスク・チェック」を受けて認知症発症の確率が八〇%と診断されていたのに、息子たちは父親の好きにさせておく。そして、家を飛び出した父親が、家に帰れなくなって行き倒れ。この現実を見てよ。どう考えても、認知症による徘徊の始まりでしょう。

——お義姉さんの言うとおりだと思うわ。お義父さんは、早く人生の成就を受けるべきなのよ。それが、譲や彬さんがお義父さんを説得できないものだから、こんなことになったのよ。

——あんたたちは、俺たちの苦労も知らないでよくもべらべらと文句を言うもんだな。親父をその気にさせるために俺と譲でどれだけ神経をすり減らしてきたか、全然わかってないんだよな。

——また、言い訳をするのね。いくら努力したって、結果がついてこなくちゃ話にならないでしょ。

——私、お義父さんの常軌を逸した行動を見てると、まさかとは思うけど、安楽死に反対したり、キャビの待遇改善を唱える危険思想に関係してるんじゃないかという気がするの。キャビの住宅地で倒れてたなんて、もしもよ、認知症の徘徊のせいじゃなくて、自分で求めてそんなところに行ったとしたら、そっちの方がもっとこわいと思うわ。

——おい、衣知花、邪推でものを言っちゃだめだ。そりゃ親父はふだんから、キャビを生み出すこの国は間違っていると批判してたけど、別にそのことで活動しているわけじゃない。

——えー、そうかしら。あなたは、お義父さんになにも問題がないと思いたいだけなのよ。お義父さんは何をしでかすかわからない人なのよ。そのことに直面したくないから、ただ、腫れ物にさわるようにしているのよ。

——なにを言ってるんだ。俺はな、親父がこの国に腹を立てているのはわかる気もするんだ。キャビに汚い仕事を押しつけて、小綺麗な生活をしている人間てどうなんだ、って俺も思うことがあるさ。親父の気持がわからないでもないんだ。

――譲、お前は、考え方が甘いんだよ。おかしな同情心でものを言ったところで、気休めにしかならん。キャビがどうとかって言うが、この国に差別的な制度も法律も存在していない。いい生活をするチャンスは誰にでもある。俺だってそうだ。便利屋をしている親の子が今の地位を築いたのは、必死に努力したからだ。必死に努力しないやつらが、自分たちの権利を保障しろ、生活をよくしろ、と文句を言ってるだけだ。

――まったく、あなたたちときたら、こんなときにぐだぐだと無駄な議論ばかりして。だから、男は駄目なのよ。そんなことよりお義父さんをどうするのよ。今からでも、高度救急センターに連れていくべきじゃないの。手遅れになって、体が不自由になる障害が残ったらどうするの。そうなったらいったい誰が面倒をみるの。

――お義姉さんは、飛躍しすぎです。親父は雨の中歩いて、疲れて倒れただけです。今は微熱があるだけで、他はなんともない。もうすぐ、親父は回復します。僕はわかるんだ。親父は何かに夢中になると、寝食を忘れてやり続け、それが終わると昏睡し、そのままずっと眠ることがあったんだ。

――えーっ、若いときのお義父さんと違うのよ。

――そうよ。もう八十歳に手が届く齢になっているのに。あなたったら、まるで現実が見えていないわ。

――そうだよな、あんまり譲が「大丈夫、心配いらない」と言い張るから様子を見ることにしたけど、もうそろそろ限界かもな。病院に連絡をとるべきかもしれん。だが、高度救急センターは駄目だ。あそこでは情報が筒抜けになる。親父が倒れたいきさつを絶対に外部に漏らさない病院を探そう。俺の仕事の関連で、秘密を守れる病院を探す。ちょっと俺に時間を貸してくれ。

――そうよ、認知症で行き倒れなんて、恥ずかしいことは絶対に外部に出ないようにしなくちゃ。

――待ってくれよ。ほんとに、行き倒れが恥ずかしいのか？　認知症じゃいけないのか？　どうしてそんな親父をひどいものに扱うんだ。おかしくないか。

――ばか、恥ずかしいから、俺たちは頭を抱えてるんだ。俺たち市民は、親が認知症になって社会的負担を発生させる前に人生の成就を遂げさせる責務を負っているんだ。キャビのやつらはその辺の責任感が薄い。だからやつらの親は認知症になる確率が高いんだ。社会的負担を発生させるやつらは、蔑まれる要因を自分でつくってるのさ。

――社会的負担を目の仇にするのがわからない。困ったときはお互いさまってことばが昔からあるじゃないか。

――ほらまた。あなたたち兄弟は、すぐ現実から離れて、議論のための議論を始めるんだから。そんな話ではなく、お義父さんをどうするか早く決めてよ。

――そうよ、お義兄さんの言う通り、秘密の漏れない病院に早く移すべきよ。脳に障害が起きているんじゃないかって、私、気が気でないの。お義兄さん、もう譲としようもない議論をするのはやめにして、病院を探してください。

――そうだな、すぐ省に連絡をとって、部下に候補をあげさせよう。

――待ってよ、その前に親父の容体をたしかめなきゃ。みんな、いちばん大事なことを忘れてるよ。

譲は席を立ち、奥の廊下を通って、ドアを開け放した寝室に入っていった。薄暗く埃っぽい部屋で、カーテンの隙間からのわずかな日差しが、紘一郎を覆う寝具に一筋、光の線をつくっている。窓際まで歩みカーテンを引くと、西日が溢れるように押し入ってきた。毛布二枚と掛布団にくるまれた紘一郎が浮かび出た。

「おい、眩しいぞ」

声がしたかと思うと、窓側を向いていた頭がぐるりと反対側に回った。

「えっ、父さん、起きてたの」

「いや、今、目が覚めたところだ」

「ほんとう」

「ああ」

譲に対して背を丸めて横たわった紘一郎は、しわがれた声を出した。譲はベッドの反対側に回り、父親の顔を間近で見た。白い無精ひげで縁どられた紘一郎の顔は青ざめ、頬がこけていた。

「譲、俺は知らないところをずっと旅していたような気がする。だが、どこをどう辿って今ここにいるかがわからん」

「全然、覚えてないの？」

「雨の中をな、ただずっと川に沿って歩いていた気がするんだが、なんだか記憶があいまいでな。俺はすっかり、ぼけたのだろうか」

「なにを父さんらしくもない。わかってるのは、父さんが山裾の日陰地区で倒れているところをキャビの人たちに見つけられて、ここに連れてこられたということだけさ。たまたま、シャツのポケットに便利屋の連絡先カードが入ってたから、この家がわかったんだ」

日陰地区とキャビということばを耳にして、紘一郎は目をしっかり開き、視線を譲に向けた。

「どうしてそんなところにいたんだ。まったく覚えがない」

「ほんとう？　でも、車で連れてきてくれたキャビの人がとてもいい人で、よかったよ。家の前で行き倒れのようになってたって話だから、不審者として捜査機構に通報されても仕方のないところだったんだよ。僕はオートカーしか見たことがないから、人間が運転する車が家の前に止まったときにはびっくりしたよ。錆だらけのその車から、意識不明の父さんを引きずり下ろしたんだ」

「そうか」

「父さんは全身ぐしょ濡れで、川か海に落ちたんじゃないか、と思うほどさ。ひどいもんだった。家を飛び出した後、ひどい大雨になったでしょ。あれっきり、ずっと帰って来ないから、みんな心配で、ずっと待ってたんだよ」

「そうか」

「そうだよ。まったくこんな歳になっても向こう見ずなことするから心配さ。服を寝間着に換えてベッドに寝かせるだけでも大変。父さん、萌香さんや衣知花にずいぶん世話をかけたんだよ」

「とんだ迷惑をかけてすまなかったな。譲、お前、俺が認知症で徘徊してたと思うのか」

「さあね。僕は、今まで、父さんがぼけたと思ったことは一度もないけど」

「そうか」

「なんだ、そうかばっかり言って。長い旅をしてきたのはいいけど、すっかり気弱になったんじゃないのかな」

「ああ。なにか大切な忘れ物をして旅から帰ってきた気分だ」

「ふーん。父さん、目を覚ましたんなら、なにか食べたほうがいいだろ。義姉さんがつくったものがあるんだ。あの人の料理の腕はただものじゃないね。うちの衣知花も見習ってほしいもんだ」

「ああ、彬の嫁は料理が上手なのか。食べさせてもらう」

紘一郎はわずかに頬を緩ませてうなずいた。

13

萌香のつくったオニオングラタンスープをスプーンに取り、無精ひげの間から口に含むと、チーズと溶け合い餅のように柔らかくなったパンからスープがにじみ出てくる。口の中が熱いスープで満たされる。姿がわからなくなるほど炒め尽くされた玉ねぎが、やわらかな感触を残して喉に入っていく。甘くやさしい味だ。

「うまい」

紘一郎の口からかすれ声が洩れた。

「おいしいですか」

紺色のエプロンをつけた萌香が笑みを浮かべて問いかける。

「ああ、うまいよ」

胃のあたりが温かくなり、じんわりと広がっていく。

紘一郎は、全身ずぶ濡れになり地面に倒れ伏したときの感覚が蘇ってきた。体のいたるところが冷たい塊になり、塊どうしが、がちがちとぶつかりはじける。頭が割れるように痛くなり、体を丸めて耐えようとするのだが、硬直した関節が凍りついたように動かない。きっと死ぬに違いない、だがどうせ死ぬなら、せめてあたたかさに包まれて死にたかった、寒いのはたまらん、と思った。

あのときからどれだけ時間がたち、どれだけ眠ったのかわからないが、紘一郎のからだには冷たい塊が頑固に残っていた。今、毛布で体をくるみ熱いスープを飲むうちに、温もりが腹や太ものの中に生まれ、周囲に広がり、冷たいところが解けていく。

「お義父さん、これ、私たちもいただいたんです。おいしいでしょう。萌香さんがつくってくれたんです」

テーブルの向かい側にすわった衣知花が話しかけてくる。髪をボーイッシュに切り、顎がとがり目の大きい顔が、遠慮なしに紘一郎に向かってくる。

「そうか、萌香さんがね。ありがたいことだ」

息子の妻たちとこんなふうに差し向かいで話したことは、これまでほとんどないような気がする。

「鍋や食器の在り処がよくわかったね」

「お義父さんの台所は、よく整理されてます。だから、苦労はなかった……」

「まさか」

「苦労しなかった……ということにしておきましょう」

衣知花の左側にすわった萌香が、いかにもおかしいという顔で言う。

「妙なこと言うなあ」

紘一郎は弱々しい声で言い返した。台所は紘一郎にしかわからない原則に従って調理道具が収納されている。きっと、萌香は、なんというしまい方だろうとぼやきながら料理をしたはずだ。でも、必要なものをすべて見つけられたのなら、萌香には変則に対応する洞察力があるのかもしれない。

「お義父さん、これも食べてみてください」

衣知花がポテトサラダを盛りつけた皿を示す。

「いもサラダか」

「どうぞ」

萌香が差し出した箸でポテトサラダを口に入れる。潰し切らずに形がまだ残っているじゃがいもの内部から温もりが伝わってきた。

「いもがあたたかい」

「はい。お義父さんのからだをすこしでもあたたかくしてあげたいと考えました」

爽やかな酸味に塩味と甘みがほんのり絡んでいて、あたたかいじゃがいもを舌が喜んだ。

「お義父さん。お義姉さんがつくるとこ私も見てたんですけど、すごいんですよ。マヨネーズを自分でつくって、いもや人参と混ぜてるんです。黄身と酢と塩、それに砂糖もほんの少しだったかな、ねえ、お義姉さん」

「なにもすごくないわ。お義父さんにも喜んでもらえればいいんですけど」

「いや、うまいよ。ありがとう。あんたのおかげで死にかけたからだが生き返ってきたようだ」

「え、お義父さん、死にかけただなんて、いやですよ、もう。譲も彬さんもすごく心配して、救急病院に行くべきではないかって相談してたんですから」

「ああ、迷惑かけた、すまん。で、彬と譲はどうしたんだ」

「お義父さんが目を覚まして、会話もできるとわかったので、二人とも仕事に行きました」

萌香がそう言うと、紘一郎は無精ひげを撫でまわしながら言った。

「そうか、俺の世話を嫁さん二人に押し付けて出て行ったんだな。あいつら、じいさんの世話は女がするものと決めつけているのか、けしからん」

「お義父さん、いつもの憎まれ口が出てきましたね。夫たちに聞かせてやりたいわ」

衣知花はにっと歯を見せて言った。この女は意外と屈託のない話し方をするんだ、と思いながら紘一郎は衣知花の顔を見返した。

「そうよ、私たちにだっていろいろ予定があるのに、彬は、後は任せたぞ、なんだから」

萌香も文句を言い、衣知花と目を合わせた。

「ああ、もう俺のことは心配しなくていい。あんたたちは好きにしなさい」

「いいんですか。では、お義父さんが食事をすませ、その後、体温を測ってなんともなかったら、私たち帰ることにします」

衣知花のことばに、萌香も頷いた。

「ところで、お義父さん。お義父さんはキャビの人に連れてこられたのを覚えてるんですか」

オニオングラタンスープを口に運ぼうとしている紘一郎に衣知花が話しかけた。

「そのことは譲にも言われたが、まったく覚えておらん。そのキャビの人がわかれば、会って礼をしなければならないんだが」

「お義父さん、それは駄目です」

衣知花がちょっと上体を浮かせ、紘一郎に迫る姿勢になった。紘一郎はスプーンを深皿に戻し、衣知花の顔を凝視した。

「なぜだ。命の恩人に礼を言うのは、人として当たり前のことだろう」

「いいえ、駄目です。キャビとかかわりあいをもってはいけません」

「衣知花さん、あんた、何の権利があってこの年寄に指図をするのだ。俺は……」

毛布にくるまった紘一郎は、かすれた声を張り上げようとしたが、こみ上げる震えで歯の根が合わなくなり、話の接ぎ穂を失った。衣知花の顔に朱が注ぎ、頬がひきつった。

「お義父さん、結城紘一郎さん。あなたは、キャビも同じ人間だ、差別するなと言いたいのでしょう。それはたしかに立派な考えかもしれません。でも、それがこの国ではどんなに危険な考えかわかって言ってるんですか」

「ずいぶん大げさな言い方だな」

「いいえ、大げさではありません。この際ですから、私がどうしてもお義父さんにお願いしたいことを言っておきます。その前に、私の祖父の話をします。祖父もお義父さんと似たところがあって、同じ人間同士、差別をしてはならない、といつも言っているような人でした。私が中学生のときに、ｖｉｄｅｔ—13という感染症が流行しました。覚えていますね」

「ああ、おそろしい感染症だった」

「いっしょに暮らしていた祖父のところに、親しい碁の友だちから感染症にかかったかもしれない、という連絡があったのです。身寄りのない人で、病院の検査も受けられない、まともな食事もできない、という状況でした。祖父は見るに見かねて友だちのところを訪ね、病院の検査を受けられるように奔走しました。そうするうちに、友だちは一気に具合が悪くなり、肺炎で死んでしまったのです」

「それは、なんともやりきれんことだ」

「話はそれで終わりじゃないんです。感染症の友だちを世話した祖父は、あいつはキャビだという噂を立てられたんです。どうしてか、わかりますね。感染症の人の家を訪ねて安否確認したり、病院に搬送したりするのはキャビの仕事だって決まっているからです。祖父がキャビだって言われたら、私の一家がキャビにされたということです。陰でこそこそあることないこと言われるようになりました。そうするうちに、祖父も感染症になったのです。友だちと同じように急性の肺炎になり、亡くなりました」

「そうか、立派なおじいさんを亡くしたんだな。初めて聞いた」

「はい。でも、これは祖父一人の問題じゃ終わらないんです。私たち家族がキャビで、しかも感染者だ、という話がいっぺんに広まったんですから。町から出ていけって落書きされたり、貼り紙されたり。私は、中学の仲の良かった友だちがみんなそばから消えてしまいました。私が行くところ、行くところ、どこでもさあーっと人が離れていくんです。みんな私をけがらわしいものとして見てました。私がさわったものを誰も受け取ろうとしない。お前はきたないものを処理する種族だ、そばに来るな、そういう書き込みをいやというほどされました」

「なんというひどいことを。見下げ果てた連中だ」

「お義父さん、いいですか、そんな嘆きですむ問題じゃありません。私たち家族の現実の問題です。両親は職場で、兄と私は学校で、あの家族はキャビだ、それも穢れたキャビだ、出て行け、と囁かれ、いじめられたのです。家の周りを歩くだけで、後ろ指をさされ、ひそひそ話が聞こえてきます。毎日、毎日、陰険ないじめを繰り返される、こんな生活、お義父さん、耐えられますか」

衣知花は話の途中から椅子を押し下げて立ち上がり、紘一郎を睨み据えていた。隣りの萌香は、衣知花の言うことに頻りに頷き、ときどき目頭に手を当てていた。

「いや、俺も耐えられんさ」

「そうでしょう。人を差別するなと口で言うのは簡単です。でも、人間は差別するのが大好きな生き物なんです。あいつ変な奴だ、ということばにつられて、わーっと盛り上がるんです。そう、はけ口を求める衝動が怪物みたいに動き出すんです。私、それを自分で経験したから、差別と闘うぞなんて、大声で言えません。差別を受けたことのない幸せな人が、正義の味方みたいなことを言うんです」

「ああ、衣知花さん苦労したんだね。あんたの両親はもっと大変だったろう」

「はい、私たち家族は逃げるようにして町を出ました。いくらか財産もあったらしいですが、みんなそのままにして首都近くに引っ越してきました。とにかく自分たちのことを偏見の目で見る人がいない土地を求めたんです。私は転校してからもずっと、誰かが自分のことを後ろ指さしているんじゃないかという気がして、穏やかな気持にはなれませんでした。今考えると、祖父が感染症の人の世話をしたというだけのことで、あんな生き地獄になったことが、ほんとに怖ろしいんです。いったい、なにがきっかけで、ふつうの暮らしを失うかわからない、そういう世界に私たちはいるんです。怖いことが、足元にいっぱい落ちているんです。だから、お義父さん、キャビの人に会ってお礼するなんて聞いただけで、私、びくっとしてしまいました。どうかそんな危険なことはやめてください。お義父さんがキャビだって言われたら、私たちもキャビだって言われるんです」

紅潮した顔で話し続けた衣知花は、紘一郎が少しも表情を変えないことに失望の色を浮かべ、加勢を求めて萌香を窺った。萌香は衣知花の話の途中から、顔を曇らせ、ときどきびくっと首を振っていた。

「なんだか大げさだな。俺がキャビであろうとあるまいと、世の中のバカどもには好きなように言わせておけばいい。この社会はキャビの人たちの労働なしでは成り立たない。彼らが目に見えないところでやってる仕事のおかげで、俺たちはお上品な生活を送ってるんだ。世の中でいちばん役に立ってるのはキャビだろうが。俺は、自分がキャビだと言われたとしても、何も気にしない」

紘一郎はぼそぼそと小さな声で語った。いつもなら、だんだん激して、衣知花を相手に怒鳴り声を発するところだと思った。衣知花の方は、紘一郎が話している間ずっと苛立ちを顔にあらわし、指先でテーブルを小刻みに叩いていた。はあっと、大きなため息を発し椅子をがたつかせたのを見て、萌香が衣知花の二の腕をつかんだ。衣知花は不服そうに唇を閉じた。紘一郎はもう何も言うなという顔で顎を突き出した。

「お義父さん」

意を決した声が居間に響き渡った。これまでに聞いたことのない萌香の大声だった。

「なんだ。そんな声を出さなくても聞こえてる」

「お義父さん、あなたは間違っています」

「どこが」

萌香は答えず、胴に着けていたエプロンをはずし、テーブルの上で折りたたんだ。皺をのばそうと、掌で生地を繰り返し撫でつけた。衣知花も紘一郎も、萌香の無言の動作をただ見つめた。この女は、俺にしゃべりかけたままやめるのか、もう帰るつもりなのか。紘一郎は、体からずり落ちそうになった毛布をかきあげた。萌香は押し黙り、落ち着きなく視線をさ迷わせた。

奇妙な沈黙の中、紘一郎が、オニオングラタンスープの最後の一すくいを口にもっていこうとしたとき、突然、萌香が、エプロンをテーブルに叩きつけしゃべりだした。

「やっぱり、お義父さんは、自分中心に世界が回ってるんです。彬もそう言ってます。自分が正しければ回りがどうなってもかまわない人なんだ、と。衣知花さんが言ってるのは、お義父さんのせいで、私たち家族もキャビだって言われるかもしれない、って話です。私の子どもも衣知花さんの子どもも、ということですよ。キャビは人間として劣っているから、社会の底辺に追いやられた者の集まりだって、みんな思ってるんです。そういう者として扱われたら、どうなるかわかりますか。私たちの子どもがキャビ扱いされて、人間らしい希望も生きがいも踏み潰されたらどうしますか」

萌香が、声を上ずらせて話し出し、流れ出した涙と鼻水でぐしょぐしょになった鼻を拭った。萌香の様子を見て、紘一郎は、いつも取り澄ましているこの女のどこにこんな激しい情動が潜んでいたのか、と思った。

「俺がキャビの人にちょっと礼を言ったら、あんたの子どもがキャビ扱いされるなんて、話が飛躍しすぎだろう。仮定の話で、そんなに興奮しないでくれ」

紘一郎の軽い応答が、萌香の怒りに油を注いだ。

「お義父さん、衣知花さん、私、この際ですから、ずっと隠していたことを言います。よく、聞いてください。いいですか。私の家はキャビなんです」

衣知花ははじかれたように上体を正し、目を見開いた。紘一郎はかすかに頷いた。

「私の父は学生時代に演劇にのめりこんで、ちゃんとした就職をしなかったんです。非正規の仕事を転々として、いつか演劇で注目を浴びようとしてたらしいです。母も同じようなもので、飲食店で働きながら女優をめざしてたって聞きました。でも、二人とも、演劇みたいな直接表現は、くさい、汚い、不衛生なものの代表になっていく時代の動きに気づかなかったのです。自分たちのやってることが時代遅れの最たるものだってわからないまま、貧乏なその日暮らしに浸かっていたんです。そんな中で、私が生まれました。これほど豊かな社会なのに、古ぼけたアパートを転々とする生活です。二十年演劇をやって、自分たちにはなんの未来もないという現実を受け入れて、ようやく両親は決心しました。認知症患者を扱う遠隔地の施設で働くことにしたのです。まだ小学生の私をきちんと育てるには、定収入のある仕事になんとしても就かなければならないと思ったんでしょう。狭くて、コンクリートむき出しの箱みたいな家で私たちは暮らすようになりました。そういうところに住んでる人間は、世間でキャビって言われると知ったのは高校生のときです。小中学校のときは同じような環境の子ばっかりだったから、貧乏なのも、世間から蔑みの目で見られてることも知らなかった」

「お義姉さん、そんなことまで言わないで。私、聞いてて、息苦しくなる。自分がつらかったときのことがいっぺんに蘇ってきて、耳を塞ぎたくなる」

衣知花が萌香の肘のあたりを握りしめ、力いっぱい揺する。

「これはね、衣知花さん、あなたの話を聞いてどうしても言いたくなったの。お義父さんの考えてることが、どんなに危険なことか気づいてもらうためにも、どうしても言わなければならない。そう思ってる」

「しっかり聞いてるぞ。いくらでも言いなさい」

「私、勉強が好きな子だったんです。それで、キャビの住んでいる地区からはめったに行く子のいない偏差値の高い高校に入ったんです。両親の仕事のことは気にしてませんでした。父も母も、認知症の人の世話も大事な仕事だ、と私に言ってましたから。でも、高校で私は打ちのめされました。みんな歯の自慢をしてるんです。白くピカピカしたぜったい虫歯にならない永久歯を見せ合って、どこの歯科院で何百万ジェンかかったとか、話が盛り上がるんです。私は、虫歯になったら、母に連れられて、怪しげな地下室で治療されてましたから、人には言えません。でも、学校の検診で、歯科医が『おお、これはC1だ』って、珍しいものを見つけたみたいに笑いながら言って、私がキャビだってことがわかってしまったんです。いい暮らしをしている人間が、キャビをどれだけからかい、笑いの種にしているか、私はそれから、自分が標的となることでいやというほど経験しました。虫歯で泣きそうになってる似顔絵を描かれ、ノートにも机にも落書きされました。私が気にしてないふりをしてかわすと、いたずらがエスカレートしました。みんな、私が取り乱したり、落ち込むところを見たくてしょうがないんです。お義父さん、わかりますか。十代のころに、自分の存在自体をバカにされ、からかいの種にされることが、どれほどの打撃になるか。死にたい、この世から消えてしまいたい、と何度も思いました。でも、できなかったんです。死ぬ勇気がなかったんです。仕方なく私は自分のことを誰も話題にしなくなるように、自分の気配を消すようにしました。存在感のない人間になって、誰の記憶にもとどまらないようにしました。テストではもっと点数が取れるのに、わざとミスをして下の方の成績になるようにしました。息をひそめて、自分に注目が当たらないように生きてました」

　自分の過去をいちどに吐き出した萌香は、憮然とした顔で紘一郎をみつめ、額にかかる髪をなんどもかきあげた。

「下劣な人間だらけのこの国を、俺は呪うぞ」

「お義父さんが言ってるのは、部外者の嘆きにすぎないんです。キャビとして生きることがどんなにおそろしく、悲しいことか、わかってないんです。私はなんとしてもキャビの世界から抜け出すと心に決め、めちゃくちゃ勉強しました。でも、学校のテストはいつも意図的に空欄ばかりで出し、下位を低迷しました。ねらいは大学受験だけでした。私は、首都に出てきて同じ高校の誰よりもランクの高い大学に入り、誰よりも経済と国際情報を必死に勉強しました。そうやって、私は今の会社に就職し、まともな人間として扱われる地位を自分で手に入れたんです。すべて、自分がキャビの出身であることを消すためにやってきたことです」

「萌香さん、あんたの出身のことは、知ってた」

「え、どうしてですか」

萌香はとうてい信じられないという顔をした。

「これでも、俺は人の子の親だ。わかるさ。彬が、あんたと結婚する、親には黙って見ててもらえばいいと、言い出した。いたって事務的にことを進めて所帯をもったよな。式もなにもしなかった。で、親はどんな人だと聞いても、そんなことを気にする父さんじゃないだろと、取り合わん。お嫁さんになる人の両親にはあいさつに行かねばならんと言っても、そんな仰々しいことはいっさいやめてくれ、と言う。世間体を人一倍気にするあいつにしては、おかしい。だからな、俺はぴんと来たんだ。萌香さんの家はキャビなのか、と彬に聞いたさ。彬は、黙って首を振り、このことは誰にも言わないでくれ、と頼んできた。俺はな、……ああ、……彬のやることほとんどが気に入らないのだが、……萌香さん、……キャビのあんたを」

話しながら、紘一郎は胸が重苦しくなり、声に力が入らなくなった。かすれ、途切れてしまった紘一郎の次のことばを待って、萌香はじっと耳を傾けた。

「そう、キャビのあんたを……結婚相手にしたことだけは、……さすが……自分の息子だと思っているのさ。あいつは、あんたのことを、……あれほど……仕事に誠実で能力の高い……あー、……女はめったにいないと言っていた。なにか……国際ビジネスのことで、……彬はずいぶん……あんたに助けられたらしいな」

「そうですか、彬がそんなことを」

萌香は、苦し気にことばをつないだ紘一郎をいたわる顔をした。

「彬は、私がキャビの過去を消すためにどれほどの努力をしてきたか、よく理解してくれました。そして自分たちの子どもが差別や偏見を受けることがないようにしよう、キャビとのつながりを疑われることは身の回りからすべてなくしていこうと約束してくれました。そうやって、彬と私は、この国で誰にも後ろ指を差されない地位と暮らしを築いてきたんです。お義父さんは差別する方が悪って言いますが、差別はなくなりません。人間、人と自分を比較して、自分の方がましだと思うことで生きがいを感じる生き物なんです。それに、私、なんの努力もしないくせに、キャビの待遇をよくしろと大声で叫んでいる人たちが大嫌いなんです。あんたたちのせいでキャビがバカにされるんだ。私は、差別されないように必死に努力してきた。あんたたちはなにをしたの、と言ってやりたいの」

紘一郎は萌香の話を聞きながら、全身を這い上ってくる憔悴感に抗し難く、もうどうでもいいという気分に襲われていた。萌香に正面切って反論しなければならないと自らに言い聞かせても、この女に考え方を改めさせることなど不可能だという諦めが去来した。紘一郎の体が椅子から力なくずり落ちていく。萌香は、無言の紘一郎を見て、自分のせっぱつまったカミングアウトが功を奏したと受けとめたかのようだった。

「お義父さん、衣知花さんと私は同じ考えです。ぜったいにキャビの人なんかに会わないでください。私たちの今の幸せをちょっとでも壊すようなことはしないでください。いいですか」

「そうです、お義父さん、私たちの気持をわかってくれたなら、軽率なことはくれぐれもしないようにお願いします」

萌香と衣知花に眼の奥を覗き込まれ、紘一郎はかき合わせた毛布の隙間から右手を出し軽く振った。

「ああ、ああ、わかった。……あんたたちが願ってることはわかった。……さて、俺はちょっと疲れた」

「すみません。私たちの話で引き留めて。お義父さん、どうぞ休んでください」

衣知花がそう言い、紘一郎の手を取って寝室に導いた。二人に連れ添われ、紘一郎は崩れ落ちそうな体を引きずり、寝室にたどり着いた。ベッドに横たわり、寝具をかけてもらった紘一郎は力なく声を発した。

「あんたたちには世話になったな。……情けないが、俺はすっかり、老いぼれた。……さっさとくたばった方がいいのかもしれん」

萌香と衣知花は目を合わせ、頷きあった。

「では、お義父さん。バラのほほえみ社の話をもう一度聞いてみたらどうですか」

萌香が紘一郎の耳に顔を近づけ言った。

「なんだと」

「私たちは、お義父さんがくたばるなんて、そんなひどい最期を迎えさせるわけにはいきません。すべて満たされた気持で人生を成就してもらいたいのです」

「よしてくれ。……俺は、そこらの野原でくたばるように……」

紘一郎はそこまで言って、喘ぐように口をぱくぱくさせた。

「……そんなふうに、……死にたいんだ」

「お義父さん、無茶です。それじゃあ、みじめなキャビといっしょです。家族のことをまるで考えてない。私たちがあんなに話したのに。意味なかったのかしら」

衣知花がそう言って、苦虫を噛み潰した表情になった。

「そうですよ、お義父さん。お義父さんが幸せに人生を成就することは、私たち家族の幸せでもあるんです。みんなが幸福になれるような最期を迎えることが、お義父さんのおつとめではありませんか」

「もういい、もういい。……もうどうでもいいんだ……俺は大丈夫だから……あんたたち帰りなさい」

萌香と衣知花は、頑固な紘一郎が気弱になってきたことを歓迎すべき兆候と受け止め、居間の食器を片付けるとそれぞれの家庭に帰っていった。

14

——えー、ご高齢を迎えられたみなさん、みなさんはどうしてここにおられるんですか？

講師の男は、五十人ほどの出席者をぐるりと見回した。だれも講師と目が合わないように下を向いたり、窓の外に視線をやっている。

——あれえ、どうして誰も答えてくれないんですか。じゃあ、こちらから指名しますよ。

講師は五十歳前後であろうか、場を和ませようとしてわざと親し気な口調で語っているのが紘一郎には気持悪い。区からの研修会の案内には、地元の大学で生命倫理を講じている猪田哲次郎准教授と記されていた。紘一郎には少しも記憶にない男である。

——えーと、そこの窓側の三番目の方、そうそう、Gジャンの若々しいファッションの方。どうして、ここにおられるんですか？

「Gジャンの」と言われた男に視線が集まった。若々しいファッションどころか、着古した作業着のまま家から駆けつけたとしか言いようのない姿の男は、困った顔でごま塩の蓬髪を掻いた。

――どうしてって、息子に、おやじ、研修に行けってうるさく言われたもんだから。

男のことばに軽い笑いが起こった。紘一郎も、自分も同じだと、笑った。

――はは。そうですか。おじいちゃん、ちょっと自覚が足りませんね。今、笑った人も、みんなそうですよ。

猪田はなれなれしいだけでなく、高齢者を小馬鹿にしているようだ。紘一郎はなんだこいつと内心呟いた。

――いいですか、この研修会は法令にもとづいて行われる大切な学習の場です。みなさんはですねえ、人生の成就を受けるようにという国の勧告があってから二年間、なんの意思表示もしていない人たちです。このことはおわかりですね。同じころに「高齢期リスク・チェック」を受け勧告をされた方は、ほとんどが申し込み手続きを済ませ施術を待っているか、あるいはもうすでに幸福な最期を迎えているのです。そういう中でみなさんは、とっても少数派です。なにもしないで、この二年間をただ過ごしてきた、そういう方たちなんですよ。さっきのGジャンの方、そうでしょう。

――なにもしないでと言われるとちょっと。こんなじじいでもけっこう忙しいもんで、気がついたら二年たってた、ってえところなんですが。

場内に小さな笑いがまた広がった。

――ああ、それが駄目なんです。自分の人生の最期についてそんな無自覚であってはいけないのです。今日は、みなさんがですね、人生の成就の意味を十分理解して、すみやかに申し込みの手続きをとっていただくようにという趣旨で開かれた、法令にもとづく研修です。それをまず、しっかり理解していただいて、研修に臨んでください。私はふだんは大学で生命倫理というものを学生に教えているのですが、当研修所から依頼されまして、人生の成就がどれほど素晴らしいものか、これからお話しさせていただく猪田と申します。よろしくお願いいたします。

猪田は改まった口調になってあいさつをした後、講習に入った。紘一郎は、この男はきっと数えきれないほどの回数、講習の講師をしているのだろう、あのなれなれしい口の利き方は参加者をなめていることのあらわれだ、と思った。

雨の中、外で倒れて以後、気持が弱っているところにつけこまれ、紘一郎は、息子や嫁たちに、研修会に行くよう押し切られてしまった。行かなければ、名前が公表されるし厳しい拘束力のある呼び出しを受けることになる、まずは研修会に行け、というのが彼らの言い分だった。

――では、この三十年間で急速に変わった人生観と倫理観についてお話ししましょう。みなさん、死について、ふだんどんなイメージをもっていますか。じゃあ、この列のみなさんに順番に答えてもらいましょう。さあ、どうですか。

猪田は紘一郎が座っている席を含む列の先頭の男を指さした。くたびれた鼠色のスーツを着た男はしばらくの間、口ごもった。

――ああ、なんでも、思いついたことでいいですよ。

――はあ、困りましたね。死っていうのは、なんにもなくなるってイメージですね。おのれがなくなるんだから、考えることも感じることもできない。嬉しいも悲しいもない、つまり、もう何にもないってことかな。

――なるほど、それでは、あなたにとって死は嫌なこと、来てほしくないことですか。

――まあ、そうですね。

――では、その後ろの方。

列の二番目に座っていたのは、初夏というのに厚手のカーディガンを着た女で、肩をすぼめ下を向いていた。顔を起こして、猪田と目が合うと、小さな声で呟いた。

――死ぬっていうのは、私にはお迎え待ちのことです。私には、人生の成就をするようなお金もありません、子どももその日暮らしが精一杯。ですから、誰にも迷惑かけないですむように、早くお迎えが来るのをただ待ってるところです。

――ということは、死は、待ち望むようないいことですか。

――いいも悪いも、ただ、誰にも迷惑かけずにぱっと死ねれば、それでいいです。

――ああ、おばあちゃん、いい心がけですねえ。でもねえ、リーズナブルな人生の成就もいろいろあるんですよ。

――リーズナブル？

女は小首をかしげた。

――はい、お金があまりない人でも、幸せな気持で最期を迎えられるプランがいろいろありますから。

貧困層向けの人生の成就プランがいろいろ用意されていると、紘一郎も聞いたことがある。第二の現実で被験者の念願を達成するオーダーメイドの商品ではなく、日向ぼっこをしながら眠るように息を引き取るとか、天使とともにばら色の雲の中を昇天するとか、船で西方の極楽浄土に渡るとか、世間に膾炙した幸福な死のイメージに沿った体験をさせるものらしい。顧客の現実の人生との関連性を度外視した廉価版なので、施術の手間もかからないという。紘一郎は、この猪田という准教授は、人生の成就関連企業と結託した商売人に違いないと思った。

——では、その次の方。

猪田は、小柄な禿頭の男を指さした。

——あのですねえ、死というのは、さあっとやってくる嵐みたいなものです。私にも嵐が吹いてくるのを待っているところです。

——ほう。なかなか難しいことをおっしゃる。もうちょっと説明してもらえますか。

——はあ。私はおととしに妻を亡くしまして、それが背中がなんだか痛い、どうしたものかしら、と嘆かれて病院めぐり。でも原因がわからずじまい。念のためにと癌の検査を受けたら、肝臓癌。わかって三か月で妻は亡くなりました。夫婦でどんなふうに人生を成就しようかと語り合っていたのに、なんもかんもむなしいことになりました。苦労をかけた妻があんなふうに死んで、私は自分だけが幸福に人生を成就する気になれないんです。私もですね、自分もあっさり死ねないものかと思ってるのです。

一つ前の席に座る男のしみじみとした語りは、紘一郎の胸に響いた。猪田がどんな反応を示すかが気になった。

——貴重な体験を話していただいてありがとうございました。でもね、おじいちゃん、ずいぶん気弱になってしまいましたね。おばあちゃんの死はそれは悲しいものですが、おじいちゃんは、死に対してもっと肯定的に向かってください。おじいちゃんは、幸福で豊かな人生をこれから味わっていっこうにかまわないんですよ。われわれ人類の技術がそれを可能にしたんですから。今日、私の話を聞いたら、きっとそのことを納得してもらえると思いますよ。はい、それではその次の方。

猪田は紘一郎を指さした。

——私にとっての死は、たぶん無念、ということになるでしょう。

——え、なになに、無念ですか。

——そうです。この世に生を享けたにもかかわらず、わけのわからないしくみにからめとられ、不本意に生を消尽させられた結果、死に至るのではないか。そういうことです。

話しているうちにこみ上げてきた怒りを、猪田にぶつけてから口を閉じた。猪田は皮肉な薄笑いを浮かべながら、紘一郎を探る不躾な視線を送った。

——そうですか、おじいちゃん。いろいろと苦労の多い人生だったんですね。でもそういう方にこそ、現代の医療技術の進歩が人生の逆転を可能にしたことを理解してもらいたいのです。今日はそれをわかりやすく説明しますね。

紘一郎の挑発をうまくかわして、猪田は次の出席者を指示した。紘一郎の背後から、女性のこもった声が聞こえてきた。

——死ぬっていうのは、知らない世界を誰の案内もなく旅するようなもので、寂しくて悲しいものではないですか。

――うーん。かつては、そういう寂しいイメージで死がとらえられていましたね。でも、おばあちゃん、いいですか、今では、仲のいい人と手をつないで遠足に行くような死に方も可能ですし、いろんな死をアレンジできるんです。今日の講習でそういうことも理解していってくださいね。さて、これまで五人の方に死のイメージを聞いてみましたが、やっぱり恐ろしい、寂しいという方が多かったですね。まあ、そこら辺に、人生の成就を受ける手続きをされない理由があるんでしょう。私はまず、そういった死のイメージが、現代ではがらっと変わっていることをお話ししたいと思います。

猪田は、三次元映像と音響を駆使しながら、講習を進めていった。

――人類は、かつて不可能だとされてきたことを科学技術の飛躍的な進歩によって実現してきました。これはみなさんよくご存じでしょう。人工知能の開発によって自動運転が当たり前になり、交通事故の死者がいなくなりました。再生可能エネルギーの実用化と普及によって地球環境の悪化に歯止めがかけられました。万能細胞の研究とオーダーメイド医療によって治療困難な病気がどんどん減りました。あげていけばきりがありませんが、今、私たちが当たり前だと思っていることは、すべて人間の知恵と研究の賜物なのです。

歴史的に見ると、二十世紀後半から今世紀前半にかけて反科学の風潮が高まったことがあります。まあ、言ってみれば、科学が発達しすぎると自然破壊が起こるし、社会が非人間的なものになるので、もう科学を発展させる必要はないと主張する考え方でした。これは、産業革命のときに進歩に反対し機械を破壊する運動が起きたのと同じような現象です。でも、そんな破壊運動は、世の中の圧倒的多数が機械の便利さを支持したので、消えていったんです。科学の進歩に反対する二十世紀後半からの風潮も、同じように技術の進歩が実現したすばらしい成果の前に勢いを失ってしまったことはみなさんご存知ですね。

このように、人類は不可能を可能にする歩みをずっと続けてきたのですが、解決困難なことがなおいくつか残っていました。その一つが死でした。死は避けられない運命であり、おそろしく忌まわしいものとされていました。どんな人間も死の前には無力でした。人間は孤独のうちに死に、ただの無になってしまう。死んでしまうと、もう楽しいことも、うれしいことも、わくわくすることもない。なんにもなくなる。だから、死は人間を恐怖で震えあがらせ、絶望に突き落としたのです。死後に天国のようなところに行けると信じる人もいるでしょうが、それはごく少数です。大半の人は、死におびえ、死からできるだけ目を逸らして生きていました。これはまことに仕方のないことでした。

ところがですねえ、ドイツにハイデガーという哲学者がいたんです。彼はなんと、死から人間は目を逸らすべきではない、と言いました。彼は、人間の存在がほんものであるためには、死に向かい合わなければならないのだ、と宣言しました。同じ時代の人々は、「なんて深いことを言うんだ」と、ころっとハイデガーのことばに酔わされたのですが、私に言わせれば、こんな上から目線の傲慢な言い方はやめてほしいところです。だって、死を直視してばかりいたら、うつ病などの精神疾患になってしまいますよ。それが人間の現実ではありませんか。健康な人間は、死がむき出しの暴力をふるうことから目を逸らすことによって、自分を守るのです。この反応は、生き物として当然のものなのです。ハイデガー先生、自分が死を直視できるからと言って、できない人間を責めてはいけません。

ハイデガーはもっと厳しいことを言っています。人間は死を直視することから逃走し、その場限りの楽しみにうつつを抜かすことで死を忘れようとしている。そんな人間は、本来的な存在ではなくなったただの「ひと」なんだ、と追い討ちをかけます。「ひと」は十把一からげに扱われる、どうでもいいような堕落した存在のことです。ハイデガーは「ひと」を非難し、死に向き合うことで本来の存在に戻るべきだ、と言いました。

世界最高レベルの哲学者がこんなことを言ったのは、結局、人間の科学技術が死に対して無力だったからです。人間が、死を望ましいもの、喜ぶべきものと受け止めることのできる段階に達していなかったからです。いいですか、ハイデガーも時代の制約のなかでものを考えていたんです。死を忘れたい、考えないでいたいと思う人間が、結局は死にとらえられ無力に滅びていくのを見て、ハイデガーは嘆いたのでしょう。そんな人間であるよりは、死に真正面から向き合い、本来的な存在として生涯を終えることを求めたんだろう、と思います。でも、死のむき出しの暴力性に立ち向かうことは無理です。私はそう思います。ハイデガーは精神の貴族なんです、彼は素手で死に向き合うことができる、だが、われわれ精神の平民は丸腰で死に向き合うことはできません。

ところがなんということでしょう、わが国のすばらしい知性がこの問題を解決したんです。そう、南條理央博士です。彼は、すべての人が死をこの上なく幸福なもの、うれしく歓びに満ちたものとして受け止める技術を開発したのです。そう、みなさん、もうおわかりですね。人生の成就こそ、その偉大な技術です。それを受ける者は、自分が夢見ていた最高の人生を体験し、その歓びに浸りながらこの世の生を終えます。一点のくもりもない幸福と満足のうちに最期を迎えます。来世を信じる人は、人生を成就し、さらにその後の永遠の安楽を信じて旅立つでしょう。信じない人は、最高の人生だったという確信とともにこの世の旅を終えます。いずれにしろ、古来より人間が願ってやまなかった幸福な死が実現したわけです。すごいことではありませんか。

人生の成就が可能になった今、死は恐怖の対象でも、無慈悲な暴力でもなくなりました。どんな最期を迎えるか、みなさんいろいろプランを練り、最高の人生の場面をわくわくして思い浮かべるようになりました。もう死は恐怖の対象ではありません。反対に、子どもがおいしいものを待ち望むように、あこがれ、楽しみにされるようになったのです。

ただ、死がこのようにやさしくありがたいものになったことを、十分理解していない人も、残念ながらまだいます。ここに来られている方の中にもいるのではありませんか。どうですか。


猪田は一息ついて、会場をゆっくり見回した。紘一郎は、この男はきっと何十回、何百回となく同じ話を繰り返しているのだろうと思った。間のとり方、強調の仕方、余裕を装った表情と視線の配り方、すべてがわざとらしく、人を小馬鹿にしている匂いが漂った。こんな男の話をもっともだと思って、人生の成就の手続きに向かう人間がいるだろうか。そう思って、周囲を窺うと、ほとんどの者が放心した表情で首を垂れていた。中には、よだれを垂らして船を漕いでいる者もいる。紘一郎は顔の筋肉が緩んで笑い出しそうになるのをこらえた。

――どうでしょう、みなさん。おわかりいただけましたかな。今や、死は甘い蜜の味と香りのするよき出来事になったのです。キリスト教では、死が神のもとに帰ることであり、祝福すべき出来事だとする向きもありますが、それはあくまでも死後を想像して言っているにすぎません。人生の成就では、人間のリアルな感覚によって最高の歓びを現実のものとして体験し、その歓びとともにこの世の生を終えるのです。

もうみなさん、躊躇しているときではありません。私たちの偉大な先輩たちがすすんで人生の成就を受け、これ以上ありえない幸福を体験したことを思い浮かべてください。さあ、今こそ、みなさんは素晴らしい人生の第二幕を開くときなんです。遅れてはいけません。

さて、ここでね、残念なことに第二幕を開くのに遅れた人たちのことをお話ししなければなりません。まず、こちらの映像をご覧ください。

猪田が演壇の左に移動すると、正面に立体映像が現れた。地を震わせるような低く陰鬱な音楽が流れると、目の前にコンクリートの古びた建物が現れた。時代遅れの医療施設か、収容所かと思わせる。周囲は高い塀で囲まれ、外部との交流を許さない場所のようだ。

「ここは人生の成就を先延ばしにしている間に認知症が進行した人々を収容する施設である」

映像を説明するナレーションが流れた。社会問題を告発するドキュメントが始まる気分にさせる。〝これは、死生に関する意識を啓発する目的で作成された立体映像である。被写体となった認知症患者とその家族の諒解のもとに、公開を前提に撮影されたものである〟と、テロップが流れた。

「高度な医療が発達した現代においても、脳のはたらきを永遠に若々しい状態に保つことは不可能である。脳も肉体の一部であり、肉体が衰え機能低下することは避けられない」

施設の門が現れ、ガラス張りの扉が見える。施設職員と思われる制服の職員が顔認証で中に入ろうとした隙に、中からパジャマ姿の男がよろけるように出てくる。薄くなった白髪をなびかせた男である。遠くからの呼び声に誘われるような顔で、男は覚束ない足を必死に運んでいる。

――駄目ですよ、勝手に外へ出ちゃ。すぐ戻って。

ナレーションの背後から施設職員の声が漏れ聞こえる。職員が二人、駆け足で男を追いかけ、両側から腕をつかみ、強引に連れ戻していく場面がしばらくの間続く。

「したがって、生存年齢が長くなるにつれ認知症を発症しやすくなるのは必然である。かつて、認知症の予防と治癒に医療資源のすべてを投入せよ、という主張がなされたことがあったが、今は一顧だにされない。それは認知症の原因と症状があまりにも多様で、明快で一義的な治療法が確立困難なためであり、高齢者のために莫大な財源を振り向けることに社会的合意がなされなかったからである」

男と職員の後を追ってカメラが施設の中に入っていく。

――ゴローちゃん、あんたの居場所は、何号室ですか？　自分の部屋に帰れますか？

ゴローちゃんと呼ばれた男は、職員の問いかけに答えず、振り切って逃げようとする。

――駄目だよ、ゴローちゃん。あんまり勝手なことすると、部屋から出られなくするよ。

認知症の高齢者は、郊外や遠隔地の施設に閉じ込められ、社会との接点を切られてしまうと紘一郎は聞いていた。立体映像は、いわば水面下に沈められた認知症の人間の実態を、受講者に突きつけるものなのだろう。なんてこった、と思う。

「しかし、今、わが国で深刻な認知症はきわめて少なくなった。それは、人生の成就が普及し、大半の人が発症前か軽度の認知症の段階で生を終えるからである。身の回りに重度の認知症患者はまず見かけない。そのため、認知症の深刻な実態を見聞きしたことがない人が大半である。これから提供する映像は、認知症がいかに悲惨な現実をもたらし、社会に対して想像を絶する負担を発生させるかを理解してもらうためのものである」

ゴローちゃんが両脇から抱えられ、廊下を奥へ進む。身を振りほどこうとして体をくねらせるが、職員たちは個室の扉を引き開け、有無を言わさず中に押し込んだ。扉を閉め施錠してから職員が中のゴローちゃんに言う。

――いいですか、自分の部屋でおとなしくしていなさい。ゴローちゃん、あんたの居場所はここです。勝手に外に出たら、みんなであんたを探さなければならない。そんなことになったら、職員の仕事がストップしてしまうの。あんたのおかげで、みんなが迷惑するんだよ、わかりますか。

職員たちは、ドアを叩き叫ぶゴローちゃんの声が漏れ聞こえるのに、顔になんの反応もあらわさず、その場を立ち去っていく。かすかに、「だめだ、家に帰してくれ。犬が餌をくれと待っている」という声が聞こえてきて、紘一郎はゴローちゃんの訴えに胸が締めつけられた。

場面が、ホールに切り替わった。丸テーブルが五つほど置かれている。長い白髪を後ろに束ね、銀縁眼鏡をかけた女と、ごま塩の髪をおかっぱにした女が隣り合わせに座っている。テーブルの向かい側には、セーターの上にダウンジャケットを着たやかん頭の男が車いすに腰掛けている。眼鏡の女が、皺だらけの右手を握りしめ、小刻みにテーブルを叩いている。コツコツ、コツコツ、コツコツと立体映像から執拗に音が響いてくる。おかっぱの女が、眼鏡の女の右手を押さえて音を出すのを止めようとする。眼鏡の女は、おかっぱの女の制止に逆らい、手を掴まれたまま、もっとつよくテーブルをたたく。拳でつながった二本の腕が激しく上下する。テーブルを打つ音が、乱暴に空気をかき乱す。二人の争いに刺激された向かいのやかん頭が、車いすを少し後退させては前進させて肘掛けをテーブルにぶつける。二種類の打撃音が交差し、映像を見ている紘一郎の耳の中で渦をなした。

「意味もなく同じ行動を繰り返すことを常同行動と言う。人間はそもそも一定の目的を達成するためにさまざまな行動をとり、そこに人間的な感情が生まれる。ところが、認知症の症状の一つとしての常同行動の場合は、話は別である。脳内の神経伝達が無限ループを起こし、意味のない行動が果てしなく繰り返される。このようなことが、はたして尊厳ある人生の最終場面としてふさわしいであろうか。常同行動をとる者の顔には生きがいも喜びも感じられない。こうした患者を介護する者は、耐えがたい空しさとわびしさの感情に襲われると告白する」

カメラはホールの中の他のテーブルに向かっていく。髪を薄紫に染めフリルのたくさんついたワンピースを着た太り気味の女が、隣りに座った細身の男の手首をつかんで、まくし立てている。

——財布、返しなさいよ。黙ってごまかしてんじゃないわ。さっき、お茶を買うのに財布をここに出したのよ。ちょっと、あなた、よそ見してる間に、盗ったでしょ。さあ、さっさと返して。

歳は七十代半ばと思われる女が、気弱そうな男を相手にまくし立てている。男は目尻を下げ困り果てた表情である。女の追及は執拗で、男の頭ががくん、がくんと垂れ下がっていく。そこへ、職員の制服を着た女性がやってきて、二人の間に割って入る。

——ナオミさん、また、大声出して。ユウタさんが困ってるじゃない。いいこと、財布がなくなったと思ったら、まず自分の手提げの中を見てくださいね。

職員がナオミの手提げを椅子の横から拾い上げ、中を探って赤い皮の財布をとり出した。

――ほらね。ありましたよ。いいですか、ナオミさん、自分でしまったのを忘れたんでしょ。見つからないときに、すぐ他の人が盗ったって言わないでくださいね。

ナオミは財布を何度も開いては閉じて確認した後、ユウタを疑う顔のまま、財布を手提げに押し込んだ。ユウタは地肌の見える白髪頭をしばらくの間ぶるぶる震わせ、それからじっと目を閉じた。あんなに罵られてどうしてこの爺さん黙ってるんだ、このクソババふざけんなよと反撃すればいいのに、紘一郎は気弱そうなユウタに思わず同情した。

「認知症のうち多くの割合を占めるのはアルツハイマー型認知症である。この認知症の主要な症状は記憶障害である。自分の行為を次々と忘れてしまうので、しまったものが見つからないといった事態が多発する。そうしたケースでは、隣人が自分の所有物を窃盗したという妄想に駆られ、攻撃的な言動に及ぶ患者も多い。発症前に穏やかな性格だった人物が、人を疑い、執拗に責め立てる人間になったのを見るのは、まったく悲しくやりきれないことである。記憶障害という中心的な症状が、不安、猜疑心、攻撃性、無気力などの副次的症状を生み出していく。その結果、人格の崩壊さえひき起こされる。かつてのよき父、よき母、よき社会人の人格が消え去り、悪しき情動に支配された困り者と化してしまうのである」

ナレーションが重々しく語る間に、カメラは入所者の部屋を回る職員の後を追い始めた。職員の押すワゴンに防水シート、紙おむつ、ウェットシート、タオル、消臭剤が山と積まれている。部屋の引き戸が全開されると、寝たきりの入所者が横たわるベッドが向かい合わせに三台ずつ並んでいる。いずれも高齢の女性のようだ。職員は、全身を防水のキャップとガウンで覆い、マスクとゴム手袋を着用していた。

――みなさーん、おむつ交換ですよ。

その声と同時に、四人の職員が二人一組に分かれ、いっせいに動き出す。入所者の体にかかっている毛布をたたみ、パジャマのズボンを脱がせて下半身を露出させる。一人が入所者の腰を浮かせると、その間にもう一人が防水シートを差し込む。はいている紙おむつの粘着部をはがして広げる。カメラは陰部をとらえているが、投射されている立体映像ではぼかしが入っている。一人目の寝たきり入所者。排出され切らなかった便が肛門に残っているようだ。職員がゴム手袋の指で掻き出している動作がわかる。その後、消毒液をしみこませたシートで肛門から陰部を清拭している動きも感じ取れた。防水シートごと、便と紙おむつをくるんだ後、新しい紙おむつに取り換える。向かい側の入所者のおむつから軟便が垂れ、防水シートに落ちたのも、カメラは注意深く記録していた。一連の動作はすべてチーム作業で、職員は少しの遅滞もなく六人の寝たきり入所者のおむつ交換を進めていった。叫びも悲鳴もなく、入所者は着せ替え人形のように、衣服とおむつをはぎ取られ、新しいものをあてがわれる。

露出された陰部と便を記録させたやつは誰だ。紘一郎は怒りの衝動が幾度も背中を貫き、口の中がひりひりした。動悸が胸を突き破りそうだった。深見銕夫から聞いた話はこれだと思った。柳沢不二夫というキャビの患者が、認知症施設の職員としてこれだけは嫌だと、銕夫に話したことだ。入所者の様子を克明に動画に記録するのは、人生の成就を渋っている人間に対する教育用ではないか、という柳沢の推測はやはり当たっていたのだ。それにしても、なんといやらしく残虐な行いであることか。このようなものをつくり出した人間を叩き潰さなければならない、このようなものが生み出されるしくみを破壊しなければならない。紘一郎は歯噛みし、膝を揺らした。

発散の出口を見い出せない怒りが身の内を駆けめぐり、紘一郎を熱くさせた。

「人間が後天的に身に着けた排泄習慣が、認知症によって台無しにされてしまうことがある。また、加齢による身体機能の低下のため正常な排泄が不可能になることもある。排泄はとてもデリケートで個人のプライヴァシーとしてその秘密を守られるべきことがらであるのは言うまでもない。ところが、かつていたずらに寿命を伸ばすことを医療が追求した結果、残念なことに、正常な排泄に失敗する高齢者が大量に発生した。その結果、他者による排泄の介助と後始末が広汎に行われたのである。人類の排泄の歴史における暗黒時代である」

なんだこのナレーション、お前たちこそ、秘密を守るべきと言っておきながら、おむつの交換シーンを撮影するとは、矛盾もいいところじゃないか。映される認知症患者が悲惨なのではなく、こんなものをつくっているお前たちが悲惨なんだよ。紘一郎は、声にならない声を、脇から涼しい顔で立体映像を見ている講師の猪田にぶつけた。

「ところが一方、現代では、正常な排泄習慣を維持できているうちに人生の成就を行うことが一般化したので、排泄異常の実態を知らない人々が大半である。とくに、人生の成就を躊躇っている高齢者の中には、知らないだけでなく、自分だけは下の世話になることはないと根拠もなく思い込んでいる者が多い。そうした人々は、排泄異常がどれほど人間の尊厳を傷つけ、介護者の負担を耐え難いものにするか、そのことについて、十分な認識をもつべきである」

——ヨシダさん、また、やったの？

職員が、ベッドで背を丸めている女性をたしなめる声が聞こえる。女性はベッドサイドに置いた皿を手に取り、食べてくれとさかんに職員に勧めている。紘一郎は、質素なパジャマを着た女性が語りかける様子に、この立体映像が始まってから初めて人間的な表情を見た、と思った。

――わたしつくったお菓子、一つ食べてよ。

――えーっ。また、食べれないやつでしょ。

カメラがさらに迫っていく。紙縒《こよ》りで十文字に縛ったティッシュの包みが大写しになる。職員が紙縒りをほどき、ティッシュを開くと、滑らかな生地の茶色い団子が現れる。

――しっかり、こねたんだよ。

――ヨシダさん、これ、臭いのがわかんないの。うんちは手で、こねこねしちゃダメなの。

「認知症は、大脳による理性的機能を崩壊させ、幼児返り、すなわち退行現象を引き起こすこともある。善悪の判断力が消え、衛生観念もなくなる。衛生観念は、人間の健康で文化的な生活を支える不可欠の感覚である。したがって、退行現象により衛生観念を失った高齢者は排泄物によって衣類、寝具、さらには家具、壁まで汚してしまうことがあるのだ」

カメラは別の部屋に入っていく。一人部屋である。おむつ一つになったざんばら髪の男が、壁に向かって仁王立ちしている。粘着部がはがれそうになったおむつが腰に垂れ下がっている。肩の盛り上がりと背中の筋肉が、年齢不相応のたくましさを感じさせる。男はおむつの中に差し込んだ右手をじっと見た後、壁になすりつけた。アイボリーの壁に、生々しく一文字の太い筋ができていく。

全身を防水のキャップとガウンで覆った職員が二人、部屋に入ってくる。

――いやあ、シミズさん、また、やってるの。お尻に手を入れて、どこでもなすりつけたら駄目なんだよ。どうして、おんなじことやっちゃうかな。

声をかけられたシミズさんは、壁から手を放し、両腕をあげてカメラに迫ってくる。堂々とした立ち姿と、彫りの深い顔が、紘一郎には誇り高い野武士のように見えた。シミズさんは、職員に腕をつかまえられ、シートを敷いたベッドに座らされる。両手をウェット・シートで何度も拭かれたのち、大きな洗面器の湯の中で洗われる。ベッドに仰向けに寝かされ、おむつをはずされた後、尻の周りを拭かれる。シミズさんは車いすに移され、「シャワー室行き」という声とともに、職員に押されて部屋を出ていった。

「高齢期の健康と幸福をいかに実現するか、多くの人に考えてほしい。ただ長い生存を保つことだけを望んだ結果、自分の意思に反した老後になってもいいだろうか。他の人に介護される状態になり、多大な社会的負担を発生させてもいいものだろうか。これまで紹介したのは、人生の成就の機会を逃し高齢者施設に収容された人々のごく一部にすぎない。社会の片隅に、正視し難い高齢者の現実がこの他に余りあることに気づいてもらいたい」

ホールからトイレ、娯楽室を徘徊するジャージ姿の男、テーブルを拳で打ち続ける女、小物入れの引き出しを開けては閉める女、暗い表情で俯いたまま顔を上げない男、スプーンで口に運ばれたスープを顎に垂れ流している女、映像がつぎつぎと切り替わる。ホール全体が俯瞰され、高齢者たちの立てる不協和音が増幅され耳に響いてくる。それに陰鬱な音楽がからまり、場面が変わる。塀に囲まれた高齢者施設が現れる。カメラの視点が上空に達し、灰色の建物が鬱蒼とした森の緑に呑み込まれそうになっていく。立体映像が終わると、猪田が顎を撫でながら正面に戻ってきた。

目の前の天板を激しく叩きつけ、紘一郎は立ち上がった。受講者の列の間を進み、猪田の前に行く。

「おい、ペテン師。よくもこんな子どもだましを毎回、毎回上映して恥ずかしくないもんだな」

猪田は突然自分に向かってきた受講者を暴漢と思ったのか、左右の手をクロスさせ、腰を引いた。

「あなた、なんですか、藪から棒に」

「おい、ペテン師。お前のやってることこそ、人間の尊厳を侵すものだ。こんなものを映すことは許さん」

猪田は、しばらくの間、紘一郎の顔を眼鏡越しにみつめ、それから、へらへらと笑った。

「受講生のみなさん、さっきの映像でとり上げていなかった実例ですよ。いいですか、この方は大脳前頭葉のはたらきが悪くなって、感情のブレーキが利かなくなっているようです。気の毒ですが、あなた、認知症でしょう」

「ばかやろ。怒るべきときに怒るのは、大脳前頭葉が正常な証拠だ」

「そんな大きな声をあげて怒鳴るのはやめなさい。この研修会は、保健管理省主催の公的行事です。進行を邪魔すると犯罪になりますよ。誰か、この人を外に出してください」

会場の左右からスーツ姿の男たちが駆け寄り、紘一郎の腕をつかんだ。

「やめろ。こんなやつのくだらない話なんかどうでもいいんだ。ただひとことだけ言わせろ。すました顔して人生の成就なんて言ってるお前たちに比べたら、さっきのじいさん、ばあさんたちの方がずっと人間的だ。どうだ、わかったか」

それ以上ことばを発する前に、紘一郎は男たちに扉の方へ引っ張っていかれた。

「何を言っているのか、わかりませんな。意見があるにしても、もっと、論理を尽くして話してほしいものです。みなさん、注意してくださいよ、人生の成就のことになると、感情的になって反対意見を言う手合いがごく一部にいるんです。まあ、時代に取り残された化石のような人たちですが。ひっひっひ」

外に押し出される紘一郎に追い討ちをかけるように猪田は言い放った。研修会の受講者たちは、突然勃発した騒ぎにあっけにとられ、不思議なものを見る視線を紘一郎に送った。

その後、紘一郎は会場奥にある面談室に入れられ、研修の運営を担当している区の職員から住所、氏名ほか個人情報を詳細に問い質された。答える必要がないと突っぱねると、では捜査機構に通報するほかないと通告され、やむなく連絡先を答えた。職員は、認知症により見当識を失った高齢者が非常識な振る舞いに及んだ事案として処理を行い、近親者に引き取ってもらうので、それまで待つように、と言った。紘一郎は、猪田を呼んで来い、彼と議論の続きをすると言ったが、職員は一笑に付した。

「あの忙しい猪田先生を呼ぶなど、とんでもない。会場で話を聞けただけでもありがたいことだ」

職員は紘一郎を見下げる口調で言い、部屋を出ていった。

一時間ほどして、譲と衣知花がやってきた。

「父さん、研修を受けるって聞いたから、ああ、よかったと思ってたのに、いったい、どうしたの」

「どうしたもこうしたも、あんなもの研修ではない」

「お義父さん、私や萌香さんの話をあんなによく聞いてくれたのに、どうしてこんな乱暴なことをするんですか。世間の目を考えてください。やっぱり、お義父さんは自分の主義主張ばっかりで、家族のことを何も考えていないんですね」

譲と衣知花はかわるがわる、紘一郎のたった一人の反乱を非難した。

「うるさい。お前たちも、研修がどんなものか、受けてみるがよい。俺がやむを得ず立ち上がらなければならなかった気持がわかるだろう」

「もういいよ、父さん。でも、公開の場で、人生の成就に真っ向から逆らって大声をあげるなんて、もう、無茶苦茶だよ。衣知花の言うとおり、家族のことをどうでもいいと思ってるのか。俺や兄貴はいいとしても、衣知花や萌香さん、子どもたちがどんなふうに言われるか。そういうこと頭になかったの」

「譲だって、こう言ってるんです。人生の成就は、どの家庭にとっても一大問題なんです。親が立派に人生を成就した家庭はみんなが幸福になれるんですよ。これは、お義父さん一人のことじゃないのをわかってください」

譲と衣知花に交互に言われる間、紘一郎は渋い顔でそっぽを向いていた。研修の間に逆巻いた感情の昂ぶりが過ぎ去り、冷え冷えとした虚しさが身にしみ通ってきた。譲の顔も、衣知花の顔も無表情な人形になり、紘一郎に投げかけることばが意味のないざわめきにしか聞こえなくなった。

紘一郎は譲に促されて立ち上がり、研修会場を出ることにした。講堂のドアが開け放たれ、中が見えた。受講者はすでに姿を消し、上方の小窓から差し込む夕方の日差しが、演壇後方の壁に断続的な光の筋をつくっていた。認知症患者たちの立体映像を出現させた琺瑯質の壁である。横に並んだ明暗を紘一郎は眺め、突然襲ってきた悲哀の感情にからめとられそうになった。この場に凍結させられてしまう恐怖を振り払うために、外に向かってつんのめるように足を運んだ。

15

朝からどんよりと垂れこめていた雲が風に流されていく。急にあらわれた夏空から眩い光が降ってきた。敷石の坂道の垣根として植えられた木槿《むくげ》が今を盛りと花を咲かせている。楢本千晶の背丈を越える高さに伸びた枝に、白や薄紫の花びらの奥に鮮やかな家紋のような赤を浮かべた花が溢れ出している。千晶は視線を空にもち上げ、光を顔に浴びた。丘の上に立つ歓びの殿堂へとはやる心をおさえるように、一歩ずつ踏みしめ坂をのぼっていった。

今日は、大切にしていた顧客の杉崎穂波が最期を迎える。千晶は入念に身支度をして家を出てきた。ライトグレーのワンピースに同じ色のジャケットを着て、明るいメイクをした。最期を見届けるときには、堅苦しいフォーマル・ウェアでない方がよい。落ち着いたデザインであってもどこか軽やかさのある衣服をまとい、大いなる歓喜に満ちてこの世から旅立つ者を祝うべきだと千晶は思っていた。「バラのほほえみ」社の社員として何度も顧客の最期に立ち会ってきた千晶は、意識して改まった重苦しい装いを避けてきた。

杉崎穂波の家に出入りするようになって三年。「バラのほほえみ」社と契約してもらうまでに二年半かかった。八十すぎの穂波が打ち解けて口を開き、自分の言うことを信用してくれるまで、どんなに苦労したことか。

穂波の娘たちは「うちの母は難しい人だから」とまず言い、そうさせたのは自分たちの父親、つまり夫の庸介なのだと付け加えた。中間管理職として受けたストレスを内訌させ家で爆発させる男だった。娘たちの子育てから手が離れたのを機に穂波がデザインの仕事に戻ろうとするのを拒絶し、家庭内で穂波を精神的に支配し執拗に攻撃した。家から逃げようとする穂波をとらえては娘たちの前で罵った。それは穂波の人格と生きがいを力で押し潰し、無力な存在に陥らせる振る舞いだった。庸介の軛から逃れることを諦めた穂波は、趣味の手芸品をつくることなどに息抜きを求めた。穂波が家事に人並ならぬ打ち込み方を見せても、庸介の悪罵はやむことがなかった。

庸介は実力以上の地位まで出世し、娘の芙美と葵は自立し各自の所帯をもった。だが、穂波にあるのは索漠たる思いだけだった。若いころの夢を捨てさせられた代償は何一つなかった。庸介が七十歳で定年になり家にいるようになったときから、二人の関係が変わった。家の中の段差に躓いて膝を傷めた穂波は、歩くことができなくなった。早く家事に復帰してほしい庸介が苛立ち、立つことをどんなに怒鳴り声で促しても、穂波は立てなかった。

今、その頃を振り返って、芙美も葵も、あれは詐病だったのかもしれないと言う。庸介を困らせるために歩けないふりをしたのだと。だが、病院のリハビリで歩行訓練に臨んだ穂波は、立とうとするたびに激しく顔を歪め、その場に崩れ落ちた。涙を流して理学療法士に謝り、自分のふがいなさを責めることばを口にしたのだった。

結局、穂波は車いすでの生活を前提に退院した。はじめは気おくれした表情ですまなそうに庸介にものを頼んでいた。穂波が万事整えた家で過ごす以外に行き場のない庸介は、不機嫌な表情はしても、穂波の言うことをきくほかなかった。やがて立場が逆転した。車いすにすわる穂波が主人になり、指図がなければ家事のできない庸介の方が穂波に依存した。気がきかない庸介の家事を難詰することが穂波の楽しみとなり、庸介のちょっとした言い訳に意地悪く絡むようになった。

家の中がすさんでいくのを心配した芙美と葵が、強引に穂波を病院へ連れていき、歩く機能の回復ができないか、整形外科の医師に相談した。歩くことから遠ざかった穂波の運動機能は衰弱しきっていて、つかまり立ちすることさえできなかった。医師は、歩こうとする強い意志をもつ者にはリハビリは有効だが、穂波には期待できないと言った。

相変わらず不器用な家事を続けていた庸介が、肺に悪性腫瘍ができて入院した。それを機に、娘たちが交代で家に来て穂波の面倒をみた。庸介は発病から一年もたずに亡くなった。芙美によれば、庸介が死んだとき、穂波は一筋の涙を流したが、顔は白く凍りつきどんな感情もあらわさなかった、という。

庸介の死後、穂波は、娘たちにときどきまとめて買い物を頼むくらいで、車いすで一人暮らしをするようになった。芙美も葵も、母親がほとんど人を寄せつけない孤独な暮らしをしていることを悲しみ、潤いもあたたかさもない老後を悲しんだ。

千晶は、人生の成就の契約をとるときには、顧客の生きてきた跡をできるだけ詳細に聞きとることを職業的な信念にしていた。過ぎ去った人生で実現し得なかった深い思いを聞き出し、共感できるように心がけた。そのことが、顧客からの信頼を得る最善の方法だと思っていた。穂波から人生の回想を半年以上にわたって聞き続けた後、思い切って問い返した。

「杉崎さん、家で転んだとき、本当は歩けなくなるほどのけがじゃなかったんですね」

豊かな白髪を後ろに束ねた穂波は、車いすの背もたれに頭を預け、目を閉じていた。唇を固く結び、顎をかすかに上に向けた。千晶は、その穂波の顔の動きが、認めたくない事実を認めるときのものであることに気づいた。

「本当は歩けるのに、歩けないふりをしたんですね」

重ねて聞く千晶のことばに穂波は目を開け、千晶の眼の奥をじっとのぞき込んだ。千晶は目をそらさず、穂波の顔にあらわれ通り過ぎるものをとらえようとした。不意に、穂波の視線の先が千晶を通り越して中空をさ迷った。

「お嬢さんたちも、そうではないかと、おっしゃっていました。あれは逃げ場だったのではないかと」

「逃げ場？」

「なんでもかんでもお母様に命令し支配するお父様からの逃げ場として歩けなくなることを求めたのではないか、と」

穂波が上体を千晶の方に乗り出し、口を開いた。

「違うのよ。私は復讐したかったのよ。庸介をね、困らせてやりたかったの」

ああ、この人はほんとうのことを言っている、と思った千晶はたたみかけるように言った。

「では、ご主人が亡くなったときにどう思ったのですか。復讐は成功した、自分はこれで自由になれると思ったのですか」

長い沈黙の後、穂波は声を絞り出すように言った。

「なにも思わなかったわ。ただ、あっさり死んだ庸介がうらやましいと思った」

「うらやましい？」

「そう、庸介も私も、相手を追い詰めることしかできない、いじましい人間だったのよ。相手を苦しめてやろうとして自分も狭い世界に入り込んでしまうばかな人間だったの。だからね、そんなにっちもさっちもいかない世界から先に脱け出した庸介がうらやましかったのよ」

庸介と穂波が陥った狭く暗い世界を思い浮かべた千晶は、自分の首が絞めつけられ窒息するような感覚にとらえられた。

「でも、杉崎さん、不幸なことですがご主人が亡くなられて、自由になったのもたしかですよね。もう歩けないふりをする必要もない。自由にどこでも行けるんだと思わなかったんですか」

「庸介の死後の後始末がぜんぶ終わって、私、思ったわ。さあ、自分の足で立つんだ、これからは好きなところに自分で行くんだってね」

「私も杉崎さんと同じ立場だったらそう思うでしょう」

「ほんとにそう？」

「はい」

「でもね、私の体が歩くことを完全に忘れていたのよ。骨も肉も皮も、歩くってどんなことか忘れてしまったのよ。立とうとしてもガラクタみたいに崩れ落ちるしかできなかった。十年以上車いすにすわり、庸介に復讐した結果がこれよ。でもね、私、ずっと車いすに乗ってるときにも、うすうすわかっていたの。もう、自分は歩けないふりをしてるんじゃなくて、ほんとに歩けないんじゃないかって。踏ん張ろうとしてもぜんぜん力が入らないんだから」

千晶は第一回の訪問以来ずっと付け入る隙を見せなかった穂波が、自らの悪行を吐露し、人生の荒涼とした風景を語っていることに、胸が詰まった。

「杉崎さん、ぜひ、当社と契約してください。当社のプランで人生の成就を体験していただいたら、かならず、その両足で立って、行きたいところどこにでも行けるようになります。生きていること、自分の体で活動していることを大喜びで味わえます。当社は杉崎さんの人生に光を取り戻し、希望溢れる時間を再現します」

我を忘れて一気に語ったことが穂波の気持をつかんだ。

芙美と葵が費用の負担に同意し、穂波が人生の成就を受ける契約が成立した。穂波の希望は、人生の大半を書き換えるような大それたものではなかった。ただ、穂波がお気に入りの近所の桜山に娘たちとともに行き、車いすから立ち上がり、桜が満開の道を自分の足で歩ければそれでいい、というものであった。

穂波は二か月前に歓びの殿堂に入所し、身体チェック、脳内への受信装置の挿入、第二の現実を形成する情報の電送を次々と受けた。すべてが順調に行っていた。今日、長女の芙美、二女の葵が立ち会って最後のときを迎える。桜の満開の下を歩いた後、木の下のベンチに腰かけ穂波は眠るように人生を終えるだろう。これまで穂波と娘二人から家族の暗闇を掘り出し、穂波の心の叫びを聞きとった千晶は、なんとしても穂波が晴れやかな表情で人生を成就しますようにと念じた。そして、もう一つ、娘たちが、母親が幸福な気持に包まれて逝ったことを確信し、満足してくれることを願った。

千晶は、この日の午前中は杉崎穂波の旅立ちに立ち会うことを以前から決め、仕事のスケジュールを空けておいた。結城紘一郎に出会うことで生じた不安と苛立ち、藤崎啓斗から伝えられた話から始まった会社への不信感、今日の立ち会いはそういったもやもやを一掃してくれるはずであった。自分が勧めた人生の成就によって、顧客がどれほど幸福な死を迎えられるか、それを目の当たりにすることによって、千晶は自信を回復し、はつらつと仕事に向かう自分を取り戻せるはずであった。

敷石道の坂の途中から、歓びの殿堂の一端が見えてくる。それは青空に浮き出た白い三枚の帆だ。途轍もない大きさの帆が、これでもかというほど風を孕んだ姿をしている。実物の帆は布ではなく樹脂でつくられ、風のあるなしにかかわりなく目いっぱい膨らんだ形で突き立っているのだが、見る者は、どんなときでも強風を受けた帆の緊迫を肌で感じた。

坂を上りきると、歓びの殿堂の全貌が立ち現れる。丘の頂上は広大な平坦地となり、一面に灰白色をした小粒の砂利が敷かれている。砂利には波模様の筋がつけられ、白い海となって輝いている。歓びの殿堂は、白い海から竜骨の先を中空にぐいともちあげた巨大な木造船として現れる。ふくらんだ船腹は底の竜骨に向かって優美な曲線を描いている。地面に接する底部はひどく狭く、このように不安定な構造物が地上に立っていることのおどろきを誰にも与える。実際には、周囲に立てられた十本の巨大鉄骨から太く透明なワイアーが張られ、歓びの殿堂を固定しているのだが、見る者はみな、今まさに海上を滑り船首を大空に向けて飛び上がらんとする巨大帆船の力動感に圧倒される。

船腹は、長年の航海で荒波を受け、傷みを勲章のように誇示する木材でつくられていると見えた。だが実際は、すべて分厚い合成樹脂を素材にしており、傷みも褪色もすべて人工的に施されたものであった。船腹は、どんなに地上の風雨にさらされてもほとんど劣化しなかった。

人生の成就を販売する企業は、被験者が最期を迎える場所を豪華なだけでなく、いかに印象の強い構造物にするかを競い合っていた。千晶は、空にはばたく帆船を見るたびに、「バラのほほえみ」社の社員であることに誇りを感じた。技術の粋を尽くしていること以上に、困難に挑み風を受けて飛び立とうとする精神の躍動が伝わってきて、心が震えるのだった。

砂利の中を船腹に向かう直線の道を歩いていく。エントランスは、せり上がっていく巨大な船腹に開いた横長の開口部である。千晶は正面に立つたびにジンベイザメの口を連想する。その口に向かって長くゆるやかな階段が設けられている。七つのガラス扉があり、入場を事前に予約していた者が立つと全身の生体認証で静かに扉が開く。事前の連絡なしで来た者に対しては、周囲に響くほどの警告音が流れ、右端のアイデンティフィケーション・ブースにいくよう指示が行われる。

千晶が灰色のパンプスをはいた両足を踏みしめ扉に向かうと、察知していたかのようにガラス扉が開いた。内部へ吸い込まれるように足を運んだ。小鳥のさえずりとそよ風が千晶を包む。船腹の最下部から入ると歓びの殿堂は、自然光と風が最適に調整された巨大なドームである。下から上方に向かうほど空間が広くなっていくので、すり鉢の底にいるような感覚を与えられる。

ドームの天井を床とし、その上に十五層の医務部が存在している。歓びの殿堂の心臓部であり、人生の成就の施術場所となるだけでなく、技術開発と医療情報の管理を行う部門が設置されている。底面からドームを見上げると、八台のエレベーターが底面から天井を突きぬけ医務部に伸びているのがわかる。筐体も籠も透明なガラスでできているエレベーターが動くさまは、金属の台に乗ったさまざまな人間が上に吸い上げられたかと思うと、底面に落下してくる、ランダムな運動であった。エレベーターの他に、透明な太いパイプが十本以上並び、中では、バケットを数珠つなぎにしたコンベアが回転していたり、金色の液体が渦巻いていたりした。

千晶が中央のエレベーターに向かうと、銀色に光る底板が滑らかに下りてきて、扉が開いた。

「七階へ」と千晶が呟くと、扉がすぐ閉まり、上方へ動き出した。ドームの天井に着くまで、訪れた者は空間に現れる立体映像を楽しむことができる。今日、千晶を取り囲むのは蝶がのどかに舞う菜の花畑であり、そよ風に揺れる桃の花であった。緩やかな傾斜の丘のほとんどを桃が埋め、その向こうには白い雪をいただいた連山が鋭い峰を連ね、眩い光を放っていた。奥の峰から山間を縫って流れてきた清流が、千晶の足元でこぽこぽと音を立てた。

天井を突きぬけ医務部に入る。千晶は七階で下り、杉崎穂波の最期の施術が行われる七階特別室三九号に向かった。再度生体認証を受け、個室の扉が並んだ通路を歩く。使徒、聖者、天使、如来、菩薩などをモチーフにした銅版画がところどころに飾られている。

特別室の入口に向かっていくと、堅牢な木材でできた扉が静かに開いた。

「失礼いたします」

と言いながら室内に歩を進める。「旅立ちの揺り籠」あるいはたんに「揺り籠」と称されるバスタブの中で半身を起こした穂波の顔が目に入った。穂波は桜色の術衣を身にまとい、穏やかな表情で目を閉じていた。揺り籠の両側に立ち穂波を見守っている芙美と葵が千晶と目を合わせ、ゆっくり頭を下げた。医務部の職員で家族との対応を主にしている香山哲也が、いちばん手前に立っていた。揺り籠へ歩み寄っていこうとする千晶に軽く会釈した。

「すでにご了承をいただいているところですが、当社の楢本がぜひ杉崎様の歓びの場面にお立ち会いしたいという希望をもっておりまして、ただ今まいりました。それでは、これから杉崎穂波様の人生の成就、最後の行程に入らせていただきます。お母様がご体験になる場面は、こちらの壁の前に立体映像で再現されます。どうぞ、立体映像とお母様のお顔を交互にご覧になり、お母様の旅立ちの様子をお見守りください。私はこれにて別室に退去させていただきます」

そう言うと香山は千晶に向かってわずかに右手をあげ軽く振った。香山が退室してから、千晶は揺り籠のそばに立ち、芙美と葵に深々と礼をした。

「これまで長い間、大変お世話になりました。お母様にも、芙美様、葵様にも当社の方針をよく理解していただき、今日まで来られたことを心より感謝申し上げます。お母様の念願がかなうところを、これからお嬢様お二人と見守らせていただきます」

「楢本さん、そんな堅苦しいあいさつはいいのよ。私たち、お宅の会社に安心して任せてるんだから。さあ、母の最期におつきあいしてよね」

妹の葵は、細かいことは気にしないふだんの口調で言った。

「そうですね。穏やかな気持で寄り添いましょう」

千晶がそう言って、旅立ちの揺り籠に太ももがふれるほど接近すると、芙美と葵も、穂波の上半身を左右から挟むように身を寄せた。揺り籠は、「バラのほほえみ」社の技術で開発されたカプセル型の寝台である。被験者は通常上体を起こした状態で収納され、下半身はほぼ体温と同じ温度の理想液体に浸されている。二、三か月にわたって体調を安定的に維持され、脳に外部刺激を受けてきた被験者は、パスチャーという部屋で第二の現実を体験するが、いよいよ最期を迎える少し前から揺り籠に移される。少量の流動食を与えられる被験者に排泄作用は起こるが、理想液体は排泄物を感知すると直ちに不透水性の膜となって成分粒子を包み込み、沈下させる。底面に水流が生じ、排泄物を揺り籠の外に除去する。この技術が開発されてから、それまで点滴と導尿の管につながれていた被験者が、体一つで最期に臨めるようになった。見守る家族に対しては、人工的な死という印象を消すことができた。また、まれに、最期のときに体に不随意的な動きが生じる被験者もいるが、その場合にも、チューブにつながれていない方がずっと面倒が少ないのであった。

すべて予定通りに施術が進んできた穂波に身体知覚はないはずであった。電気信号で送られてくる刺激だけが穂波の経験している世界を形づくっているのである。目の前にいる者の姿も声もわからない状態である。

不意に室内が薄暗くなり、入口から右側に続く壁に立体映像が現れた。目を射る鮮やかさで青い空が広がっている。声が聞こえる。

「お母さん、いい天気でよかったね」

〝芙美〟の声が後ろから聞こえる。姿は見えない。車いすのタイヤが左右に見える。

「そうだね、天気にめぐまれたね」

この声は、映像の中から聞こえる。〝穂波〟の声だ。車いすの右に寄り添って歩いている女がいる。襞のある白く長いスカートをはき、つばのある大きな帽子をかぶっている。女がこちらに体を向け話しかけてきた。つばの下にあるのは〝葵〟の顔だ。のぞき込むようにして話しかけてくる。

「お母さん、もうすぐ坂道が終わるよ。のぼりきったら、桜の道だよ」

芙美と葵は、立体映像に自分たちが登場したことにはじめ驚いていたが、映像が穂波を視点にしていることに気づき、穂波に見えている世界を自分たちも見ているのだということを理解した。

「そうだよ、お母さん。満開の桜の道をいっしょに歩こうね」

その声は、車いすを後ろから押している〝芙美〟のものだ。左側から上体を屈め、〝穂波〟をのぞき込む〝芙美〟の顔が映像に現れた。

「うれしいねえ、お前たち、私につきあって花見をしてくれるってのかい」

「ただのお花見じゃないわ。お母さんが自分の足で立って歩くのよ。好きなところに立ち止まり、好きなだけ花を見ていいのよ。すごいでしょ。それに、私たちがついてるから心配いらないわ」

〝葵〟はそう言って、スキップするように歩を進めた。くるりと振り返り、右手を差し出し〝穂波〟を歓迎する仕草をした。

「あら、葵。あんた、お母さんの見てる世界の中でも芝居がかってるのね。本人の個性がちゃんと反映されてるんだ。よくできてること」

「そういえば芙美姉、後ろから車いす押すばっかで、さっぱり登場しないね。ちょっと、早く出てきなさいよ」

葵が言ううちに、車いすは桜並木の平坦地に着いた。〝芙美〟が〝穂波〟の横を通って枝垂桜の下に入っていった。肩や腰へと滝のように流れる枝の間から、〝芙美〟の顔が見え隠れした。光沢を放つ白いブラウスを着た〝芙美〟が、枝をかき分けにゅっと顔を出した。

「お母さん、さあ、待ちに待った花見よ。私たちといっしょに歩きましょ」

揺り籠のそばに立つ芙美と葵は、映像を身じろぎもせず見入っていた。千晶は姉妹が映像の中に引きこまれ、穂波の視点と一体化した心理状態で世界を見始めていることに気づいた。ほとんどの家族がそうだ。人生を成就する者の世界に同化し、その視点でとらえた情景に違和感をもたなくなる。目の前の芙美と葵もそうだった。立体映像に夢中になり、揺り籠の中にいる穂波を注視することはほとんどなかった。自分たちが契約した通りの最期の場面が実現するかどうかに、注意が奪われているのだ。

「お母さん、大丈夫よ。立ってみて。私たちが支えるから心配ないわ。さあ」

〝葵〟が車いすの前に跪いて、〝穂波〟の両足をステップからもちあげ、土の地面にそっと置く。ステップを左右に開き、〝穂波〟の足元を広くする。〝葵〟がにっこり笑って立ち上がった。〝芙美〟が左前方から進んできて、手を差し伸べる。地面に置かれた〝穂波〟の足先がためらうように軽く上下した。〝穂波〟の左手が〝芙美〟の手を、右手が〝葵〟の手をつかんだ。姉妹の手が母の手を強く握り返す。

千晶は、〝穂波〟の足に十分な力が漲り、ふくらはぎ、膝、そして太ももへと連動していきますようにと念じた。歩くことを忘れていた〝穂波〟の体に生気が蘇り、彼女が、今、ここに立ち上がることを待ち望んだ。それは、車いすに彼女を縛り付けていた重苦しい人生を振り払うことになるはずだ。

立体映像の桜と青空が激しく揺れた。立とうとして力を振り絞っている〝穂波〟の体の動きが、視界を動揺させている。息遣いを荒くした〝穂波〟が、二つの腕を頼りに身を起こそうとしているのが伝わってくる。枝の間からのぞく濃い青が、苛立つかのように不規則に揺れる。

「そう、お母さん、頑張って」

「ほら、もう少し」

揺り籠のそばで映像を見守る芙美と葵が思わず、声を発した。

「大丈夫、さあ、足に力を入れて」

「お母さん、すごいよ、自分の力で立ってるよ」

手を握った〝芙美〟と〝葵〟が〝穂波〟に声をかける。枝垂桜の花が手に取ってさわれる近さで現れた。〝穂波〟の視点が一気に高くなっていたのである。

「やった、お母さん。立ったじゃない」

映像に向かって葵が叫んだ。〝穂波〟が胸を上下させて息をするのに合わせて、桜の花が動き、頬を撫でる。

「お母さん、しっかり。さあ、ゆっくり歩くわよ」

〝芙美〟が〝穂波〟の手をとった右手にさらに自分の左手を重ねて、ぎゅっと握りしめた。〝穂波〟は、足幅をそろりそろりと広げ、〝芙美〟の横顔を見た。笑みを返す〝芙美〟をじっと見た後、視線を上に向けた。左右から延びる桜の枝がゆったりとしたアーチをつくり、どこまでも続いていた。

先ほどから千晶は、立体映像から揺り籠の穂波へ、さらにそばに立っている芙美と葵へ、忙しく視線の先を変えながら様子を見守っていた。立体映像の中で立ち上がろうとする場面になったとき、揺り籠の穂波が顔をしかめ、いやいやをするように首を振ったのが気になった。映像に気をとられている芙美と葵はまったく気づいていないようだった。歩くように促された〝穂波〟が上を向いたとき、こつっという小さな音が千晶の腰のあたりに響いた。

思わず「えっ」と声が洩れそうになるのを手でおさえ、千晶は揺り籠の中の穂波を見た。右の二の腕から肩がぴくっと震えるように動いた。二の腕から先は、半ば閉じられた揺り籠の蓋に隠され見えないが、小刻みに揺れているような気がする。こつっという音は、肘が揺り籠の側面にぶつかった音ではないか、嫌な臆測が頭をよぎった。

穂波の体に生じた異変を芙美と葵に気づかせるべきだろうか、千晶は迷った。その間に立体映像の中では、〝芙美〟と〝葵〟に左右の手を支えられて歩く〝穂波〟の視界が展開していた。ソメイヨシノ、エゾヤマザクラ、枝垂桜、種類の異なる桜が入り混じって並木となり、せり上がるように枝を埋め尽くした花もあれば、薄緑の葉が花を追いかけるように開いているところもある。ずっと遠くでは、風に揺れる枝から花びらが地面に間断なく降り注いでいた。並木の下を〝穂波〟が少し進んでは立ち止まる。〝芙美〟が言う。

「何十回と桜の季節が巡ってきても、同じ桜は一つもない。いつだって、一回限りの桜だって、お母さんよく言ってたわよね。今年の桜は、これ一回だけの最高の桜ね」

〝穂波〟の視線が桜の中を行ったり来たりする。樹木のうちに潜んでいる力が数えきれない花びらの形をとって輝き、空を圧している。下から花を見上げる者を吸い込み、異界へ連れて行こうとする桜色の輝きである。

「ああ、ああ」

と声を洩らしたのは、〝穂波〟であった。

「お母さん、これまでで最高の桜だね」

〝葵〟が言い、手を握ったまま、〝穂波〟に身をすり寄せた。

「よかったねえ、お母さん」

すすり泣く声に千晶が視線を移すと、芙美がハンカチで涙を拭きながら映像に見入っていた。

そのとき、千晶は腰のあたりにかすかな振動を感じて、揺り籠に目をやった。穂波の顔に小さな痙攣が走り、またもこつっという小さな音を聞きとった。穂波になにかが起きている。それは桜の満開の下を歩いていることの歓喜であるとはとうてい思えなかった。穂波の額と頬にあらわれる小刻みな皺と震えは、彼女の内部で起きている苦悶のような気がしてならなかった。

どうしよう、この異変を知らせなくていいだろうか。激しい鼓動が千晶の胸のうちで起こり、背中を冷や汗が伝い落ちた。穂波の娘たちは立体映像に没入し、今まさに母が自力で歩き桜並木の下を歩いている場面に参加している気持でいる。黙っていれば、彼女たちは歓喜に浸ったままでいるだろう。母親の異変に気づかせることがなんの役に立つだろう。母親の幸福な最期を念願し大金をはたいた娘たちに、人生の成就が予定通りいかなかったのではないかという疑念を抱かせてどうするのだ。

映像は桜並木の半ばを過ぎていた。上ばかり向いていた〝穂波〟の視角が下がり、過ぎ行く桜の幹を眺め、つづいて並木の奥にある一本の大木をとらえた。徐々に大木が近づいてくる。

「お母さん、しっかり歩いてるじゃない」

と、〝葵〟の声が聞こえ、

「お目当ての木までもうすこし。お母さん頑張れ」

と、〝芙美〟の声が励ます。

千晶は揺り籠の穂波をずっと見ていた。肩が震え、またも顔に痙攣が走った。どうしたらいいのだ、自分はずっと見て見ぬふりをするのか、千晶は無言の自問自答に耐えられなくなった。

「杉崎さん、杉崎さん。どうしたんですか」

体を折って穂波の耳のそばに顔を寄せ、切迫した声で呼びかけた。芙美と葵は、なにごとかという顔で、壁に向けていた視線を、自分たちの真下にいる穂波と千晶に向けた。千晶は急いで上体を起こし、穂波の顔を見てほしいと、右手で指し示した。穂波は眉間に皺を寄せ、閉じた瞼のまわりをぎゅっと引き締めた。千晶には、穂波が顔だけではなく全身をこわばらせ、なにかに耐えているのだと思われた。

「お母さん、どうしたの」

葵が母の頬に手を当て、呼びかけた。

「そうか、お母さん、自分の足で歩くために必死で頑張ってるんだ。すごいね」

芙美が言った。

「お母さん、もう少し。私たちがついてるから、大丈夫だよ。もう少しだよ。あの奥の木まで行ったら、終わりだよ」

芙美と葵は、母の顔にあらわれた痙攣を異変とはとらえなかった。長年歩けなかった母が立ち上がり歩くために全力を振り絞っていることのしるしだと思っているに違いなかった。だが、千晶は、自社が設計した穂波の人生の成就では、穂波が立ち上がるときに苦痛に耐えたり、歩くときに必死で前へ進むことをプログラミングしてはいないのを知っていた。桜並木の予定通りの歩行を穂波が体験しているならば、それは、快適で弾むような足取りになっているはずだし、穂波の顔に歓びが浮かぶはずなのだ。

どうしよう、このまま芙美と葵に誤解させたままにしておいていいのだろうか。千晶は、自分は、危険で厄介だがしかし誠実な一歩を踏み出すべきではないかという思いに駆られた。胸に嵐が渦巻き、膝が震え、床を踏む足が覚束なくなった。

人生の成就に立ち会う家族のほとんどすべてが、立体映像にあらわれる世界が被験者の脳にあらわれている世界と同一であると思いこんでいる。だが、それは正確に言うならば事実ではない。立体映像にあらわれているのは、「バラのほほえみ」社が脳に送り込んでいる電気信号が体験させようとしている世界像であり、被験者の脳の活動が実際に生み出している世界像ではない。

しかし、社の人間はほとんど、定義的に言えば違いがあるが、無視していい違いだと言う。なぜなら、「社の技術は意図したとおりの世界像を、被験者の脳の中に間違いなく実現している」からである。千晶自身も、最近まで、違いを意識していなかった。だが、結城紘一郎に疑念を突きつけられてから、かつてのように素直な気持で立体映像に見入ることができない。

「ああ、きれい。ため息が出るほど」

立体映像の中から〝穂波〟の声が聞こえる。穂波に取りすがっていた芙美が立体映像に目を向ける。〝穂波〟の視界では、並木の終点にある桜の巨木が周囲を圧するように枝を広げ、ほんのり赤い桜の花が空を埋め尽くしていた。

「そうよね、きれいだね。お母さん、自分で歩いているから、なおきれいに見えるんだよね」

葵が穂波の頬をさすりながら言う。さっきと同じような眉間の皺が穂波の顔にあらわれ、首が左右に小刻みに揺れた。

「お母さん、もう少しで、あの大きな桜の木のところに着くよ。すごいねえ、よく歩いてきたねえ」

芙美が立体映像と穂波の顔を交互に見ながら話しかけた。

――違うんです、それはお母さんが頑張っているんじゃないんです。なにか予想外のことがお母さんに起こっているかもしれないんです。

喉元まで出かかったことばを千晶は押しとどめた。芙美と葵が、人生最後の母の奮闘だと受け止め感動しているのをぶち壊しにすることができなかった。〝穂波〟は桜並木を歩き切り、娘たちの助けを得てベンチに腰を下ろした。ちょうど桜の古木を見上げる位置にベンチはあった。桜は今が盛りで、そよ風が花びらを散らし、〝穂波〟の顔にもふりかかってきた。左に〝芙美〟、右に〝葵〟がすわり、三人で桜を見上げた。

「お母さん、よかったね」

〝芙美〟が言った。

「ああ、お前たちのおかげだよ。こんなにきれいな桜は見たことがない」

「お母さん、しあわせ？」

「ああ」

〝葵〟が〝穂波〟の手をとった。〝芙美〟も手をとり、三人で桜を見上げた。まぶしいほどの青空を背景にした満開の桜は、やさしくそっと花びらを降らしていた。

〝穂波〟の視界が、桜の中をさまよう。花びら一つ一つがくっきりと目に映り、うっすら赤い花芯から黄色い頭を伸ばした雄しべもわかる。花を手にとってつかめるようだ。そうするうちに、花がだんだん遠ざかり、白っぽい背景に点々と散った赤や黄がふわふわ揺れる。〝穂波〟の世界が揺れる。花の輪郭が消えてしまい、白と赤がまざり、薄桃色が乱舞する。見えるものすべてが薄桃色の靄になり、体も靄に溶け込んでいく。

揺り籠の穂波の首がかくりと左に傾いた。千晶は、今、遠隔操作によって、鎖骨下の頸静脈内に装着されたカテーテルから筋弛緩剤が穂波に投与されたと思った。気づいた葵が声をかけた。

「お母さん」

葵が当てた両掌のなかで、穂波の顔は生気を失っていった。

「お母さん」

芙美も喉の奥から声を絞り出し、穂波の頬と顎を撫でさすった。

千晶は揺り籠側面のパネルを操作して、背もたれを後方に倒した。穂波の上体がゆっくりと仰向けになっていった。穂波をいく度か襲った痙攣は跡形もなく、ただ静かに眠りに就いた者の顔があった。

「杉崎穂波様、お幸せな出発《たびだち》おめでとうございます。立派に人生を成就されましたことをお慶び申し上げます」

千晶は、顧客の最期に立ち会ったときに述べるあいさつを口にした。いつも万感を込めて言う。だが、今、千晶は、心から溢れ出すものに従っているのではなかった。言うべきことばが失われてしまったので、しかたなく決まり文句を機械のように再生しているにすぎなかった。その矛盾が千晶を凍りつかせた。

「お母さん、よく頑張ったねえ、あっぱれだわ。ちゃんと歩いて、思い残すことなく、旅立った。うん、うん。辛いのを乗り越えて自分の足で立ったんだもの」

葵が涙声で、息絶えた穂波に話しかけた。

「お母さんのりっぱな最期を見届けられて、私も幸せよ」

芙美も涙と鼻水で声を詰まらせながら、穂波に語りかけた。

娘たちが感極まり、息をひきとった穂波に熱い視線を送っているのを受けとめ、千晶は〈どうしよう、わたし、どうしたらいいの〉とおのれの裡に呟き続け、身動きできなかった。ひとしきり泣いた二人は、たがいに視線をかわしあったのち立ち上がり、揺り籠から少し離れていた千晶に歩み寄った。

「楢本さん、なにからなにまで本当にお世話になりました。あなたのおかげで、母がこんなに幸せな最期を遂げられたんです。すべてあなたが説明してくれたように、母は願い通りの人生を成就できました。心よりお礼申し上げます」

芙美が千晶の手をとり深々と頭を下げた。葵が涙の溢れ出した目を千晶の肩に押し当て、

「ありがとうございました」

とかすれた声を洩らした。二人にとりすがられた千晶は、発することばを見つけられず、ただうんうんと頷くばかりだった。

「杉崎様」

別室に控えていた職員の香山哲也が、気づかぬうちに揺り籠のそばに来ていた。

「先ほど、午前十一時十七分、お母様の杉崎穂波様が人生を成就されました。お幸せな最期を遂

げられたことをお慶び申し上げます」

香山は深々と頭を下げ、しばらく微動だにしなかった。芙美と葵は、千晶から身を離し、香山に目を向けた。母親が希望した通りの最期を遂げたと確信している二人の涙顔に、不意に晴れやかな色があらわれてきた。

「どうぞ、心ゆくまで、お母様との別れをなさってください。この後、葬儀の打ち合わせがございますので、改めてお呼びください」

香山が出て行った後、芙美が千晶の前に立った。

「楢本さん、今日は、母のためにわざわざ立ち会っていただきありがとうございました。あなたのような方に母の最期をお願いして本当によかったわ」

芙美がそう言い、葵と二人で頭を下げた。

千晶は、母の至福の最期を信じる姉妹の気持に一点の疑念も与えるべきではない、と自分に言い聞かせた。だが、それは、自分がおそろしい事実に目をつぶり、安全な居場所を求めて逃げ込むことだとも意識していた。穂波が見せた苦悶の表情は、立ち上がるための頑張りなどではない、そんな苦難を設定することはプログラムされていない。何か異常が起きていたのだ。本当のことを言えば、穂波が桜の満開の下で幸福な気持で死んでいったということさえ疑わなければならないのではないか。湧いてくる疑問で、千晶の平衡感覚が揺らいだ。芙美と葵の姿がぼやけ回り出したかと思うと、影のように漂った。

「こんなに感謝していただき、ことばもありません。では、私はこれで失礼させていただきます」

辛うじてそこまで言うと、千晶は出口に向かってよろめく足をひきずっていった。

16

千晶は、歓びの殿堂のエレベーターに乗り、逃げ出したくなるような緊張を抑えるために、ゆっくり繰り返し深呼吸をした。巨大な船腹の中空に描かれる世界を、ガラス越しに眺める。紅葉を迎えた里山の景観が広がっていた。澄み切った青空、やわらかな日差しを受けて佇む茅葺の民家、豆のさやが膨らみ稲穂が垂れた大地を潤して涼やかに流れる川、人々の暮らしを見守るように連なる山なみ。かつて、この国の里山に暮らす人々は、人は死ぬと霊になり、近くの山のあたりで人々を見守っていると信じていた。千晶は、死後の霊を信じていなかったが、もし霊となるなら、地獄はもちろん嫌だが、人界から隔絶された天国や極楽も嫌だった。今日の映像のような、里山からちょっと離れたあたりのところで漂っている霊になりたいと思う。だから、今日は、いちばん心が落ち着く情景の中にいるのだが、それでも、繰り返し襲ってくる不安を鎮めることはできなかった。

医務部の情報管理を統括する岡遼太に会うために、営業の予定を他の日に振り替えておいた。営業本部長の神戸には、医務部にクロージングに行くので、部長が許可したことの証明となる暗号入りのメールを発行してほしいと頼んだ。

「なに、クロージング？　そんなもの、ベテランの楢本が行くんだから、俺の暗号が入ってなくたってフリーパスだろうが」

神戸はそう言った。クロージングは、営業社員が顧客との間でどんな人生の成就にするかについて打ち合わせを重ねて最終契約に至ったとき、その内容を医務部と細部まで突き合わせて最終確認する作業である。医務部はクロージングを受けて、被験者の脳に送る電気信号のプログラミングを完成させていく。実際には、営業社員が顧客と打ち合わせをするたびに最新の希望内容が端末から送られ、データベースを上書きしていくので、営業社員が聞きとった希望と医務部に保存されたデータとの間にまず齟齬はない。しかし、数百万ジェンからときには億を超える契約であるから、希望がすべて満たされた人生の成就にならなければ、違約で訴えられる可能性も生じる。そこで、念には念を入れよと、クロージングには営業本部長の監督のもとに決済を要するという厳密な社内規定がつくられた。これは、営業本部長に許可された人間が医務部に確認に行く、ということを前提とした方式である。

しかし、個々のケースについていちいち営業本部長の決済証明を発行することは煩わしく、現実問題としては、三か月に一度程度、件数をまとめて決済処理するのが社内の常識になっていた。手続きの簡略化が暗黙の裡に行われ、とくに問題は生じていなかった。それを、千晶が四角四面に、部長決済を証明する暗号入りのメール発行を頼んだので驚かれたのである。

「いえ、本部長、私、いつの間にか仕事が雑になってきたので、初心に帰って丁寧にやろうって思ったんです。でも、暗証さえ入れてくれれば、メールの内容は私が記入して送っておきますから」

このやりとりで神戸の暗証がもらえるかが、最初のハードルだった。神戸は、疑念を少しも示さず、暗証入りの空白メールを千晶に送ってくれた。千晶は、以前神戸からもらったカードを見て、宛先をクロージング担当者から医務部岡に変更した。そして次のように文面を入れた。

〈私は、営業本部第二課第七班チームリーダーの楢本千晶と申します。この度、神戸営業本部長の代理として、医務部保管データの一部を受け取るために岡情報統括部長様をお訪ねいたしますので、よろしくお願いいたします。神戸本部長は、本社の現在の課題を把握することにより、役員会での提言に向け準備をする意向です。〉

社内文書を偽造すると思うと、手が震えた。ひたすら祈る気持で岡に送信した。岡が神戸にどういうことかと問い合わせをしたらどうなるか。それだけで千晶は神戸に問い詰められ、失職させられるだろう。だが、千晶は胸の中に積み重なった疑問を晴らすために一歩踏み出した以上、もう何があっても後戻りできないと思った。岡から、訪問の日時を指定した簡略なメールが届いたときには、ああ、とため息が漏れた。もう決めた道を行くだけだった。岡は、千晶が神戸に正式に承認された代理者と思って接するだろう、そのことが突破口になるはずだ。

岡遼太のことは周辺情報を可能な限り集めた。情報工学と医学の両方を修めている。医学部では予防医学を専門に学び、臨床医の経験はない。年齢は、神戸とほぼ同じ五十過ぎ。「バラのほほえみ」社で人生の成就のプログラムをつくってきた実績をもち、現在は社の情報管理の責任者である。しかし、千晶の得た情報の範囲では、いったいどんな性格の男なのか、少しもわからなかった。ただ、手堅く仕事を進めることに定評があるとしかわからなかった。

エレベーターが十五階に着いた。岡からのメールを受信した情報端末をかざすと、セキュリティゲートが開いた。廊下の左側に演算装置が収められている情報処理室が続く。情報統括部の前まで来た。セキュリティゲートで表示された暗証番号を入口のパネルに入力する。金属の重い扉がすべるように左右に開いた。おおぜいの職員がコンピュータの端末に向かって作業している情景を予想していた千晶は、広大な部屋にわずか四、五人の姿しか見えないことに驚いた。楕円形の島の形に巨大ディスプレイが設置され、その島が数限りなく奥に連なっていた。ディスプレイには、グラフ化されたデータがたえず流れ、慌ただしく動き回る職員が手持ちのコントローラーを向けると色鮮やかな画像に切り替わる。照明をやや落とした奥行きの長い空間がどこまで続いているのか見定めようとしても、数えきれないディスプレイがきらめき、あちこちで立体映像が乱舞しているばかりであった。情報がどのように入力されているのか全く見当のつかない千晶は、意味不明な光の散乱の中に立ち、眩惑されていた。

肩を叩く者がいる。弾かれたように千晶は体をびくつかせ、振り返った。

「楢本さんだね」

頬骨が高くせり出し、目つきの鋭い男が立っていた。

「は、はい」

「セキュリティを通過した人間がいると、すぐ私の端末に表示される。あなたが来たことはとうにわかっていた」

「そうですか。初めまして、私営業本部から神戸からの用を言い遣ってまいりました楢本千晶でございます」

「だから、それはわかっていると言ったじゃないか」

岡情報統括部長は、千晶のあいさつに追いかぶせるように早口で言った。岡の声には耳に刺さってくる金属的な響きがあった。話す間少しも変化しない表情は、千晶に爬虫類を思わせた。その岡の第一印象が千晶を緊張させ、目的の達成がまず困難であろうという重苦しい絶望感を生んだ。千晶は、人生の成就における予想外の事故がどれだけ発生しているか、そのデータを手に入れたかった。なおかつ、被験者の脳内に埋め込まれる受信装置の設計図もコピーしたかった。それをもって私はもう一度結城紘一郎に会いに行く。「バラのほほえみ」社の最高機密を盗み出し結城に渡すこと、それは、あの杉崎穂波が浮かべた苦しみの表情を見て以来千晶を襲った身を切り刻むような疑惑と不安の日々に決着をつけるために、千晶が煩悶の末に出した結論だった。

　この岡という男はとても手ごわそうだ。その顔からは何を思っているのか少しも読みとれない。自分がずっと考えてきた方法は、まるで博打のようなものだ。自分が想定したことと異なる応答をされる可能性が高い。そうなったら、どうしよう。しどろもどろになって、自分が虚偽のメールをつくって訪れてきたことを見破られたら、どうしよう。千晶の頭の中には、悪い方の想定ばかりがぐるぐる駆けめぐった。

「どうしたのかな、ぼうっと立ってるだけじゃ、話が進まないよ。ここの装置に興味があるのかな」

「はい、初めて歓びの殿堂の心臓部に入ったものですから、見るもの聞くもの珍しくて」

「ああ、そうか、初めて来たんだ」

「すみません、本部長の代理なのに、おのぼりさんみたいなこと言って。部長、ちょっと質問していいですか」

「ああ、かまわないよ」

　相変わらず岡は無表情だったが、そのことばには千晶を拒絶する棘はなかった。

「あの、私、この部屋に来たら、ものすごい数の職員が端末に向かってプログラムを組んでるところに入っていくのかなと思ってたんです。でも、数えるほどの人しかいなくて。えっ、これでどうやって、ものすごい情報量のプログラムをつくるんだろう、って疑問を感じたんです。おかしな質問ですみません」

「いや、いいよ。あなた、いいことを訊くね」

「いいえ、お仕事の邪魔をするような素人の質問ですみません」

千晶が目をぱちぱちさせながら頭を下げると、岡はついて来いというように手を振り、情報処理室の奥に歩み出した。

「いいかな、核心部分を除いて、プログラムのほとんどはＡＩがつくる。これはもう現代の情報処理の常識。人間に第二の現実を体験させること、これはそれこそ気の遠くなるような庞大な情報量の作業だということはわかるだろ。たとえば、おいしいワインを飲んでうっとりする体験をさせるとしよう。グラスに入ったワインの視覚情報、鼻をそよがす香りの嗅覚情報、舌が感じるワインの味覚情報、口腔や喉が感じる液体の触覚情報。これだけでもとてつもない情報量だ。しかも、視覚とか聴覚とか嗅覚とかを、同時に刺激すると、単独で刺激されたときとは異なる共感覚みたいのが生まれるんだな」

「そうですよね。わかります」

千晶は表情一つ変えずにしゃべる岡の口調が、表情と裏腹に話すほどに熱を帯びていくのを感じた。

「うん。それで、こんなことを一つ一つプログラムを組んだ上で被験者に送る電気信号をコントロールする、なんてことをやってた日には、日が暮れてしまう。そうだろ」

「はあ」

「それでだね、実は、ワインの視覚体験をさせたければこういう電気信号を送ればいいという定型的なプログラムがもうすでにたくさんできてるんだな。嗅覚情報にしても味覚情報にしてもしかり。だからね、営業社員が、被験者は、ピノ・ノワールの二〇七〇年物で特別に華やいだ香りをもったのを飲む歓びを望んでいる、と人間の言語で入力すると、もうそれだけでＡＩがどんどん走り出す。希望の知覚体験ができる定型的なプログラムをたくさん探し出してきて、精緻に編み上げていくんだ。だから、基本的には、営業社員の端末から被験者の希望を吸い上げると、そこからもう自動的にプログラムが組み上げられていく」

「すごいですね。でも、当社には何万というプログラマーがいると聞いていますが、その人たちは何をしているんですか」

「ああ、いいことを訊くね。まずは、走り出したＡＩが止まったときがプログラマーの出番なんだな。被験者が、たとえば死んでしまった妻に会いたいと望んだとするだろ。この世界に一人しかいない妻は、情報空間に定型化されたデータとしては存在しない。妻は一般化されえない個体だからだ。個体を第二の現実で再現することは実は不可能だ。だから、ＡＩは対応するデータが存在しないと表示したまま、そこで止まってしまう」

「えっ、ほんとですか」

「まあ、亡くなった妻の画像とか、声の録音とか残っていたら、似たようなイメージの人物は再現できるだろう。しかし、それは似ているというだけで、実際にこの世に生きていた唯一無二の妻と同じものとは言えない。被験者は、違和感を覚え、これは妻と違う、と言うかもしれない」

「ふーん。特定の人物の再現って、難しいんですね」

「そうなのさ。だから、その個体がもっていた性質をできるだけ情報として精緻に割り出し、個体像をつくるときにそれらの情報をもらさず組み合わせていく。性質というのは多くのものに共有される一般性をもった情報として存在しているんだが、多種多様な性質を加えていくことにより、対象となる存在の限定化が起こる。つまり、だんだん他に例のない特別なものになっていく。唯一無二の個体にたどり着くことはできないんだが、それでも、そういう作業によって、妻という個体が近似的に再現されるというわけだ。近似的と言ってもだよ、うちの技術によって、被験者は、第二の現実において、ほぼ間違いなく妻本人と思って受け入れるがね。ははは」

「そうですか」

「固有名をもった人物がたくさん登場する第二の現実をつくるのは、そりゃあ大変。けっこうたくさんのプログラマーが必要だ。彼らの仕事のかなりの部分は、一般的な性質を調合して、特別な人間だとか、特別な場面をつくり出すことだ。それは、どこでも売っている絵の具を重ねたり、調合したりして、どこにもないようなただ一つの色調をもった画面をつくり出す画家に似ている。そういうわけで、人生の成就に、固有の味付けをするのが、プログラマーの仕事だ。だから、ものすごい人数がいる。ただ、彼らを一か所に集めて作業させる必要なんかない。全国どこにいても、オンラインでつながっていれば、共同作業をしているのと同じことだ。各地のプログラマーがやっている作業がここに集積されて、被験者の要望に応じた商品になっていくというわけだ」

「情報の入力は、全国の至る所で進行しているということですね。では、ここにいる職員の方たちはなにをしているんですか」

「ああ。彼らは、破局的なプログラムが生成されていないか、チェックしてるんだ。人生の成就は、厖大な数のプログラムが重層的にからみあったものなんだが、中には共存不可能なプログラムもある。たとえばだよ、享楽的な人生に価値を置く男が、清貧な暮らしのうちに孤独に死ぬなんてプログラムを仮につくってみたら、どうなる」

「こんな人生の結末は嫌だ、と泣き喚くでしょう」

「そうだよな。いまわの際で、被験者は気がふれて、暴れ出すかもしれん」

「そんなことが、これまで実際にあったんですか」

「いや、当社に限って、そんなことがあるわけないだろう。絶対にあってはならないことだ。だから、ここでは、プログラムを走らせて、問題がないか、チェックしてるんだ。問題がありそうな場合、ディスプレイに表示が出るか、アラームが鳴る。職員がリモコンで操作してやると、そのプログラムで被験者が体験する第二の現実が映像化される。日なたでうとうとしながら眠るように死ぬというのが希望なのに、嵐を前にして恐怖にさいなまれ震えている映像が映ったりしたら、これは大変だ」

「えっ、まさか。そんなことがあり得るんですか」

「それが、実に不思議なことに、いろんなプログラムを組み合わせていくと、こちらが全く予期していない第二の現実が生成されることがあるんだ。私もときどき、モニター上で、なんとも説明のつかない映像に出くわしたことがある」

「もしも、気づかないまま、被験者の脳にそれが送られたら大変です」

「そうだ。だから、プログラムを繰り返し走らせて、破局的な事態を招く可能性を見つけ、潰していかなければならない。だから、ここは情報をストックする場所でもあるが、同時に、商品としての人生の成就をチェックしている場所でもあるんだ」

「なるほど、よくわかりました。私のような部外の人間にも詳しく教えていただき、ありがとうございました」

説明を始めると、憑りつかれたように話し続ける岡は、人を寄せ付けない冷たい人間という最初の印象から異なって見えてきた。初対面の千晶にまで理解させることがどうして楽しいのだろうか。常人には窺うことのできない奇妙な情熱が岡の内部に潜み、この男を動かしている、千晶はそんなふうに想像した。

「部長、用件に移らせていただいてよろしいでしょうか」

「おお、そうだ。あんた、神戸の代理で来たんだったな。こっちへ来なさい」

岡は、千晶の問いかけを聞いて、向きをくるりと変えた。半ばまで進んだ情報処理室をはじめの出入口の方へ戻った。

「あのう、部長は神戸本部長とは長いおつきあいなんでしょうか」

千晶は探りを入れる質問をした。岡が神戸とどのような関係にあるかがわかれば、作戦を立てやすい。

「まあね。あいつとは、会社がかんばしくないときに、いっしょにずいぶん苦労したもんさ。本気で会社のことを心配して仕事をする人間は、あいつくらいだな。ほとんどのやつは、ただの雇われ人さ。俺はやつをいちばん信頼している」

神戸は岡にとって特別な人間のようだ。だとすれば、千晶が神戸の指示で動いていると岡が思っている限り、かなり大胆な要求をしても受け入れられる可能性大だ。千晶は、不安におののいている自分を、それいけ、と叱咤した。

岡は出入口の近くまで来ると、ジャケットのポケットから小さなリモコンを取り出し、軽く振った。頭上から透明なカプセルが音もなく舞い降りてきて、昇降口が開いた。

「乗ってくれ」

二人が内部のシートに腰を下ろすと、カプセルは室内をまっすぐに上昇し、デッキに横付けした。そこは情報処理室を見渡すことのできるようにせり出した管制室で、岡の執務場所のようだった。

「さあ、来なさい」

千晶は岡に従って内部に入り、示された椅子に座った。正方形の部屋は奥が壁になっているが、他の三面はガラス張りであった。どの面も人間の胸の高さまでディスプレイと情報入力端末で埋め尽くされていた。奥の壁の手前にガラスの仕切りがあり、小部屋に通じるスライド式のドアがあった。

「じゃあ、用件に入ろうか」

デスクをはさんで、岡は千晶の向かいに座った。

「では、さっそく、神戸からの依頼事項を記しましたペーパーをお渡しいたします」

「えっ、紙かあ」

「はい、神戸は、今回の件はメールで伝えるな。紙で岡部長に伝えろと申しました。そしてまた、用件がすんだら、紙は処分しろ、と」

何度も練習した通りに、重々しく念を押す口調で言った。岡は、千晶のことばを受けて背をすっと伸ばした。千晶はショルダーバッグのファスナーを開き、ファイルを取り出した。息を整え、ファイルに閉じ込んでいたペーパーをはずす。激しい鼓動が指先に伝わり震えとなってあらわれる寸前に、岡にペーパーを差し出すことができた。

「こちらが、神戸本部長から命じられた用件です」

岡は食い入るようにペーパーを読み、ときどき視線を上げて千晶の顔をにらんだ。高い頬骨から落ちくぼんだ穴の底にある目は、少しの瞬きもせず、千晶をとらえて離さなかった。千晶はわずかに俯いたものの、皮膚の中まで刺し貫いてくる岡の視線に顔をさらしたまま、無言を保った。ペーパーの一枚目を読み終えた岡は、宙を見上げ、それから立ち上がってガラス越しに情報処理室内を見渡した。

「神戸は本気なんだ」

岡のことばが千晶への問いなのか、ひとり言なのか、わからなかった。だが、千晶はわからないままに、口を開いた。

「本部長は社員生命を賭けると申しておりました」

「そうか」

かみしめるようにゆっくり吐かれた岡のことばは、千晶の予測を裏切らないものであった。

千晶はペーパーの最初の項目に、「人生の成就の施術が、医務部の予定通りに進まなかった最近の事例について、統計的なデータを開示されたし」と記していた。次の項目に「その事例のうち、深刻なものについて、経過及び、エラーの原因として推測されることを開示されたし」と書いた。さらに「エラーが起きたケースについて、情報の漏洩対策として行ったこと。とくに遺族への対応の詳細を開示されたし」と踏み込んで書いた。

岡がこの問題を憂慮し、なおかつ神戸と問題意識を共有しているのではないか、というのが千晶の観測であり、それが当たっていることが頼みの綱であった。まったく的外れな観測なら、ただちに千晶は会社の上層部に通報され、処分されるだろう。いや、この場で身柄を拘束され、企業秘密を守るための生贄にされるかもしれない。そこまで、千晶は考えていた。だが、さっき岡が呟いたことばは、千晶の捨て身の賭けに、希望の光を与えてくれるものではないか。どうか、どうか、どうか、私の予測が当たっていますように。千晶はただ念じ続けた。

千晶は、開示を求める情報の項目を五十項目以上にわたって記していた。予定した人生の成就が実現できなかった被験者についての個人データ、希望した第二の現実の内容、被験者が歓びの殿堂に入所してから臨終を迎えるまでに講じられた施術の一覧、家族との面会記録、人生の成就後見せた遺族の反応、各事例に対して会社が下した判断等、統計データと文書的記録を、いちいち目を通すのが面倒なほど並べておいた。加えて、投与された薬剤、栄養物質の一覧、血液循環と呼吸の経時的推移、脳波と脳の断層写真、臨終時に入るカプセルの作動状況など、医療情報について思いつく限り、書き連ねた。

「そうか、神戸がここまで情報を求めてくるとはな。あいつも、一時商品開発に従事したから、施術の実体的内容にも詳しいんだが、本気で問題点を洗い出す気なんだな」

「はい。本部長は、極秘で、問題の核心を突き止め、その対策を役員会で提案するつもりです。

もし、自分の動きがばれたら、上からの圧力ですぐ潰される。だから、絶対に気づかれないように水面下で手を打たなければならない、と言っていました。ついては、ぜひ、岡部長に情報提供をしてもらいたい、と」

千晶は、ずっと繰り返してきた想定問答に従って、「神戸からの要請」を伝えた。これまでの岡とのやりとりで、自分が想像していたことが妄想ではなかったことが明らかになった。「バラのほほえみ」社で起きている想定外の事態に、神戸も岡も心を痛めているのだ。闇金を使って遺族の口をふさぐ本社のやり方に不承不承従ってはいても、そうした会社の方針に納得してはいないのだ。

岡はペーパーの二枚目以降にも目を通したが、詳細はもういいというように、途中でデスクに置いた。腕組みをして、千晶を睨みつけた。視線を逸らすことも、表情を崩すこともできない千晶は、激しい鼓動が耳鳴りになって自分を内側から壊そうとしているように感じた。長い間、岡はその場に凍りついたように身動き一つせず、沈黙を守った。

「神戸の言うことに、応じてやりたいと思う。だが……」

岡がゆっくり吐き出すことばに千晶はほっとする間もなく、身をすくめた。

「楢本さん、あんたが、神戸から遣わされた者であるということは、たしかに暗証入りのメールで確認してはいる。だが、あんたが神戸とどういう関係なのかは、私に全く情報がない。そのような人物に会社の機密を渡せるものだろうか。あんたが私の立場だったらどうする？」

手に入れたいものが目の前に見えてきたのに、岡の一言は、それをかき消してしまった。千晶が想定していた通りに岡は応答し、神戸に情報を提供してもいいと言う。だが、今ここで、千晶自身の手に入らなければ意味がないのだ。自分の頭越しに岡から神戸に連絡をされたら、千晶の策謀がすべて明らかになってしまう。ああ、なぜもっと念入りに岡が言いそうなことを予測できなかったんだろう。千晶はうろたえた。

突き刺すような岡の視線を浴びながら、千晶はバッグの中をかき回した。プライベート用の情報端末に指先が行き当たったとき、千晶は「あれが、ありますように」と念じながら取り出した。神戸から業務以外の用でメッセージをもらったことを思い出したのだ。

「あのう、私は、鬼の神戸本部長に徹底的にしごかれ、鍛えられました。社の中で本部長は、私にとって育ての親でした。これをご覧になってください」

千晶は情報端末を操作しメッセージを探した。ふだん、古いメッセージは消去することに決めている。神戸からのものを消去してしまっていたらどうしよう。こわごわ履歴を探っていく。

「かんべ、かんべ、かんべ」と無言で念じながら、指先を動かす。

「あのう、これをご覧になってください」

岡の目の前に差し出した端末がシート状のディスプレイに変形した。千晶が優秀な営業社員として会社の幹部から表彰状を受け取ったときの画像が表示された。幹部の横には、神戸が立っていて、こぼれるような笑みを浮かべていた。画像の下には、神戸が千晶に宛てたメッセージが載っていた。

〈楢本千晶、お前、よくここまで来たな。入ってきたときは、ひよわすぎて、三日でやめると思ったがな。俺の言うとおり、顧客と会社のことだけを考えて仕事に精を出し、信頼される営業社員ナンバーワンになった。お前は、われわれ営業部の誇りであり、俺の誇りだ。どん

底から這い上がってきた根性は、誰にも負けない。これからは腹心の部下と呼ぶことにする、いいな〉

「腹心の部下か」

岡はそう呟いて、シートに向けていた顔を上げ、千晶の眼の底を覗き込んだ。

「はい、神戸本部長からもったいないほどのことばをいただきました。身に余る……」

千晶のことばを遮って、岡は立ち上がった。千晶がさきほど渡したペーパーを手にしていた。

「楢本さん、こっちへ来なさい」

奥の小部屋に通じるドアの方に歩き出した。

「いいかな、この小部屋の端末で、すべての情報にアクセスすることができる。必要な情報を取り込む装置はもってきたんだろうか」

「はい、神戸本部長から預かってきました」

「じゃあ、あんたもいっしょに入っておいで。私の横に座って、このペーパーを読み上げてくれないか」

岡が端末の前に腰を下ろし、千晶にペーパーを渡そうとした。

「いいえ、部長。これ以上部長の貴重な時間をとらせては申し訳ありません。パスワードを発行して、私に一回限りのアクセス権を与えてくだされば、あとは一人でやります。なにしろ、かなりの項目ですから、どれだけ時間がかかるかわかりません。どうぞ、その間、ご自分のお仕事をなさっていてください」

千晶は最後の賭けに出た。探すのに手間がかかりそうな項目をこれでもかとリストアップしてきたのは、この賭けを少しでも有利にするためであった。岡が千晶のことを信用したが、業務に追われているならば、大量のデータの検索とコピーの作業は、千晶に任せる可能性大だ。一人で「バラのほほえみ」社の機密にアクセスすること、それこそが千晶が練ってきた策略の最大の目的だった。

「そうか。じゃあ、あんたに任せる。通常は、私の顔をカメラに向けるだけでシステムの中に入れるんだが、これを使いなさい。三回、それぞれ違うパスワードを求められるから、これを入力するんだ」

岡はパスワードを右上の小さなモニターに表示した。

「いいか、これは五分で消える。もたもたしてると、システムに入る前に消えてしまうぞ」

「はい、ありがとうございます。やってみます」

岡に代わって端末の前の椅子に座った。岡以外の人間が座ると、自動的にパスワードを求める設定になっているようだ。千晶は、モニターに視線をやり、長く複雑なパスワードを慎重に入力した。画面が白黒の微粒子の渦となって千晶を眩惑させる。失敗したのかと固唾をのんで見ていると、渦は砂漠のような光景に収束し再度パスワードを求められる。二番目、三番目のパスワードを正しく入力した後、千晶は空に浮かんでいく帆船の画面を表示することができた。

「ああ、いいね。この先は、自力で必要な情報を探しなさい。検索機能の使い方はわかるかな」

「はい、わかります」

「よし、じゃあ、あとは自分でやれるんだな」

「やってみます」

千晶が検索を始めると、岡は管制室に戻ってしばらくの間ディスプレイを見ていたが、空間移動のカプセルに乗り情報処理室に出ていった。まず、千晶は人生の成就の施術状況を示す統計データを探した。表題から推測し、これに違いないというファイルを見つけたが、中を開いても解読不能であった。アルファベットや英数字のほか、通常見ることのない奇妙な記号が全くランダムに並んでいるのを目にして、千晶は軽いめまいを感じた。どの統計データも、すべて同様であった。千晶は、それらが「バラのほほえみ」社が直面している問題を含んだデータであるか、確信をもてないまますべてコピーし、情報端末に取り込んだ。

次に、施術に要するハードウェアの情報を探した。あまりにも項目が多く、タイトルでどんなハードウェアであるかは、判断がつかなかった。紘一郎が言っていた脳に埋め込む受信装置がどれであるか、手がかりもなかった。こんなことなら、ハードウェアのことを事前に調べるのだった、後悔の念が頭をよぎると冷や汗が流れた。だが、検索しえた限りのすべてのファイルをコピーし、取り込んだ。漏れがないか、目を皿のようにして画面を追い続け、もうないはずだと自分に言い聞かせた。

その後、見つけたのは顧客の個人データと推測される膨大な量のファイルだったが、試しに開いたところ、統計データと同様解読不能であった。容量からして情報端末に取り込むことは無理だと判断した。気がつくと、小部屋に入って三時間が過ぎていた。からだの至る所が硬直し、拘束衣に包まれ、身動きの自由を失った人間になった気がした。

席を立ち、管制室を窺うと、カプセルから降りてくる岡が見えた。軽く手を振ると、小部屋の手前までやってきて、スライド・ドアを開けてくれた。

「どうかね、必要なデータは、ぜんぶ見つかったかね」

「ええ、なんとか。本部長が求めていたものは、入手できたと思います」

「そうか、それならよかった。言っておくがね、楢本さん。統計データはすべて暗号化されている。社の中で特定の人間しか読みとれない。もちろん、神戸は解読できるが、一般の社員では不可能だ。だから、あんたが、ファイルを開いてもちんぷんかんぷんなんだよな」

岡は自分が統計データを開こうとしているのを見ていたのだろうか、いやそんなはずはない。そう言い聞かせながらも、千晶は、岡という男の得体の知れなさに、またも冷や汗が流れた。


歓びの殿堂の巨大ドームをエレベーターが降りていく。来たときと同じ里山の光景が自分を取り巻いている。張りつめていた気持が、ほんの少しほどけていく。千晶は結城紘一郎を思った。自分がコピーしたデータにあの男が言っていた受信装置の設計図はあるだろうか。あの男は、受信装置に重大な欠陥があるという確信をもっているのだろうか。それは科学的根拠にもとづくのだろうか。千晶は紘一郎が突き止めようとしているものの正体がわからないまま、それでも、あの男にすべてのデータを渡すのだ、と自分に言い聞かせた。

上司に査問され職を追われる自分を想像した。これまで仕事を通して積み上げてきた楢本千晶という人間への評価と信頼が、会社の中で崩れ去っていくのを想像した。それでも、かつてのような寄る辺ない惨めな自分に戻る危険を承知の上で、紘一郎に協力することを選んだのだ、と思った。自分が自信をもって勧めた人生の成就を受けて、もしも、幸福な第二の現実とは言い難い状態に陥った顧客がいたら、それは許すことのできない背信である。意図的ではなかったにしても、自分は顧客に虚偽をはたらいたことになる。この疑問をはっきりさせなければ、この先まともな人間として生きていくことができない。

桜の咲き誇るのどかな光景に包まれて、千晶は地上階に着いた。オフィスに戻ったら、クロージング終了の確認メールを、本部長名で発信したいと神戸に頼もう。そして、岡に、神戸の名前で、情報を手に入れることができた、協力に感謝する、と礼を書き送るのだ。業務に追われている岡は、きっとそれを読めば、神戸に問い合わせることはしないだろう、と事の発覚を未然に防止する手立てを頭にめぐらした。

17

傾斜地に造成された住宅地を千晶はわき目もふらずに歩いていく。雲一つない夏空から降り注ぐ光が、ノースリーブの腕をじりじりと焼く。耳の中で、セミの鳴き声が協奏している。澄んだ摩擦音がたたみかけては、せつない余韻を残す。ツクツクボウシに違いないと千晶は思い、小さな体に透明な羽をまとった蝉が庭の樹木で懸命に体を震わせているのを肌で感じる。

紘一郎の家の前まで来た。玄関周辺に猛々しく繁茂する雑草を見て、千晶はたじろいだ。これまで訪ねたときにも、草木は野放図に伸びていた。だがそれらは、無秩序な繁茂ではなく、そこに住む者と自然界の勢いとがどこかで折り合っているように感じられた。今、紘一郎の家を取り巻く植物は、家を包囲し中にいる者を威嚇する荒々しさを見せていた。千晶は、これまでに感じたことのないすさんだたたずまいに、胸が塞がった。

玄関でインターフォンを押すが、反応がない。二度、三度と鳴らすが、応答する気配が感じられない。千晶は思い切って、ドアノブを引いた。施錠もドアチェーンもされていない。あっけなく開いてくるドアの勢いに千晶は後ずさりした。

「誰だ、いきなり」

顎から頬にごま塩のひげを伸ばし放題にした初老の男が、頭を突き出した。

「あ、すみません。結城紘一郎さんですよね」

異形の男の出現に千晶は立ちすくんだが、ひげの奥からのぞく目が紘一郎であることは間違いなかった。男はしばらくの間、物憂げに、視線を上下させた。

「なんだ、楢本さんか。どうした、予告もなしに」

夏の暑い盛りに、紘一郎はくたびれたコールテンのズボンと登山用のシャツを着ていた。声が以前よりも小さく、かすれている。

「すみません。とてもいい知らせがあって、突然来ました。ご無礼をお許しください」

真っ先に言おうと思っていたことばを口にしたが、紘一郎の目はなんの光も宿さなかった。老人性の無気力と無感動が紘一郎の体を覆っているのではないか、と千晶は思った。

紘一郎は、額に皺を寄せ、喘ぐように唇を動かした。なにを言っているのか聞き取れない。

「結城さん、どうかしましたか。具合が悪いんですか」

千晶は紘一郎の右手を握り、軽く振った。

「いや、なんともない。上がりなさい」

紘一郎について室内に入った千晶は、食器や衣類が乱雑に散らばっているのに驚いた。これまで訪問するたびに、整然とした室内空間に、紘一郎の毅然とした意志を感じたものだった。突然の訪問だから片付いていないのは当然にしても、部屋に漂うなげやりな空気が気になった。

「結城さん、疲れているようですから、また、出直しましょう」

「ここまで入ってきて、何を言う。昼寝をしてたから、ちょっとぼーっとしてるだけだ。話してるうちに、元気になる。まあ、すわれ」

紘一郎はそう言って、ソファに腰を下ろした。千晶も向かい合わせに座った。汗が一気に流れ出し、頬を伝い落ちた。胸の谷間を滴が落ちていくのを感じる。

「暑いですね。歩いてきたので、すわったらいっぺんに汗が噴き出してきました」

「そうか、真夏だからな。俺は、歳をとって暑さを感じなくなった。だから、冷房も入れてない。ごめんよ」

「いいえ、気になさらないでください。窓から風が入ってきてますので、じきに汗もひきます」

「そうか」

クリーム色のノースリーブを着た千晶の上半身を紘一郎がじっと見てくる。以前、筋肉がしっかりしていると紘一郎に言われたのを思い出した。いつ会ったときのことだろう。記憶がおぼろげだ。

「あの、結城さん。この頃、体調はいかがですか」

「なにもやる気がしない。目に見えて衰えを感じる。俺は軽い認知症で、何をしでかすかわからん困ったじじいらしい。徘徊もするそうだ」

「まさか」

「いいや、俺は常時、情報端末を身に着けていろと、息子にも嫁にも言われている。GPS機能がついていて、予定外のところに行こうとするとピーピーピーうるさい。無視して出かけると、あいつら、俺を連れ戻しにくる。なんだ、これは。俺は監視されてるんだ。気ままに行きたいところにも行けない。こんなバカなことってあるか」

「では、その情報端末の電源を切るとか、家に置いて出るとかしたらどうでしょう」

「電源を切ってもな、遠隔操作ですぐ電源が復活する。家に置いて出たら、体から離れたという情報を機器が勝手に送信して、家を出ていくらもしないうちに、見回りパトロール隊が捕まえに来る。まったくどうにもならん。監視されてると思うと、もうなにをやってもダメな気がしてくる」

「自由気ままに出かけられなくなったので、気分が落ち込んだということですか」

「いや、それだけじゃない。どうやら、七十七年の俺の人生がまったく意味のないものだった、ということにこのごろやっと気づいてな」

「あんなに元気だった結城さんが、どうしてそんな否定的なことを言うんですか」

「もともと元気だったわけではない。ただ、意地を張らなければ、精神をまともに保てないと思っていたから、空元気を出してただけなのだ」

「え、どうしてそんな情けないことを言うんですか。私が以前お会いしたときの結城さんは、誰よりも颯爽として、力強い人でした」

ソファに腰掛けた紘一郎は、心なしか背が曲がり、以前より小さく見えた。どんな人間にも忍び寄る老いが、気力の塊のようだったこの男を侵食し、脆くさせているのだろうか。自分が始めた行動は遅かったのだろうか。結城紘一郎は、もはや諦念の中に沈みこみ、この国で起きていることに対して無関心になってしまったのだろうか。千晶は湧き起こってくる悪い予感に胸をかき乱された。

「ああ、俺はな、愚かにも、自分のことを流れに逆らって立っている杭だと思っていた。少しくらい速い流れが来ても、地中にしっかり根を下ろしているから、かっさらわれることはないと自分に言い聞かせてきた。それに、同じように逆らっている杭がそこここに見えたから、お互い朽ち果てるまで流されまいと、歯を食いしばってやってこられたんだ。だがな、ふっと気がついてあたりを見回してみると、旧知のやつらの姿がだんだん消えている。死んでしまったのか、流されちまったのか。そしてなあ、今、来ている流れは、これまでと比べ物にならないおそろしい濁流なんだ。気がついたら、次元の違う圧倒的な流れが来ていた。もうすぐ俺を爪楊枝みたいに、あっという間に押し流していくだろう。そういうところにいるんだ」

「おそろしいことを言いますね」

「ああ、おそろしい。俺は自分が宇宙の暗闇を漂うゴミのようなものだと思えてならない。自分のやってきたこと、背負ってきたことが全部ゴミなんだ。ゴミである以上、磨り潰されて消え去ってしまえばいいのに、どういうわけかそうならない。意味なく暗闇の中をずっと漂っていなければならないんだ」

「どうしてそんな暗いことばかり考えるんですか。外では日が光り、草が伸びて、花も咲いてます。蝉も鳴いていますよ。いつもの夏です。どうして庭に出て、草木の世話をしないんですか。

この前いただいた、カリンズのジャム、ほんとにおいしかったです」

「ありがとうよ。そんなふうに言ってくれるのは、あんたくらいだ」

「結城さん、この前お会いしたときから、私にはいろんなことが起こりました。いちいち説明はしませんが、大変なことが起こるたびに、私はずっと結城さんのことを考えていました」

ソファに深く腰を落とし身じろぎしなかった紘一郎の目に光が浮かんだ。

「なにをおかしなことを言ってるんだ。俺はもうただの老いぼれだ。あんたをひきつけるようななにものもない」

「え、それでは、私、困ります」

「ますます、おかしいぞ」

「なにがですか」

紘一郎は上半身をぐいと前に乗り出し、開いた両膝に手をあてがい胸を反らした。

「俺がどうなろうと、あんたには関係ないことだろう。あんたにはあんたの人生がある。それぞれの人生は交差するんじゃなくて、接近してまた遠ざかっていくだけなんだ。ほら、数学で言う漸近線だよ。ほんの一瞬近くなったと思ったら、また、どんどん離れていく。あんたと出会えたときは、俺も、ああ面白い人だなと思ったが、あとは離れていくだけだよ」

「悲しいことを言いますね。なにが、結城さんをこんなに変えてしまったのでしょう」

「老いぼれたんだよ、俺は。あんたにはわからないだろうが、老いは俺にとってシロアリのようなものだ。内部に少しずつ侵入してきて、柱を食い荒らしていく。気がついたときには、崩壊寸前なんだ。俺もな、どっかにあったはずの意欲だとか、反骨心だとかを、すっかり食い荒らされてしまったんだ」

「結城さん、その姿が、ことばを裏切っています」

「また、変なことを言う」

「私に食ってかかろうとする、その姿が、とても、もうシロアリに食いつくされた方ではありません。結城さんのおっしゃりようは、とてもオーバーです」

「ははは、あんたはほんとに変な女だ」

ひげに包まれた口が大きく開き、千晶が来てから初めて生気ある声を発した。

「変な女で悪かったですね」

「いや、いい、いい。変な女が来てくれてよかった」

「あのう、言っていいですか。結城さんて、意外と弱虫で情けないところがあるんですね」

千晶のことばに、紘一郎は目尻を下げ、言い訳の見つからない子どものような表情をした。蒼黒い顔に赤みがさあっと広がっていった。

「弱虫で悪かったな」

「いいえ、結城さんの新しい魅力にふれられてよかったです」

「冗談はよせ」

「はい、その調子で言い返してください。今日、突然来たのは、私、人生の成就のことをやっぱり徹底的に調べてほしいと思ったからなんです」

紘一郎は突然立ち上がり、キッチンへ入った。水を注いだコップを手に戻ってくると、千晶の目の前で一気に飲み干した。水滴の散らばった顎ひげを手で拭った。

「あんたは、本気で言ってるんだな。なぜ、そんな気になった？」

「私は会社を信じ、会社のやっていることを信じて、仕事をしてきました。古いタイプの人間かもしれませんが、会社の仕事が生きがいでした。ですから、結城さんから、人生の成就には重大な問題があると言われたとき、そんなことはあり得ないと思いました」

「そうか、俺の言ったことを気にしてたんだ」

「気にしないわけがありません。もし、人生の成就の施術に欠陥があるなら、私はお客様に対し取り返しのつかない行いをしてしまったことになるんですから。……本当に幸福な最期を迎えたのでなければ、私はお客様をだましたことになります。そういう気持で、会社の中で起きていることを見たら、ふだん意識していなかったことが、みんな気になり始めたんです。そして、疑問に感じたことがはっきりしなかったら、私は、このまま仕事を続けるわけにはいかない、と思ったんです」

「あんたは、まともな人間だ」

「そうでしょうか」

「そうだよ」

「私、疑問を晴らすためには、この前結城さんに言われたことを実行するしかない、と思いました」

千晶はショルダーバッグを探り、小箱を取り出した。イヤリングをしまうのに使っていた箱である。掌の中で小箱を開き、コピーしたデータを入れたメディアを紘一郎に示した。小指の先ほどの大きさのチップが黒く鈍い光を放っていた。

「この中にバラのほほえみ社の情報処理室からコピーしてきたデータが入っています。施術の状況を示す統計データもありますし、結城さんが言っていた受信装置のデータもあります。これを渡せば、私の疑問を晴らしてくれるんですよね」

紘一郎が見えない鞭で打たれたように激しく身震いした。

「あんた、俺をからかってるんじゃないだろうな」

「結城さんをからかってもなんの得にもなりません」

「そうだよな。いったい、あんた、自分を危険にさらすことを、なんでまた」

「結城さんが、受信装置の仕様書と設計図のコピーを渡してほしい、と私に言ったからです」

紘一郎はテーブルの空のコップを手にとり口にもっていった。「へっ」と言ってコップを置くと、立ち上がった。ソファの後ろで、狼狽した熊のように忙しく動き回った。千晶の横に来ると、尻をすとんとソファに落とした。身の内から湧き出てくる興奮が紘一郎を駆り立て、ぎくしゃくさせていた。

「ほんとの話か。俺の頼みに応えてくれた、とは」

「私、自分の直感に、賭けたんです」

「なにを言ってるのかわからん」

「この二か月ほど私は、一人では耐えられないような不安の中にいました。人生の成就が本当に完成された技術なのか自信をもてなくて、胸騒ぎがずっと続いてます。会社の中では、誰に聞いても真実はわかりません。疑問をただすことさえ、はばかられる雰囲気です。もう私、おかしくなりそうでした。そうしたら、結城さんの声が聞こえてきたんです。俺に任せろ、俺が疑問を解決してやる、そう言ってるんです」

「不安なあんたにつけこんで俺が現れた、というわけだ。ひどい男だな」

紘一郎の顔に居座っていた憂愁が飛び去っていた。横に座っている千晶の手をとろうとして右手を伸ばし、逡巡してやめた。

「いいえ、ひどくないです。私、この人に賭けるしかない、と思ったんです。この後、どうなろうと、悔やむことはない、という気持になったんです」

千晶に接近しすぎた自分を恥じるかのように、紘一郎はソファの上で腰をずらし、距離をとった。先ほどまでの無気力の底に沈んだ顔に生気が蘇り、千晶の一挙一動を追う目に鋭くきびきびした光が宿っていた。

「そうか、俺にデータを渡せば疑問を晴らすことができるということに、あんたは賭けたんだ」

「そうです」

「これは、責任重大だ」

「できますか」

「ああ、できる。できるとも」

「あのう、このチップの中に、受信装置のこと以外に、いろいろなデータが入っています。施術の統計データが入っているのですが、暗号化されていると情報処理の担当者が言っていました。それが解読できれば、受信装置のことを調べなくても、人生の成就の実態がわかると思います。そういう方面の専門家がいたら、あまり苦労いらないかもしれません。施術の失敗事例があるかどうかもわかるはずです」

「そうか、あんた、俺の望んだ以上のすごいデータをとってくれたんだ。でもまあ、仮に統計データが読めなかったとしても、受信装置のデータがあれば、たぶん、目的を達成できると思うよ」

「え、ほんとですか」

「俺たちの仲間は減ったと言っても、情報や工学の専門家はいろいろといる。いいか、あんたが提供してくれたデータは、俺たちのチームで解析させてもらう。きっとあんたの疑問は解決できるさ。ところで、聞きにくいことだが、もしも、人生の成就に大きな欠陥があることがわかったら、あんたはどうするんだ」

「わかりません。はっきりするまで、考えないようにしてるんです。ただ、そのときには、これまでとは全く違う道を歩き出さなければならないでしょう。今、言えるのはそれだけです」

「そうだよな。つまらん質問をしてしまった」

「いいえ。それでは、私、これで失礼します。データの解析がすんだら、すぐ知らせてください。結果がわかるまで、なにも考えずに仕事をしていることにします」

　千晶が立ち上がろうとしたとき、

「いや、まだ帰らないでくれ。あんた、これから、俺に営業してくれ」

　と唐突に紘一郎は言い出した。

「えっ」

　意味がわからないという顔で、千晶は紘一郎を見返した。

「いいか、あんたにとってはいい話だ。俺は、たった今、バラのほほえみ社で人生の成就をすることに決めた。だから、すぐ契約の手続きを始めてくれ」

千晶は意味不明の冗談をまくし立てられたと思った。紘一郎は、困惑している千晶を見るのが楽しいかのように顔を綻ばせ、応答を待っていた。

「おかしいです、結城さん。これから、施術に問題がないかどうか、調べると言っているときに、契約をするって、全く辻褄が合いません。また、私をからかっているんですか」

「いや、本気も本気。俺もやっと踏ん切りがついたんだ」

ああ、結城紘一郎は認知症を発症してしまったのだろうか。合理的で、なににも阿《おもね》らないものの言い方で千晶の心をとらえたあの結城が、支離滅裂なことを言っている。千晶は、いったい今日は何度驚かされればいいのだろう、もうわけがわからない、と思った。すべて捨ててかまわないつもりでこの男に賭けたことが、まるで意味がなかったのだろうか。千晶は、常軌を逸したことを言い出した紘一郎に、怒りがわいてきた。

「私がどれだけの覚悟で、データを手に入れたか、結城さん、わかっていますか」

「わかるさ」

「だったらどうして、人生の成就を受けるんですか。それは、結城さんの大嫌いな南條博士に屈服することではないんですか」

腹立ちまぎれに、紘一郎が最も嫌っている人物名を出した。

「はっはっは。楢本千晶さん、あんたは、意外と単純で怒りっぽい人だね、びっくりした」

紘一郎はソファから立ち上がり、千晶の肩に右手を置いた。春に庭の植物を相手にしていたときと同じ好奇に満ちた目つきで、千晶の顔を覗き込んだ。

「いいかな、俺が人生の成就の実態を解明しようとすることと、俺が人生の成就を受けることは、一つのことなんだ。これから俺の話すことをよく聞いてくれ。その上で、契約の手続きに入ってもらいたいんだ」

「えっ、言っていることが、まだぜんぜんわかりません」

「そうだろう、わかるはずがない。いいかな、俺の考えていることを順を追ってゆっくり話すから、こっちに来てくれ」

紘一郎は応接コーナーからキッチン前のテーブルに行き、千晶を手招きした。

「大事な話は、背筋を伸ばして、しっかり伝えなければならない。あんた、時間は大丈夫か。こっから先は、あんたと俺だけの秘密の打ち合わせだ」

千晶は、予想外のことを立て続けに口にする紘一郎に翻弄され、足もとがふらつくような感覚に襲われた。いったいこの男についていったら、どこに連れていかれるんだろう。あと戻りのできない危険な場所が待ち受けているような気がしてならない。

今日は、データを紘一郎に渡して、すぐ帰るつもりだった。そして、これまでの施術に問題がなかったかどうかを調べた結果が出るのを待つつもりだった。これだけでも、千晶にとっては、身震いが生じる一大事だった。ところが、紘一郎は、千晶の動揺におかまいなく、はるか先にいきなり突き進もうとしているかのようだ。こわい、引き返すべきではないか、千晶は身の内をかけめぐる不安をそのままにして、紘一郎のいるテーブルに吸い寄せられるように歩んだ。

「さあ、すわってくれ。あんたでなければできないことを、俺はこれから話す」

テーブルについた千晶は、先ほど訪ねてきたときには生気を失いすさんでいた紘一郎の目が、今や活発に動いて光を放っていることに改めて気づき、これでいいのだと自分に言い聞かせた。

自分が賭けたのは、この男の内部に潜んでいる生の輝きなのだ。それと、この男はいつも、私の言うことを本気で聞き、本気で答えてくれた。生きることに誠実なこの男は、私に対しても誠実であるだろう。そのことに私は賭ける、そう自らに言い聞かせた千晶は、紘一郎が話し出したことに耳を傾けた。

18

「さあ、これでどうだ」

診察台で上体を後ろに倒した紘一郎の口の中を点検していた深見銕夫が頭を上げた。赤い鼻の頭に汗が滴となって噴き出ている。頭頂を覆う残りわずかな髪の毛が、地肌から早苗のように突き立っている。つきっきりで補助の仕事をしている柳沢不二夫がタオルを差し出すと、銕夫は小さく頷き、手にとって顔の汗を拭いた。

「完成したんだな」

地下に設けられた診察室を落ち着きなく歩き回っていた柿本春馬が、紘一郎の顔の横に来て、口の中を覗き込んだ。河馬のような量感で春馬の腹が紘一郎の肩をぐいぐい押す。

「おお、完成だ。思い通りに加工することができた。結城の歯がけっこう丈夫だったのがよかった。柿本がつくってくれた超小型モーターがぴったりの大きさだった。まあ、それに何と言っても、俺の腕のよさだな。それと、不二夫君のサポートのおかげだ」

不二夫が照れるように首をすくめた。柳沢不二夫は、募る不安に苛まれ、この診察室で銕夫を相手によくこぼしていたのだ。自分の母が本当に人生を成就したのか、つまり幸せな最期を迎えたのか、わからないことに苦しんでいた。キャビの立場でこつこつと稼ぎを貯め、母に念願の人生の成就をさせてやることが不二夫の生きがいだったにもかかわらず、待ち望んだ人生の成就の最終場面に立ち会うことを拒否されてしまったのである。母が、不遇な人生で味わった悲しみと苦しみを打ち消すほどの歓びを得たのか確証を得られないため、不二夫は心があやしげな方向にさ迷い出しそうになった。そんなところへ、深見銕夫に、疑念を払拭できるかもしれない、と声をかけられたのだ。深見の仲間たちが、やはり人生の成就に疑念をもっていて、真相を明らかにするための計画を練っている、と言われた。この計画には、銕夫の歯科医療の技術も使うのだが、その際に助手として協力してくれないか、そういう頼みだった。

もともと銕夫の地下の診察室は、助手一人としていないうらびれた歯科院だった。患者はキャビばかり。銕夫はたまに来るキャビを相手に冗談を言いながら仕事をしていた。不二夫は、銕夫の頼みならどんなことでも応じたかったので、自分の仕事が早く終わった日や休みの日に地下診察室にやってくるようになった。

ときどき結城紘一郎という銕夫の友人がやってきて診察台に身を預けた。銕夫は診察室にある機器を総動員し、紘一郎のすべての歯と歯根、舌、口蓋を調べ、口腔内を再現する拡大模型をつくった。たえず首をひねり、ああでもないこうでもないと呟いた。不二夫にも、磁気装置によって読み取った写真の編集、材料物質の調合、装着物のサイズ確認など、助手としての仕事がたくさんあった。銕夫がやろうとしていることはよくわからなかったが、作業している時間はとても楽しかった。なによりも、診察台にあがっている紘一郎と、果てしなく細かい作業に追われている鋏夫、二人の間にかわされる四方山話が面白くてたまらなかった。

聞くほどに、二人はこの国の方針にさからう不逞の輩であり、キャビの置かれた状況に悲憤慷慨する素浪人のようであった。ときどき、二人は不二夫に意見を求め、不二夫が生真面目に、自分は身のほどをわきまえた生き方からはずれるわけにはいかない、と答えると、どちらも残念そうな顔をした。そのうち、柿本春馬という男もやってくるようになった。せっかちで、鋏夫と技術的な話題で話していたと思ったら、立ち上がって診察室の棚や部品の保管庫をのぞいて回る。

春馬は古くなった半導体製品から稀少資源を取り出したり、部品を再生利用したり、すきまりサイクリストを自称していた。鋏夫のアイデアを聞くとたちまち試作品を携えてやってくるのだが、なかなか採用には至らなかった。鋏夫とのやりとりを聞くと、ぼやくしか能のない男に思われるのだが、試作品はいつも想像を絶して精密だった。不二夫に対しては、「あんた、よくこんな老いぼれに歯の治療をしてもらうもんだな、感心する」などと、からかいのことばをかけてくる。不二夫ははじめぶっきらぼうで尊大な春馬に臆していたが、慣れるにしたがい、気づかい無用の男であるとわかった。今では、春馬の傍若無人さが小気味よく感じられることさえある。

鋏夫は、紘一郎の口の中で微細なところの調整をしていたスケーラーを右手にもち、春馬に振って見せた。

「いいか、俺の横に来て同じ方向から見てみろ」

無影灯で照らされた紘一郎の口の中を鋏夫は二本の指で思い切り開いた。春馬は位置を変え、鋏夫のそばに来た。

顔をしかめいやいやをする紘一郎に、鋏夫は少しもかまっていなかった。春馬が鋏夫の横から大きな頭を突き出し、光に浮かび出た紘一郎の右下の奥歯を見た。とくに変わったところはないようだった。

「いいか、見ていろ」

鋏夫が綿棒を紘一郎の口に差し込み、奥歯の表面を撫で回した。

「たてたて、よこよこ、まる描いて、チョンチョン」

「なんだ、お前、その調子っぱずれな歌。根を詰めすぎて、頭のねじが一本抜けたんじゃないのか」

春馬が鋏夫のちょっとかすれた歌声に、突き出た腹部をひくひくさせた。

「ばか、いいか、見てろ」

綿棒の先で鋏夫は右下奥の臼歯を指し示した。臼歯の頬に近い側の外縁部を蝶番の支点にして、臼歯の上部が自動的にめくり上がったのである。まるでなにかを待ち受けて、蓋がおのずと開いたかのようであった。

「なんだ、こりゃ」

「まだ、目を離さずに見てろよ」

春馬が注視していると、内部が空洞に見えた臼歯に異変が起こった。白っぽい底が音もなくせり上がってきたのである。外縁とほぼ同じ高さで底の動きは止まった。濃緑色で正方形をしたチップが載っていた。

「え、ウソだろ、深見。お前、俺に無音の超小型モーターをつくれといったけど、ひょっとして、ここに使ったのか」

「驚いたか」

「そりゃ、驚くさ。歯の中にモーターを埋め込むとはな。それに、歯の表面に加えられた微妙な圧力に反応して動作するようにしたんだろ。おまえ、ただの歯医者じゃないな」

「今頃わかったのか。まあ、お前のつくったモーターもすぐれものだ。一定のパターンの圧力を受けたとき以外は動かない、という俺の注文通りになっている」

「そうだろ。俺の精密加工の腕はまだ落ちちゃいない」

「ええ、柿本さんの加工技術は超人的です」

不二夫が目尻を下げて言った。柔和な表情の底に感嘆の色が見えた。

口を開けたまま閉じることのできない紘一郎が、右手をさかんに動かして銕夫の腰を強く打った。

「おお、悪い、悪い。もう少し、我慢して口を開けててくれ。いいか、ここからが重要なんだが、結城、お前の奥歯にチップが載ってるんだ、それを舌先でうまくさらうことができるだろうか」

紘一郎の左の肩を軽く二回叩き、銕夫はまじめな表情で言った。紘一郎は舌を捻り右下の臼歯にふれた。小さな硬い異物にさわったかと思う間もなく異物は歯茎と頬の内側の柔らかな肉との間に落ちた。

「ああ、やっぱりね。そうなるよな」

銕夫はにやりと笑いながら、唾液にまみれたチップをスケーラーで突いてみせた。

「うん、口の中に落っこっちゃったな」

春馬が銕夫につられるように言い、にやりと笑った。

「そう、落っことさない方がベター。でも、なんとかうまく舌先でからめとって口の外に出せるといいんだがな。結城、歯茎の横にチップが落ちてるから、それを舌に巻き込んで、口の外に出せないか」

「いや、それはけっこう難しいですよ。結城さん、がんばってください」

春馬の背後から様子を見ていた不二夫が、身を乗り出して紘一郎に話しかけた。

紘一郎は顔をくしゃくしゃにしながら舌を動かし、チップをすくい取ろうとしたが、何度やってもむなしく落とすばかりだった。残念そうな顔を並べた銕夫と春馬が、あっと声をあげるのにかまわず、紘一郎は右手を口の中に突っ込み親指と人差し指でチップをつかむと口の外に出してしまった。

「こら、お前ら、人の苦労を笑いやがって。ふざけるな」

診察台に仰向けになって怒鳴ったのでは、どうにも迫力に欠けていた。苦笑いを浮かべた銕夫は、すぐにガーゼを敷いた金属のトレーを紘一郎の指先にもっていった。

「まあ、そう、怒るなよ。それは練習用のチップだから、落とそうが、呑み込もうがまだいいんだ。だが、本番は失敗は許されない。いいか、衆人環視のもとで、口の中に指を突っ込んでなにか取り出したとあっては、すぐ怪しまれる。施術室にモニターカメラがついてるのは間違いないからな」

「ああ、わかってる。わかってるんだが、歳をとって、からだ中のセンサーが鈍くなってるんだ。

やろうとすることがどれもこれもうまくいかん」

「結城にしてはずいぶんしおらしいことを言うもんだ。だがな、俺たちの中では、結城がいちばん若さを残してるだろ。その若さに俺たちは賭けることにしたんだ。ぼやいてられないんだぜ」

春馬の口調は、聞き分けの悪い年下をなだめるようで、紘一郎をますます不機嫌にさせた。

「うるさい、この石臼野郎。不摂生の賜物がその重い重い腹だ。柿本、お前の未来は、その重い腹を抱えて宇宙の奈落に落ちていく以外ないぞ」

「奈落に落ちて何が悪い。結城、お前の場合はミッション・インポッシブルに挑んで、ただのインポ野郎で終わっちまうってところだ」

「まあ、子どもみたいな喧嘩ができるのは、どっちも若いということだ。柿本も、人生の成就の勧告が来たら、結城と同じことをやってみるか」

鋏夫がそう言って、トレイのガーゼの上にのったチップを柿本に見せた。

「いやいや、俺には、とてもこの役は荷が重すぎる。結城でなければできん。結城は、俺たちにとってJABON国に差し向ける最終兵器彼なんだよ」

「さすがに、柿本だ。うまいこと言って逃げる」

鋏夫が笑い出すと、診察台の紘一郎も腹部をひくつかせて笑った。

「いいか、結城、舌ほど優秀な感覚器はない。細い毛一本口に入っても、舌はその太さ、さわり心地を感じとる。使いこなせば、小さなチップをつかむことなど簡単にできるようになる。実は、問題はその次なんだ。まず、開いている臼歯の蓋を舌先で閉めてみろ」

頬の側に立ち上がっている蓋を、紘一郎は臼歯にかぶせるように舌先で押した。なんの抵抗もなく閉まった。歯の内部で歯根が軽く押されるような力を感じた。

「なにか、感じなかったか」

「かすかにな」

「そうだろう。蓋を閉めると、さっき出ていた底が自動で下がっていくんだ。これも、超小型モーターのはたらきだ。柿本のモーターがいいはたらきをしてる」

錬夫は赤い鼻を紘一郎の眼前に突き出し、口腔内に見入った。

「いいか、結城。舌先で臼歯にまじないをかけるんだ。たてたて、よこよこ、まる描いて、チョンチョンだぞ。そうすると、蓋が開き、底がせり上がってくる」

「たてたては、口の前後の方向か。で、よこよこは、それに垂直の方向か」

「そうだ、その通りだ。で、まる描いては、臼歯のへりをゆっくり一回りなぞるんだ。最後に真ん中の少し奥をチョンチョンとタップしてやる。この一連の動作を正確にやると、モーターが回り始め、蓋が開き底がせりあがってくる」

「ひっひっひ。笑ってしまうな。ヤニくさいのは作業の迷惑だから煙草をやめろと言われて、ずっと我慢してきたぞ。それが、何日も何日も、説明もなしに俺の口をこじ開けて、奥歯をほじくったりしてたのは、このためだったのか。死にぞこないのくそじじいに、子どもだましの仕掛けを取り付けたってわけだ」

「いや、子どもだましではない。柿本のモーターを活かすために俺が考案した傑作だ。いいか、やってみろ。舌先で、たてたて、よこよこ……」

「もう言われなくてもわかった。舌先でこうだな」

紘一郎は口を半開きにして、右下奥の臼歯を舌先でたてたて、よこよこと撫で回した。

「そうそう。そうして、まる描いてチョンチョンだ」

銕夫は紘一郎の舌の動作に合わせて自分も口を開き、右人差し指で宙に丸を描いた。

「おい、なにも起きんぞ」

「そうだな、ちらっとも動かん」

春馬が紘一郎の口の中を凝視し、眉間に皺をよせた。不二夫が春馬の肩越しに心配そうな顔を見せた。

「結城、いいか、舌先をもっと立てるようにして、歯にしっかり圧をかけてみろ」

紘一郎は、舌先で臼歯の表面を、たてたて、よこよこ、まる描いてチョンチョンと繰り返し撫で回したが、なんの反応も起きなかった。

「おかしいな。結城、お前、舌先でしっかりトレースすることができてないんじゃないのか」

「なにを言っている。お前の仕事はこんなもんなのか。傑作どころか、欠陥だらけの役立たずではないのか」

「ばか言え。さっき俺が綿棒でさわったときには、実にスムーズに作動しただろ。欠陥だらけとは言いがかりだな」

「これから人生の成就を受けようっていう俺が、実際に蓋を開けられなければなんの意味もない。こんな小手先の技術に走るより、ローテクでもいいから実現可能な作戦をとる方がいいんじゃないのか」

「今ごろ、なにを言い出す。施術を受ける日がだんだん迫っているんだ。もう方針転換することはできん。柿本と俺の技術を信じろ。お前が俺たちの技術に対応するんだ」

鋏夫のことばに少しも納得しない紘一郎は、先ほどから舌を動かすために半開きにしていた口を思い切り歪め、この世の終わりのような顔をした。自分が思いついた作戦にもかかわらず、いざ鋏夫たちに操作される側に回ってみると、わけもなく屈辱感が湧いてくるのだった。

紘一郎はわが身を賭して、人生の成就の施術に致命的な欠陥があることを暴くつもりであった。樽本千晶がもたらした情報は、絶望の底に追い込まれ歯噛みするばかりであった紘一郎を、生命の蘇りに向けて覚醒させた。紘一郎は覚悟した。この千載一遇の機会を活かすために、老いた身になじんだ生き方をも変えることは厭わないと。刈り取って木箱に保存しておいた煙草を、庭の片隅ですべて焼いてしまった。立ち昇る煙を掌で鼻に寄せると、胸の奥に痺れるような熱が生まれ、からだのあちこちの細胞が目覚めた。これは野放図にはびこる自然界の生命と自分を結びつけてきた熱だと思った。だがもうやめる、と自分に言い聞かせた。今回の企図において、紘一郎が煙草に依存していることは、致命的な悪条件だと鋏夫にも春馬にも言われた。

「ニコチン中毒者は、一日たりとて歓びの殿堂にいられまい」

からかいに返すことばはなかった。紘一郎は、濃く煮出したドクダミ茶を始終飲み、煙草のない日々に耐えた。禁断症状が消え去ったと思った日、紘一郎は鋏夫の歯科診療所に行き、診察台に身を預けたのである。

「なあ、深見。本当に結城が蓋を開けられるのか」

「開けられるさ。俺が設定した通り、各ポイントに接触圧が正しい順序でかかると、モーターが自動で動く。それはもう、何百回、何千回とチェックしてるから、間違いない、なあ、不二夫君」

「そうです。深見先生の言うとおりです」

「そうかなあ。だけど、結城の口の中では、なんの変化も現れんぞ。やっぱり、舌先でさわるというやり方に無理があるんじゃないのか」

「おいおい、なにを言うんだ。この案で行くことに、お前だって賛成したじゃないか」

紘一郎そっちのけで、銕夫と春馬が言い合いを始めた。

「まあな。受信装置もどきを持ち込むには、歯の中くらいしか考えられなかったからな。からだじゅう検査されるんだから、他に隠すところはない。けつの穴じゃあ、取り出した後が大変だし。はっはっは」

春馬の軽口に銕夫は鼻の頭に皺を寄せてにんまりしたが、紘一郎はむやみに上顎と下顎を互い違いに動かし続け、無言だった。ものごとは力づくで動くものではないと知りつつ、舌先の微細な動きで先を切り拓くことを自分に担わせる銕夫たちに、わけもなく腹が立つのであった。

「それにしてもよ、あの楢本千晶って女が命がけで俺たちに洩らしてくれた情報だ。一回限りのチャンスと思わなければならん」

急に真面目なトーンになって春馬が話し出し、銕夫も頷いた。

「そうだよな。ところで、あの女は結城に惚れてるんじゃないのか」

「ほう、深見、お前もそう思ったか」

「ああ。それに、真剣な女の顔ってものが、あんなに魅力的だと俺は初めて知った」

口を挟むタイミングをずっとはかっていた紘一郎だが、話題が千晶に移り、二人の話に耳を傾けずにはいられなかった。紘一郎は、この地下診察室に千晶を呼び、銕夫と春馬に引き合わせた日のことを思い出した。

千晶はあのとき思い詰めた硬い表情で現れた。銕夫と春馬のことを、自分にとって最も信頼できる仲間であると伝えると、千晶は、今、おのれをまともに保てないほどの不安の中にいると言った。だから、結城紘一郎を信じてみるしかなかったのだ、と声を震わせて言った。

「みなさんが羨ましいです。絶対に不利な戦いをしているのに、お互いを信じられるんですね。どうしてですか」

銕夫が笑って言った。

「いや、俺たちは、相手のことを信じられるかどうかなんて考えてないんだよ。ただ、自分の生き方を曲げたくないだけ。そこの部分で波長が合ってるのさ。最も信頼できる仲間だなんて、結城のセンチなことばを訂正はしないけど、言われるともぞもぞする」

その返事で、千晶は納得をしたようだった。千晶は、自分が提供したデータを三人でいかようにも利用していいと言った。だが、千晶がもたらした統計データは、暗号解読のプロを自称する春馬でも読み取れなかった。千晶の落胆は大きかったが、その他の厖大な情報の中に、受信装置の設計図と仕様書が埋もれていた。これがあれば、そっくりの外観の受信装置をつくれると春馬が腹を叩いて喜んだ。その瞬間から、紘一郎、銕夫、春馬に不二夫と千晶を巻き込んだ作戦がスタートしたのだった。

千晶は自分の会社の施術が本当に安心、安全なのか、それをたしかめなければ、自分はこの先、まともに生きていけない、紘一郎たちがそれを突きとめてくれることに、自分は賭けた、と言った。なぜ、そこまで思い詰めているのか、銕夫が聞き出そうとすると、千晶の答えは「仕事への責任」の一点張りだった。彼女が人生の成就への打ち消しがたい疑念を抱えているのはたしかだが、その疑念がどのようにして生まれたのかは、頑として答えなかった。

銕夫も春馬も、はじめ千晶が「人生の成就反対派」を潰すために送り込まれた囮《おとり》ではないかと疑った。なぜ、自分たちのような老いぼれたちのところに飛び切りの機密情報を持ち込むのか。反対派を根こそぎおびき寄せ、一挙に摘発する罠が自分たちを待ち構えているのではないか。そう思った二人は、あの手この手で質問を浴びせ、千晶に当局のスパイらしき尻尾が生えていないか探った。だが、聞けば聞くほど、千晶が結城紘一郎という男に魅かれ、これまでの人生のすべてを振り捨ててもいい覚悟で機密情報を入手したことに疑念の余地がなくなっていった。

「私、結城さんのやったことを徹底的に調べました。結城さんの書いたものもほとんど読みました。自分の立場からすると否定したいことばっかりなのに、なぜか私を鷲掴みにしてひき込んでいくんです。この国では、みんな、ストレスなく幸せに生きるのが行動の基準なのに、結城さんは、大勢のやることに逆らい、ストレスばっかりの人生を送ってきていると思いました。おかしな人です。いったい、なんでだろう。そう思ったら、私にとっていちばん気になる人になったんです」

地下診療室での千晶の語りは、そこに集った者を結びつけ昂揚させる不思議な作用をもった。紘一郎たち三人は、千晶のもたらした情報を武器に、JABON国に一勝負を挑む気持になった。千晶は、年老いた男たちが少年のような好奇心と探究心に燃え、目を輝かせて作戦を練り始めたことに驚き、あきれた。「人生の成就」に欠陥があるかないかを突きとめてほしいのが千晶の行動のそもそもの動機なのだが、男たちはむしろ同調圧力そのものと化したこの国と一戦交えることの方に向かっていった。そうした流れに気づきながらも、千晶はその場から逃げなかった。いや、あえて男たちの昂揚に参与することを望んでいるかのようだった。

「そうだ、楢本千晶、面白い女だ。もし、結城にその気がないんなら、俺の愛人にしたいくらいだ」

春馬が呟いた。

「なに、ものぐさ太郎のお前じゃあ、振り向くもんか」

「ばか、こう見えてもな、好きな女ができると、かいがいしい男になるんだ」

「やめとけ。死ぬまでものぐさな方が、お前らしくていい」

銕夫と春馬のかけあいが続いた。

「おっと、できた。できたぞ」

いきなり紘一郎がはしゃぐ声をあげた。

「えっ」

銕夫と春馬が声をそろえて、紘一郎を見た。

「できた、蓋が開いたぞ。見てみろ」

二人が額をぶつけるようにして、紘一郎の口腔内を覗き込んだ。

「なるほど、蓋があがってる。それに、底もせりあがってるぞ」

春馬が感心した声を発した。

「ほんとですね。結城さん、やりましたね」

不二夫も柔和な顔をさらに綻ばせて言った。

「たしかに。結城、コツを会得したか」

そう言って鋳夫は、綿棒を差し込み蓋を閉じた。紘一郎は、目を閉じ気持を集中させると、舌先で臼歯をたてたて、よこよこ、……とトレースしていった。舌の動作が終わった紘一郎の口を、鋳夫が指でぐいと押し広げた。右下奥の大臼歯の表面が音もなく頬の側にもち上がり、中から白色の底がせり上がってきた。鋳夫と春馬は、歓喜のまなざしでみつめあい、硬く握った右こぶしをぶつけあった。

「やったな、結城。俺の言ったとおりだろ。ポイントに圧をきちんと順番通りにかけると、モーターが駆動するんだ。何度も練習すれば、百発百中、いつでも開きたいときに開ける。なあ、傑作じゃないか」

舌先で奥歯の蓋を閉めた紘一郎は、口を何度か開閉させた後、堰を切ったように話し出した。

「どうやら、子どもだましの仕掛けにも、慣れることができそうだ。本番で開かなかったら大変だから、よく練習しておくさ。それにしてもだな、お前たち、楢本千晶のことをああだこうだ言ってたが、ああいう人間にめぐり会えたことを感謝しなければいかん。あの女は若いにもかかわらず、この国の歴史が日々書き換えられていることに気づき始めているんだ。俺が教えたからではない。自分の意思で調べ考え、大半の人間が当たり前だと思っていることを疑い出したんだ。この三十年ですっかりこの国を覆ってしまった上空の蓋にあの女は突き当たったんだ。俺たちのように過去の事実を保持することにこだわってきた古い人間でなくても、虚偽を感知することはできる。だから、あの女は俺たちにとって希望なんだよ。いいか、あの女を大事にしろ。俺たちはどっちみち、間もなく朽ち果てていく存在だ。だが、あの女は違う。歴史の書き換えに抗うには、あのような女がもっとたくさん現れなければならないのだ」

診察台に寝そべった紘一郎は、しゃべるほどに腕を振り、足をバタバタさせ、落ち着くところがなかった。

「さっきまでは、ごろついていたくせに、急に元気づいたな。久し振りにお前の演説を聞いた。いいことだ」

錬夫が顔を綻ばせ、紘一郎の肩を叩いた。

「一件落着したところで、次は俺の傑作を試すことにしよう」

小ぶりなアタッシェケースを掲げ、春馬が話し出した。

「例の超コンパクト・カメラだ。これを結城のどこに装着したらいいか、ずっと考えていたんだがな、もうここしかないってところを思いついたんだ」

春馬はアタッシェケースを開き、ピンセットでカメラをつまみ、歯科治療道具のセットの横に置いた。

「いや、これは小さい。柿本、お前は図体に反比例して小さいものをつくるのが得意だな」

感嘆のため息をつきながら錬夫は言い、カメラに見入った。

「すごいですね。これがほんとにカメラですか。柿本さん、指が太いのに、どうしてこんな小さな装置をつくれるんですか」

「いや、不二夫君、指の太い細いは、作品の出来に関係ないんだ。いいか、これをつんつんと押してやるだけで、撮影をしデータを保存する。すぐれものだ」

「で、どこに着ける？」

「いや、俺も考えたさ。でな、結城のこの黒々としたまつ毛の森が目に浮かんだんだ」

「たしかに、珍しく、黒くてふさふさしたまつ毛だ」

「だろ」

二人は紘一郎の眼窩に視点を当て、好奇の目で瞼の皮膚、毛の生え具合を見た。

「なんだ、お前たち、気持悪い。また、俺を見世物扱いしてるな」

「いや、そういうわけじゃない。俺たちの最終兵器彼をしっかり点検してるんだ」

「うるさい。カメラをどうするのか、早く言え」

「端的に言うとだな、このまつ毛の森の根元に貼り付ける最強の接着剤を今、研究中だ。ぜったいはずれないはずだ。うまく装着ができたら、結城は瞬きをするだけでいい。瞬きをするだけでいくらでも撮影し画像を記録する。これが俺の最新最高の傑作だ」

「いくらでもはオーバーだろ。瞬きはとんでもない回数ではないか。記憶容量が心配だな」

「さすが、深見はいいところを突いてくる。人間、一日起きていると二万回瞬きするらしい。一日二万枚も写真を保存してたら、たしかに容量オーバーする。そこで二十回の瞬きで一回の保存をする設定にした。これなら一日千枚の写真だ。五十日撮り続けて五万枚。これなら保存可能だ」

「ということは、絶対に撮影しなければならない状況に結城が遭遇したら、猛スピードで瞬きをしなければならないということだな。なかなか、ご苦労さんなことだ」

銕夫がそう言うと、紘一郎はにやりと笑い、目まぐるしい速さで瞬きをして見せた。

「なんだ、やる気満々だな」

「ああ、これは舌先の超絶技巧と違って、誰でもできる」

紘一郎のことばに、銕夫と春馬は快活な笑い声をあげた。

19

二〇九〇年五月一七日、歓びの殿堂七階七十三施術室には、手術台に横になった結城紘一郎を取り囲んで、彬と萌香、譲と衣知花の二夫婦、入所当初からずっと紘一郎を担当してきた大川原みな実看護師、そして契約担当の楢本千晶が集まっていた。二夫婦はみな実と千晶が用意した簡易椅子に座っていた。どの施術室も、脳穿孔によって受信装置を取り付けるための機器が装備され、被験者は部屋にいるままで人生の成就の新たな段階に至る手術を受けることができた。


施術室は、巨大な帆船の形をした歓びの殿堂の中層にあった。大きな窓から、この街の地平線を望むことができた。象牙色の硬質素材で覆われた部屋の壁をくり抜いた窓は、外の世界を覗くただ一つの通路だった。紘一郎はこの一か月間、大半を検査か読書で過ごしていたが、とめどなく膨らんでいく不安に押し潰されそうになったとき、窓辺に立ち、深くゆっくり呼吸をした。看護師の大川原みな実は、五十代手前と思われた。どんなに些細なことでも心配があったらなんでも相談してください、と言っていつも紘一郎の手を握り、底抜けに明るい笑顔を向けてきた。

「結城さん、どんな人でも、いいえ、どんな人生を送ってきた人でも、この歓びの殿堂にきたからには、いよいよ人生最高のクールを迎えるんです。なんてすばらしいことでしょう。安心して私たちにすべて任せてください」

この部屋に入って最初の日、みな実の振る舞いに接した紘一郎は、すぐに最高のナースの一人に違いない、と思った。被験者に不安を感じさせないよう鍛え上げられた笑顔とことば遣い、静かに匂い立つような母性が、紘一郎を何重にもくるんでいった。だが、紘一郎は、百人中九十人の被験者がこのみな実看護師にすべてを任せ、疑問の一つももたずに人生を成就しようとするかもしれないが、俺は違う、俺は疑問だらけ、不安だらけで、この先起こることをびくびくしながら待つたった一人の人間になる、と胸の内で呟いた。

ここまでの検査の結果、紘一郎は、脳に施術の支障となる器官的、機能的異常がないことが判明した。体についても、消化器官に初期の腫瘍があることや、動脈硬化が認められることが指摘されたが、人生の成就を遂げる体力は十分で、問題はないとされた。予定通り、今日これから、頭蓋骨に小さな穴を開け、外部信号を受信するための装置を脳内に取りつける。検査期間を終え、次の段階に移行するときを迎えたのである。本人自身の感覚器官による知覚を徐々に減らし、「バラのほほえみ」社が開発した電気刺激を送り込むことで、人工的な感覚経験を増やしていく。そのスタートの日である。

「バラのほほえみ」社の楢本千晶と人生の成就の契約をすることにした、と昨年の九月末紘一郎が言い出したとき、息子たちはひどく驚き、父親の急な心変わりを訝しんだ。だが、「バラのほほえみ」社との間で契約が着々と進むうちに、ようやく自分たちの思いが父親に通じた、ありがたいことだと言うようになった。萌香と衣知花は、よそよそしかった義父との交際をがらりと変え、とくに用もないのに紘一郎のところを手土産持参で訪ね、何くれとなくやさしいことばをかけた。紘一郎も、二人と他愛のない会話を交わすことで穏やかな表情になった。彬は、父親が潔く人生の成就を受ける気持になってくれたので、結城家みんなが穏やかになり、家族に幸せが訪れたのだ、とことあるごとに言った。

紘一郎は、手の込んだ第二の現実を実現する必要はない、簡単なものにしてくれと、強く言った。そして、楢本千晶との打ち合わせによってさっさと内容を決めてしまった。その内容は黒岳に登った後、大雪の縦走路に入り、白雲岳、忠別岳、ヒサゴ沼を経てトムラウシ山に至る登山をするというもので、登山経験の多い紘一郎にすればそれほど難易度の高いものではなかった。トムラウシ山で朝日が昇るのを見ながら、静かに眠りに就ければそれでいいのだ、と言った。

この行程は大雪の奥に鎮座する遥かなるトムラウシをめざして歩き続けるものだが、ゆっくり歩けば誰でも踏破できるコースで、登山路のない山を歩いたり、沢登りをするのを好んだ紘一郎が、人生の最後にどうしても実現したい内容とは言い難かった。それに、固有名詞で表される人物がまったく現れない、至って簡単な第二の現実で、とても安上がりの人生の成就であった。既成の大雪山の映像を利用すればすぐできてしまうものなので、彬と譲は拍子抜けしてしまった。

「父さん、俺たちに迷惑かけたくなくて、こんな内容にしたのか」

彬はそう言って、残念でたまらないという顔をした。二人の息子は三千万ジェンくらいはそれぞれが出すつもりであった。父親に、世間に自慢できる立派な人生の成就をしてもらいたいのであった。

「いや、どうせならな、歩き慣れた大雪の山道をゆっくり踏みしめて、トムラウシからご来光を見たいのさ。特別な景色も体験もいらんのだ」

「なんだか、嘘くさいな。体力の限界を感じて諦めた北アルプスの山だとかがいくつもあると言ってたじゃないか。そういう、これまでの人生で実現できなかったことを体験したらいいんだよ。それに、俺は、亡くなった母さんや姉さんと再会してほしいんだよな。それでこそ、この国が達成した最高水準の医療技術を体験できるというものじゃないか。父さんにその恩恵を受けてほしいんだ」

力説する彬の横で、譲はひどく戸惑った表情を浮かべていた。

「いや、いいんだ。お前たちの気持はありがたいが、こんな親父のためにべらぼうな金を使うのはもったいないからやめておけ」

あくまでも穏やかに紘一郎は息子たちの申し出を断った。

「なんか父さん、変だよ。前なら毒舌吐いて、国の恩恵なんてくそくらえだ、って言ってたじゃないか。気弱になってきたように見えてしようがない」

譲が目の前の父親をどう受け入れていいかわからない、という顔で言った。

「なに、俺はこの通りぴんぴんしてるぞ。気弱なわけがないだろ」

「譲、お前、変なこと言うなよ。父さんが気弱になって、契約を結んだ、とでも言いたいのか。この期に及んで、なにを言い出すんだ」

「兄さん、勝手に話をつくらないでくれ。俺はなにも言ってない。ただ、父さんが気弱になったように見えるから、そう言っただけだ」

譲がふてくされて彬にことばを返すと、それっきり会話は途絶えた。そして、紘一郎が希望した通りの人生の成就に向けて事は動き出したのである。

紘一郎が例外的に希望したことが一つだけあった。それは、まさにこれから脳穿孔をする直前に家族との面会をしたい、というものであった。そしてその面会の際には、医療従事者には別室に控えてもらい、家族だけの時間をもたせてもらいたい、という条件も付けた。楢本千晶によれば、施術が新しいクールに移行する画期としての脳穿孔の前に、家族と面会することは特別異例ではなかった。また、医療従事者が席を外すことも短時間であれば認められることが多いとのことであった。脳内に受信器が埋め込まれ、第二の現実へと入っていく前に、家族とことばを交わしておきたいと考える被験者の希望は、たいてい受け入れられるらしく、紘一郎は安堵した。

楢本千晶は、結城紘一郎は契約額は小さい顧客であるが、自分にとっては人生の成就の意義を理解してもらうために誠意を込めて対応した相手であり、できる限り希望に沿った施術にしてやりたいと医務部に念を押した。こうして、紘一郎は今、手術台に横たわった状態で家族との面会を迎えることとなったのである。


「では、これからは家族のみなさん、水入らずでお話しください。私と楢本は隣室で待機しております。結城さん、どうぞ、心ゆくまで息子さん、お嫁さんとお話しくださいね」

いつものように紘一郎の気持をやさしくからめとる声でみな実が話した。

「今後も、ご希望により面会はできるのですが、結城様からのたっての希望で、今日このような場を設けさせていただきました。きっと、お父様からぜひ語り伝えたいことがあるのだと思います。みなさまどうぞ、大切ないとおしい時間をお過ごしください」

千晶があいさつし、みな実とともにスライドドアを開けて隣室に去っていった。

水色の手術衣を着て横たわっていた紘一郎は、ゆっくりと上体を起こした。ブラインドで閉ざされた窓を指さし、譲に開けてくれ、と言った。譲がセンサーにタッチするとブラインドが音もなく開き、まだら雲に覆われた空が見えた。紘一郎は無言で窓の方に体を向け、そのまま動かなかった。風に吹かれた雲の間から不意に太陽が現れた。紘一郎は目を細めて空を眺め続けた。いつまでも無言でいる紘一郎にしびれを切らせ、衣知花が声をかけた。

「お義父さん」

「ああ」

「お義父さんは、これが最後のつもりで私たちを集めたんでしょう?」

「まあな」

「でしたら、どうぞ、遠慮なく話してください」

「そうですよ。私たち、お義父さんが心に秘めていた思いをしっかり聞こうと思ってここに来ました。どうぞ、存分にお話ししてください」

萌香もそう言って、バッグからハンカチを取り出し右手で握りしめた。どうやら、萌香は、紘一郎を見送る家族の感動的な場面を待ちかまえているらしい。

「そう、せかすな。俺もみんなの前で話すとなると心の準備が必要だ。こんなふうにジロジロ見つめられては、話すつもりだったことが煙のように消えていく。いいか、ちょっとの間、俺に背中を向けてくれ。気持を落ち着かせ、ほんとうに大切なことだけが深く沈殿するのを待つ時間だ」

彬と譲はたがいに目を合わせ、小さくうなずくと、座ったまま紘一郎に背を向けた。夫たちの様子を見ていた萌香と衣知花も、その場でそろって施術室の壁を向いた。紘一郎は右下奥歯を舌先でなぞった。たてたて、よこよこ、丸描いてチョンチョン。歯の蓋が開き、模造受信装置を載せた底がせり上がってくる。繰り返し練習した通りだ。舌先で三ミリ四方のチップをさらい、すぼめた唇から突き出した。右手の指でチップを受け取り、表面に着いた唾液を手術衣の裾で拭き取った。手術台の横に置かれたコンテナの上に、用具一式が並べられている。紘一郎は家族が入室してくる前に、コンテナの上を繰り返し見て、蓋をとられた小箱に受信装置が収められているのを確認していた。

小箱から受信装置を取り出そうとして紘一郎は目を疑った。たしかに自分たちがつくった模造の受信装置と全く同じ外観のものが入ってはいたが、さらにもう一つ、四辺が半分ほどの大きさのチップが隣りにあった。なんだこれは？　心臓をぎゅっと握りしめられたような衝撃を覚えたが、躊躇しているわけにはいかない。紘一郎は、小箱の横に模造品を置き、大きい方のチップを取り出し口の中に入れた。舌先で受け取り、右下奥の臼歯にもっていった。せり出したままの底にチップを載せ、蓋を閉める。底が下りていく感触が歯の中にあった。

舌先のタッチで蓋を開け、チップを取り出す、そして、もとに戻す、この動作を毎日どれほどの回数やったことだろう。自動運動のように行うことができるようになったとき、深見鋏夫は、紘一郎ほどこの任務を的確にこなせる人材はまずいないと、妙にほめたたえた。紘一郎も悪い気はせず、成功は間違いない、と自分に言い聞かせてきた。だが、いきなり遭遇した小さいもう一つのチップの存在は、たまり水に落ちた墨のように紘一郎の胸に黒い翳を広げていった。

紘一郎は、模造チップを小箱の空所に入れた。先ほど取り出したものと色も形も見分けがつかない。柿本春馬が設計図から精巧に再現した技術には感嘆のほかなかった。だが小さい方のチップはいったい何のためにあるのか、あれは自分たちの作戦にどのような影響を及ぼすのか、紘一郎は全身から湧き起こってくる不安で、息苦しくなった。

紘一郎は気力を奮い立たせ、自分に言い聞かせた。おのれを底知れぬ不安の中に追い込むのはやめよう、予定外のことに気をとられるな、次にやるべきことにただ集中しろ、と。

「待たせたな。こっちを向いてくれ」

腹に力を込めて声を発した。二組の息子夫婦が紘一郎に向き直り、姿勢を正した。

「今日は、忙しい中、悪かったな。好き勝手に生きてきた俺のために、よく来てくれた。感謝する。今日から俺は、第二の現実とやらを体験するために、脳に刺激を受けるらしい。もう今までの俺ではなくなるのだから、その前に少し話をさせてくれ。彬と譲、お前たちは便利屋をしている俺からすれば、自慢の息子たちだ。よく努力して、今の地位と暮らしを築いた。立派なものだ。妻と子どもを大切にして、幸せに生きなさい。萌香さん、あんた正直な話を俺にしてくれて感謝してるよ。彬をこれからも助けてやってくれ、頼む。衣知花さん、あんたのおかげで、譲はいい仕事ができているようだ。ありがたいと思ってる。今日は孫たちを呼ばなかったが、素直ないい子たちだ。成長を楽しみにしていたが、俺はもう退場のときが来た。俺は死後の世界を信じないので、二度と会うことはないと思うが、孫たちのことをいつも気にかけていたじじいがいたと、後で話してやってくれ。じゃあ、これで俺の話は終わりだ。みんな、気をつけて帰りなさい」

ゆっくりかみしめるように話すと紘一郎は、誰にも視線を合わせることなく、窓の外を見た。先ほど現れた太陽がまた雲に覆われていた。紘一郎は雲の奥の弱々しい光をずっと見るばかりで、口を固く閉ざしてしまった。息子と妻たちは、まだ紘一郎がなにか言うのではないかと、身じろぎせずに待っていた。

「なんだい、父さん。そんなわざとらしい言い方、父さんらしくないよ」

譲が沈黙を破った。

「おいおい、最後くらい、真面目にしゃべろうとしたのに、なんだってケチをつけるんだ。困った息子だ」

「やめてよ、父さん。これで最後というときに、あんな心にもないことを言うなんて、どうかしてる」

「なにを言う、譲。父さんが言ってることをどうして素直に受け取らないんだ。俺たちのことを思って、考え抜いた末のことばだろうが」

彬が怒りをあらわにして譲に言った。譲は唇を真一文字に引き、膝にのせた両手を固く握った。

「やめてくれ。父さんは、もう死に向かっていくだけなんだ。それがまぎれもない事実だ。なのに、なんで、こんなときに、みんなして、嘘だらけの芝居をしなきゃならないんだ。俺は、もう、この場にいることに耐えられない」

「ばかもの。さっきの父さんのことばは、ぜんぶひっくるめての真実なんだ。お前にはそれがわからないのか。このガキが」

「違う、違う、違う。真実なわけがない。ただ、俺たちがあんなふうに言わせただけのことだ」

「おい、聞き捨てならぬことを言うな。俺たちがあんなふうに言わせた、だと。それこそ、お前は父さんがずっと一人で考えてきたことを踏みにじってるんだ。父さんは自分で判断し、今、こここにこうしているんだ。それともなんだ、お前は、俺たちが、父さんを強制したとでも言うのか」

「いいかな、ここにいるのは俺たちの父さんじゃない。俺たちの父さんなら、もっと元気で、俺たちのことをさんざん怒って、罵って、もっとまともに生きろと言うはずなんだ。こんな穏やかで優しいのは父さんじゃない。俺たちが、こんなふうにしてしまったんだよ。これでいいのか」

譲は話しながら立ち上がり、手術台の端を回って彬の方に迫った。彬も顔をこわばらせて立ち上がり、譲を睨みつけた。

「なにを言ってるんだ、お前は。父さんの気持をもっと深く思いやれよ。こんなときに独りよがりの感情におぼれやがって」

「もう、二人ともいい加減にして。どうして、こんなときに罵りあわなければならないの。お義父さんに申し訳ないと思わないの」

萌香が二人を分けるように入って、彬を押しやろうとした。

「そうよ、譲、あなたどうかしてるわ。お兄さんに謝って」

衣知花が苛立ちをあらわにして譲に詰め寄った。

「いいや、俺は謝らない。俺は、こんなふざけた儀式で親父を見送ることなんかできない。親父は安上がりの人生の成就でさっさとこの世を立ち去ることになったんだ。俺たちは、それを見て、素晴らしい第二の人生だ、おめでとう、なんて言えるのか」

「安上がりなのが悪いのか。親父が自分で決めたことで、俺たちの意思じゃない」

「いいや、そもそも、人生の成就を受けること自体が親父の意思なんかじゃない。世間の意思であり、俺たちの意思なんだよ。そのくらい兄さんわかってるくせに」

「くだらないことを言うな。お前はいつから反国家主義者になったのだ」

「なにを言ってるのか、わけがわからない。俺は、ただ、一人の息子として父さんをこんなふうに見送るのが耐えられない、こういうふうにしている自分に耐えられないだけなんだ」

「お前ひとりの子どもっぽい感情を捨てろ。黙って静かに父さんを見送ることがなぜできない」

「駄目だ。ここに来るまでは、俺も黙って見送るつもりでいたんだ。けど、ここにこうやっているうちに、こんなうそくさい芝居をすることが嫌になったんだ。だって、父さんが間もなく人生の終末を迎えるのをわかっていて、ただ、はいそうですか、って言えないだろ。俺は、父さんに人生の成就を受けさせることに反対だ。さあ、父さん、こんなことやめて、俺といっしょに帰ろう」

譲は彬を力ずくで退け、紘一郎の手を取ろうとした。

「なにをする」

怒声で応じた彬が譲を引きずり倒そうとし、もみ合いになった。

「やめて。あなたたち、お義父さんの前でなにをしているの。なにもかにも滅茶苦茶よ。こんな状態で、お義父さんに安心して人生を成就してください、って言えるの」

萌香が泣き声になって言った。

「私、いやよ。こんな状態なら、今日の手術はやめにしてもらった方がいい、ねえ、彬」

「ばか言え、ここまで手はずしてくれた人たちになんて言うんだ。俺たち家族の恥さらしになる」

「いいえ、私、こんないがみ合っている子どもたちを見ているお義父さんが気の毒なのよ。心残りばっかりの人生の結末にさせていいの」

「そうだ、お義姉さんの言う通り、今日の手術は取りやめにすべきだ。いったんみんな冷静になって、もう一度話し合いをすべきだ」

「駄目よ、お義父さんの意思ははっきりしているのに、私たちがなんで今さら、話をぶちこわすのよ。譲、わけのわからないことを言い出さないで」

衣知花が譲の手をつかんで、激しい口調で迫った。衣知花の勢いに気おされた譲が何と答えるか、彬と萌香は口を閉ざして待った。荒々しい息遣いが交錯する沈黙が続いた。沈黙を破ったのは、紘一郎だった。

「たかが俺のようなくそじじいのために、喧嘩をするな。俺は予定通りこれから手術を受ける。安上がりの人生の成就大歓迎だ。トムラウシでお前たちの幸せをしっかり祈ってやる。みんな、これまでありがとう。さあこれ以上騒ぐと、ほんとうに迷惑になる。さっさと帰るんだ」

最後の一喝で、二組の夫婦はもとの位置に戻って座った。紘一郎の右手を譲、衣知花が、左手を彬、萌香が順に握った。譲は、紘一郎の握り返す力が予想外に強いことに驚いたのか、「はっ」という声を洩らした。

隣室からドアをノックする音が聞こえた。ドアが静かに開き、みな実と千晶が入ってきた。

「みなさま、心ゆくまでお話しできましたでしょうか。結城さんも、満足した顔をしていらっしゃいますね」

みな実に話しかけられた紘一郎は、顎をまっすぐに振った。

「ああ、よかった。家族のみなさんといいひとときが過ごせたんですね。じゃあ、安心して手術を受けられますね」

この世界には不安や憂鬱の種など一つもないのだと思わせるみな実の声が施術室を満たした。千晶はみな実に合わせてうなずき、口を開いた。

「ご家族のみなさま、今日はご足労いただき、まことにありがとうございました。当社では、結城様の人生の成就に向けて全力でとりくんでまいります。どうぞ、ご安心してよき日々の到来をお待ちください」

千晶のあいさつを潮に、二組の夫婦は施術室を無言で出ていった。

20

「いやあ、結城さん、順調にいってますよ。さっきは、初夏の高原の朝、散歩をしている景色を見ていたんですね。とても爽やかな風で、肌に心地よかったと。それで、ちょっと走り出したい気分になって、小川に沿った道をしばらく走ると、少し汗をかいた。そこに風が吹いてきてます爽快だった、こういうことですね」

医師の久保田が、紘一郎が先ほど電気信号を脳に受けていたときに感じたことを聞き取っていく。まだ四十歳前の久保田は、快活でよくしゃべる。たいてい大川原みな実といっしょに回診に来るのだが、話好きのみな実に負けないくらい口がよく回る。

「先生、人間の感覚というのは、まったく相対的なものなんですね。ちょっとほてった体に吹いてくる涼しい風はなんとも言えず気持いいが、体が冷えているときに涼風を浴びても寒さをかき立てるだけ。喉が渇いているときの冷えた水ほどうまいものはないが、水分をたっぷりとった後では飲むだけでも苦痛になる。快感というのは体の状況に依存しているものなんだ。これが快感だという刺激が独立して存在するか、と思っていたが、どうやらそうでもないらしい」

「え、結城さん、すごいなあ。僕より人間の感覚というものがわかってる。僕なんか、ずっと、どういう刺激を与えたらどういう知覚が生まれるかという対応ばかり勉強してきたから、状況依存的な知覚についてもっと研究しなくちゃ、と思ってるとこです」

「いや、先生の謙遜でしょう。久保田先生は、施術の内容を理論的にきちんと説明してくれるから、とても信頼できる」

「そうでしょうか。他の部屋では、久保田先生は理屈が多すぎて疲れる。もっと、わかりやすくて、気分が明るくなること言って、なんていう方ばっかりですよ」

紘一郎が久保田をもち上げたのを横で聞いていたみな実が、まぜ返す。

「もっとわかりやすいこと？」

「ええ。明日はどんないい体験ができるの。寿司三昧がいいなあ、混浴露天風呂がいいなあ、いや盆栽いじりもいいなあ。久保田先生、気持よくなる刺激どんどんお願いします。こんな感じで言ってくる人ばっかりですよ」

みな実が、頼んでくる人間の顔になって、紘一郎に説明する。

「なるほど、そういうことか。俺は、先生が決めた通りの刺激を毎日受けて実に穏やかな気持でいられるから、べつにどうでもいいよ」

「ありがとうございます。もう外部刺激を与えるようになって一週間ですが、結城さんは、こちらが想定した通りの知覚を得ているようです。知覚は、われわれが与えた刺激のアウトプットなわけですが、知覚の内容は計器では測れません。こうして、どんなものが見えましたか、どんな音が聞こえましたか、と面接して確かめなければならないものなんです。結城さんは、われわれが用意している第二の現実を毎日三時間体験しています。この調子なら、もっと体験時間を増やしていいでしょう」

「そうですか。ところで、そちらが予定している通りの知覚を体験しない人もいるんですか」

「これがねえ、聞き取りをしてみると、微妙に違ったことを感じる被験者もいることがわかり、与える刺激の微調整が必要になってくるんです」

「そうそう。この前なんか、好きなワインの香りになるはずの刺激を送り込んだのに、こんな下卑た匂いはまっぴらだ、この会社の技術は信用できないって怒り出した人がいたんですよ」

みな実は記録用のタブレットを振り回して、ワイン通の怒りをあらわした。

「ほう、そんな人間もいるのか」

「いや、いるんです。医療従事者の立場から言うと、嗅覚、そう、匂いの知覚の再現はとても難しい。匂いの知覚は、動物の知覚の中で最も原初的で、そのシステムも他の知覚と違ってるんです」

「あら、先生、また難しい話に入っていきますよ」

「いや、いいですよ、私は興味があるから聞かせてください」

「あの、視覚、聴覚、味覚、触覚、こういった知覚は神経の末端から脳に電気信号として届けられるのはご存知ですね。神経を連絡路にして伝わってきて、脳の視床というところに来ます。ここが中継点になって、大脳の各領域に伝わっていきます。ですから、視床のすぐそばに、外部からの刺激を受信し神経細胞に電気信号を発信する装置を取りつけるわけです。ところがですねえ、嗅覚はこの回路を通らないんです」

「えっ、どういうことですか」

「嗅覚は視床を通らずに、前頭葉の下にある嗅球というところを通って嗅皮質に行くんです。この回路に人工的な刺激を与える技術開発がなかなか困難で……」

「あっ」

久保田の説明の途中で、紘一郎は突然声をあげた。

「どうかしましたか」

「はい、私、手術の前に、自分の頭に埋め込まれるものがどんなものか気になって、じっと手術台の回りを見てたんです。そしたら、たぶんあれが受信装置かなと思うものを見つけたんだけども、大きさに違いのあるのが二つあって、あれ、これどういうことだろうって、ちょっと気になったんです」

「いや、結城さんの観察力には感心しますね。その通りです。大きい方が視床の近くに埋めるもの、小さい方は嗅球の近くに埋めるものです。ただ、嗅覚は嗅皮質を通らない回路もあったりして、その微細なネットワークは完全に解明はされていません。だから、嗅覚を人工刺激で完璧に再現するというのが、なかなか難しいのです」

「それで、ワインの香りが違うと文句を言う人がいるというわけだ」

「はっはっは。まあ、脳の研究は今も進歩してますから、そのうち超微細な香りの違いも実現できるでしょう」

「俺は、安物のワインで満足してた男だから、関係ない話だがね」

「えっ、そうなんですか。結城さんは、料理にもお酒にも詳しくて、ワインにもうるさい方かと思ってました。はずれね」

　みな実が屈託なく笑った。

「そう、大はずれ。俺は、なに一つ詳しいものがないんだ。息せき切って生きてきただけ。つまらん人生さ」

「そんなことないですよ。結城さんは、話すことがみんな奥深くて、感心することばかりです。こちらの方が、いつも勉強させてもらってます」

　久保田はそう言って回診の面接を終え、大川原看護師とともに施術室を出ていった。紘一郎は、ずっと気になっていたことが氷解し、不安の種が一つ消えた。そうか、あの小さいチップは匂いの刺激を伝達するものだったのか。俺の脳には模造のチップと、嗅覚用の小さいチップの二つが入っているんだ。三時間、外部刺激を与えられているとき、ほとんど何も感じていなかったのだが、かすかな匂いが漂っているような気がしたのは、あれは幻覚ではなかったのだ。今日はしっとり落ち着いた土の匂いやほのかに甘い樹液の匂いだとかが、俺を包むのを感じた。あれは気のせいではなかったのだ。とすると、俺はあの小さなチップで嗅覚を操作されていくのか。いったい、どんなことが起こるのか。いいや、嗅覚だけなら、知覚の遮断は起こるまい、大丈夫だ、紘一郎は自分に言い聞かせた。

　このときまで、千晶がひそかに提供してくれた施術の全スケジュールに合わせて紘一郎は振る舞ってきた。一日目の刺激は気持のよい触覚をたっぷり与えられることになっていた。子猫の背中と腹、天鵞絨、糊のきいたシーツなどの触感を楽しみ、ネルの生地でくるまれた。粘液に浸した手で全身をやさしく撫で回された。豊満な乳房に頬を擦りつけた。刺激の投与後、久保田は紘一郎になにを感じたかを問いかけた。紘一郎は、記憶をたどる表情を交えながら、感じとったはずの触覚をゆっくり語った。久保田は、自分が意図した通りの知覚体験を語る紘一郎に満足そうな顔をした。

紘一郎は施術室に本をもち込んでいた。みな実は、本をもって入所してきた被験者はあまり見たことがない、と言った。立体動画の投影装置で映画や音楽を楽しむ人が大半、自分が被験者でも、本はもってこない、と紘一郎の本にあきれた。紘一郎のベッドサイドには長篇小説と哲学書が並んでいたが、久保田もみな実も関心を示さなかった。紘一郎は、もちこんだ『ドン・キホーテ』後篇第二巻の末尾二十ページを、施術の詳細な全工程を印刷した紙に差し替えていた。千晶が全工程のデータを渡してくれたとき、紘一郎はすべてを暗記して入所するつもりであった。自分が怪しまれるもとはいっさい携帯すべきではないと思ったからである。だが、自分の衰えゆく記憶力では暗記がとうてい不可能であると自覚するに至り、やむなく工程表を本の中に紛れ込ませることにした。そして、本に関心のない「バラのほほえみ」社の医療従事者のおかげで、紘一郎は日々の施術予定を逐一確認してから、外部刺激に合わせた演技をすることができたのである。

施術は、快感をもたらす単純な知覚刺激を毎日一定時間与えることから始まる。徐々に時間を増やし、睡眠時間以外の大半は人工刺激を与えるようにしていく。被験者の脳において人工刺激を好む神経線維が太く強力なものに発達していく。その一方、身体による知覚の連絡路は衰退して行く。四週間ほどこの過程が進行すると、脳は人工刺激による知覚だけを受け入れる特異点を迎える。体中の感覚器からやってくる刺激を伝える回路が脳内で遮断されるときが来るのである。この後、被験者の脳は人工刺激によって支配される状態、すなわち第二の現実へと移行していく。この状態に至った被験者は、施術以前にもっていた知覚にもとづいて行動することはなくなり、医務部の管理下に置かれた従順な存在とみなされている。医療従事者たちがこの段階の被験者をシープと呼んでいることを、紘一郎は千晶から聞いていた。紘一郎がめざしているのは偽装シープになることである。

工程表で予習をしておいた演技をするたびに、久保田とみな実が喜んだ。だが、二人の反応から、他の被験者が工程表で予定している体験とずれたものを感じることもよくあるとわかり、ときどきは怪しげな演技をしてやった。

「どうですか、結城さん。今日は何を感じましたか」

「今日は、味覚の快楽をさんざん味わいましたよ。うに丼、いくら丼、うな重、エビ天丼、ステーキ丼、丼もののオンパレードでしたな。それが食べても食べても、また次の丼が食べられる。いやあ第二の現実はすばらしい。これが第一の現実だったら、腹いっぱいで、せっかくうまいものがあっても、数多くは食べられない」

久保田が怪訝な顔をした。

「うに丼、いくら丼の後、ほんとにうな重でしたか」

「えっ、そう言われると、どうなんだろ。うーん」

「なにかお吸い物のようなものは食べませんでしたか」

「そうそう、なんか、後味のいいお吸い物を飲んだぞ」

「中になにか入ってましたか」

「ああ、ふわっとした食感で、海老の味がした」

「そうでしょう、そうでしょう。結城さん、味わってくれましたか」

久保田は破顔一笑した。

「あれは、海老しんじょのお吸い物なんです。僕、あの食感を実現するためにずいぶん研究したんです」

「ほう、海老しんじょの食事体験は、先生の研究成果ですか、それはすばらしい」

紘一郎のことばに、久保田は晴れがましい表情になった。

「この先生は、味覚と触覚の相互作用の研究が専門なんです。それで、私にも、第二の現実ではどんなものを食べたいと思うか、ってしょっちゅう聞いてくるんです。変な先生ですよ」

「いや、変ではない。おかげで、私は、今日、すばらしい食事体験をさせてもらった」

紘一郎がわざと海老しんじょを飛ばして答えたおかげで、久保田は話のきっかけをつかみ、満足して部屋を出ていった。

紘一郎は、どっと空腹が募るのを感じた。今は、人工刺激を与えられる時間以外は通常の生活をしているので、食事は病院食が三度三度出る。味はまずまずである。紘一郎は、夕食には焼き魚がいい、それもカレイの一夜干しがいいと思った。千晶のくれた工程表には病院食のメニューが記載されていないので、なにが出るか想像する楽しみがあった。

排泄もまだふだんの生活と同じである。施術室にトイレがついており、自分で行って用を足すことができる。シープになると点滴の栄養になるらしい。第二の現実では豪勢な食事をしていても、生身の肉体はもう食事をとらない。排泄も管で済ませることになる。自分でトイレに立つこともない。第一の現実でやっていた身体行動はなくなってしまう。その代わり、広大無限な第二の現実で待ち望んだ快楽を思う存分体験できるのだ、とみな実は説明してくれた。

脳に送られてくる刺激の発生装置はどこにあるのか、紘一郎は気になっていた。久保田の回診面接がすんなり終わった日、紘一郎は思い切って質問してみた。

「先生、聞いてもいいですかな」

「ええ、なんでもどうぞ」

「私の脳に外部刺激が与えられているってことですが、いったいどこからどんなふうにしてやってくるんですか」

「はあ、なるほど。やっぱり興味ありますか」

「それは、もう」

「他の被験者からもよく聞かれる質問です。簡単に説明しましょう。被験者のみなさんに体験していただく感覚内容はすべてプログラム化されて本部のコンピュータに格納されています。施術室はすべてオンラインでつながっていまして、控室の機器によって、脳内の受信装置が受け取り可能な電磁波に変換されます。そして天井に収納された発信装置から電磁波が被験者のみなさんの脳に送られるわけです」

「その電磁波の微調整は可能なんですね」

「そうそう、そうなんです。われわれは、被験者のみなさんと面接をして、予定通りの感覚が生じているか確認し、結果に応じて電磁波の調整をしているんです。何種類かの電磁波を混ぜていますから。どれを強めてどれを弱めるとか、それがわれわれの腕の見せ所ですね」

紘一郎は脳内で電磁波を受けるはずだった受信装置が、奥歯の中でどんな挙動をしているのだろうと想像した。どんな場所にあっても、受け取った電磁波を微細な電気信号に変えて送り出す作用をしているのだろうか。周囲になにか変化は起きるのだろうか。その点に関しては、銕夫は笑ってこう言った。

「この歯の神経は抜いてしまった。だから、受信装置がなにを受け取ろうとなにも起きはしない。ただ寂しく受信し微細な電流を流すだけさ」

銕夫の言う通りなにも起きないのだろう。外部刺激を受けている間、なんとなく右下奥歯の中がむずむずするのは気のせいに違いない、と思った。

三週目に入った。外部刺激を送られる時間が朝食後から夕方までずっと続くようになった。昼食は、鼻からチューブを通され胃に流動食を流し込まれる。外部刺激の電送を始める前に、みな実は言った。

「結城さんは、もうほとんど完璧に第二の現実を感じられるようになってきたから、素敵なランチを食べてるはずよ。流動食を入れる管を入れてもまったく感じない。おいしいものを実際に食べてる体験をするので、ご心配なく」

「え、そんなことをするのか。どうしてふつうに食事をとらせてくれないんだ」

「だって、おいしいランチを食べる経験をしてる最中の人が、自分の口で病院食を食べてたら変でしょう。無感覚に近い状態で栄養を摂らないといけないの。わかります？」

みな実はとてもおかしなことを、子どもに言い含めるように話した。

「わからないけれども、そうするしかないんなら、任せるよ」

今日は五月の薫風を浴びながら、公園で開かれているフェスティバルを楽しむのがスケジュールだ。正面に白亜の宮殿があり、まっすぐな水路が手前に延びている。水路が鏡のように宮殿を映している。左右の通路に露店が並び、大道芸が行われている。紘一郎は、仄かな匂いが漂うだけの知覚のキャンバスに、フェスティバルを思い描いた。骨董品屋を覗き、プラネタリウムに入る。射的を試しにやってみると、ゴリラの鼻に命中し、ゴリラが愉快なドラミングを披露してくれる。一人は寂しいなと思うと、隣りに気立てのいい女が現れ、エスコートしてくれる。音楽に誘われ歩いていくと、ラテンバンドが軽快で心が浮き立つ演奏をしている。女と隣り合って音楽を聴く。音楽に身も心も弾み自然と踊り出したくなる。女とともにイタリアン・レストランに入り、ランチを食べる。

工程表に書かれていることを頭で何度もなぞり、紘一郎は身振りし表情をつくった。エスコートしてくれる女が、快活に弾んでいる女であればいいと思う気持が湧いてきた。施術室の白っぽい空間に、祭りを思わせる匂いが広がってくる。舞い上がる土埃、ポップコーン・トウモロコシ・焼き鳥・つぶ貝・ソフトクリーム、噴水、かすかな汗、紘一郎はさまざまな匂いを指で数え、フェスティバルの中を闊歩した。うっすらとラベンダーのような香りが漂ってきたとき、エスコートの女が来たのだと思った。女が自分に腕をからませ、微笑みかけるのを想像した。久保田とみな実が自分の顔を見たら、女との出会いを楽しんでいる場面だと思うに違いない。

レストランに入ったと思われる。ピザの匂いがする。いいぞ、いいぞ。紘一郎は女とテーブルにつき、生うにパスタにトマトたっぷりのマルゲリータを味わう。磯の香りとほのかに甘いウニの匂いを存分に吸い込む。とろけるチーズの匂いが鼻腔に立ちこめ、胸に広がっていく。紘一郎は、香りの中に自分が溶け込み、気体になって空間の中に霧消していけばよい、それが幸福なのではないか、という気持になった。

と、鼻の穴に細い透明な管が、みな実の手によって差し込まれ、奥に伸びていくのを感じた。伸縮を繰り返して土中を探索するミミズのように、管は、紘一郎の目の前を行ったり来たりを繰り返し、やがて一気に喉から食道の奥にシュルシュルと伸びていった。高い集中力で管を操作するみな実の顔が、迫ってくる。紘一郎が脳裏に繰り広げていたレストランの光景は消え去り、白っぽい施術室にいる久保田とみな実の姿に、妙な失望感が湧いた。これが、脳内に正しく受信装置が埋められていたら、フェスティバルを本当に体験し、気立てのよい女とうまいランチを食べていたのか、何とも惜しいことだ。「正気」の俺が体験するのはチューブで流し込まれる流動食だ、あじけないにもほどがある。

「あれ、先生。結城さん、変な顔してません？　ランチ、おいしくないのかしら」

「いや、そんなことはないよ、生うにパスタにチーズとろとろマルゲリータだよ。もっと、うまいって顔してもいいんだけどな」

なにを言ってるのだ、俺は鼻チューブでわけのわからない栄養を注入されてるだけだ、なにがチーズとろとろマルゲリータだ、いい加減にしてくれ。紘一郎はそう毒づきながらも、うまいものが口腔を満たし喉を落ちていくつもりで表情をつくった。

「先生、やっぱり変な顔。なんていうか、梅干しとケーキをいっしょに食べたとか、刺身にジャムつけて食べたとか、そんな顔ですよ」

「大川原さん、表現がすごい。でも、たしかに、結城さんの顔はおいしいともまずいとも断定できない複雑な表情だな」

みな実は紘一郎の顔にあらわれた変化をタブレットに記録した。

「ひょっとして結城さんが流動食を注入されてることを知覚している、ということはないですか」

「いや、それはないでしょう。外部刺激が入っているときは、身体からの知覚が大脳に入りこむ可能性はまず、ありません。外部刺激をかなり増幅してますから、身体知覚は入りこめません。そうですよね、結城さん」

久保田は紘一郎の手を取り、振ってみた。紘一郎はされるままに手を預け、放されるとだらりと垂らした。

「ほら、反応しないでしょ」

「たしかに」

「食べ物に関して、被験者がこちらの想定通りの反応をしてくれないことは、けっこうあるんだ。あまり気にすることはないんだよ、大川原さん」

久保田のことばを最後に二人の回診が終わった。昼食後の紘一郎のスケジュールは、郊外の新緑の丘をめぐり歩き、温泉にのんびり浸かって休息をとるという内容だった。一度セットした電磁波の送信は、終了まで休みなく続く。

「じゃあ、結城さん、午後も存分に楽しんでくださいね」

みな実の呼びかけに紘一郎は思わず「ああ」と声が出そうになった。開きかけた口をあくびに見せかけ、その場をやり過ごした。

三週目の終わり、紘一郎が演技で乗り切ることに不安を感じていた最大の難関がやって来た。「異性との接触による快感」と工程表にタイトルが打たれ、二十代、三十代、四十代の女性と出会い、肌を触れ合うことになっていた。行為の内容も詳細に書かれていた。しかし香りだけを頼りに女と触れ合う演技をずっとすることは、至難に思われた。なにもせず施術室のソファに座っているだけにしようかとも思ったが、最小限の動きだけはしなければ怪しまれるだろう。恥ずかしいので、久保田とみな実には施術室には入ってこないように頼んだ。カメラで動画撮影されているので、見られることそのものは拒否できないが、その場で観察されることだけはご免だった。

「結城さん、いよいよですね。今日はお楽しみの日です」

「なにを言ってるんだ」

「そんな怒らなくてもいいじゃないですか。みなさん、外部刺激を受け終わったら、うっとりした顔してますよ」

みな実は送信機をセットし、アンテナを確認すると、部屋を出ていった。

紘一郎はソファに座り、タンポポで一面黄色になった野原を二十代の女性と散策する場面を想像した。菫のような香りが鼻をくすぐる。白っぽい麻のような服をまとっている女だ。紘一郎が女の腰に手を回すと、女は長い髪の頭を紘一郎の肩に預けてきた。髪から日によくさらされた枯草の懐かしい匂いがする。紘一郎は、散歩道は曲がりくねっているが、やがてシロツメクサが一面に覆う台地にいたるはずだと、女に囁きかける。台地の向こうは抜けるような青さの海が限りなく広がっている、と教える。女は顔をしっかり起こし、紘一郎の目を見て、ありがとうと答える。手を取り合って歩み続け、台地に出た。シロツメクサの甘い香りが地面から立ち昇り、紘一郎はその場に大の字になった。女も身を添えるように横たわった。空を流れる雲を見つめ時を忘れた。女が、なぜわたしの体にさわってくれないのか、と言う。紘一郎は女を抱きたいのに、なぜか、こわい。どこかで誰かが見ていて、裸で重なり合っている二人を串刺しにするのではないか、という恐怖がある。女は紘一郎の手を強く引き寄せ、服をとめている紐をほどかせる。紘一郎は、女の襟を広げ、胸に顔をのせようとした。張り切った白い乳房の谷間に唇をおいた途端、紘一郎は、女の胸が割れ、赤黒い断崖絶壁に変容するのを見た。V字に切れ込んだ深い絶壁は果てしなく深い地の底に続いていた、紘一郎の喉から息も絶え絶えの悲鳴が漏れた。体を起こそうとしても、女の胸が紘一郎の頭をがっちりとくわえこみ、放さない。渾身の力でようやく女から離れたとき、女の体はかき消え、地面の裂け目だけが残った。

動悸が止まらない。こめかみを汗が流れる。紘一郎は工程表を忠実にたどった結末がなぜこんなことになるのか、わけがわからなかった。自分を訪れてくる匂いが予想外の作用をするのだろうか、と思った。

今度は、三十代の女性と駅のホームにいる。遠くへ旅立つ女を追ってきた紘一郎が、袖をつかみ、もう一度やり直そうと言っている。この女を失うと一生後悔するような気がしている。トレンチコートを着た女は、あなたには大事な未来がある、私のことは忘れて希望の道に進みなさいと言い、若い紘一郎を振り切って列車に乗ろうとする。紘一郎は、大事な未来は他でもないお前なのだと叫び、女を抱きすくめる。女の首筋から薄墨のような香りが漂ってくる。この香りにひかれて、俺はどれほどの夜をともに過ごしたことか。行ってはだめだ、行かせない、と女の手を引っぱり、俺は駅の構内を抜け、繁華街の路地へ走っていく。きらびやかなイルミネーションのホテルを見つけると、中に突進する。緋色の幕が壁を覆う部屋に入り、俺はむしゃぶりつくように女の唇に自分の唇を重ねる。女は嗚咽しながら、俺の口に舌を入れてくる。あんたと一緒なら、それだけでいい、地獄に落ちても後悔しないと言うと、女は涙を流し俺の胸に顔をうずめた。薄墨の匂いが漂い、俺も泣き出しそうになった。トレンチコートを脱がせ、ブラウス、スカートを女の体からはずしていく。あの白く均整のとれた裸体を一刻も早くこの目におさめたい。俺は女の服をすべて脱がせた。と、そこにいるのは、しなびた乳房を垂らし、骨が浮き出た太ももを震わせている老女だった。幾条もの皺が刻まれた腹の下に、白いものがまじった陰毛が張り付いていた。お前、いったい、どうしたんだ。この姿はお前じゃない。そう女に言うと、女は、なにを言ってるの、駅に行くから待ってろと言ってから、何十年待たせたと思ってるの。どうしたの、早く抱いてよ、早く、と紘一郎に迫ってきた。紘一郎は女を置いて、一目散に逃げ出した。路地から路地へ走り、力尽きて立ち止まる。中華料理店のガラス窓に映る自分の姿が七十代後半のみすぼらしい老人であることに気づき、へたりこんだ。しなびた顔に、髪がわかめのように皮膚に貼りついた男が、苦しい息をして路上に蹲っている。

なんということだ。快感どころの話ではない。老人のみじめな性に出くわすのでは、どうにもならない。これがしっかり外部刺激を受けてる連中なら、気持のいい性を十分に味わえるのだろうか。

気持を落ち着け、四十代の女性とドライブをしている場面を思い浮かべる。オートカーに乗り、畑の中の道を走っている。夏の空のもと、大地のうねりが一望できる。収穫期を迎えた秋播き小麦が黄金色に光っている。春播き小麦の苗が鮮やかな緑をいっせいに空に突き立て、黄金色の畑に緑の帯ができている。じゃがいもを栽培している区画も美しさにため息が出る。葉の上に突き出た茎に群がるように花が咲き、薄紫と白の列が丘の上をめざしている。大きな葉を広げたビートの畑は、深い緑の海のようだ。大地の屈曲に合わせてできた色彩のパッチワークを眺め移動する感覚は、体を自然と宙に弾ませる。開いた窓から風が流れ、紘一郎の頬を撫でる。オートカーに乗ったまま季節が戻り新緑の世界に入っていく。ああ、これはニセアカシアの香りだ。ふっと鼻をくすぐり、すぐに消え去る甘い匂い。この匂いがするときいつも俺は心細く、だれかに頼りたくなる。隣りのシートにすわる女に手を伸ばすと女はにっこり笑い、俺がしなだれかかるのを黙って受け入れる。クリーム色のスカートから突き出た太ももに頭をのせ、その感触を味わう。またも、ふっとニセアカシアの香りが鼻をかすめてすぎる。あなたはだれですか、俺を迎えに来てくれた人ですか。女はなにも答えない。俺は頬と耳が感じる太もものあたたかさに身を任せている。このままずっとこの道が続けばいい、甘いせつなさにずっと浸っていたい、と思った。俺は、いいよね、いいよね、いいよね、と呟いた。女は答えず、ただ俺の頭を静かに撫でた。オートカーは、沿道の景観を楽しめというかのようにゆっくり走る。俺は体を起こし、唇を女の口にもっていった。きっと甘いはずの唾液を吸い取ろうとしたとき、女は俺の体を強く押し返し、外を見ろと指をさす。オートカーは、左にゆるく曲がる道をはずれ、草地を踏みゆらゆらと進んでいた。俺はハンドルを探すがどこにもない、ブレーキもわからない。オートカーは、ひたすらまっすぐ草地を進む。やがて灌木の茂みに行き当たり、バリバリと枝をなぎ倒して進んだ。女は俺に、早く止めてとせかすが、操作するための装置はどこにもない。目の前の灌木が消え、小川が現れた。俺は「おおー」と大声をあげ、両手で頭を覆い、上体を膝にかぶせた。オートカーはまっしぐらに小川の底へ突き進んだ。バンパーが岩に衝突する音が耳をつんざき、煙が漂った。おそるおそる顔をあげる。体に別条はない。女の方を見るが、何も見えない。俺に向かって、はらはらと白い花びらが吹き飛んでくる。袋状の小さな花びらだ。あとからあとから花びらが飛び、俺の前を舞う。花吹雪だ。女の安否を知りたい俺は、花びらを払い、目の前から消し去ろうとする。ひとしきり花びらを振り払い続けた後、俺は隣りを見た。シートにはただ白い花びらがびっしりと散らばっているだけだった。開いた窓から小川のこぽこぽと流れる音がやってきて、空しく耳を打ち続けた。

21

四週目の半ばが過ぎた。午前七時から夜の八時まで外部刺激が連続で与えられる。朝昼晩、三食とも管による流動食である。陰茎に導尿カテーテルが取りつけられた。排便は夜八時以降に起こるよう、一連の外部刺激の最後に脳経由で大腸と直腸に刺激を与えることでコントロールされる。外部刺激が終わった後に、久保田とみな実が回診に来る。

紘一郎は、十三時間もの間、匂いしか刺激の来ない全く無為な時間を耐えなければならなかった。はじめ、工程表に記されている体験内容に応じた表情をつくろうとしていたが、手がかりは匂いしかないので、長時間一定の緊張を持続し、演技するのは無理だとわかった。空想を広げる種もなくなったときは、眠ることにした。都合がいいのは、問診にくる久保田とみな実が、紘一郎が質問に回答することを予定していないことであった。この段階に入った被験者は、脳の大半を人工的な刺激によって支配されており、身体的な知覚はすっかり低下している。とくに外部刺激の投与が終わったばかりの時間帯は、被験者に身体感覚はほとんど生じていない。久保田とみな実が入ってきて、質問をするとき、紘一郎には彼らの姿は見えず声も聞こえないはずなのである。だから、紘一郎は、以前のように工程表を脳裡に浮かべ、外部刺激の間に感じたことを久保田とみな実に話す必要はない。概ね、黙って寝ていればよい。

しかし、知覚の全的な遮断にはまだ至っていない、すなわちシープにはなり切っていないので、被験者がちょっとした身体反応を起こすことはある。強い匂いをかがされれば反応するし、痛覚なども残っている。紘一郎は、久保田が行う検査に対して、ちょっとした身体反応を意図的に示すことにしていた。

「結城さん、お疲れ様でした。今日もとてもいい体験ができたことでしょう」

みな実がいつもと変わらず、快活に声をかける。紘一郎はなにも聞こえていない振りをする。

「結城さん、ご加減はいかがですか」

久保田も尋ねてくるが、黙っている。車いすに腰かけている紘一郎は正面の壁にできたしみに焦点を合わせ、けっして動かさないようにする。久保田とみな実の動きに気を取られて、目を動かしたら、視覚が残っていることがばれてしまう。腕をもち上げられたり、脚を開閉させられたりするが、されるがままにしておく。針の先で手の甲を繰り返し突かれたときは、思わず避けようとした。

「先生、ほぼ、身体知覚がなくなっていますね。痛覚はまだ残っていますね。予定どおりの進行です」

「うん、このクールの最後で、知覚の全的遮断が実現しそうだ。かなりユニークな被験者で、予想外の反応もいろいろあったけど、まあ、進行に問題はなさそうだ」

「ええ、そうですね」

みな実は久保田に頷いてから、紘一郎の顔に向き合い、大きな声で言った。

「結城さん、トイレの用を足しましょう」

紘一郎はなんの反応も示さない。

「そうよね、部屋も見えない、私の声も聞こえないんだから、困るわよね。でも、便が出るのは止められないんだから、どうしようもないのよ」

みな実は車いすのロックをはずし、前進のボタンを押す。車いすは自動でトイレを目指して動き出す。トイレの中に入ると、車いすは自動で紘一郎の下着を下げ、便器の上に体を移動させる。排便終了を感知すると、紘一郎の下着をあげ、車いすに戻す。車いすでありながら、有能なロボットである。

「排便、完了」

みな実はタブレットに記入した。車いすはベッドの横に行き、紘一郎の体をベッドに移した。導尿カテーテルと採尿バッグも、体の移動に合わせ巧みに扱う。

「結城さん、では、明日の朝までゆっくり眠ってくださいね」

みな実が声をかける。紘一郎は、十三時間刺激を受け続けるクールに入ってから、朝、目覚めたときの時間が待ち遠しくてたまらない。外部刺激を与えられない夜を過ごしたら、身体知覚がある程度復活しているはずなので、みな実に反応してもおかしくない。みな実の方を見て、みな実の問いかけに返答することができる。生《なま》の人間の生《なま》の声に答えることが、こんなに嬉しいとは思いもよらなかった。紘一郎は、反応を示さない演技をすることに疲れ、自分の感情が陰鬱な方向に流れ始めていることに危機感をもっていた。

「先生、この時期の被験者はなにか夢を見るんでしょうか」

「どうだろう。もし、夢を見るとしたら、きっと幸福で、気持のいい夢だろう。日中ずっと受けていた外部刺激の余韻が続いているはずだからね。この人たちは、選りすぐりの幸福な体験を、シャワーのように浴びているんだ」

「そうですよね」

「もちろん」

「あのう、この前、結城さんが、外部刺激によって、日中ずっと、女性と触れ合う体験をする日があったんです」

「そう。われながら、すばらしい女性との体験をしてもらったな、って刺激を与える側として思った。自画自賛かな？」

「それが、あの次の日の朝、結城さん、いつもに比べずいぶん暗い顔をしてたんです」

「えっ、どうしたんだろう」

「結城さんが、言ってました。女はこわいって言うけど、ほんとだね、大川原さん、って」

「うそだろう。そんな気持になる場面なんかなかったはずだ」

「ええ。結城さん、どうしてあんなこと言ったのかしら」

「女性との触れ合いについて、なにか言ってた？　嫌な気持になる場面があったんだろうか」

「いいえ、場面についてはなにも言ってません。ただ、人生は手に入れることと失うことの連続だ。俺は手に入れることが歓びだと思ってずっと生きてきたが、本当は、失うことにこそ生の本質があるのかもしれない。だとしたら、失うことをなによりの歓びとする人間になるべきではないのか。こんなことを、暗い顔で私に語るんです。おかしくないですか」

「失うことに生の本質があると」

「変ですよね。これから人生の最高の場面を手に入れようとしている人のことばじゃないです」

「言われてみれば、たしかに」

「ねえ、先生。結城さんは、ひょっとして、人生の成就を望んでないんじゃないですか」

みな実のことばに久保田は首を傾げ、紘一郎の顔をしげしげと見つめた。

二人の会話を聞いていた紘一郎は、自分の犯したミスに気づき、身震いした。みな実が気軽に声をかけてきたのにつられて、思ったままを口にしてしまった。なぜ、女性との触れ合いによって身もとろけるような喜びを味わった、とみな実に伝えなかったのか。疑われても仕方のない応答をしてしまった。まったく、詰めが甘い俺の本領発揮だ。小さな綻びが、計画のすべてを台無しにする。久保田とみな実が、これまでの俺の言動をすべて解析し始めたらどうする？　俺の演技が見破られて、知覚遮断間近どころか、通常の脳神経で生きている男だとわかったらどうする？

紘一郎は、息をひそめて二人のやりとりに耳を傾けた。

「大川原さん、それは考えすぎ。こっちが思っているような反応が現れないからといって、施術がうまくいっていないと心配することはない」

「ええ、そうですよね。余計なことといいました」

「うん。シープにだんだん近づくと、どんな体験をしたか本人から聞き取ることがほぼ不可能になってくるから、たしかに、表情とか身体反応、それに断片的なことばから脳の状況を判断するほかないんだよね。結城さんみたいに、体験した次の日に、失うことが人生だ、と暗い顔で語るなんてレア・ケースだ。この人独自の女性経験が加味された印象が生まれたんだろう。偶然の現象だよ。大川原さんも、それ以上深く考えない方がいいと思うな」

「わかりました。ただ私、前に自分が担当してた被験者がやっぱり、幸福感たっぷりの外部刺激を受けてるのに暗い表情をしてたことがあるんです。それが、ずっと気になってました。でも、ちょっとしてシープになり、すぐパスチャーに送られました。その後どうしたんだろって思ってたんですけど……。パスチャーに行ってからのことは私たちに全然知らされませんから」

そうか、これから俺の行くところはパスチャー、放牧場か。まさか、草を食わされるわけではないだろうが、意思を支配されてしまったシープが最期を待つところのようだ。紘一郎は苦笑いが顔に浮かぶのをこらえたが、みな実の言う暗い表情の被験者が気になって仕方がなかった。その人間はパスチャーに送り込まれてから、脳に異変を生じたのではないか。そんな気がする。紘一郎は、パスチャーに入ると、被験者にいったい何が起こるのか、それこそが最大の問題なのだ。紘一郎は、久保田とみな実の会話の断片からくみ取れるわずかな情報が、自分の中で巨大な不安の塊に増殖していくのをどうすることもできなかった。

シープになると二十四時間休みなく外部刺激が脳に送り込まれる。通常の知覚回路は遮断されているので、目も耳も感覚器官の役割をなさない。被験者は人工的な刺激によってつくりだされる第二の現実を生きる。ただし、栄養の摂取と排泄だけは生命維持に必要なので、鎖骨下静脈に留置したカテーテルから栄養を投与し、導尿カテーテルを装着する。排便はほとんどないが、一週間に一度浣腸により腸内をクリーニングする。工程表のそうした記載内容を紘一郎は一つ一つかみしめるように思い起こし、自分の環境が一変するそのときがもう目の前に来ていると思った。

「それを取り越し苦労って言うのさ。きっと、その人も幸せいっぱいで人生を成就したのは間違いないよ」

「ええ、そうですよね」

その会話を最後に、二人は施術室から出てゆき、室内灯が消えた。

孤独と不安が湧き起こってきて、紘一郎の全身をむしばむ。間もなく予想外の形で自分の命が断ち切られる予感がしてくる。そうなったら、いったい何が残るのか。俺がやってきたこと、つまり偽シープになるために今ここで戦っていることを誰かに伝えたい、話したい。銕夫と春馬に、この歓びの殿堂で体験したことを逐一詳細に語ってやりたい。あいつらなら、この不思議の国での出来事に腹を抱えて笑うことだろう。不二夫君に、母親が受けた人生の成就の裏側を伝えてやりたい。そうだ、千晶にも会いたい。彼女の提供してくれた工程表がどれほど役に立っているか、話したい。いやいや、そんなことじゃない、あのときの、二人でいっしょに飲んだドクダミ茶や、いっしょに食べたカリンズのジャムがどんなにうまかったかを話したい。いやいや、不可能なことを考えるほど、気が狂いそうになる。さらさらと崩れ宇宙に散らばっていく砂だ、俺は砂になっていく。俺がここで崩れ消え去っていくことを、誰も知らない。気づいてくれない。いや。そうだ。譲がいる。あいつは、俺が散らばって無になっていくことをきっと感じたんだ。それであいつは、あの場で、突然あんなことを言い出したんだ。譲よ、お前、なにも声をかけられず悪いことをしてしまったな。もう誰にも声を届かせることのできない紘一郎は、無限の闇に散らばっていく自分をかき集め抱きしめながら眠りに落ちた。


翌朝、みな実がいつものように朗らかな声でやってきた。

「結城さん、おはようございます。おめざめいかがですか」

「ああ、とてもいいよ。あなたの声を聞けたから、なおさら爽快だ」

「うれしいこと、言いますね。結城さん、今日ここで外部刺激を受けて、順調なら、明日から新しいクールに進みます。部屋も変わります。いよいよ人生の成就の本番間近ですよ。よかったですね」

「それじゃあ、あなたとはもう会えなくなるのか」

「はい」

「なんだ、残念だな。そんなら、俺は新しいクールに進まなくていいよ」

「なにを冗談言ってるんですか。これからが、結城さんが待ち望んでいる第二の現実が始まるんですよ」

「そうか、俺が待ち望んでいたものか。だったら仕方ないな」

みな実は紘一郎をベッドから立たせ、車いすに誘導する。背もたれを倒し、力を抜いた姿勢にする。鼻の穴にチューブを差し込み胃に向けて送り込んでいく。見事な手さばきである。栄養補給を開始すると、みな実は言った。

「仕方ないって。結城さんて、おかしいですよね。人生の大事な局面なのに、なんだか、他人事みたい。おかしいわ」

紘一郎は、なにを言っているのだというように、大きく開いた右手をみな実の眼前で振った。

「久保田先生の話だと、今日の体験の後、結城さんは第二の現実の方に完全に移っているそうです。ということは、私と話すのもこれが最後ですね。どうか、幸せいっぱいで過ごしてください」

ほんの束の間の会話だった。涙目になったみな実が、外部刺激の送信装置をセットして部屋を去っていった。今日一日中、山歩きをすることになっている。紘一郎が望んだ長い縦走のための足慣らしをさせようという意図なのだろう。紘一郎は背もたれに体を預け、目を閉じた。かすかな香りに気持を集中させ、山道を想像した。

秋の雨上がりの朝である。湿った落ち葉に日が当たる。土の匂いに枯葉の匂いが入り混じり、立ち昇ってくる。道を塞ぐように笹が倒れかかっている。笹の葉の香りが胸に広がる。山道の両側は広葉樹の大木が生い茂る深い森である。大地に根を張り、天空に葉を広げた樹木の精気が漂ってくる。その精気は紘一郎の鼻腔の粘膜を刷毛で撫でるように刺激する。清冽で少し苦い。奥の方にかすかに甘さとすっぱさもある。胸の奥まで吸い込むと、とても懐かしく穏やかな感情で体が満たされる。

森はなぜこのような香りがするのだろう。紘一郎はとても不思議に感じる。森で死んだ動物も植物も、みなどろどろに腐食し、腐敗物を好む気持の悪い菌類や虫たちに食われるではないか。落ち葉が積み重なった地面を見よ。そこには無慮無数の奇怪な生き物がうごめき、死者を食べているではないか。木々は、腐り果て崩れ落ちたものを養分に成長し、空間を葉で満たし森をつくる。なぜ森は腐臭で満ちていないのか。不思議だ。腐葉土に根を張りめぐらし、太陽に向けて葉を茂らせ、宙に精気を放つ樹木。樹木の香りはそれ自体、この地球の幸福と言うべきものではないのか。

森林限界を過ぎると雪渓と岩礫の上に出る。雪渓の上を吹きすぎる風にも匂いがある。樹木の匂いは薄れてくる。岩と草と水の匂いである。水によって穿たれ、砕かれ、砂になった岩石。わずかな砂地で懸命に命をつなぐ小さな高山植物。森に比べると空中を漂うものはずっと少ない。透明さを感じさせる気流の中に、かすかに生命の痕跡が混じっている。空に向かってむき出しになった山肌は、大地のうねりに感じられる。それ自身が躍動する存在である大地が、その力のありかを形にして示しているのが稜線である。稜線は古代の恐竜の背中のように地上に突き立ち、内部に潜んでいる力を垣間見させている。削られた岩の断面から鉱物の匂いが風にまじる。高い山は、人間が鉱物的なものに出会い、匂いを全身で感じとる場所である。人間が死を恐怖するのは、人間に鉱物性が不足しているからである。原子、分子の単位まで自分が分解され、大地の成分として世界に散乱するとき、人間はもっとも平和で安定した存在に姿を変えることができるのに、誰もそれを歓びと受けとめることができない。山の風が自分の中を吹きすぎる体験を幾たびもすれば、誰でもおのれの鉱物性に出会えるのに。

なおも山道を進む。屏風のように空に突き上げた山塊を登り切れば山頂である。登山路は消え、岩場に記されたペンキの矢印を辿っていかなければならない。どんどん高度があがっていく。急峻な岩場に辛うじて存在する足場を探しながら、横に歩かなければならない。ときには鎖をつかんで壁をよじ登らなければならない。岩場では人間はとても小さな存在になる。視野は身の回りに閉ざされ、小さな足場と手がかりを見つけ安全性を確認することに細心の注意を払わなければならない。わずか数メートルの前進を得るために、すべての兆候を見逃さないように全身の感覚を研ぎ澄まさなければならない。こういうときに感じる匂いは、生き物としての自分の匂いである。体を巻き上げる風に自分の汗と息と肌の匂いが生温かくまざっている。岩場の中で極小の存在であるおのれを守り、生き延びようとするいきものの匂いである。この匂いがやってきたとき、紘一郎は急に胸の鼓動が激しくなるのを感じた。あまりにも矮小な自分が、目も眩む巨人な岩場で蠢いている鳥瞰図があらわれ、気が遠くなるようであった。尺取り虫のように岩壁を登っている自分の視点が突然空に移動し、わななく恐怖に襲われた。下は奈落の底であり、上は果てしなく蒼空にそびえる岩峰であった。岩を踏む足がふわふわし始めた。硬い足場をとらえた感じがしない。越えていかなければならない岩場に対して、自分のもっている力があまりに不足し、宙を漂っているようで、体のあちこちがむずむずした。気持が悪い。宙に浮いて軽々と岩壁を登ることができればいいのだが、そんなことをすればたちまち滑落死するのは目に見えている。鼓動が激しくなる。一歩進むことですら恐怖である。このまま身動きできずに岩壁に貼り付けられたまま死ぬと思うと、胸をかきむしりたくなる。いっそ、無茶に足を運んで奈落に落ちた方が楽だ、という気もしてくる。人生の最後が、こんな進退窮まった状態であるとは、ほんとうに情けない。人間が死を恐怖するのは、人間に鉱物性が不足しているからであると発見して悦に入っていたのはいつのことだったか。いったん生き物としての最後を突きつけられたら、おそれおののき、泣きわめくしかないのがこの俺だ。

「あら、結城さん、ずいぶん汗をかいてるわ。先生、見てください」

「ほんとうだ。今日の山登りの後半は、けっこう強烈な岩登りの場面になってるんだ。もちろん、しっかり登り切って、最高の爽快感を得ているはずだよ。それにしても、ずいぶん汗をかいてるな。結城さん、今日はずいぶん頑張りましたね。あなたは、まだ十分若々しいですよ」

そう声をかけてから、久保田は紘一郎の胸をはだけ聴診器を当てた。顔と上半身を注意深く触診した。紘一郎は朦朧とした意識の中でも、みな実と久保田の声をはっきり聞き取った。岩壁で進退窮まっていた自分が現実に戻って来られたことに安堵した。

「先生。ほんとうに、結城さん大丈夫ですか。激しく体を使う場面を経験していたとしても、こんなに汗をかくなんて」

「いや、体温も平熱。鼓動も今、だんだん落ち着いてきている。心配なしだよ。予定通りパスチャー担当に連絡して。今晩から、いよいよ二十四時間、第二の現実を体験してもらおう」

22

パスチャーに運ばれてきて三日目。紘一郎は絶えずベッドで寝ている。寝心地はいい。シープの体調と、そのとき経験している第二の現実の内容に合わせ、背中の角度が自動的に調節される。アクティブな現実の場合は、背中は九十度近くに保たれ、休息をとっている場面では水平になる。ベッドの横にはモニターがあり、シープに与えられている外部刺激を画像化したものが映し出されている。紘一郎の場合は、家にいるときと同じ坦々とした日常生活が映っている。炊事、洗濯、掃除、便利屋としての庭仕事だとか家の修繕、それらをいつも通りにこなしている生活を続け、最後に好きな山歩きをたっぷりできればそれでいい、と千晶に言い、言ったとおりに人生の成就を契約したのである。できれば天気がよくて快適な日が多い方がいい、食事は庭でとれた野菜をふんだんに使うこと。ししとう、ピーマン、なすは欠かさないこと。夕食に、冷えたビールか白ワインがあるとなおいい。パスチャーに移ってきて、自分の注文通り、ししとう、ピーマン、なすがモニターに映し出されたのを見て、紘一郎は笑った。ししとうを串に刺し、塩焼きしたものが現れたときには、「ああ、これを食べるのを体験させてくれるなら、歯の中に隠した受信装置を一時、脳内に入れてもいいんだがな」と思った。

譲は契約書を見て、

「え、こんなふつうのことを体験するんじゃ、意味ないでしょ。もっと、これまでの人生で夢見てたけども実現できなかったことを、父さんに体験してもらいたいんだよ」

と言った。彬や萌香、衣知花も同じだ。いくら迫られても、いつもと変わりない平凡な日常をすごすのが、俺の偽りない望みだ、と言い返し、紘一郎は契約を変えなかった。おまけに、紘一郎の望む第二の現実には、人間が一人も登場しない。とても安上がりの契約金になったので、それも紘一郎にとって、納得のいくことであった。

朝の六時から夜の十時ごろまで、モニターに紘一郎の望む日常の光景が流れている。夜中のモニターは、薄靄のようなものが流れているだけだ。第二の現実に生きる人間の夢までは、「バラのほほえみ」社はつくっていないらしい。紘一郎は匂いの刺激以外なにも受けることのない長い空白の時間を、モニターを薄目を開けてみる以外に過ごしようがなかった。

巡回してくる看護師はシープの点滴の状態、導尿カテーテルの状態を確認した後、モニター画面とシープの表情を何度か交互に見る。与えている刺激に対応する知覚と感情がシープに生じているかを確認しているのだろう。モニターの横には外部刺激の発信装置があり、小さなランプが絶えず点滅している。紘一郎の両隣りのシープたちは、概ね穏やかな笑みを浮かべていた。紘一郎にとっては、平凡な日常の体験をしているだけなので、特別な表情をつくらずとも看護師に怪しまれることはないのが気楽だった。

ストレッチャーでパスチャーに運ばれるとき、紘一郎はパスチャーがそれまでと異なる階にあり、開放型のスペースであることを認識していた。シープは寝たきりであり、しかも常時外部刺激によってコントロールされているので、看護の必要性はきわめて少ない。だから個室ではなく、開放型のスペースに収容されているのではないか、という紘一郎の予測は当たっていた。どこまでも続く長大な部屋に、シープが横たわるベッドが二列、延々と並んでいた。中央に通路があり、ベッドは通路に対して直角に置かれていた。

パスチャーは間接照明の仄明かりで統一され、紘一郎の目にはすべてがぼんやりしていた。紘一郎はどんな場面も見逃すまい、どんな物音も聞き逃すまいと、気持を集中させた。どのシープも目を閉じ、静かに眠っているようだった。紘一郎もそうだが、シルクのような肌触りのガウンだけを身にまとい、下着はつけていなかった。栄養は点滴、排尿は管で処理されていた。看護師は三、四時間に一度回ってくるだけで、シープに声をかけることはない。男性と女性で収容場所が異なっているのかもしれないと思った。紘一郎の周辺にいるシープたちはみな男性だった。

右隣りのシープのモニターは紘一郎に背面を向けていたので、どんな第二の現実を体験しているのか推察のしようがなかった。それで紘一郎は、モニター画面の見える左隣りの男の様子を見守ることにした。男は、起業して成功した第二の現実を体験しているようだった。経営者として社員に檄を飛ばしている場面、実業家たちと豪華な晩餐をしている場面、会社の株が上場によって急上昇する場面などがモニターに映るのを紘一郎は見た。男の顔にはときどき誇らしげな表情が浮かんだ。なるほど経験する第二の現実がシープの表情をさまざまに変えているのはたしかだ、そう思った紘一郎が隣りの男の顔を注視すると、口元がわずかに綻んだり、目尻が下がったり、表情が変化しているのがわかった。

パスチャーには数十人のシープが横たわり、それぞれの第二の現実を体験している。ほとんど人の声も物音も聞こえない空間で、シープが「第二の現実」という名の高額な「夢」を貪り、死へと送り込まれる時を待っている。紘一郎は各人各様の「夢」がモニターに映し出されているのを遠望し、たった一人目覚めている自分は何者だろうか、と思った。ここにいるシープすべてを叩き起こし、目覚めていることこそが幸せだと煽動したところで、誰も従うまい。やっと手に入れた幸福な時間を、お前はなぜ勝手に断ち切ったのだ、と口々に責め立ててくるだろう。そう思うと、じっと横になっているだけで、シープたちの静かな眠りが、紘一郎にひたひたと重圧をかけてくる。

ときどき、シープがほかの場所に連れて行かれることがある。紘一郎は、はじめ、いよいよ人生の最終末を迎えるのかと思った。だが、ほとんどのシープが二、三時間で戻ってきた。紘一郎は、迎えに来たスタッフが交わしあうことばから、かれらの行く先がわかった。人生の成就のいい場面を家族・縁者と共有するために、特別室に行ったのだ。至福の体験をしているシープを家族たちがとり囲み、歓びを共有しているのだ。シープが浮かべる歓びの表情が集まった人々の話題の中心になり、みな感動の涙に咽ぶのだろう。一方、紘一郎は、息子たちに、けっして家族の面会は設定するなと言っていた。もし来ると言うなら、人生の成就の契約もしないと言い張り、面会しないことを押し通した。したがって、今、紘一郎は誰にも呼ばれず、薄明かりのパスチャーでただただ寝ている。

今日の午前中、四、五人の集団が小型のコンテナを押してやってきた。紘一郎は集団の動きを目で追った。右側のずっと奥で、シープが点滴や排尿の管をはずされガウンも脱がされた。裸の体が、白くふんわりした着物で覆われた後、バスタブのようなものに移された。作業は全く無言で行われ、シープは行ったきり戻って来なかった。人生の成就の最期の場面を迎えるために、シープは特別な部屋に連れていかれたのであろう。紘一郎は急いで瞬きを繰り返した。撮れたとしてもひどく遠景で、なんの参考にもならない写真だろう、と思った。

誰にいつ迎えが来るのか、ベッドの位置による規則性はないようだ。各自が希望する第二の現実が終了に近づくと迎えが来るのは間違いがない。しかし、紘一郎がパスチャーにいるのが正確にあと何日なのか、工程表にどのように記載されていたのか、記憶があやふやだ。紘一郎は、自分に残されている時間がもうわずかなような気がしてきた。不確定なわずかな時間で、自分は何ができるだろう。人生の成就というシステムの最奥部に来た者にしか果たせないことを、自分はやり遂げることができるのか。ベッドの上でただじっと様子を窺っていることにもう耐えられないと思った。

パスチャーにいるシープたちは、どれもこれも穏やかで静かだった。かれらの沈黙が刻一刻と巨大な重しになって、紘一郎を圧迫する。紘一郎はどんなかすかな兆候でも見逃すまい、聞き逃すまいと幾度も自分を鼓舞した。だが、なんと情けないことに、張りつめているはずの神経はすぐに弛緩し、紘一郎は眠りに落ちてしまう。三日三晩、紘一郎は、朦朧としてしまった意識がたまに覚醒する、そのことをただ繰り返していた。今もまた、左に続くモニター一つ一つに焦点を合わせ、内容を把握するつもりでいながら、たちまち視界が溶解していくところだった。駄目だ、目を覚ませと自分を叱咤したとき、遠くでかすかに「ぐあっ、ぐあっ」とひきつるような声がするのが聞こえた。

間違いない、人の声だ。呼吸困難な人間が空気を求め、もがいているのか。沈黙の支配する細長い空間を震わせ、ようやく紘一郎のところまで届いた声だった。切迫した事態が起きているに違いない。人工刺激がつくり出す幸福感とはまったく縁のない奇怪な響きだった。紘一郎は耳を澄ました。

「ぐあーっ、ぐあーっ」

遠くのかすかな声は、苦し気に尾を引いた。おい、誰か、看護師はいないのか。死にそうな苦しい息をしてるシープがいるんだ、早く診てやってくれ。紘一郎はそう思った。だが、駆けつける者の足音一つ聞こえない。

「ぐあーっ。はっ、はっ」

かすかな声が、紘一郎には耳朶を乱打する激しい音に感じられる。生命の危機に瀕した者の叫びであり、もがきではないか。なぜ、あいつを介抱してやらないのだ。緊急を知らせる装置はないのか。紘一郎は立ち上がり、苦しんでいるシープのところに駆けつけたい衝動に駆られた。だが、声はそれきりかき消え、パスチャーの中はもとの沈黙に戻った。あれは大きな呻き声、叫び声だったに違いない。近くのシープたちの耳をつんざいたはずだ。ナースセンターにいる看護師たちには聞こえていないのか。紘一郎は、すべてが用意周到に処理されているはずの歓びの殿堂で、シープの叫びが放置されていることを不思議に思った。それとも、あのような声をシープが洩らすことはここでは異常事ではないのか。紘一郎は妙な疑問に突き当たった。

夜の一二時を過ぎた。昨日も一昨日も、なにか異変が起きないかと神経を研ぎ澄ませていたつもりだが、あっけなく寝入ってしまった。今日は、あの苦し気な声を耳にしてから軽い興奮状態が続いている。日中よりもずっと照明が落とされ、シープのまわりがほんのり明るいだけで、あとは暗闇に閉ざされている。モニター画面も靄が漂い流れるだけである。紘一郎は自分が人生の最期を迎えるのは何日後になるのか、工程表の最終部分を思い出そうとした。持ち込んだ本は施術室に残したままだった。もう広げて読むことはできない。たしか十日間くらいはいつも通りの生活を送るという契約だったはずだ。しかし、契約書の一日がパスチャーでの一日に対応するかはわからない。一年分の第二の現実を、早送りの動画のようにパスチャーで経験し一週間で終えてしまうことだってあり得ることではないか。だから、いきなり明日、あの奇妙なバスタブみたいなものに入れられて最期の体験をさせられることになってもおかしくはない。紘一郎は、誰かに支配されている自分の命を、刻々と流れ落ちる砂時計の砂であるとイメージし、落ちる砂はもうほとんどないと思った。

と、遠くから「ぎゃあっ」という声が響いてきた。日中聞いたのよりずっと苦しそうだ。「ぎゃあっ」とまた続き、「ウワーッ」と長い悲鳴になった。全身をねじり上げられたり、引き裂かれたり、とにかく途方もなく残酷な目に遭っている人間がいる、と紘一郎は思った。無慈悲な暴力に抗うすべもなく、潰され壊されようとする者が、命を盾にしてもがいていることがそのまま声になってあらわれたようだ。紘一郎はいても立ってもいられなくなった。焦る気持をこらえながら、点滴の管を慎重に首からはずし、導尿カテーテルを思い切って尿道から抜き取った。激痛が走り、体を海老のように折り曲げて耐えた。痛みが治まるまで枕を口にくわえて声を殺した。仄明かりをたよりにベッドから足を下ろす。入所以来ほとんど使っていない足は宙に浮くようだった。膝ががくがくと震え、よろめいた紘一郎はベッドの手すりにつかまり、深呼吸をした。「ウワーッ」という悲鳴がまたも聞こえる。

ベッドから手を放し、紘一郎は中央通路に出た。誰も来る様子がない。ふらついた足は、しっかり床を踏みしめ、歩けるようになった。紘一郎は声の聞こえた奥に向かって忍び足で進んだ。左右どちらにもシープが眠るベッドが続く。どこから来た音なのか、ここら辺か、いやもっと奥だ、自問自答しながら先へ先へと進む。物音ひとつ聞こえない。どのシープも静かに眠っている。薄闇の中を進むほどに紘一郎は、不安になってきた。声の主はどこだ、ひょっとして俺はもう通り過ぎたのか。紘一郎は立ち止まり耳を澄ます。なにも聞こえない。ええい、行きつくところまで行くしかない。紘一郎は、怖れにとらえられて凍りつきそうな自分を叱咤し、どこまでも忍び足の行進を続けた。いったいどれだけ多くのベッドが並んでいるのか、どれだけ多くの、金で贖われた夢が食まれているのか、紘一郎は自分が立っている場所の不気味さに慄然とした。だが、もっと進まなければならない。声の主をなんとしても見つけなければならない。紘一郎はひたすら通路を進み続けて、ついに壁に行き当たった。

なんだ、どういうことだ。苦しんでるやつがいたんじゃないのか、あれは俺の空耳だったのか。紘一郎は、これまで進んできた中央通路を振り返り、果てしないシープの列を見やった。なにも聞こえず、なにも動かない。紘一郎は気力が尽き果てそうになった。脳に外部刺激を受けていないにもかかわらず、自分も、ここにいるシープたちと同じく、ありもしない音を聞き、妄想の世界を漂っているのではないか。気持が悪くなり、視界が揺れた。と、そのとき、「ぎゃあっ」という激しい呻き声が左前方から飛んできた。こんな張り裂ける音を人間が発することができるのか。野生の獣の叫びとしか言いようのない音が紘一郎の耳を撃った。周囲のシープはなんの反応も示さず、眠っている。声を聞きつけてやってくる者の気配もない。紘一郎はゆっくり前へ進んでいった。五つほどベッドを通り過ぎたとき、左側のシープが体を弓なりにのけ反らせたかと思うと激しく左に倒れるのが見えた。胴体がばね仕掛けになっているかのように、シープは右に反転した。その動きは人間ではなく、踏みつけられた芋虫かミミズのように見えた。

「おい、どうしたんだ」

紘一郎はシープの顔のそばまでいき、小声で話しかけた。シープの顎の蝶番がはずれてしまったかのように、顔が歪んでいた。

「ぐぇーりゃあっ」

頬が裂けるかというほど口が開き、叫びを発した。弾かれたように転がり、腕を振り回した。点滴の管が抜け、輸液バッグを吊ったスタンドから床に垂れ下がった。シープは上半身を起こし、胸に爪を突き立てかきむしった。白いガウンの生地を鷲掴みにすると、歯を剥き出して力を込めた。ガウンが引きちぎられ、シープのやせ細った胸が現れた。

「おい、どうしたんだ。痛いのか」

紘一郎のことばの間もシープは、激しく動き続けた。身にまとっていたガウンがほとんど体から落ち、シープの身に付いているのは導尿の管だけだった。シープの混乱した脳から異常な指令が送られてきているのは間違いない、と紘一郎は思った。瞬きを激しく繰り返し、シープの様子を見守った。シープは上半身を起こした状態で「ウー、ウー」と声を発し、首を後ろへ傾けた。両腕を上に突き立て空中をまさぐった。さらに首を傾けると上半身がそのまま勢いよく後ろに倒れた。

「ウアー、ウアー」

シープは喉の奥から太い呻き声をあげ、ベッドの上を右に左に転がった。暴走する脳が体にひき起こす不随意運動に違いない。紘一郎は、許してくれと念じながら、ベッドで激しい動きを続けるシープを前に、瞬きを大急ぎで繰り返した。シープは、太ももに両手の爪を突き立てると、「ダアーー」と叫んで手前に引き寄せた。みみずばれになった皮膚のあちこちから鮮血が噴き出し流れてきた。紘一郎は瞬きを繰り返す。

壁に埋め込まれた赤いランプがいっせいに点滅をはじめ、ツーツーツーという警報が短い間隔で鳴り出した。紘一郎は、慌てて隣りのベッドの下に潜り込んだ。シープはベッドの上であぐらをかき、今度は腹に爪を立てていた。シープを襲っている混乱をつぶさに見た紘一郎は、混乱した脳はあいつの身体を滅ぼすまで活動をやめないのか、あの男を救う方法はなにかないのか、くそ自分にはなにもできない、と悲嘆に暮れた。

廊下を人が駆けてくる物音がする。医療スタッフがきて処置をすると思っていた紘一郎の思いを裏切り、やってきたのはそろいの制服を着た二人の警備員だった。シープの状態を見た後、警備員の一人が端末で連絡をとった。

「えー、こちらセキュリティです。ナンバー七九のシープが、制御不能になっています」

警備員は指示を聞いた後、返答をした。

「了解しました。シープの状態を監視しながら、到着を待ちます」

警備員はほかの一人に指示を伝えた。

「パスチャー管制からの指示だ。ほかのシープを傷つける行為はさせるな、自傷行為は極力防止せよ、パスチャー外には絶対出すな、医療スタッフが着くまで現場待機せよ。以上だ」

「要するにいつもの通りやれってことだな」

「ああ、そういうこった」

警備員はベッドの左右に立ち、シープを見守った。

「やれやれ、なんでこういうときに医者が真っ先に来ねえんだ。おかしいだろが」

「お前、また文句か。そんなの決まってるべや。自傷行為だの、他傷行為だの、やばい場面にお医者さんは立ち会いたくねえのさ。もし問題が起きたら、それは警備員の不手際で、って言い訳できるべ。不祥事が起きたら医者の経歴に傷がつくんだ。だから、俺たちを先に行かせんだ」

「まあな、わかってる。けど、文句の一つも言いたくなるのはどうしようもねえのさ」

警備員たちは、その後は黙ってベッドサイドに立ち続けた。シープは、ベッドでのたうち回り、「ウアー、ウアー」と苦し気に声を漏らしたが、立ち上がることはなかった。

しばらくして医師二人が男性看護師二人を伴ってやってきた。看護師が両側からシープの腕をとらえ身動きを抑えてから、ガウンを着せようとした。シープの体はくねくねとよじれ、ひととき も止まろうとしなかった。

「ほら、しゃきっと背筋を伸ばして」

看護師は厳しい口調でシープに声をかけ、もう一人が胴体を抱えている間に、ガウンを着せた。医師たちは腕組みをしてシープを見下ろし、たがいに目を見かわした。

「アウトハウスに移送する他ないな。これだけ自傷したら、パスチャーに置いておく意味がない」

眼鏡の医師がそう言うと、もう一人の短髪の医師が黙ってうなずいた。

「いいか、警備員。今夜のうちにアウトハウスに移送すること。シープがたてる異音に気づかれないよう、移送には厳重な注意を払ってくれ」

医師たちはシープの顔と体にさわって診察することもなければ、聴診器を当てることもなかった。目の前の邪魔ものを一刻でも早く片付けることを望む顔だった。警備員が躊躇していると、短髪の医師が、

「ぐずぐずするな。とりあえず、防音室に入れろ」

と威丈高な口調で言った。警備員は、シープの陰茎につながっている管を指さし、どうすればいいのかという表情をした。眼鏡の医師が気づいて、

「ああ、そうだな。抜去して」

と看護師に告げた。一人の看護師がシープの胴体に腹這いになり、警備員に「脚、抑えて」と言った。警備員二人が手袋をはめた両手を血まみれの太ももに当て、体重をかけて抑え込んだ。シープを力ずくで制圧してから、残りの看護師が尿道に挿入されているカテーテルを一気に引き抜いた。紘一郎は瞬きをこれでもかというほど続けた。

「ぐあーっ」

痛みに悶えるシープが全身をくねらすのを、男四人が抑え込み、しばらくの間圧迫を続けた。シープは静かになり、男たちは離れた。

「これだけ痛みを感じるって、どういうことだろう」

「知覚遮断が不十分だったか、あるいは起きていなかったか」

「まあ、そう解釈すべきか。でもこういうことも考えられないか。知覚遮断が起きていても、通常をはるかに超える激痛がシープの体に与えられると別回路で大脳に伝わるのかもしれない」

「えっ、それは新理論だな。君、もっと研究してみたら」

医師の二人は、警備員が、パスチャーの壁の中に格納されていた移送用のストレッチャーを用意し、シープを移す作業をするのを見守りながら、会話を交わした。紘一郎は、医師にとってシープはすでに医療の対象ではなくなり、ただの刺激と反応の集積体なのだと思った。警備員はシープをストレッチャーに乗せ、胴体と太ももを弾力性のある太いベルトできつく固定した。口にガーゼを押し込み、頭部もベルトで固定した。身動きを抑えられたシープは後頭部を落とし下顎を上に向けていた。脱力したかのように身動き一つしなかった。移送準備の作業の間、紘一郎は絶えず瞬きをした。

　警備員がストレッチャーを押して出ていき、医師と看護師も消えた。静寂なパスチャーに戻った。紘一郎は自分がついに決定的な情報を手に入れたことの重みで、体中がわなないた。おそろしい事実だ。おそろしすぎて、心臓が縮みあがる。だが、俺はどのようにしてここを脱け出す？　巨大な歓びの殿堂のどこにいるともわからぬ今の自分が外に出るなど、まったく不可能なことではないか。紘一郎は思案した。いったんベッドに戻り、脱出するための機会を探るべきか、いや、ただちに逃げ道を探すべきか。紘一郎は迷った。どちらにしても成算はほとんどない、だとしたら、情報を得られたことを奇貨として、すぐさまここから出ていくしかないではないか、紘一郎は自分に言い聞かせて、いちばん近い出口に向かって走った。

　とても長い廊下である。非常灯だけが腰の高さにところどころ点灯している。左は行き止まりに見える。紘一郎は右に向かって忍び足で歩いた。どこかに非常階段に通じるドアがあるのではないか、と思い壁を注視して歩いた。エレベーターの乗り口があったが、使うべきではないと思った。通り過ぎて少しすると、背後からエレベーターのドアが開く音がした。誰か来る、と思った紘一郎は、開き放しになっている入口からパスチャーに入り、壁に背中を押しつけ息を殺した。点滴のスタンドを押して看護師がゆっくりやってくる。紘一郎の姿には気づかなかったようだ。同じ歩調で通り過ぎていく。看護師の靴底がキュッ、キュッと床を鳴らす音がしばらく続く。音が消えても紘一郎はすぐ動かなかった。息を潜めしばらく隠れていると、先ほどの看護師が戻ってきた。エレベーターが階に着き、扉が開閉する音が聞こえた。静寂に戻る。紘一郎は廊下を先へ進む。非常階段の表示はどこにもなかった。紘一郎は壁に行き当たってしまった。廊下は鍵の手に右に曲がっている。遥か遠くで物音がするのが背中に伝わってきた。紘一郎は慌てて右に曲がり、なおも進んだ。階段がどこにもないことに絶望的な気持になった。人がなにか器具を押して歩いてくるような物音がだんだん近づいてくる。どうしよう、あの物音を立てている人間がこちらに曲がってきたら身を隠す場所がない。紘一郎は狼狽した。ふと目をあげると、突き当たりの右側にセキュリティ・センターと表示が出ていた。紘一郎は、ドアノブを捻り左に引いた。

紘一郎は中に足を踏み入れて、警備員の詰め所だとわかった。右奥の壁にクローゼットがあり、警備員の制服が吊るされている。長いテーブルが中央に置かれ、丸椅子が乱雑に配置されている。誰もいない。クローゼットの横に通路があり、給湯室になっているのがわかった。小テーブルに湯茶の道具が載っている。紘一郎はクローゼットまで進み、ガウンを脱ぎ捨て制服を着た。くすんだ紺色に赤紫の縁取りが入った制服は素肌にごわごわした感触だったが、我慢できそうだった。ズボンも大きさに問題はなかった。ベルトを締め、小棚にあった紺の靴下をはくと、気持が落ち着いた。フックにかかっている制帽を被り、誰か来る前にすぐ出ていこうとした。

「いやあ、まいった。面倒なことにとりかかる前に、一息入れるべ」

入口から突然、だみ声が響いてきて、紘一郎はうろたえた。慌ててその場で直立不動になり敬礼をした。二人の警備員が入ってきて、紘一郎の姿を見て表情を変えた。

「見ない顔だな。新入り?」

胸にSHOUJIとネームの入った男が紘一郎をしげしげと見て、ことばを発した。

「あ、はい。今日からこちらに配置された北見です。よろしくお願いします」

紘一郎は、とっさに口を突いたことばでうまく逃れられるようにと念じた。

「おたく、ずいぶん歳いってるんでない。なんぼさ」

SHOUJIが聞いてくる。後ろでSUMIDAとネームの入った男が、額に皺を寄せて紘一郎をみつめる。

「あ、七十四歳です」

「そうか、いい歳、こいてるな。まだ、働かねばなんないんだ。ご苦労さんだな」

「はい、ありがとうございます。女房の持病がひどくて、一ジェンでも多く実入りがあれば助かるので」

紘一郎のことばに、SHOUJIとSUMIDAの二人は頬を緩めた。

「そうか、そりゃ大変だ。俺たちキャビは、どんな仕事でもやらにゃあ、生きてけないからな。ところで、北見のじいさん、よくここに配置されたな。ここは、死ぬほど口が固い人間しか回されないんだ」

SHOUJIが紘一郎に近づきながら尋ねた。

「俺は、黙ってれって言われたら、何日でも、何十日でも黙ってる男だから」

「へえ、そうか、じいさん、この仕事に向いてんだ。よかったな。ここはよ、まあ、やな仕事押しつけられて、その上、見たことは忘れろ、しゃべるな、守れないやつに命の保証はないぞ、の世界だから。その分、ちいっとは給料がいいんだけどよ」

SHOUJIは、給湯室に行こうとして紘一郎の前で立ち止まり、警戒心を見せずに早口でしゃべった。紘一郎を同じキャビの仲間だと思っているらしい。そうか、あんたたちが話すことが全部、飛び切りの情報だ。紘一郎は、SHOUJIとSUMIDAの二人のキャビに出会ったことは、思いもよらぬ幸運かもしれないと思った。

三人分の茶を淹れたSHOUJIは、端にすわった紘一郎の前に茶碗を一つ置くと、テーブルの中ほどに腰を下ろしSUMIDAと茶飲み話を始めた。紘一郎は給湯室に顔を向け背を丸めた。仕事のローテーションなど問い質されたらしどろもどろになる。二人に話しかけられないことを願った。


SUMIDA──さっきのシープだけどよう、かわいそうにな。あんな素っ裸でちんちんに管ぶら下げて暴れてる姿見たら、家族はいたたまれねえな。

SHOUJI──うんだ。何千万かけて人生を成就しようとしたのかわからねえけんど、あんなになっちまったら、全部無駄金よ。

SUMIDA──まったくな。おめえ、高額で契約したやつの方が、事故が起きやすいって知ってるか。

SHOUJI──えっ、どういうことだべ。

SUMIDA──なんだ、知らねえのか。いいか、高額ってえことは、実際の人生より何十倍も何百倍も幸福な第二の現実を味わおうってことだろ。

SHOUJI──だから、どうなんだ。

SUMIDA──おめえも、ちっとは考えろよ。たとえばな、わが子を失ったかわいそうな親が、第二の現実でよ、生きてるわが子と楽しく暮らすとしてみろ。頭ン中にある記憶と全然違うことを、経験しようってわけだ。百八十度違うものが頭ン中で衝突するってことだ。ガチーンとバッティングが起こるのさ。さあ幸福な場面だってところに、ひどく悲しい体験が蘇ってきてみろ、頭がガンガン割れそうになるんじゃねえのか。
SHOUJI——ああ、そういうことか。けんど、すげえ高い技術で、昔の嫌な体験を新しい体験で上書きできるようになった、って聞いたぞ。
SUMIDA——どうかな。技術でなんでも解決できるのか、俺は疑問だ。さっきのシープみてえなのを見たら、そんな技術信用できねえ、って思っちまう。え、どうだ、おめえもそう思わないか。
SHOUJI——おいおい、やめとけ。そんなこと医療スタッフに聞かれたら即刻くびだ。
SUMIDA——わかってるって。おめえの前だから、言ってんだよ。ところで、おめえ、自分が人生の成就を受けろって勧告されたらどうする。今日みたいな怖ろしいものをしょっちゅう見てよ、自分が受ける気になるか。
SHOUJI——そうそう、それよ、俺も気になってるのよ。俺もいい歳になってきたからよ。いつ、あんたは社会の役に立ちません、早く人生を成就してください、と言われるかわからん。それに、キャビはボケてなくても勧告される可能性が高いって言われてっからな。
SUMIDA——ふざけた話よ。くそ。
SHOUJI——ああ。俺は、言われたら仕方ねえ、人生を成就するさ。息子、娘に迷惑かけたくねえからな。けんど、いちばん安いやつにしとく。ゆっくり風呂入ってよ、イカの焼いたのを生姜醤油で食ってな、焼酎を飲む。いや、うめえなと思ってるうちに眠るように死んでくんだ。どうだ、いいだろ。これなら最低料金ですむ。昔の記憶とバッティングする可能性、ゼロだ。シープになってからひどい目に遭うこともねえだろう。

SUMIDA――くだらねえ。イカ食って死ぬのに、金払うのがばかばかしいと思わねえか。

SHOUJI――だって、仕方ねえだろが。もう世の中の役に立ちませんって言われたら、周りに迷惑かけたり、嫌味言われる前にさっさと身を引くしかねえべ。最低の料金はあの世への通行料みてえなもんだ。

SUMIDA――おめえは、ほんとに人がいいな。人間だまってたっていつかは死ぬんだ。金なんかかからない。それをだ、素晴らしい気持を味わいながらあの世に行けますとうまく乗せて、ぼったくる。

SHOUJI――あやあ、人生の成就はぼったくりか。

SUMIDA――あったりめえよ。俺もな、ここに来る前は、世間の言うとおり、何の不安も苦しみもなくおっ死《ち》ぬことができる人生の成就はいいもんだと思ってたぜ。やっぱ、しらふで死ぬことに向かってくのはおっかねえからな。けど、ここに来て、パスチャーに寝転がってる人間を毎日見てよ、いやだ、いやだ、間違ってもこんなざまにはなりたくないと思った。

SHOUJI――そうは言っても、ほとんどのシープは、幸せいっぱいの顔して寝てるべ。もうとろけそうなエロい顔してるじじいもいるぞ。あれはよっぽどいい女にすりすりされてんだろうな。

SUMIDA――へへ。俺も最初そう思ったさ。くそ、こいついい思いしてやがる。俺も余るほど金があったら、いい女にとり囲まれてすごしたいもんだってな。
SHOUJI――ほら、おめえだって、くそったれの人生では絶対無理なことを、第二の現実で味わいたいんだろが。
SUMIDA――いいや、それがなあ、まったく思ってないんだ。
SHOUJI――どうしてだ。危険だからか。事故に遭う確率、けっこうあるからか。
SUMIDA――そうだ、怖ろしい場面をたくさん見てきたからな。あれを目の前で見させられたら、どんな金持連中も、怖気づいて契約なんかしねえだろう。
SHOUJI――だったら、やっぱ安くて単純なやつにしたらいい。さらっと幸せを感じて、ころっと死ぬやつがいい、そういうんだったら事故に遭わないべ。
SUMIDA――ははは。イカ焼きに焼酎だな。どうしてもおめえがそれで死にたいんならそれでいいけどよ。俺はなあ、あのシープになってる姿がいやなんだ。
SHOUJI――見た目が悪いってか。でも、他の誰が見るわけでもないし、本人だって見ることも聞くこともできない状態だべ、気にすることもあんめえ。
SUMIDA――いいや、そういう問題じゃねえ。いいか、シープは脳に、なんか電気信号みたいのを送り込まれて第二の現実とやらを体験してるっていうけどな、体験させてるのは誰だ。
SHOUJI――誰だって、そりゃあまあ、ここの医者だべ。
SUMIDA――そうだろ。俺はよ、それを考えてみると、要するに自分の脳みそをほかのやつに支配されてることじゃねえか、って思ったんだ。
SHOUJI――言われてみりゃあ、まあ、そうだけんどよ。人生の成就がそういう仕組みなんだから、仕方なかんべ。
SUMIDA――おめえ、ほんとにそう思う？　他のやつに脳みそ支配されてだな、ああ面白い、ああ楽しい、って感じたとしてもよ、それはほんとの「面白い」「楽しい」とは違うんじゃねえのか。
SHOUJI――なに言ってるかわからねえ。
SUMIDA――うーん。面白い場面を見たら笑うロボットを開発したやつがいるとする。ロボットはおかしいとか愉快だとか感じてるのか。そう感じてるのは、ロボットじゃなくて、開発したやつじゃないのか。
SHOUJI――ああ、脳みそを支配されてるシープは、ロボットと同じだ、ってことか。
SUMIDA――まあ、そんな感じだ。ともかく俺は、シープを見ていて、こいつらの感じている「楽しい」は、ほんものの「楽しい」とは違う、と思ったのさ。
SHOUJI――おめえ、警備しながら、そんなこと考えてるのか。けんどよ、世の中、考えすぎるとろくなことねえ。ありがたいものも、つまんなく見えてくる。だから、ものごとあんまり考えないで、素直に受け取った方がいいと、俺は思うぞ。
SUMIDA――ふーん、おめえはいっつもそれだ。人がいいというのか、バカというのか、もう少し疑問をもったらどうだ。
SHOUJI――なに偉そうに。俺だって、考えるときはあんだ。

SUMIDA――うそ言え。なんか考えてんなら、言ってみろよ。
SHOUJI――なら、言うか。さっきの医者の態度、あれはなんだ。医者なら医者らしく、ちゃんと患者の手当てをしろよ。毎度のことだけんど、腹が立って仕方がなかった。
SUMIDA――あのなあ、医者にとってシープは、患者じゃねえんだ。第二の現実を体験してくれる物体とか素材みたいなものなんだ。だから、予定通りに第二の現実を体験するのが不可能になったシープは、さっさと厄介払いしたいんだ。
SHOUJI――おめえの言うとおりだ。あいつら、面倒なことはなんでも俺たちに顎で指図する。「早くしろ」「音を出すな」「気づかれるな」だ。いくらなんでもひどくねえか。おめえたちの失敗のせいで、シープが暴れてるんだろ。どうにかしろよ、っていっつも俺は腹立てて、ぼやいてんだ。
SUMIDA――あいつらは失敗が外部に漏れるのをいちばんこわがってる。けど、あんな暴れるわ喚くわのシープを内部では始末できない。だから、俺たちにアウトハウスに運ばせるんだ。他にいい方法はないのか。
SHOUJI――物音に気づかれないように運び出すのが、どんだけ大変か、あいつらにいっぺんやらせてみたいもんだ。
SUMIDA――そうよ、俺らが運ぶシープはマイコンの壊れた車だ。全く制御がきかない。めちゃくちゃ暴れるし吠えるし、下手するとこっちが怪我をする。
SHOUJI――ああ、この前なんか、非常口から出て移送車に乗せようとしたところで、ベルトを引きちぎって立ちあがったんだ。いやもう、場外に逃げ出すんじゃねえか、って焦った。すさまじい声で叫ぶから、やばかった。なにしろ、移送することに絶対気づかれるな、って命令だからよ。
SUMIDA――で、どうした。
SHOUJI――いっしょに組んでたARAIがごっついやつだべ。で、あいつがシープの口をおさえて首根っこをばきっと捻ったんだ。俺にも音がはっきり聞こえたさ。ぐったりしたシープをそのままアウトハウスに連れてった。物音を立てるなっていう命令を守るためには、ああするしかなかったんだが、嫌な気分だった。
SUMIDA――アウトハウスの医者にはなにか言われたか。
SHOUJI――いや。処置室に運んだら、虫の息だったシープが目を開いてまた喚き始めたんだ。そしたらよ、医者が例の合図だ。
SUMIDA――右手を水平に振ったんだな。
SHOUJI――んだ。だから、ARAIと俺で頭に毛布かぶせて締めてやった。
SUMIDA――わかった、もう言うな。医者は絶対、手を下さない。汚い仕事は全部、俺たちに任せる。そういうことだ。おめえ、シープが命を落としたら、その後なにするか知ってるか。
SHOUJI――ああ、だいたいはな。エンバーミングってやつだろ。
SUMIDA――そうよ。ただ、ここのはただの遺体保存じゃねえ。特別な処理が必要だ。だから医者が必要らしい。顔面に怪我したのだの、顎がはずれただの、肌が血だらけだの、それはもう大変なシープが来るからな。遺族に見せて怪しまれないように遺体を直さにゃならん。しかも幸福の絶頂で死んだときの笑顔をつくるんだぞ、大変なこった。
SHOUJI――そうだよな。ここは「バラのほほえみ」社だしな。
SUMIDA――へっへっへ。まあ、そういうことよ。
SHOUJI――しかし、そんなごまかしが通っていいもんだべか。遺族がほんとのことを知ったらどうなる。
SUMIDA――だから、ほんとのことが漏れないように俺たちが雇われてるわけよ。ここで見たこと聞いたことを外でしゃべったら、お前とお前の家族に災難が降りかかることを覚悟しろ、と言われた。なあ、北見のじいさん、あんたもそう言われたろ。
紘一郎――えっ、なんですか。
SUMIDA――なんだ、じいさん、もう一回言うぞ。いいか。職員のえらいやつから、ここで見たこと聞いたことを絶対外でしゃべるな、もししゃべったら、お前とお前の家族に災難が起きることを覚悟しておけ、って言われなかったか。
紘一郎――ああ、そのことですか。そのことなら、三回も言われました。わたしは口の堅いのだけが取り柄ですと答えました。それで採用されたんでしょう。
SHOUJI――じいさん、俺たちの話聞いてて、びっくりしたかい。
紘一郎――いいえ、ずっと考えごとしてましたから、あまり聞いておりません。
SHOUJI――そうだよな。聞かねえほうがいい。余計なこと知らねえで仕事した方がいいよ。
紘一郎――はい。

SUMIDA——じいさん、もし俺たちの話が聞こえてて、ビビらしたんならごめんよ。いやなこともたまにはあるが、だいたいは楽だから。長続きするといいよな。
紘一郎——はい、ありがとうございます。
SUMIDA——ところでよ、防音室に入れたあのシープ、そろそろアウトハウスに連れていかなきゃな。
SHOUJI——わかってる。けんど、俺は気が進まねえ。この前のシープのことがあるから、嫌でたまんねえ。
SUMIDA——なんだ、弱気出して。今日のシープは、ただ運ぶだけですむレベルだ。アウトハウスでまだしばらく命の面倒を見てくれるだろ。
SHOUJI——断定はできねえ。医者がよ、ぱっとこう手を振ったらどうする。俺はこの前のことを思い出すだけで気持が悪くなるんだ。
紘一郎——あのう。
SHOUJI——なんだ。
紘一郎——わたしを代わりに行かせてください。仕事、早くおぼえたいので。
SHOUJI——え、いいのか。でも、じいさん、巡回時間の指示を受けてないのか。
紘一郎——わたし、間違って一日早く来たみたいで、事務室に行ったら、北見さん、仕事明日からだよって言われましてね。でも、せっかく来たんだから、セキュリティ・センターに行って、あいさつがてら仕事の要領を聞いといでって言われまして。ですから、代わりの仕事はすぐ引き受けられます。

ＳＨＯＵＪＩ――なんだ、いいタイミングだったな。じゃあ、じいさん、悪いけど、このＳＵＭＩＤＡについてってくれ。ついてくだけでいいから。頼むよ。
ＳＵＭＩＤＡ――おめえ、うまいことやりやがって。
ＳＨＯＵＪＩ――そう、怒った顔すんなって。俺、ほんと今日は、シープ送るのを、本気でパスしてえんだ。
ＳＵＭＩＤＡ――仕方ねえな。いいよ、わかった。じゃあ、じいさん、行くからついてきな。

防音室は一つ下の階にある機具収納庫を通り抜けた先にあった。ストレッチャーに固定されたシープは、ゴムのようなシートをかぶせられ、幾本ものベルトで固定されていた。口には先ほどと同じようにガーゼが詰め込まれ、その上からベルトがきつく巻かれている。ＳＵＭＩＤＡは、収納庫からキャスター付きのコンテナを押してきた。コンテナの前面を手前に開くとスロープになり、ストレッチャーごとシープを入れることができた。

ＳＵＭＩＤＡの指示に従いコンテナを非常用のエレベーターへ押していく。

「これはな、ここに勤めている人間でもほとんど知らない秘密のエレベーターだ。こっそり処分したいものは、これに載せて外に運び出す」

「はあ、こんなものがあるとは。わたしは、あの空間に突っ立っているガラスのエレベーターしかないと思ってました」

「まあ、誰でもそう思うよな。実は、このエレベーター以外にも、隠れた設備がいろいろあるんだ」

「はあ。ＳＵＭＩＤＡさんは、全部わかってるんですか」

「いいや、警備員も担当区域が厳重に決められてるだろ。区域外のことはまず教えてもらえない。だから、俺でも知らないところに入ったら、迷子になっちまう」

「そうなんですか。わたしは方向音痴だから、ちゃんと巡回できるか不安だな」

「いや、決められたとこをちゃんと回ってりゃ問題ないさ。心配ないって」

エレベーターの中で会話をするうちに、地上階に着いた。コンテナを押して非常口に向かう。ゲートが二か所あり、ＳＵＭＩＤＡがカードをかざすと扉が開き、そのまま通過した。非常口は、コンテナが通るにはギリギリの幅だった。ドアの横のパネルに、０２：４９と表示されているのを目にとめ、紘一郎は時刻表示だろうと思った。外の闇はどのくらい深いだろうか、と気になった。

非常口を出る。戸外の照明を鬱蒼とした樹木が遮り、足もとがおぼつかないほど暗い。ＳＵＭＩＤＡがポケットから取り出した端末を操作すると、移送用のオートカーが地を滑るようにやってきて止まった。後ろ扉が上に開き、昇降ステップが下がってきた。コンテナをステップに載せようと、紘一郎が押していくと、ＳＵＭＩＤＡに制止された。

「だめ、だめ。中から出さないと」

「えっ、どうして？」

「規則だ、規則。コンテナはアウトハウスにもって行くな、ってことになってる。アウトハウスに運び出すものは最小限にすること、って規則がある。いいか」

ＳＵＭＩＤＡはコンテナの前面を開き、紘一郎に目で指示をした。紘一郎はコンテナに入り、シープを載せたストレッチャーをひき出してきた。スロープに移るところでキャスターがガタリという音を立て、夜の闇に反響した。

「もっと静かに」

SUMIDAが紘一郎の背中を叩いた。ストレッチャーをひき出し、オートカーの昇降ステップの上に移動した。紘一郎もいっしょに上昇し、ストレッチャーをオートカーの内部に押していった。SUMIDAも乗ってきて、車内灯を点ける。両サイドにベンチがあり、紘一郎とSUMIDAは左右にすわってストレッチャーを支えた。SUMIDAが端末を操作するとオートカーは音もなく走り出した。

「じいさん、ありがとうよ。すぐ着くから」

「はい」

「この前なんか、こうやって走り出したところでシープが暴れ出してな、ストレッチャーをがたがたさせて、倒れるかと思った。シープだって、暴れたくて暴れてるわけじゃねえ、かわいそうなんだけどよ、非常用に渡されてる麻酔をかがせて静かにさせた」

「えっ、警備員が麻酔を」

「びっくりしたかい。ここでは、そんなこともあんなこともありでな」

「はあ」

オートカーが停止した。後ろの扉を開き昇降ステップを使ってストレッチャーを下ろす。紘一郎はまるで深い森の中だと思った。太い樹木に繁った葉が、暗闇をますます濃くしている。木立の中にコンクリートを打ち放した要塞のような建物が見えた。軟石の板を敷き詰めたエントランスの上を、ストレッチャーを押していく。SUMIDAがパネルにカードをかざし、しばらく待

つ。内部から問う声に、

「すでに連絡済みのナンバー七九のシープを移送してきました。対応お願いします」

とSUMIDAが答えを返す。金属製の堅牢な扉が左に開くと、SUMIDAが紘一郎に前に進めと合図する。白いタイルの小ホールに入ると、照明が灯った。奥からモスグリーンの医師用制服を身に着けた男が現れた。胸に新田という名前が縫い込まれていた。新田はゴムシートをめくり、シープの顔を露出させた。

「錯乱状態が終わったのは?」

「ええ、二時間前です」

「その後、なにもない?」

「なにもありません」

「そう」

SUMIDAとのやりとりの間、新田はまったく無表情で、紘一郎に一瞥を与えることもなかった。新田は人差し指をひょいと後方に振った。SUMIDAは軽くうなずき、ストレッチャーを引いて左奥に向かった。紘一郎は後ろからストレッチャーを押していく。処置室と書かれたドアの前に立つと、くもりガラスの戸が自動で開いた。部屋の中央まで行くと、上方に取りつけられた無影灯が目を眩ませる光を放った。SUMIDAがシープを覆うものを取りはずし始めたので、紘一郎もそれに倣った。顔のベルトをはずし、口の中のガーゼを取り去る。胴体と下半身を固定しているベルトをはずし、全身を覆っていたシートを取り去る。白いガウンの前を開くと、あばら骨が浮き出るほど痩せこけたシープの裸体があらわになった。紘一郎は、あれほど激しい叫びを発したシープの体がこれほど痩せていることに哀れを感じた。おい同輩、よく頑張ったな、というこ とばが喉の手前でごろごろと渦を巻いた。

新田が後ろに二人の看護師を引き連れ、シープを見下ろす位置にやってきた。看護師は処置台と平行にストレッチャーを置き、シープを処置台に移した。SUMIDAはストレッチャーを引いて戸口に戻った。

「胸と太ももの擦過傷。傷の深さは二ミリ。右腕に打撲傷、内出血あり」

新田はすでに書き上がった報告書を読むような調子で言い、看護師がタブレットに記録した。

「傷の応急処置をしてくれ。その後は、ケア・ルームで経過観察。錯乱状態が起きたらただちに身体拘束をしてから、報告をすること。いいか」

「はい」

看護師たちの返答を聞いた後、新田は処置室の戸口に控えているSUMIDAと紘一郎に右手を軽く挙げた。SUMIDAは、紘一郎の二の腕を指先でつつき、アウトハウスの出口に体を向けた。紘一郎は、ストレッチャーを引き無言で退去するSUMIDAの後を追った。

オートカーが走り出してから、紘一郎は言った。

「あの医者は、なんであんな身振りで指示するんだろう」

「やつは、キャビを人間だと思ってないのさ」

「えっ、まさか」

「まさかじゃねえって。あいつは、キャビがシープを運んでくるのはやめてくれって、社のえらいさんに言ってるらしいぞ。キャビと応答するほど、自分は落ちぶれてないとか、なんとか言ってな」

「ばかげてる」

「ああ、ばかげてんだよ。まあ、施術の失敗の後始末なんかをさせられる仕事に不満があるのかもしれんけど、あの態度にはまったくむかつく」

「ほんとに。でも、今日のシープ、この後、手当てを受けられることになってよかった。SHOUJIさんに知らせたら喜ぶんでないかな」

「お、北見のじいさん、あいつの名前なんでわかるんだ」

「だって、プレートに名前、書いてるから」

「あ、そうか。俺も、ぼけてるな。ははは」

話しているうちにオートカーが止まった。ストレッチャーを下ろし終えると、紘一郎は身をよじってSUMIDAに言った。

「すんません、わたし、小便が近いもんで。ちょっとそこの木の陰で用を足してくるんで先に中に入っててください」

「なんだ、じいさん、我慢してたのか。あんた、中に入る方法知ってんのか、大丈夫?」

「はい、入れますから」

そう答えると、紘一郎は木立の奥へ奥へと入っていった。もう自分が十分に闇に紛れたと思ったとき、息を殺して走り出した。早く歓びの殿堂から離れなくては。しかし、うかつに照明のある所に出てはならない。暗い道なき道を走り続けて丘の下に出るんだ。生きて銕夫や春馬のところに戻らなければ、すべてが水の泡になる。紘一郎は、老いた身をどこまで引きずっていこうとも、くたばってはならぬと自分に言い聞かせた。

23

深見鋏夫の家は市の中心部から遠く南東にはずれた住宅地にある。千晶は職場を出た後、郊外鉄道に乗り、最寄り駅から雨の中を速足で歩いた。いつものように蝙蝠傘をさしているが、雨脚は思いのほか強い。湿った髪が頬に貼りつき、傘から落ちる滴がパンプスを濡らす。もう住宅街はすっかり宵闇に閉ざされ、千晶は鋏夫の家に行く順路を正しく歩いているのか心もとなかった。傘をあげて、ドーマー窓が二つ並んだ赤い屋根を見つけたとき、ああ、あれだと安心した。

歯科医の鋏夫から、昨日、「明日の夜に来るように」とだけの連絡を受けてから、千晶はずっと胸騒ぎが続いている。仕事が手につかない。歓びの殿堂に入ってからというもの、紘一郎の情報はほとんどない。家族面接に営業社員も立ち会うことができるのだが、結城紘一郎の家族面接を断っていた。今は、パスチャーで過ごしている時期のはずだが、医務部関係者以外入れない。なにもわからずに待っていることのもどかしさに、千晶は情緒がひどく乱れた。それが、やっと紘一郎の仲間である鋏夫から連絡が来たのである。指定された地下の歯科治療院に行くとどんなことが待っているのかまったく予測がつかない。ただ、紘一郎の安否を早く知りたい。

鋏夫の家の玄関フードを開けると二つのドアがある。左が地下へ通じるドアである。千晶は、滴のしたたる傘を手にもち、狭い階段をゆっくり下りた。すぐ入りたいにもかかわらず、ドアの先にあるものがおそろしかった。申し訳程度に小さく「深見歯科院」とカードが貼られたドアを押し、中に入る。

千晶はむっとする生温かい空気に包まれた。狭い地下室に男たちが、それぞれ勝手に椅子に座り、大声で談笑している。以前会った男たちだ。深見鋏夫、柿本春馬、それに柳沢不二夫。さらにもう一人診察台に座っている男の背中が見えた。男はこちらへぐるりと振り向いた。

「えーっ」

千晶の叫び声に、結城紘一郎が肩をすくめ、照れた顔でこちらを見た。

「結城さん、どうしたんですか」

「どうしたもこうしたも、この男は、警備員の格好をして脱走してきたんだよ」

鋏夫が笑いながら大声で言い、紘一郎を診察台から千晶の方に引っ張ってきた。

「やあ」

苦笑いを浮かべて、紘一郎が千晶の手を握ってきた。言うべきことばが浮かばぬまま、千晶はその手を握り返した。

「いまだ人生を成就せず、ってところだな。俺はくたばる前に、もう少しじたばたしなければならないようだ」

「えっ、まるっきり意味がわかりません」

「そうだな。楢本さんにとっては、ショックなことが多すぎるが、説明しなければならん」

鋏夫が千晶の目を、覚悟はいいかというかのように見据えた。

「はい」

「じゃあ、まあ、空いてる椅子に座ってくれ。結城もな」

言われるままに、千晶は目の前の椅子に腰を下ろした。

「昨日の朝のことだが、うちの玄関フードに警備員の服装の男が横たわっててな。カミさんが腰を抜かして俺を呼ぶから、よく見りゃ、結城だ。夜中に歓びの殿堂を必死に脱走してきた、というわけだ。まあ、よく、無事に戻れたもんだ」

「楢本さん、あんたに会いたくて、こいつ、脱走したんだよ」

春馬が口をはさんだ。

「え、冗談はやめてください」

「そうだ、まったく。柿本、俺の話の腰を折るな。結城は、決定的な情報を手に入れた上で、脱出してきたんだ」

「決定的な情報ですか?」

「そう。人生の成就が、欠陥だらけのおそろしい、しかも残虐な技術だということの証拠だ。結城は、施術が失敗した事例を撮影してきたのさ。柿本がすぐデータを画像化したんだが、これを見てくれ」

鋏夫は投影機を使って、壁に画像を次々と映し出した。錯乱したシープが暴れるところ、看護師に制圧されるところ、ストレッチャーにベルトで縛りつけられるところ、コンテナで戸外に運ばれるところ、自傷行為による皮膚の出血を医師が検分するところ。

これを見せるために自分は呼ばれたのか。これをなんと形容できるのか。残虐、無惨、非情、冷酷。千晶は、想像することをずっと避けていたものが、今、眼前の映像となって現れたことに打ちのめされた。見なかったことにして逃げ出したい。この瞬間に、自分が依拠していたものが粉々になった。自分が至上の幸福を体験してもらったつもりだった被験者にもきっと、このように無惨な目に遭った人間がいる。取り返しのつかない惨劇が自分の後ろにたくさん埋まっている。どうする、どうしたらいいのだ。結城紘一郎は、暗にこれはお前のせいだ、苦しみの底に落とされ人間性を粉々に壊された者に対してお前はどう責任をとるのだ、と迫ってくるに違いない。他の男たちも、どうしてくれるんだ、人間崩壊の責任をお前はどう取るのだ、と追及するに違いない。千晶は、体じゅうから血の気が失せ、冷たくなった手足が小刻みに震えた。震えが体表を伝わり歯の根が合わない。千晶は頭を抱え蹲った。

「楢本さん、いきなり、残酷なものを見せて申し訳なかった。許してくれ。しかし、あなたの真実を知りたいという思いに結城が応えた結果がこれだ」

銕夫が投影機を片付けながら、千晶に静かに語りかけた。千晶は膝に頭を埋めたまま動かなかった。

「ああ、楢本さん、あんたにはなんの責任もない。責任があるのは、事実を知りながら隠蔽し、安全な技術だと言い抜けてきた上のやつさ。いいか、あんたが悩む必要なんかない。あんたは真実を明らかにするために動いたんだから、自信と誇りをもちなさい」

ふだんの投げやりな話しぶりを忘れたかのように、春馬がずいぶん気配りをしながら千晶に話しかけた。千晶はなんの反応も示さず、重苦しい沈黙が流れた。春馬の陰にいた不二夫が「あのう」と言って、遠慮がちな声で話し出した。

「実は僕、この画像をこれでもう三回も見たんです。おそろしくて、目を逸らしたくなります。

でも、見てよかった。僕は、母が人生の成就を受けたときに、最期の場面に立ち会わせてもらえなかったんです。それで、母が自分の願いをかなえて、幸せいっぱいで死んだかどうか、自信をもてなかったんです。でも今日わかりました。母の笑い顔だって見せられたものが、無理やりつくられた顔だったことが。結城さんの話から、施術中事故に遭った人の顔が、後でつくり変えられていることがわかりました。だから、母さん、親孝行のつもりで逆にひどい目に遭わせちまった、すまなかった、ほんとにすまなかったと思ったら、泣けて、泣けて。もうずっと泣いてました。でも、ずっと泣いてたら、だんだん腹が立ってきて、どうしてこんな危険なことが許されてんだ、と怒鳴りたくなりました。事故を隠して、今も、人生の成就は国の誇りだ、国家事業だって、澄ました顔してやってる人間に腹が立って、腹が立って。どうにかしてやらなければ、母さんも浮かばれない、って思うようになりました。今日、午前からここに来て、結城さんからほんとのことを聞かされて、もう自分が叩きのめされたり、突き落とされたりする気分がずっと続いてました。息子として情けなくて死んじまいたい、って気持にもなりました。そういう気持を全部味わって、僕は楢本さん、あなたに感謝します。あなたのおかげで、人生の成就というものの実態がわかりました。僕は、こういう危険なことはやめるべきだ、という自分の考えをもちました。深見先生たちになにか協力できることがあったら、なんでもやります。そういう気持にさせてくれたのは、楢本さん、あなたのおかげです」

不二夫が話し終えても、千晶は顔をあげることができなかった。不二夫の胸中を通り過ぎたものは理解したが、自分とは違うと思った。自分は、人生の成就という高度な技術が可能にした第二の現実を信じ、それを生きる拠り所にしたのだ。多くの人々に自信をもって勧め、人々が幸福のうちに人生の終末を迎えるための商品として販売することに誇りを感じてきた。しかし、人生の成就が不完全で危険な商品であるとわかった今、この自分の存在自体が否定されるべきではないのか。自分がやってきたことは、修復可能なミスではない。人間の本質を傷つける犯罪行為に手を貸すことだったのではないか。千晶の思いは抜け道のない暗く深い穴に入り込んでいった。

振り返ってみれば、千晶が結城紘一郎という人間に興味をもち、彼が書いたものを読まずにはいられなくなったとき、人生の成就がもつ根本的な問題性を無意識のうちに察知していたのかもしれない。人為的に脳をコントロールすることがそれ自体、許されざる行為であると、自分は直感していたのではないか。あの男に興味があると自分に言い聞かせ、人生の成就に反対する人々の動きを調べたのは、自分の直感に覆いを被せ、知らんぷりをしたかったからだ。事実を突きつけられるまで、ずっと自分を欺瞞でくるみ、ときをいたずらに過ごしてきた。なんと狡猾で、あさはかな生き方をしてきたことか。千晶は、不二夫のように泣いて泣いて、その末に気持を転換できるなら、そうしたいと思った。

「あのなあ、楢本さん。俺は、柿本のバカが言ったように、あんたに会いたくて脱走してきたんだから、ちゃんと顔を見せてくれなかったら悲しくてたまらん。また、歓びの殿堂に帰るぞ」

紘一郎が突然、陽気な口調で言ったので、千晶の他はみな声をあげて笑った。

「お前、歓びの殿堂になんか忘れ物したのか」

春馬が合いの手を入れる。

「ああ、大川原みな実という素敵な看護師がいてな、彼女に、最後のお別れのことばを言うのを忘れた」

「ばか。あのくそじじい、脱走しやがって、って今ごろカンカンになって怒ってるさ」

言われた紘一郎が屈託なく大声で笑ったので、千晶もつられて小さく笑った。

「いいか、結城は間違いなくお尋ね者になっている。こいつが決定的な写真を撮ったことは気づかれていないだろうが、脱走しただけで一大事だ。パスチャーで起きたことを結城が見聞きしていて、証言者として登場するかもしれない、そのくらいは想定するだろう」

千晶の顔に生気が戻ったのを見て、鋏夫が話し出した。すぐ春馬が口をはさむ。

「間違いなく、裏で権力が動く。もう結城の痕跡を探してるだろう」

「そうだ、だから、画像の暴露を急がなければならん。相手が気づく前に、大々的にやって、パニックになるくらいの騒ぎを起こすのがいいだろう」

鋏夫は次の行動に向かって気持がはやっているようだった。

「いや、画像を暴露したら大騒ぎになるとは限らんぞ。あんなものは偽造写真だという反撃がすぐ開始される。俺たちは情報を量的に拡散する能力も、人員もない。だから、いったんあれが偽造だという逆攻勢が始まったら、真偽の検証に関係なく、偽造だということで、すべてが片付けられる」

腕組みをして聞いていた春馬が、不同意を語る。

「いや、情報戦で圧倒的に追い詰められてるのはわかる。だが、結城がとってきた情報は、状況を一気にひっくり返す決定打だろ。これを手に入れて今動かない手はない。黙っていれば、必ず結城は拘束され、画像データは奪われる。証拠がいっさい残らないように、俺たちは殲滅される」

「お前の言いたいことはよくわかる。だがな、今俺たちがここにもっているデータは、この国のしくみを根本から壊すための切り札にしなければならない。十分に戦略を練って、最も有効な使い方をすべきなんだ」

「じっくり時間をかけていられる場合じゃないんだ。結城の交際範囲をしらみつぶしに探って、俺たちのことを嗅ぎつけるかもしれない。そうなったら、手遅れだぞ」

「深見、焦るな。お前らしくないぞ。焦って判断すると、せっかくの画像データを切り札として活かせなくなる。まだ残っている俺たちのネットワークを最大限に使って、やるときには一気に大量に画像を露出させるんだ。この国の流れを一撃で変えることをめざして、周到に準備しよう」

「言うことはわかるさ。だが、これは時間との戦いだ。もたもたしてるうちに、相手が俺たちを潰し、すべてを隠蔽するだろう」

　銕夫と春馬は互いに譲らず、紘一郎と不二夫は押し黙ってしまった。千晶は、もぬけの殻になった自分の中を、男たちのことばが空しく通り抜けていくと思った。この国のしくみを壊す、状況を一気にひっくり返す、などおそろしいことが語られている。疑念をはっきりさせたい気持から始まった自分の行動が、ついにとてつもないことを生み出してしまった。だが、もう後戻りはできない。明日、会社を辞めよう。辞めてどうするのか。なにも考えは浮かばないが、辞めることが最初の一歩だ。千晶は社の機密を紘一郎に渡したとき、自分はなにを期待していたのだろうと思う。人生の成就が問題のない技術であると証明され、安心して社で働くことだろうか。いや、そうではない。たぶん、結城紘一郎という怪しい男に魅かれ、賭けてみたかったのだ。その結果、なにが起きてもいい、自分が壊れてもいいと思ったのだ。今、ここにいて、洪水に押し流されそうな一本の杭になっているのは、自分が招いたことなのだ。だったら、もう流されてしまえばいい。千晶は男たちのことばに耳を傾けてみようと思った。

「あのなあ、俺に考えがあるんだが聞いてくれ。柿本、まず、今回手に入れた画像データをできる限りたくさんコピーしてくれ。取り締まる側が処理しきれないほどたくさんな。俺たちのネットワークで全国に広めよう。その上で、俺は、この国の中枢に一撃を与える動きを起こす。俺が体を張ってとってきた情報だから、俺に使い方を任せてくれんか」

紘一郎が、鋏夫と春馬の応酬に分け入ってしゃべった。

「ああ、コピーするのはいくらでもやってやる。で、後で言ったのは、なにを狙ってるんだ、言ってみろ」

「協力してくれるんだな。あのなあ、俺は、人生の成就というシステムの根っこにぶつかろうと思うんだ」

「また、雲をつかむようなことを言ってる。根っことは妙な」

鋏夫が首を傾げて応じた。

「ああ、人間にいい夢を見させてあの世に送り込むという、狂気の合理性だな、その根元にあるものに体当たりしたいんだ」

「ますますわからんことを言う。ちゃんと説明してくれ」

「そうだな。俺はな、保健管理省直属の幸福増進研究機構に乗り込むつもりなんだ」

紘一郎の話に耳を傾けていた誰もが、期待をはずされた顔になった。春馬が食ってかかった。

「なんだ、そりゃ。お前、政府に直訴しようというのか。それこそ、愚の骨頂だろ。官僚づらした研究者たちに何を言っても無駄だ」

「データを突きつけて、こんな危険で人道に反することは直ちにやめるように言う。国家犯罪をこれ以上続けることに良心は痛まないのか、と言ってやる」

「おい、結城元准教授、お前、この三十年に俺たちが飲まされてきた煮え湯を忘れたか。国に追従する研究者と称するやつらが、俺たちを蹴落とすためにどれだけ汚いことをやってきたかを忘れたか。この期に及んで、お前が話せばわかるなんて、良心派ぶってるのが理解できない。話したって、通じない相手なんだよ。わかってるだろが」

春馬は、話すほどに、自分の受けた迫害を思い出すのか、紘一郎を相手に逆上していった。

「そうよ、柿本の言うとおりだ。結城の考えは甘すぎる。研究機構に乗り込むなんて、飛んで火にいる夏の虫だ。今とるべき方法としては、問題外だ」

先ほどまで春馬と激しくやりあっていた錬夫が、紘一郎を鉾先にして春馬に同調した。

「まあ、二人とも、そんなに興奮しないでくれ。俺はな、もしもイカサマ受信装置の作戦が成功したら、次はどうするって、歓びの殿堂の中でずっと考えてたんだ。だからな、これはたんなる思いつきじゃない。どうしてもやらなければならないという、言ってみれば結晶になった信念なんだ」

「大げさだな。お前の信念のために、ここまでの成果を水の泡にしていいのか」

「いや、水の泡にはぜったいならん。いいか、聞いてくれ。研究機構に乗り込む前に、まず、俺の奥歯の中に入ってる本物の受信装置を鼻の穴に移したいんだ」

すぐ春馬が割り込む。

「それに何の意味がある。俺はさっそく取り出して、楢本さんが提供してくれた設計図と一致してるか調べたかったんだ」

「いや取り出しても、分解したりしないでくれ。強力な接着剤で俺の鼻の穴に貼り付けてほしいんだ。それからな、今度は、深見に頼みがある」

「なんだ」

「あのな、また歯に細工をしてもらいたいんだ。この前よりもうちょっと手がかかるかもしれないが、お前でなければできないことだ、どうだ頼めるか」

「まあ、言うだけ言ってみろ」

紘一郎が突然、おかしなことを言い出したのを横で聞いていて、千晶はこの男の奇想をもっと聞きたいと思った。この男を衝き動かしている異様な情熱がまたなにか形をとろうとしている。それを知り、自分も巻き込まれたい。千晶はおさえがたい感情の波が高まってくるのが、嬉しかった。

24

幸福増進研究機構理事長　南條理央　様
拝啓
私は細々と便利屋を営んでおります結城紘一郎です。高校に在学中は南條さんと社会のこと、学問のことなどよく語りあったので、もし私のことを記憶の片隅にとどめてくださっていたら幸いです。

この度、お忙しい身であることを重々承知しながら、突然お便りを差し上げる失礼をお許し下さい。これから書き連ねることは、私の衷心よりなるご意見とお願いであります。どうぞお読みいただき、南條さんのご判断の一助にしていただければ幸いです。

私は、三年ほど前に「高齢期リスク・チェック」の結果、「人生の成就プラン」を受けるよう勧告されました。難治性の癌にかかる確率と認知症を発症する確率が高い上、私の仕事の社会貢献度が低いための判定と受けとめております。

家族とも協議し、本年五月に「バラのほほえみ」社にて、人生の成就を受けるため社の施設「歓びの殿堂」に入所しました。医師が設定したプログラム通り、脳内への外部刺激伝達を段階的に増やし、身体による知覚を徐々に低減させていく施術が行われました。半醒半睡の気持のよい状態の時期が続いた後、どの程度の日数が経過したのかわかりませんが、あるとき私は、多数のベッドが並んでいる部屋で目覚めました。薄暗く細長い部屋で、ベッドに横たわっている人々はみな静かに眠っているようでした。私は、この人たちは自分たちが望んだ第二の現実をまさに経験しているのだと思いました。しかし、私自身はと言うと、ベッドの列が見えるし、看護師の様子もわかります。どういうわけか、施設内の現実の続きを体験するばかりで、第二の現実を見ることも聞くこともありませんでした。いったいなぜだろうと訝っておりますと、同じ部屋で苦しみ、悶えているような被験者の声が聞こえ、その声があまりに切迫しているものですから、私はやむにやまれずその被験者のベッドに駆け寄りました。

そこで見ましたのは、見るも無惨としか形容のしようのない光景でした。被験者が声を限りに喚き、胸をかきむしり、太ももに爪を突き立てておりました。医学の知識のない私ですが、これは脳が暴走し、全身をコントロールする機能が失われた結果ではないかと思いました。激しい自傷行為は見るに耐えないものでありました。私は一刻も早く医師と看護師が駆け付け適切な処置を施すことを願っておりました。まず警備員が駆けつけ、やがて医師、看護師がやってきましたので、私は物陰で様子を見守っておりました。

被験者の苦しみを取り除く処置を私は願っていたのですが、そこで行われたのは全く逆の対応でした。医師は手を拱き、暴れる被験者を看護師に制圧させるばかりでした。さらには警備員に命じ被験者をストレッチャーに力づくで固定し、「歓びの殿堂」外に運び出させたのでした。私は一連の出来事に深い衝撃を受けるとともに、このようなことはけっして許されるべきことではないという気持から、たまたま保持していた情報端末の機能を使って一部始終を撮影しました。

わが国の「人生の成就プラン」を策定し推進してきた最高指導者の南條理央さん。一介の庶民である私のような者が意見を申し上げることは大変ご無礼であることを十分承知しながらあえて記させていただきます。「人生の成就」という技術は不完全で、大変危険なものです。人の脳を安全に操作することは不可能であると、私は自分自身が見聞きした体験によって確信しました。また、これまでにも事故が起きていることを担当者が十分認識していながら、事実を隠蔽していることも、担当者の会話からわかりました。

巨大事業となった「人生の成就」は、華々しい外見の裏で、実は、人間を破壊して顧みない残虐な行為を行っているも同然です。これはすべての人が幸福になれる社会をつくり出そうというあなたの理念に反することではありませんか。賢明なあなたなら、今、「人生の成就」を推進することでどれほどの問題が出来しているかはご存知でしょう。この問題は無視したり、隠蔽したりすることで、消え去るものではありません。なぜなら、「人生の成就」という技術を根本から見直さない限り、これからも事故が起こるからです。

南條理央さん、あなたの技術が人々の精神を破壊し、人生の終わりを悲惨なものにしてしまう事故が起きているのに、どうして平気でいられるのですか。いますぐ、「人生の成就プラン」を停止し、事故の原因調査を行い、その結果を国民に発表すべきです。それは科学者であり、この国で高齢者関連政策を主導してきたあなたの責務であると考えます。

私は「人生の成就」の施術により大きな被害を受けた被験者の画像を相当数所持しています。あなたをはじめ「人生の成就プラン」に責任をもつ方々が、自発的にこれまでの国家政策を見直すことを期待しておりますが、そのような動きがみられない場合は、画像を広く発表し、社会的な問題提起を行います。

南條さん、私は、かつてともに学び議論を戦わせた仲間として、あなたと直接面会し、意見交換する場を設けていただくことを希望しております。また、以上私が述べたことについて反論したいことを多々もっていられるのではないかと推察いたします。それをじかにお聞きすることも、私の願いであります。どうぞ、貧しき老生の願いをかなえていただくようお願いいたします。

敬具

二〇九〇年六月一八日

南條理央《みちお》宛てのメッセージを書き終え、紘一郎は三度、読み返した。書き直したいところがいくつかあったが、やり出したら切りがないと思った。勢いで前に進むことが大切だ。だから、最初に浮かんだ文面そのままで行くことにした。南條の根っこにある気質を紘一郎はよく知っていた。南條が食らいついてくるために入念に仕掛けを凝らした。あいつは愚弄されたと思ったら、まるで条件反射のように相手を徹底的に潰そうとする。

あいつは、俺が国会の特別委員会公聴会で、人生の成就プランについて真っ向から反対する意見を述べ、生と死についてわれわれはまだ知らないことがたくさんある、知らないことの前で人間は謙虚でなければならないと述べたことをけっして忘れていないはずだ。反対意見を言われると、執念深くそれを根にもち必ず仕返しをしようとする。南條はそういうやつだ。世間が忘れても、あのときの俺の動きをあいつは忘れてはいない。その俺が、一介の庶民として意見を申し上げると書いたら、きっと結城のやつふざけるな、と平常心を失う。

しかも、「どういうわけか、施設内の現実の続きを体験するばかりで、第二の現実を見ることも聞くこともありませんでした」と書かれているのを読んだら、必ず、逆上する。「どういうわけか」ということばに、紘一郎によるからかいと挑発を感じるのは間違いない。南條の開発した技術に効果がなかったことを、紘一郎がこれ見よがしにあげつらっていると受け取り、歯噛みして怒るだろう。結城紘一郎ごときに自分の医療技術を嘲弄されることの屈辱に耐えられないはずだ。だから必ず南條は前後の見境なく俺を潰しにくる。それがきっと俺にとってのチャンスになるはずだ。紘一郎は身震いしながら自分に言い聞かせ、幸福増進研究機構南條理央宛てでメッセージを送信した。

翌日、幸福増進研究機構の川嶋という職員から紘一郎の情報端末に連絡が入った。人生の成就の施術中に失踪した件について、理事長が貴殿のことを大変憂慮している。ついては貴殿との面会を設定したので、来庁を願うという内容で、日時を五日後に設定していた。紘一郎は、ただちに、地下の治療院に鋏夫、春馬、千晶、不二夫を集め、思っていたよりずっと早く南條が反応を示したことを伝えた。みなで昼夜分かたず作業を続けた結果、紘一郎が依頼した歯の細工が完成した。

「ぜんぶお前のアイデアから始まったことだから、今回もお前のわがままに従うことにした。成功するとはとても思えんが、黙って結果を待つ」

そう言う鋏夫の顔には細かい作業に集中した疲れが滲んでいた。

「俺も、結城が機構に乗り込むことで何が起こるか、先のことがまったく予想できん。ただ、データのコピーは各所に大量に送った。結城の動きとは別に、社会的な暴露と告発をやるための手はずは着々と進めている。だからな、後を信じて、やりたいことをやってこい」

春馬はふだんの皮肉な物言いをどこかに置いてきたかのように、紘一郎を励ました。

「結城さん、お手伝いできてよかったです。うまく行くといいですね」

「ああ、不二夫君、ありがとう。君が深見にお母さんのことを話したのがきっかけだった。きっといい結果を生み出すことになるさ」

「結城さん、あまり無茶はしないでください。でも私、南條博士が結城さんの示す事実をどんなふうに受けとめるか、その場で見てみたい気がするんです」

千晶は、鋏夫に協力して細かな作業にずっと集中していたにもかかわらず、意欲の漲った声で紘一郎に語りかけた。

「いやいや。あんたは南條の考え方に救われてバラのほほえみ社に入ったんだよな。しかし、実物の南條には会わんほうがいい」

「どうしてですか」

「聞きたいか」

「それは」

「うん。あいつの方が俺よりちょっとだけ男前だから、あいつを好きになったら困る」

「えーっ。結城さん、変です」

「まあな。変なじじいさ。でもな、どんな外部刺激を受けてもまるっきり変化しなかったじじい。煮ても焼いても食えんくそじじいとして歴史に名を留めるかもしれんぞ」

千晶の他はみな、声をあげて笑った。千晶は、紘一郎とともに南條のいる機構に乗り込みたいと言ったのは自分の本音なのに、と頬を膨らませ、紘一郎を見返した。


翌日の朝、紘一郎は郊外電車に乗って幸福増進研究機構に向かった。途中から、紘一郎を尾行する男たちが周囲にいるのに気づいた。男たちはつかず離れず紘一郎の動きを見張っていたが、中央駅で下りた紘一郎が官庁街を徒歩で進み、幸福増進研究機構の門に着くと姿を消した。機構はクリスタル・タワーと呼ばれ、ガラス製の正十二面体を積み重ねた形をしている。上部に行くほど正十二面体は小さくなり、地上から見上げると天に突き上げた結晶体となっていた。ガラスを透過する太陽光が多様な角度で散乱し、虹をまとう塔とも言われた。紘一郎が正面入口に立ち上方を見やると、厚いガラスの扉が静かに開いた。ホールに黒いスーツの男が立っていた。

「結城紘一郎さんですね」

と聞かれ首を縦に振ると、男はついてくるように言った。エレベーターに乗り十一階まで上がる。男はドアに向かってまっすぐ立ち、紘一郎をちらりと見ることもない。紘一郎は男の様子を観察した。側頭部を短く刈りあげ耳より上に丸く髪を残している。黒縁の眼鏡をかけ、指先までぴんとそろえてズボンに沿わせて立った姿は、エレベーターが動き出しても微動だにしなかった。

「きみは、連絡をくれた川嶋君なのか。理事長の部下か」

と聞くと、

「非公式な質問にはお答えできません」

とドアを向いたまま答えた。否定をしないところを見ると、川嶋なのだろうと判断した。紘一郎は川嶋の履いている靴が一見ありきたりの革靴に見えて、険しい山歩きにも対応できるトレッキング・シューズであることに気づき、デスクワークよりも、実務的な仕事に就きよく動くスタッフなのかもしれないと思った。

「きみの立場を聞くのも非公式な質問なのか」

「理事長が許可しない質問には、すべて答えるなと命じられております」

「そりゃまた、ずいぶん厳しい指示だね。南條理事長は部下を自分の手足にしてるんじゃないのか」

紘一郎の問いかけに、川嶋はもうまったく答えなかった。川嶋は十一階に着くと大股で廊下を奥に進んだ。理事長室と表示のあるところで止まり、インターホンで来客の到着を告げた。濃紺のガラス扉が左右に開き、紘一郎は川嶋の後をついていった。黒檀がはめ込まれた壁にガラスの天井から程よい量の光が注いでいる。応接用のソファの前まで紘一郎がくると、デスクでディスプレイを見ていた南條が立ち上がり、向かい合わせの位置に来た。

「おお、来たか」

「ああ、久し振りだな」

「まあ、すわれ」

高校以来ほぼ六十年のときを経て出会う南條の顔は、少年時の骨格をそのまま残していた。頭骨にぴったり貼りついた光る皮膚。迫り出した額、側頭に浮き出た血管、落ち着きなく動く眼球とその収納場所である大きな眼窩、高い頬骨とそげた頬、薄い唇、鋭くとがった鼻、どれも高校生のとき議論を戦わせた南條の面影のままであった。華奢だった体つきは、角ばった肩に厚みのある胸、太い腰回りに変わっていた。紘一郎は、着衣の下に分厚い肉の塊を想像し、かつての稚気を残した顔との不調和に、気味の悪さを覚えた。頭髪は薄く、頬に老いの染みが浮かんでいたが、顔が発散する生気が人をひきつけるのは昔と変わりなかった。ワイシャツの首のボタンをはずしネクタイを緩め、袖をまくって紘一郎に向き合う姿は、獲物に目をつけた猛禽類を思わせた。

「結城、お前、人生の成就を受けるように勧告されたんだな。おめでとう」

「なにがめでたいもんか。お前は役立たずだと言われて、どこがめでたい」

「いや、羨ましい。俺はこの歳になってもずっと仕事に追われて、楽になれん。早く、願い通りの第二の現実を経験して、気持のいい時間をゆったり味わいたいもんだ」

「うそを言うな。まだまだ仕事をできる自分はすごい人間だ、俺の存在価値は高いと思ってるんだろう」

「そんなことはない。俺が開発した医療技術の恩恵を受け、幸福な最期を迎えるやつらが心底羨ましい。俺は自分がつくり出した技術を早く自分で体験したいんだ」

「南條、俺はお前の見え透いた自慢話を聞きに来たわけではない。いいか、もう知らせているように俺は、人生の成就が行われている現場を体験してきた。たまたま、俺に通常の知覚が維持されていたから、現場で起きている事故をこの目で見て、この耳で聞いたんだ。お前の開発した技術のせいで脳の機能を混乱させられ、人間性を破壊された被験者が苦しむ様子をありありと見た。事故は初めて起きたものではない。担当の人間たちは、いつものことのように被験者を外部へ運び出した。外部の施設では苦悶に歪んだ被験者の顔を笑顔につくり変え、かきむしられた皮膚をとりつくろう作業が行われている。暴れて鎮静化の困難な被験者が、絶命させられた事例もあるはずだ。こういったことをすべて隠蔽しながら実施されているのが、人生の成就の実態だ。南條、お前は、この政策の最高責任者だ。俺が今言ったことを、お前は知っているはずだ。知っていて、なぜ止めない。お前は完璧な技術を求める合理主義者のはずだ。不完全な技術を見逃すことはお前の信念に反するではないか」

話の間ずっと、南條は鼻の頭に皺を寄せ、紘一郎をからかい、憐れむような笑いを浮かべていた。

「結城、お前の言っていることは、何ひとつ意味がわからん。ここにいる部下の川嶋にバラのほほえみ社に問い合わせをさせたが、お前が突然パスチャーから失踪したことだけは事実だとわかったが、脳機能が混乱した被験者の話だとか、外に移送しているだとか、まったく事実無根だと回答されたぞ。そのようなことを言いふらすのは、社に対する名誉棄損だと、えらく憤慨してた。お前、人生の成就に反対して人生をすごしてきただろう、それがもとで妄想に囚われるようになったんじゃないのか」

「たしかに、俺は認知症になる可能性が高いらしいからな。だが残念なことに妄想ではない。俺はパスチャーの中でも外部施設でも、被験者の様子を画像として記録した。この情報端末に保存してあるから、今から見てみろ」

紘一郎はバッグから端末を取り出し、操作しようとした。

「やめておけ、そんなもの」

南條は笑いながら、端末をもとに戻せというように手を振った。

「画像などいくらでもつくれる。画像を撮っておけば証拠になるというのは、古い時代の人間だ。攻撃対象を不利にさせる画像を捏造するのが商売になる時代だぞ、今は」

相手を余裕で見下す表情で南條は言い放った。

「俺は情報系の知識に疎いじじいだからな。結城のやることはたかが知れていると思ってるんだろう。だがな、そんなじじいでも、そうバカにしたものでもない。いいか、俺のもっている画像には写した時間と場所が電子的に証明されるデータが組み込まれているんだ。そっち方面の知識がある人間が解析すれば、バラのほほえみ社の歓びの殿堂内で撮影されたことが証明される。そしてだ、このデータは、俺以外の複数の人間が共有しているから、俺がどうなろうと社会的に公開する手はずができている」

「なるほど。結城を助ける情報の専門家がいるらしいな。だが、お前たちのレベルでいくら工作しても、こども遊びみたいなものだ。証拠になるなどとバカな思い込みをするな」

南條は鼻であしらおうとした結城に反撃をされて、不愉快な表情でことばを返した。

「いいか、南條。お前、さっき、自分も早く仕事から離れて楽になりたいと言ったろ。本音とはとても思えんが、お前も俺と同じ、じじいの年齢だ。自分の理念をそのままこの国に実現しようとしてきたんだろうが、俺に言わせればそれはマッド・サイエンティストの暴走でしかない。お前の暴走が生み出した弊害はもう限界まで来ている。都合の悪い事実を見て見ぬふりをするお前は昔のお前じゃない。高校のときのお前はほんとに気に入らないやつだったが、どんな現実であれ捻じ曲げたり、見て見ぬふりはしなかった。現実を客観的に正しくとらえた上で最適解を探るところだけは、すげえやつだと思ってたんだ。今、それができなくなっているんなら、お前はもう後のことは若い者に任せてひっこんだ方がいい。ただ、ここまでやってきたことについては洗いざらい検証させることが必要だがな」

「はは、俺に引退宣告か。お前のように、批判だけしてご立派な顔してるやつに言われるとはな。お前には、この国がどれほど美しく調和のある国になったか見えんのか。社会的負担を増大させるだけの高齢者が溢れ凋落一方だったこの国が今、医療技術で世界をリードし、最も希望の多い国になったのを。人口構成が若返り、よき人生の最期を手に入れるために誰もが勤勉に働く。この国はものごとがすべて合理的に処理され、若く美しく、清潔になってきた。いいか、現実を見ていないのはお前の方だ。しかし、まだ道は半ばなのだ。旧時代の古い慣習や感性はいまだに払拭されていない。俺にはまだやるべきことがたくさんある。お前のような傍観者にああだこうだ言われて、やめるわけにはいかんのだ」

インターホンが鳴り、川嶋が扉の方に行った。戻ってきて南條に耳打ちをした。南條がうなずくとすぐに、扉が開きグレーのスーツを着た二人の男が入ってきた。いきなり、紘一郎の前まで歩いてくると、一人の男が捜査機構の身分証を示した。

「結城紘一郎だな」

「なんだ、会話中にいきなり入ってきて」

「結城紘一郎、お前に逮捕令状が出ている。令状を確認するか」

「いや、いい。だが、俺がなぜ逮捕されなければならないか、口で言ってくれ」

「結城紘一郎、お前は、バラのほほえみ社関連施設歓びの殿堂内にて、騒ぎを起こす目的で立ち歩き、他の入所者の静穏を乱し心身に圧迫を加えた末、逃走した。威力業務妨害罪で身柄を拘束する」

「おかしなことを言うな。でっちあげだ」

「言いたいことがあれば、取り調べで言え。本部に連行する」

紘一郎はソファから立たされ、手錠をかけられた。捜査機構の人間が入ってきて紘一郎を拘束することは、南條もあらかじめ知っていたらしい。南條の顔は平然とし、捜査員たちの動きが段取り通りであることに頷いているように見えた。

クリスタル・タワーの前で待ちかまえていた黒塗りの公用車に乗せられ、紘一郎は捜査機構の本部に送られた。すぐ留置場に入れられ、ほとんど取り調べもなく、夜まで過ごした。留置担当官が前を通ったときに、なぜ拘束の理由説明をしないのか、なぜ速やかに取り調べをしないのか

と聞いたが、

「いちいちうるさく聞くな。もう少し待て」

と不機嫌に答えるばかりだった。

夜九時前、逮捕をした捜査官二人がやってきて、紘一郎を移送すると告げた。またも黒塗りの公用車に乗せられ、高速道路を使って郊外に出た。研究施設が立ち並ぶ一角を進み、ゲートに「幸福増進研究機構高機能センター」という表示のある施設に入った。紘一郎は捜査官に左右から挟まれ、中に歩んだ。吹き抜けのホールの左手にエレベーターがあり、三階まで上がる。ホールを見渡すテラスを歩き、左手奥の通路に進む。人の気配がほとんど感じられない。三人の男が通路を歩く音がホールに反響する。突き当たり右側のドアを開けて入ると、皓々としたライトにくまなく照らされた白い部屋である。医療用の紺色のユニフォームを着た南條と川嶋が待ちかまえていた。南條は無言で紘一郎の全身を睨みつけた後、目を逸らした。捜査官たちの動きを指示するように、顎を軽く振った。紘一郎の見たことのない医療機器が壁に沿って林立し、医師用のデスクが置かれていた。

捜査官たちは中央に置かれたベッドまで紘一郎を連れていき、バッグを奪い取った後、いきなり服を脱がせ始めた。シャツとパンツだけにしてから、ベッドの被いをめくり、紘一郎を横たわらせた。手足を拘束するベルトを取り出した。

「やめてくれ。抵抗もしないし、逃げもしない」

紘一郎が叫ぶと、南條はもういいと言うように手を振った。男たちはベルトを横の台に置いて出ていった。

「南條、お前は捜査機構まで自在に操れるのか」

「そんなことはない。その歳で留置場に入れられるのは気の毒だから、お前を俺の医療施設で預かってやることにしたのさ。結城紘一郎は肺が弱っているようだ、と伝えてな。留置場よりこっちの方がずっと楽に過ごせる。感謝しろ」

「冗談ではない。俺は病人ではないから、ふつうの扱いをしろ」

「そうはいかん。結城、いいか、お前は、歓びの殿堂で十分に外部刺激を受けながら、知覚遮断が起きず第二の現実を経験しなかったと言う。あそこはすぐれたスタッフがそろった施設だ。ミスはほとんどありえない。なぜ、お前は通常の知覚を保ったままあそこを逃げ出せたんだ。それを俺は知りたい。いや知らなければならないんだ」

「だから、ここに連れてきたのか」

「そうだ、理屈に合わないことを放っておくことができない性格でな」

ベッドの横に立つ南條は、腕組みをして紘一郎の全身を注意深く見回した。

「たぶん、俺が特異体質だったのだろう。神経細胞が通常の人間と違うのじゃないか」

「寝言を言うな。これまでに人為的な電気信号を受けつけない神経細胞に出会ったことはない。俺がどれほどの事例を積み上げてきたか、お前は知らないだろうが」

「えらい自信だな」

「研究にもとづく自信だ。ともかく、まずはお前が知覚遮断に至らなかった理由を探る。川嶋、受信装置が正常に作動しているか確認してくれ」

「わかりました。先生」

川嶋は外部刺激の発信装置と電気信号の探査機を壁際から運んできた。紘一郎は、発信装置が歓びの殿堂のパスチャーにあったのと似たタイプであることに気づいた。川嶋は発信装置の電波を送るスイッチを入れ、しばらくの間計器を見ていた。

「どうだ、エラーは起きていないか」

「はい、受信状態良好で、周辺に電気信号を送っているのが確認できました」

南條が川嶋の隣りに並んで探査機の表示を確認する。

「そうか、刺激は脳に与えられているんだな。となるとどういうことだ。外部刺激の投与量と時間が不足していたということか」

「まあ、以前に、シープになるまで、通常の倍近くの時間がかかった事例も報告されていますので、ありえないことではありません」

「明日から、この男に、通常の初期段階に比べ三倍の外部刺激を投与することにしよう。プログラムは俺がつくる、いいか」

「はい、わかりました」


南條と川嶋が部屋を出ていってしばらくしてから、紘一郎は左下奥歯を舌先でタッチした。設定した動きをしてやると、臼歯の蓋が開き超小型のボイス・レコーダーがせり上がってくる。舌先でくるむようにつかみ唇の外に出した。

〈二〇九〇年六月二四日。南條は捜査機構を使い、俺を自分の実験室に連れてきた。場所は北東の郊外だろう。俺の体に埋め込んだGPSチップをたよりに柿本が居場所を突き止めてくれるのを期待する。俺はまちがいなく南條の実験の材料にされる。最後に筋弛緩剤を投与されるかもしれない。生きて外に出られない最悪の場合を考えて、音声を録音しておく。無人島で死を覚悟した人間が、ガラス瓶に手紙を入れて海に流すようなものだ。〉

南條の指示で、紘一郎は朝の九時から夜の九時まで外部刺激を送られるようになった。平沼レイナという看護師がついて、食事の提供、患者衣の交換をやってくれた。トイレとシャワーが部屋についていて、外部刺激を受けている最中も使用することができた。どんな刺激を受けているかなんの手がかりもなかったので、歓びの殿堂にいたときのように演技することもできなかった。川嶋が、夜九時半に来て、どんな体験をしたかと聞くので、夜と昼寝の間に見た夢を適当に語ると、毎回、怪訝な顔をした。南條がときどきやってきて、川嶋から経過を聞くと、苛立ちをあらわにして、

「ありえない」

と言った。三日間が過ぎて、南條と川嶋は、紘一郎からの聞き取りと身体知覚の検査結果から、なんら外部刺激を受けていないという結論に達した。

「ひょっとして受信装置の挿入位置が間違っているのか。まさか、そんなへまな施術をする医者がいるとは思えないが……。MRIをかけてみろ」

南條は語気荒く言った。MRI検査後、川嶋は、医師用のデスクで画像を慎重に点検していった。

「先生、受信装置のチップは正しく視床のすぐそばに定着しています。嗅刺激のチップも嗅球のそばに入ってます。問題なしです」

「ほんとうにそうか、よく見ろよ」

「ええ、正しい位置にあります。間違いありません」

「正常に作動してるし、位置も間違いないのか」

「あれ、先生、なにか変です、あれ？」

「なんだ」

「もう一つチップのようなものが見えます。えっ、これはどこだ。なにこれ、脳の外だ」

川嶋は驚きの甲高い声をあげた。

「脳の外？」

南條は血相を変えて、ペンライトを手に紘一郎のベッドに駆け寄った。耳の穴を探り、瞼を裏返し、口の中を見た。鼻をライトで照らし、ピンセットで穴を広げた。

「なんだ、これは」

南條はチップを発見した。ピンセットで鼻の内部に貼り付けたチップをつかむと思い切り引っ張った。粘膜が剥がれる感触がしたかと思うと、鼻の奥へと突きぬける強い痛みがやってきた。紘一郎の鼻から鮮血が勢いよく流れ出した。シーツを鼻に押し当て、じっと我慢した。

「川嶋、これを見ろ、これを」

デスクのバックライトで画像を点検している川嶋のところへ、南條は大股で進んだ。ピンセットでつかんだチップを突き出した。

「これが鼻の穴にあった。川嶋、発信機をこれに当ててみろ」

上ずった口調で南條は命令した。

「先生、しっかり受信してます」

「じゃあ、あいつの頭に発信機を当ててみろ」

川嶋はベッドの横に発信機を移動させ、紘一郎の頭部に向けた。

「あ、嗅刺激以外まったく反応しません」

そのことばを聞いて、南條は拳を握ってしばらく無言だったが、いきなりデスクを叩きつけると、乾いた笑い声を立てた。ひとしきり笑い続けると、ベッドにいる紘一郎のところに歩み寄り、上から睨みつけた。

「おい、結城、よくもやってくれたな。このイカサマはなんのためだ。俺をからかって、くだらない憂さ晴らしをしようってことか。え、どういうことだ」

額に浮かんだ血管がふくらみ、みみずのようになった。

「なにを怒ってるか、わけがわからない。そいつは鼻が吸い込んだゴミだろ。この頃、なんか鼻くそがとれないと思ってたんだ」

「ふざけるな。お前、手術のときにすり替えたろう。それしか考えられない」

「まあ、勝手に推測するがいいさ」

「川嶋、いいか、この結城という男を見ろ。俺の業績をねたんで、研究機構にテロを仕掛けようとしたんだ。イカサマで、この国をひっくり返そうとしたんだ。わかるか。俺は絶対に許さん。こいつが俺にひれ伏すところをお前にも見せてやるから、楽しみにしておけ」

興奮した南條が怒鳴り散らしながら川嶋を引き連れ出ていった。

〈二〇九〇年六月二七日。偽造の受信装置を南條が見つけた。予定通りだ。南條は理性を失うほど興奮している。俺を殺すかもしれない。そんな場合でも、なにが起きたかわかるように可能な限り経緯を録音しておく。明日、本物の受信装置を挿入されそうな気がする。〉

翌日、紘一郎のベッドのそばに手術用具が取り揃えられた。歓びの殿堂で頭骨に開けられた穴が使えると川嶋が南條に言っている。南條が立ち会い、川嶋が偽造の受信装置を取り出し、正規の受信装置を埋め込む手術の準備が整った。嗅覚用の受信装置はそのまま使えると判断されたようだ。

そのうち麻酔が効いてきて、紘一郎の意識が途切れた。目が覚めたとき、南條が紘一郎の体を探っているのがわかった。耳、目、口、鼻、脇、臍、肛門。川嶋と看護師の平沼が南條を手伝い、紘一郎の体位を変えている。

「おい、やめてくれ。けつの穴まで調べるか」

「お前がずいぶん悪知恵をはたらかせる男だとわかったからな。いいか、これから幸福になる刺激をシャワーのように浴びせてやる。民間会社で契約したら何千万という額になる内容だ。感謝しろ。お前は第二の現実に移行し、これまでの惨めな人生から至福の人生をたっぷり経験するだろう。お前が投げつけてきたクソを、俺が最高級のディナーにして返してやるようなもんだ、どうだ嬉しいだろう」

南條は自信たっぷりの顔で言い、平沼と川嶋に後の処置を任せて出ていった。

次の日から再び、朝の九時から夜の九時まで外部刺激の投与が行われた。

やわらかな産着にくるまれている。あたたかくて、やすらかな気分だけがある。時間の感覚も、自分という意識もなくただ気持よく漂っている。やがて空腹を感じて泣き声をあげると、あたたかい人がやってきて、抱き上げ乳房に口をあてがってくれる。甘い液体が喉を通り全身にしみわたるように広がっていく。体験させられているという意識が薄れ、気持のよい世界にずっと身を任せていたくなっていく。

ぬるい湯に浸かっている。鼻がしっかり水面の上に出て、怖くない。体と水の間に境目がなくなり、ふわふわと浮いている感覚だけがある。ああ、こんなふうにずっとふわふわしていられたらどんなに楽しいだろうと思う。

床を這っていると身のうちにどこからか力がやってきて、手があがる。そこらにあるものをつかむと足が床を踏んで伸びようとする。そうだ立つんだ。つかまり立ちすると、体のなかがむくむくと動き始め、足が横に出る。動いている。なにか見えない力が湧いてきて、壁をつたって体が動いていく。自分のなかがむずむずする。動くことが楽しくてたまらない。

食べる。シュークリームをつかんでむしゃむしゃと食べる。シューがつぶれて、クリームが溢れ出す。口におさまりきらないクリームが鼻と頰に広がるが、それでもいっしんに食べ続ける。甘さが口から体ぜんぶに伝わっていく。桃の薄皮をぺろりぺろりと剥がし、桃を丸裸にする。思い切り口を開け、かぶりつく。桃の甘酸っぱい果汁が口いっぱいに広がり、唇から垂れていく。やわらかい果肉が口の中でとろけていく。炊きたての飯を塩だけで握ったおにぎり。かむほどに飯粒がほどけ、かすかな甘さと塩味が舌を喜ばせる。かみ終えて喉を通るときの感触が全身を嬉しがらせる。

ブランコに乗る。膝の屈伸でブランコがだんだん高くなる。地面が吸い付ける力を振り切り、高く高く飛んでいく。平らな地面とは違う世界があることがわかる。自分の力で空中を動いていることが、無性に楽しい。自転車に初めて乗れた日。ペダルを踏むことが推進力になることの奇跡。細いタイヤを立てて前へ前へ進む。変幻自在の力に自分も加わり、いっしょに動いている爽快感。盛り上がって熱くなったペニスをわけもわからず、柱に擦り付ける。どきどきする。持て余している変なものがある。使い方のわからないものが自分についているのが面白い。橇で斜面を滑る。寝そべって足をあげるとスピードが出る。地面の起伏をものともせずに吹っ飛んでいくのが楽しくてたまらない。

南條が用意した気持のよい場面に紘一郎は舌を巻いた。快感をもたらす刺激が適度な間をおいてやってくる。平穏な感覚がしばらく続いたところに、ふっと快楽の刺激が訪れる。気持がよいだけではない、気分が明るくなりこの感覚にずっと身を任せていたくなる。否定的な感情が消え、生きていること自体を歓びと感じる。人生の成就の問題点を暴き、南條を屈服させようとする自分の意気込みがだんだん薄れてくる。

川嶋が毎日、夜の九時半にやってきて、今日はどうだったかと聞く。体験した内容を素直に話し、幸福な感情がずっと続いていると答えた。実際、今浸っている安楽から出ることが煩わしくなり、機構に乗り込んできたときの怒りは日々生々しさを失っていた。外部刺激を継続して受けた後は、視界が朦朧とし、問いかける川嶋の声も聞き取りにくかった。このままいくと、知覚遮断が間違いなく起きる、と紘一郎は思った。

一夜明けると、知覚はほぼ回復している。看護師の平沼と会話ができるし、朝食を自力で摂ることもできる。身体知覚が十分にあるときは、自分が戦う意思をもってここに来たことを自覚できる。逆に言えば、知覚遮断が起きてしまえば自分は当初の意図を忘れ、南條に脳を完全に支配されるということだった。紘一郎は対応策をとるほかないと思った。

今日も、南條がプログラムした快楽刺激がやってくる。高校の部活動で紘一郎がバスケットをやっている。球技が苦手で、ボールをパスされても次にどうプレーしていいかわからず、まごついているうちに、すばしこい敵にボールをスティールされてしまうのが紘一郎の実態なのに、今は違う。手に吸い付いたようにドリブルをし相手をかわすことができる。フェイクして、相手がディフェンスするのと反対側にパスを出せる。味方のスクリーンを利用してカットインシュートを決める。やろうと思うプレーがつぎつぎと決まり、紘一郎にボールが渡ると体育館が騒然となる。自分が思いを寄せる女生徒が、足を踏み鳴らし声を限りに応援しているのが目に入った。得点は六七対六八、一点差で負けている。残り時間はわずかである。相手のガードがドリブルをして、時間稼ぎをしている。紘一郎は一対一の勝負に出た。昂揚した気分が紘一郎を前に押す。ボールを奪った。

そのとき、〝やめろ、やめろ〟とささやく声が聞こえ、一気にダッシュしようとする足が急に重くなった。紘一郎は左上の奥歯をたてたてよこよこ……と舌先でタップした。臼歯の蓋が下がってくる感触があったかと思うと、口の中を激しい辛さが襲った。辛いというよりむしろ熱いという刺激が口腔内のあらゆる場所に突き刺さり、頭蓋骨の中で光が飛び散った。急に心臓が激しく打ち始め、紘一郎は足取りが乱れた。ゴールへ向かって走り込んだが、シュートはリングに弾かれ床に転がった。失望と落胆の声がこだますうちに、終了の笛が鳴った。

「あいつら、なんてものを入れるんだ」

いざというとき知覚が瞬時に目覚める刺激性のものを用意してくれと四人の仲間に頼んでいた。よりによって唐辛子を入れるとは、誰のアイデアだろう。唐辛子は口の中にいつまでも居座り、舌と口腔内の粘膜がヒリヒリした。おかげでバスケットに没入していた紘一郎の脳でいきなり知覚神経の回路が活性化した。バスケットの情景がだんだん朧ろになり、ベッドとその周辺が知覚されるようになっていった。脳が成功を求めて一気に加速したときに、眠りかけた知覚がいきなり活性化した。もし見事にシュートを決めていたら、紘一郎は成功に酔い、さらなる快楽を求めたことだろう。

夜、川嶋といっしょに南條がやってきた。

「今日はどんな体験をしましたか」

川嶋が聞く。かすかでとても聞き取りにくい。はるか遠い世界から響いてくるようだ。

「ああ、素晴らしい体験をした。バスケット部に入って活躍してるんだ。その余韻が今でも続いてる。俺はドリブルが抜群にうまくて、相手を自由自在にかわす。チームの得点源で、逆転のシュートを決めてヒーローになった。体育館中が沸きに沸いて、俺は最高の気分だった。その晴れがましい気持でいっぱいだ」

「そうだろう。いい気持になれてよかったか」

南條の声がかすかに届いてくる。得意気な口調であることがわかる。

「ああ、よかった。ずっと、ああいう気持でいたい」

目覚めた意識が、南條をくすぐることばを発してくれた。

「そうだろう。明日も、明後日も、最高の気持にさせてやる。そして、お前はシープになるんだ」

南條は紘一郎が支配下に入りつつあることを確信した顔で、出ていった。

翌朝、紘一郎は早く目が覚めた。バスケットの試合でヒーローになり損ねたことを思い出し、ああよかったと思った。もし成功していたら、俺は間違いなく南條の世界にぐいと取り込まれていたはずだと危い思いをする。白い部屋の中でベッドに横たわっている自分の手足をさわり、強くつかんで、第二の現実などくそくらえ、あんなものは一場の夢だと自分に言い聞かせた。


〈二〇九〇年七月四日。早朝。南條がプログラムした外部刺激をのべつ幕なしに注入されている。気持よくなり、戦う気力が失われていく。駄目になりそうだ。南條が、あと二日で俺がシープになると言っている。今日の外部刺激で、丸ごとあっちへもっていかれそうになった。やばい。左上奥歯を開けて身体知覚を強化した。殺人級の唐辛子だった。誰だ、唐辛子を入れたのは。口の中が火の海だった。〉

九時から外部刺激の注入が始まる。紘一郎は郷里の両親と向き合っていた。父は町役場に勤めながら農業をしてきた。母は保育園で保母をしていた。二人とも実直に暮らし、七十を過ぎてからは家の回りで園芸だけをやっている。久し振りに会った両親は、いつものように穏やかである。母の手料理を食べ、父と酒を酌み交わした。心なごむひとときが、紘一郎の日常の疲れを癒す。

「紘一郎、お前が大学の教員になるとはな。小さいときから本を読むのが好きだったが、こんな立派になると思わなかった」。大学教員の肩書など気恥ずかしいと言っている紘一郎だが、田舎の父に言われると素直にうれしい。「そうだよ、この子は泣きべそで、臆病で、世の中に出ていけるか心配だったよ」。母に言われると、弱々しかった自分が社会的地位を手に入れたことが、ほんとに立派に思えてくる。「ああ、父さん母さんに喜んでもらえたら、俺も嬉しい」。紘一郎の目頭が熱くなり、幸福な感情がジーンと身のうちに広がってくる。「ところでよう、紘一郎。お前のやっている学問のことはさっぱりわからんが、なにか、国の方針にさからうことを言ったらしいな」「えっ、父さん、なんのこと」「ほら、お前、人生の成就プランは国家による殺人だ、と発言したとか聞いたぞ」「そうだよ、近所の人から、おたくの息子さん、なんかおそろしいこといってるんでないかい、と言われたよ」。両親がそろって、紘一郎が危険な発言をしているのではないかと聞いてくる。紘一郎はさきほどまでのうれしい気持が急にしぼみ、悪事を親にただされている子どもの気持になる。「いや、心配しなくていい。俺は、自分が正しいと思ってることを、ふつうにしゃべってるだけ。人として当たり前のことだと思ってるよ」。「そうだろうか。俺はな、自分があまり世の中の役に立たなくなったら、いい夢みさせてもらって眠るように死ぬのはありがたいと思うんだ」「ああ、わたしもさ。あんたたち子どもに迷惑かける前に、静かにこの世から引退できればありがたいと思ってるよ」。二人の話を聞いている紘一郎は、これが年寄の自然な感情なのか、その気持を無視はできないな、と思う。「だからね、紘一郎、あんた、もっと年寄の気持になって、ものごとを穏やかに考えなさい」。母に穏やかになれと言われると、逆らうことがとても不人情に思える。「そうだ、紘一郎。お前は自分の学問をもっと、みんなが穏やかで幸せに暮らすことのために使ったらどうだ。正義とか公正とか、お前は言っているようだが、それは争いの種を播くだけではないのか」。お前のやっていることは争いのもとだと父に言われると、紘一郎は、そうだ自分は争いを避けなければならないという気持になってくる。この小さなあたたかい空間を壊してはならないのだ。紘一郎は「父さん、母さん、わかりました」ということばが、胸の中に広がり喉を突いてくるのを感じた。そのとき、〝おい、なにしてる、舌を動かせ〟という声がかすかに聞こえた。今にも靄の中にかき消えてしまいそうな小さな声だ。だが、その声がなぜか、錐のように紘一郎の脳髄を突き刺す。右上奥の歯をたてたてよこよこ……と、タップする。蓋が開いて粒状のものが口の中に転がった。顔をしかめたくなる酸っぱさが襲ってきた。田舎の母がつくる梅干し、酸っぱさに手心を加えない大きな梅干しを丸ごと噛んだときの刺激である。唾があとからあとから溢れてくるが酸っぱさは消えない。梅干しの刺激が、体が覚えていたことをたくさん引き連れてきた。身震いして父と母に改めて向かい合うと、先ほどまで紘一郎の胸に食い入りしみ込んでくる表情をしていた二人が遠ざかり、小さくなっていく。「父さん、母さん、心配してくれて感謝してる。けど、俺は、やっぱり、自分の思いを曲げるわけにはいかないんだ」ということばが口を突いた。その後も父と母との夕食は続いたが、二人の姿はぼんやりとなっていき、話しかけてくる声もおぼろげで聞き取れなくなった。

川嶋が九時半に来た。

「今日の体験を教えてください」

とても聞き取りにくい。くもった声である。

「ああ、田舎の両親となごやかに夕食をとっていた。とてもゆったりしていい気分だった。自分のことが認められて、こんなうれしいことはなかった。両親から、国に楯突くような発表をするなと言われた」

「そうですか。で、なんと答えたんですか」

「ああ。親の気持が通じてきてね。それで、わかりました、と答えた」

川嶋は紘一郎の返答に大きくうなずき、部屋を出ていった。


〈二〇九〇年七月五日。深夜。外部刺激を長時間受けていたが、梅干しの強烈な酸っぱさで一気に知覚が戻ってきた。強烈な味覚が、ほかの体感覚を覚醒させたようだ。だから、今のうちに録音しておく。今日は南條の理論に賛同するよう巧みに誘導された。危ないところだった。南條が与える刺激と、俺の体の知覚がぎりぎりのところでせめぎあっている。しかし、第二の現実と、身体知覚による第一の現実が長時間俺の中で併存したら、なにか異常が起きないのか、心配だ。俺が壊れてしまうのではないか。パスチャーで喚いていたシープのことを思い出す。〉

翌日、朝の九時から夜の九時まで紘一郎は気持のよい刺激を間断なく与えられた。柳の若葉が瑞々しい川べりの散策。ゆったりとジョギングをしてそよ風に吹かれる。汗をかいた肌を撫でる風がこの上なく心地よい。ラテンのビッグバンドに耳を傾け心が躍る。焼き立ての香ばしいパンにバターを塗って味わい、深く淹れたモカを飲む。塩ゆでのじゃがいもがとてもうまい。オートカーに乗り、高山地帯にのぼっていく。兎や馬や狐の形をした残雪が山肌にくっきり浮かび、思わず声をあげたくなる。山間の静謐な小さな湖がエメラルドのようで手にとりたくなる。レストランに入ると、暖炉の温かさが心を落ち着かせ、極上のステーキやフォアグラのソテーなどのコースをワインとともに楽しむ。紘一郎は楽しく快適なことばかりの一日を振り返りながら極上のディナーを楽しんでいる。こんなに楽しいことばかりでいいのだろうか、なにか忘れていないかと思ったとき、舌が習い覚えた動きで左下奥から二番目の歯をタップしていた。蓋が開きなにか迫り出してきた。「おっ」、耐えがたい臭気が口から鼻に立ち昇った。「いや、これは」。誰かの放屁を集めて圧縮し粒にしたものに違いなかった。腐りきった卵、ブルーチーズ、くさやの干物、どれにもたとえられない、糞尿が発する臭気を集め濃縮したとしか言いようのないものであった。紘一郎のフルコースは臭気にまみれ、早くレストランから逃げ出したくなった。じっとしていると糞尿の中に漬け込まれ、沈み込んでいくようだった。紘一郎は清浄な空気を求めて、深呼吸を繰り返した。そのうち、自分が白い部屋のベッドに横たわり、首を振り振り喘いでいることがわかった。

川嶋と南條が九時半にやってきた。

「今日の体験はどうだった」

南條が聞いてきた。自信たっぷりの声がはっきり聞き取れたが、聞こえないふりをした。

「おい、結城、今日はどんな体験をした？」

ふたたび尋ねるが答えない。

「まったく、聞こえていないようですね」

「ああ。今日は、これでもかというほど快感を味わってもらったからな。こいつはもう完全にシープだ。明日から二十四時間継続して外部刺激を与える。結城、コングラチュレーション。素晴らしい人生を成就してくれ」

南條と川嶋が明日からの予定をにこやかに打ち合わせながら出ていった。

〈二〇九〇年七月六日。シープになるための準備期間が終わった。俺は、知覚が遮断されていると判断された。明日からシープとして常時外部刺激を受ける。なにが起こるか予想ができない。不安だ。それにしても、屁を入れたのは誰の案だ。深見や柿本の屁じゃないよな。せっかくのフルコースを台なしにしやがって。〉

翌朝、南條と川嶋の他に二人の男が、バスタブを部屋にもちこんできた。紘一郎の患者衣を脱がせ、白い経帷子のようなものをまとわせた。四人で紘一郎の体をもち上げバスタブに移した。バスタブはとろみのある液体に満たされ、体温よりほんのわずか温かく設定されているようだった。上体を後方に倒し、頭だけを液体の上に出す。あたたかい、冷たいの感覚もほとんどなく、腰が底に当たっている感覚もなかった。

「結城、聞こえてはいないのはわかっているが、俺が開発させたこの装置について、語らせろ。身体いいか、このバスタブはほぼ知覚ゼロを実現している。完璧な第二の現実を体験するには、身体知覚を限りなくゼロにすることが望ましい。それにな、液体中の粒子が排泄物を取り込み比重を重くする。底に沈殿すると水流がバスタブの外に排出する。だから、お前は流動食をとれるし、排泄の世話をされることもない。点滴の管も、導尿管もいらない。身軽な状態で人生の成就を遂げることができるというわけだ。どうだ大したものだろう」
南條はひとしきり語ると、バスタブに浸かる紘一郎の全身をくまなく見回し、男たちに細かな指示を出した。バスタブの横にはモニターが設置され、紘一郎が経験する第二の現実をリアルタイムで画像確認できるよう準備された。川嶋が外部刺激の発信機を操作し、始動させた。

紘一郎は意気揚々として、スーツを着、ネクタイを締めて大学に向かっていた。学科を横断する研究プロジェクトの初会合に向かうところである。報道陣が注目する会合で、カメラマンが会場入口に待ちかまえている。フラッシュを浴びながら、紘一郎は会場に入っていく。席に着くとすぐに司会の指名により、南條理央が基調報告を始めた。

この度、人生の成就プランの実現に向け検討を始めることができましたのは、生物、化学および情報、医療の各方面の専門家のみなさまの長年にわたる共同研究の成果によるものであります。しかし、このプランの策定にあたりましては、法学、哲学、社会学、倫理学等社会科学、人文科学からのアプローチが欠かせません。本日は、新たに検討委員として加わりました結城紘一郎先生をご紹介します。先生の業績はまだ広く知られてはおりませんが、生命倫理の分野で気鋭の研究者として活躍されておられます。先生は先進諸国における安楽死および尊厳死について該博な知識をおもちであります。安楽死が行われている国の法律、死生観、道徳観、倫理観を深く研究され、わが国において実施する場合の条件をかなり早い時期から検討されてこられました。その結果、先生は、死の不安と恐怖を避けるための消極的な安楽死ではなく、幸福で満ち足りた人生の最期を実現しようとする積極的安楽死についても強い関心を示しておられます。どうぞ、結城先生、よろしくお願いいたします。紘一郎はその場で立ち上がり、頭を下げた。拍手を受けて着席する。南條の話はその後も続いていたが、紘一郎はどんなきっかけで自分が検討委員になったのかその経緯を求めて過去に遡ろうとした。南條がとうとうと脳科学の進歩を話す声が頭をかき乱し、過去が茫漠としてなにも思い出せない。会が終わり検討委員たちが部屋を出ていく。南條が自分の席に近づいてきて、別室へ来いと案内する。応接セットのある部屋に入ると自分の研究室の大前田教授がいて、南條も入ってきた。南條がしゃべり出す。「ああ、今日は結城が来てくれてよかった。結城が俺の味方についてくれたら、こんないいことはない」。「えっ、どういうこと？」。「決まってるだろう、人生の成就が、生命倫理の観点から言って、これからの時代にぜひ必要な技術であり、政策であることを、お前が論証するのさ」。「そんなこと、今日ここに来るまで全然言われてないぞ」。「突然言われて困るか」。「まあ」。この場所にいることの不自然さが紘一郎を戸惑わせる。「なんだ、結城君、おかしな顔をして。いいか、南條先生はこの国を背負ってプランをつくり、推進しようとしてるんだ。これが実現したらどれほど学問研究が進歩し、人の暮らしがよくなるか、君だって想像がつくだろう」大前田教授が身を乗り出して紘一郎に語りかける。「私のところにも委託研究費がつくし、医学部や生物学部との共同研究ができる。わが生命倫理学科が、先導役になって研究ができるんだぞ。すごいと思わんか」。紘一郎の将来のポストを左右する立場の教授なので、紘一郎はノーとは言えない。「いいか、結城君、君が南條先生を支援する立場で論文を書けば、このプランの推進力になるんだ。ねえ、南條先生」。「その通りです。結城のように優秀な人間が私の理念を理解し支持してくれたら、これは百人力です」。「ほら、南條先生もこう言ってる。君が今回期待される仕事をしてくれたら、希望していたドイツへの留学を実現してやろう。帰国したら、私の後任は君だ」。紘一郎は研究者としての将来が保障されるという話に心が吸い寄せられた。ドイツに行って最先端の研究者とも議論を戦わせることができる。これまでの見通しの乏しい研究生活に、先の光が灯った。大前田と南條が紘一郎をじっと見守り、答えを待つ。南條がめざすプランの内容がどのようなものなのかだんだんぼやけてくる。なにに加担しようと知ったことではない。俺は研究者としての充実と栄誉を手に入れることができる。うれしい。と、そのとき、目の前にいる大前田がなぜ自分にこれほど気前のよい態度をとるのだろう、という疑念が頭をかすめた。いつも、裏に回って紘一郎を酷評し蹴落とそうとしている男ではなかったか。紘一郎を慕って教えを受けに来る学生を追い払ってしまう男ではなかったか。こんな男の前でヘラヘラしている自分に急に腹が立った。紘一郎は舌先で右下奥二番目の歯をたてたてよこよこと、タップした。歯の蓋が開き、底がせり上がってきた。舌で小さな粒にそっと触れると腐りきったチーズのような味がして、口の外に出してしまいたくなった。我慢して口の中に転がす。粒から腐った味が盛り上がり沸き立つように口腔内に侵食していく。足の指の股にたまった垢、臍の胡麻、ずっと洗っていなかった性器にこびりついた垢、そんなようなものが入り混じって、紘一郎の口を満たし、鼻にも溢れていく。とても気持が悪い。吐き出すわけにもいかず、腐臭に耐えていると、大前田と南條の顔の輪郭が溶け、つかみどころがなくなっていく。「どうだ、結城、俺といっしょにこの国を変えよう、味方につけ」、「結城君、君にとってこれほどのチャンスは二度と来ないかもしれんぞ。腹を決めろ」、南條と大前田の声が聞こえるが、紘一郎は答えた。「やはり、考え方に隔たりがあるので、お断りします」。その後も、二人による説得が続いたが、話の途中席を立ち、どこへ行くともわからず靄の中をただ歩き出した。

ふと気がつくと、平沼レイナが流動食を胃の中に流し込んでいた。鼻の穴から胃へと栄養物を送る様子が見える。バスタブに自分がいることもわかった。ただ、この世界に自分が居場所を定めている感覚がない。頼りなく浮遊している感覚が全身に漂い、胸がムカムカする。モニターを見上げると、キーボードを打っている自分の手が見えた。あれは何だろう。

すぐに、川嶋と南條がやってきた。

「途中、ちょっと首を振ったりの動きはありましたが、ほとんど静かに横たわっていました」

「そうか。あまり、動的な場面のない外部刺激だったからな。あれ、見ろ。手が動いているぞ。ほら、モニターと一致してる」

「そうですね。これはすごい」

紘一郎はキーボードを打つかのように、バスタブの水面を両手の指で叩いた。

「シンクロしてるな。はっはっは」

「たしかに」

「今まさに、人生の成就を支持する論文を書いているところだろう。いいぞ、結城」

南條と川嶋は、満足した笑い声をあげて出ていった。


〈二〇九〇年七月たぶん七日。俺はシープになりかけたが、身体知覚は急速に回復した。あの腐った臭いのおかげだ。まさか、誰かの体から採取したわけではないだろうな。しかし、今日は南條に支配される寸前だった。危ない、危ない。研究者のポストという餌をちらつかされて、金魚のようにぱくりと食いつきそうになった。自分の生臭さが悲しい。明日は、どんなふうに俺を支配しようとするのか。南條の送ってくる快楽刺激は、俺への憎悪であり、怒りに促された支配欲なのだ。そのことをぜったい忘れるな。〉

晴れた夏の日である。紘一郎は妻の菫、娘のひなた、息子の彬、譲とオートカーに乗り、海岸線を走っている。友人の家に立ち寄った後、家族は水遊びの用意をして崖下の海岸へ歩いていった。海の底が沖までずっと見えるほど澄んだ水が足もとを洗う。浅いところで弟たちと遊んでいたひなたが思い切って全身を水に浸け、泳ぎ出した。妻の菫が「わあ、ひな、すごいね」と言って、追いかけるように泳ぎ出した。紘一郎は息子たちの相手をするのに夢中で、二人が岸からかなり離れても気にならない。が、岩場の彼方の海面に一筋の白い線があるのが目に入り、背筋が凍りつく感覚に襲われた。なにかおそろしいことがやってくる。菫、ひなた、早く戻ってきなさい。こんな穏やかな海に白い線を見ただけで、どうしておそろしくなったのかわからないが、とにかく菫とひなたを呼び戻したい。

〝そうだ、早く、大切な家族を呼び寄せろ〟

どこからか声が聞こえる。いったい、誰が呼んでいるんだ。紘一郎は浜辺一帯を見回す。

〝結城、どこを見渡したところで、俺は見つからない。いいか、お前が経験している第二の現実に俺の声が響いているんだ。わかるか〟

南條の声が空から降ってくるようだ。外部刺激の信号に声を混ぜているのかとふと思ったが、思っている自分はすぐ消え、浜辺にいることだけが感じられる。

〝いいか、結城。お前は悲しい記憶を塗り変えることができる。新しい現実に生き直すことで、失われたものを取り戻すことができる。どうだ、うれしいだろう。絶望のどん底にいたお前は、また、なんの屈託もなく笑い、家族と手をとりあうことができる。行け、結城。お前の大切な人を救うんだ〟

声が紘一郎を揺さぶる。俺は失ったものを取り戻すことができる、本当か？　俺は海に突き進みあの二人を連れて来ればいいのか？　紘一郎は彬と譲に浜辺の一段高いところで待っているように言い、大きな浮き輪を手に菫とひなたのいる方へ大股で歩を進めた。と、さきほど白い線だったものが巨大な波に姿を変え、小さな湾の入口でうねり、こちらに押し入ってきた。「おおい、菫、ひなた、早く戻れ。波が来る」、声を限りに叫んだ。だが、波はもう菫とひなたのところまで押し寄せ、二人を高々ともち上げたかと思うと一気に海中に沈めた。紘一郎は、二人の姿が見えた方へ、浮き輪を前に抱えバタ足で泳ぎ出した。

〝そうだ、結城。お前は勇敢だ。慌てず、しっかり、進め。妻と娘はお前を待っている。お前が手を差し伸ばし、二人を助けるんだ〟

声に励まされ紘一郎は泳ぎ続けた。前方を見ると水色とオレンジの水着が見える。だが、岸に押し寄せる水の力で前に進むことができない。菫とひなたが海面に頭を出してもがいていた。紘一郎は顔を水につけバタ足を続けた。二人のところに浮き輪が届けば助けられるという希望が紘一郎を鼓舞した。

〝よし、もう少しだ。お前は家族を守る強い父親だ。さあ、あと少し〟

近づいてきた紘一郎に向かって菫とひなたが手をあげている。もう大丈夫だと思ったとき、海水が紘一郎に襲いかかり、口の中に小さな木切れが飛び込んできた。歯茎をこすり、小さな痛みが走った。紘一郎は指先で探り、木切れを口の外に出した。そのとき、ふと、なぜ俺は歯をタップしなかったのだろう、とても大切なことを忘れていたと、思った。舌先で右上奥二番目の歯をタップすると、蓋が開き底が下がってきた。口腔内に、焼けるような熱さが広がった。八十度も九十度もある蒸留酒をいきなり呷ったような衝撃が喉から脳の中心部を襲った。ひりひりさせる熱が、紘一郎のなかをかき回す。大波に巻き込まれている世界が急に無音になり、もがいている菫とひなたの姿が少しずつ遠くなっていく。助けを求める菫とひなたが見えているのに、紘一郎は浮き輪を腕に抱えたまま渡そうとしない。だんだん二人が遠ざかり、波の中に巻き込まれていくのに、紘一郎はもう何もしない。菫とひなたはうねりの中に完全に消えてしまった。もう何も見えない。嗚咽がこみあげてきて止まらない。波に巻き込まれて俺も消え去りたいと思った。

喉がまだ熱く、咳き込みそうだ。冷たい水で洗い流したい。紘一郎が、口を襲った異変に気持を向けると、目の前の浜辺がかすんでいった。バスタブの縁が現れ、横のモニターが見えてくる。モニターには、大波から逃れ命からがら浜辺に戻ってきた菫とひなたが映っていた。彬と譲が二人に寄っていく。家族が寄り集まり、安心の笑顔に包まれていく。家族四人をかき抱く強い腕。あれが俺か。この体験をすれば、俺は失われたものを取り戻し、幸せになったのか。俺はその機会を自分で放り投げたのか。だが、そう思っている俺は、どこの誰なのか。深い徒労と喪失感が押し寄せ、紘一郎は涙がこぼれるのをどうすることもできなかった。大切なものを平気で投げ捨てた自分に存在の意味はないという気がしてきた。

「先生、被験者は第二の現実でこの上ない幸福に浸っていますね」

川嶋は紘一郎の涙を見て感に堪えたように言う。

「そうだ。この男は、喪失体験を俺のおかげで書き換えることができたんだ。感謝してもらわなくてはな」

「やはり、先生の技術は特別です。感動的です」

「いや、お楽しみはまだまだ、これからだ」


夜間は照明が落とされ、看護師が三時間おきに回ってくるだけである。外部刺激は、あたたかい靄に包まれているかのような体感が基調になっている。ときどき小さな虫の音、風の音が聞こえてくる。紘一郎には自分が白い部屋にいてバスタブに浸かっていることをはっきり意識することができた。俺はまだ、体で世界を感じることができると自分にいい聞かせた。

〈二〇九〇年七月たぶん八日。俺はかなりシープになっているが、身体知覚はまだ残っている。半シープだ。今日、溺れかかった妻と娘を救い、家族を守る第二の現実を体験しそうになった。強烈なアルコールが、俺を第一の現実に引き戻した。救って幸福になった方がよかったという感情が溢れてきてどうしようもなかった。幸福とは何だろう。どうせ死ぬなら幸福な気持で死にたい、という者の気持がわからないでもない。あー、とても不安だ。生身の人間と話がしたい。そうだ、千晶がいい、千晶と話したい。それがかなわぬなら譲と話したい。とにかく手ごたえが伝わってくる人間と話したい。もう俺はたたかいの終わりに近づいているのだ。南條は俺を支配下に置いたのを確信している。だとしたら、時間はもうほとんどな

い。あのときがやってくる。〉

ボイス・レコーダーに声を吹き込んだ後も、紘一郎は眠りに就くことができなかった。ほどよい温もりが体を包み、瞼の裏にやわらかな靄が漂っているのに、意識は覚醒したままだった。波間に姿が失われてしまった妻と娘の顔が、目の前をちらついて離れない。消し去ることのできない悔恨が胸に渦巻く。自分が意地を張ることで、人間の情を捨て去った野獣になっていくような気がしてくる。俺には、菫やひなたのことを見捨ててでも目ざすべきかけがえのない到達点など本当にあるのだろうか。今の俺はなんの意味もなくただ地の底を這いずり回っているだけではないか、俺の意地が何かを変えられる見込みがどこにあるだろう。結局は南條の意のままに操られ、絶命の道をたどるだけではないか。絶望的な感情が全身をこわばらせ、紘一郎は否定的な答えしか出ない自問を繰り返した。

どこかに抜け道はないのかと探ったとき、いったいなぜ、俺の第二の現実に菫やひなた、父や母が現れたのだろうか、という疑念がわいた。いかに南條が高度な技術をもっているにしても、こんな短期間のうちに俺に身近な人物たちを視覚的、聴覚的にプログラム化することは不可能だ。紘一郎は、身震いするような想像をした。南條は、俺の記憶の堰を決壊させ、俺が無意識のうちに望んでいるものを第二の現実に登場させたのではないか。親を安心させ、妻と娘を生き返らせること。南條は、俺のうちに潜んでいた願望をひき出し、脳内に登場させる操作をしたのではないか。もし、そうだとしたらなんとおそろしい男だ。一方、俺はなんとひ弱な餌食であることか。紘一郎は、ほとんど南俺の脆い内面をうまく利用するやつを相手に、勝つ方法があるだろうか。紘一郎は、ほとんど南条の支配下に置かれた自分に、どのような脱出路もないような気がしてきていた。

俺は蜘蛛の巣にからめとられ生と死の境目で頼りなく揺れている虫だ。南條の誘いに逆らわなければ、穏やかで満ち足りた気持でこの世を去ることができる。俺はそれを、なんとお手軽で薄っぺらな死だと、さんざんバカにしてきた。そのようなものに自分の人生を委ねてはいけないと、訴えてきた。では、俺は、今、それに対して崇高で立派な死を示すことができるのか。なにもありはしない。ただ、じたばたもがいて最期を迎えるだけだ。そんな死に方にどんな価値や意義があると、人に説明できるのか。だが、説明はできないが、俺は、この境目からあちらの側には行きたくない。ただ、それだけ。惨めでも、ぶざまでも、俺を気持よくさせるものに最後までさからう。

紘一郎は眠れぬ自分に言い聞かせた。生きるも死ぬも紙一重、どちらに転ぶにしても、自分の体が感じ訴えることに必ず耳を傾けるしかないのだと。

と、頭上が仄明るくなった。いったい深夜になんだろう。紘一郎は薄目を開けた。何者かがバスタブのそばに立ち、じっと俺の様子を窺っているのが、照明の下に見える。医師の制服を着て、髪の横を短く刈りあげている男だ。どうやら川嶋だ。さきほど南條のプログラムがうまくいっているとと愉快気に話していたではないか。なにが気になって一人で現れたのか、妙だ。ひょっとして俺がシープになりきっていることを、こいつ、疑っているのだろうか。ぼろを出さないように気をつけなければいかん。紘一郎は目をしっかり閉じ、自分に言い聞かせた。

「結城さん、ご加減はどうですか」

川嶋が紘一郎の左肩を軽く揺すり、話しかけてくる。紘一郎は身じろぎもしない。

「いや、ごめんなさい。ぐっすり眠ってるんですよね。それに、もうしっかりシープになってるんだから、僕の声が聞こえるはずもない」

靄の中にくっきりと硬い角を立てた透明な声が響いてきた。生身の人間との会話に飢えている紘一郎の体は、思わず反応しそうになった。喉を上下する筋肉の動きを紘一郎は懸命に抑えた。

「結城紘一郎さん。結城さん、僕の声が聞こえますか」

またも、川嶋は紘一郎の肩に手をかけ話しかけてきた。紘一郎は歯を食いしばり、体のすべての反応を消し去ろうとした。

「聞こえるはずないですよね。あれほど快楽刺激を密度高く電送されたら、知覚を完全に遮断されます。南條先生の緻密なプログラムは鉄壁です。でも僕は、百分の一でも、結城さんがまだ知覚をもっている可能性があるのではないか、と思って、結城さんに話しかけます。いいですか」

なんだこの男は。俺にかまをかけているのか。歓びの殿堂で偽装シープになったことを知っているから、念には念を入れよで、探りを入れているのか。紘一郎は、川嶋が発する「人間の声」を求めようとする自分の耳に蓋をしたくなった。

「結城さん、あなたは、偽の受信装置で戦いを挑むなんて、考えが甘すぎる。あれは、われわれにとっては子どもだましみたいなものだ。勝負になりません。それに、あなたは先生の感情を刺激しすぎた。今、先生は常軌を逸した怒りに駆られてあなたの脳を支配し、行き着くところに行くまではプログラムを止めない。いいですか、言っている意味がわかりますね。もしですよ、もし、そんなことはありえないと思うけど、あなたに知覚があるなら、ここから逃げなさい。僕は、先生が合理的な思考と判断からはずれて暴走することを、黙って見ていられないんです」

なんだこの男は。これがかまだとしたら、とんでもないかまだ。ちょっとでも反応したら、すべて台無しだ、気をつけろ。

「うーん、何度も呼んでごめんなさい。結城さん。いいですか、聞こえてたら、よく考えてください。あなたはぜったい、南條先生に勝てない。勝てっこないんです。南條先生はこわい人だ。自分の方針に反対されると、理論の客観性を振り捨ててでも、自分のやり方を通そうとする。そして反対する者を潰そうとする。いいですか、南條先生を感情的にさせてはいけないんです。あの人を、不都合な事実も事実として受け入れ対処する冷静な理論家に戻さなければならないんです」

そこまで言うと、川嶋はぴたりと口を閉ざした。バスタブの横に腰を下ろし、紘一郎の様子を窺う気配が伝わってきた。深い呼吸がため息に聞こえる。紘一郎は、目を見開き川嶋に声をかけたくなる気持を必死にこらえた。川嶋は紘一郎のそばにとどまり無言でしばらくときをすごした後、静かに立ち去った。


〈二〇九〇年七月たぶん八日。眠れなくなったので、今日は、もう一度、ことばを残しておく。助手の男に、逃げた方がいいと言われた。南條は俺に至福の死を与えるまでプログラムを止めない、と。エンドが見えているということだ。だが、逃げ出すことはできない。それでは、南條になんの打撃も与えられないのだ。ギリギリのところまで勝負して、あいつを根もとからひっくり返してやるつもりだ。あいつは、俺が絶対に受け入れたくないことを、喜んで実行するように仕向けるだろう。それに歯を食いしばってあらがってやる。そうでなければ、

ここに来た意味がないのだ。〉

国会の特別委員会の公聴会に紘一郎は呼ばれ控えの席にすわっている。南條が国会議員から質問を受けている。「南條先生、高齢期リスク・チェックでマイナスが六十を超える数値になると、人生の成就を受けるよう勧告が行われるということでありますが、これは、命の選別ではないのか、社会の役に立たない者は早く死ね、と言ってるのと同じだという意見がございます。この点については、どのようにお考えですか」。「これは大きな誤解でありまして、あくまでも勧告であり、強制ではないのであります。人生の成就プランを受けずに最期まで過ごすという選択もあり、強制という批判はまったく当たりません。したがって命の選別だ差別だと言っている方々は、法案全体をよく把握していないがゆえに、かような主張をしているものと存じます」。「先生、脳に人為的な刺激を与えることにより幸福な感情のまま、生を終えるということでありますが、このような施術の危険性をいかがお考えですか。他の臓器に比べ、脳にはまだ未解明な部分が多いので、予想外の事故が起こる可能性は排除しえないという反対意見についてはいかがお考えですか」。「はい、適切な電気刺激を投与することによって幸福な体験をさせることが可能なことが従来より知られておりましたが、私どもプロジェクトチームは、被験を希望する対象者五百名余に厳密な実験を行ってまいりました。その結果、すべての被験者におきまして、なんら脳の機能に損傷を起こすことなく、幸福な感情を生起させることができたのであります。こうした科学的、客観的データを踏まえまして、予想外の事故の可能性はほぼなく、その反対に、得られる利益は極めて高いと言えるのであります」。南條の陳述が終わった後、紘一郎が参考人の席に着いた。南條が頼んだぞ、という視線を送ってきた。政府側の参考人として、最初の十分間のスピーチでなにを言うか、頭に浮かべた。安楽死が、人間の選択の自由としてすでに各国で受け入れられていること。権利としての自由の中には他者の手を借りておこなう自死が含まれていること。今回の法案は安易な生命の選別にならないよう十分な配慮がなされていること。南條が築いてきた技術には厳密な科学合理性があり人生の成就プランが安全に実施されるのは間違いないこと。人類の倫理は時代とともに変化し、死を前に人間は謙虚でなければならないという倫理観は今、乗り越えるべき対象になったこと。紘一郎は頭の中を整理し、陳述をやり遂げることは、すなわち高みに一歩踏み出すことだ、自分は新しい次元に立つのだ、と思った。誇りと晴れがましさが紘一郎の身を貫いた。呼吸を整え、席にいる議員たちをゆっくり見回す。

〝聞こえるか、結城。よく、ここまで来たな。お前は俺の最高の味方だ。ここは、国会の公聴会だ。お前の陳述が、多くの人間を納得させる。倫理とやらいう面倒なものにとらわれているやつらが、この世界にはたくさんいるからな。お前が、倫理的に問題ないと言えば、生命の尊厳を論拠に反対していたやつらが、いっせいにこちらになびくだろう。お前の発言は、この国の未来を動かす。お前は、今自分が、どれほど重要な場所にいるかわかるか〟

南條のことばが頭の中で重々しく鳴る。そうか、俺は大事な使命を担っているのか、そのためにここにいるんだ。ところで、「倫理とやらいう面倒なもの」とはどういうことだ。南條はなにを言っているのだ。俺は面倒なものを片付けるためにここにいるのか。なにかおかしい。俺は厄介なものを背負うことになったんだ。南條のやつ、勝手に俺の役割を決めるなよな。紘一郎は舌先に気持を集中し、左上奥から二番目の歯をたてたてよこよこ……とタップした。歯の蓋が開いたかと思うと、カレーの風味がじわじわと広がった。なんだこれは。これでもか、これでもか、と歯の中から多種多様な香辛料の尖った味が湧き出てきた。辛さは、すぐではなく、遅れてやってきた。油断していた口腔内の粘膜を絨毯爆撃するように、次から次へと辛みが襲撃してきた。頭の芯に痛みが機関銃のように突き刺さる。紘一郎は、歯の根も合わぬまま、喘ぎ喘ぎしゃべり出した。

えー、人生の成就プランは、人間の脳と生命を技術の力で操作しようとする考え方に基づく政策であり、倫理学的には許されるものではありません。そもそも人間は開かれたシステムであり、このシステムはさまざまな出会いにより随時姿を変えていくものであります。この変化にこそ人間の尊厳と可能性が宿っているのであります。物理的身体が人間であるという観点に立ち、脳を操作することによって幸福な感情を生じさせようとすることは、こうした尊厳と可能性に相反するものであります。このような見解に立ちまして、私はこの法案に反対の意見を申し述べます。

ことばがすぐ出てこないので、いく度も間を開け、訥々と陳述した。国会議員たちは与党側が呼んだ参考人が反対意見を述べたことに驚きの顔をしたが、あまりにも間延びした紘一郎の陳述にあきれ、やがてあくびをし始めた。紘一郎は、自分の中でせめぎあっていた二つの見解のうち、今口をついて出たものの方が、自分の耳に心地よく響くと感じた。まだ、国会のざわめきが続いていたが、紘一郎は椅子に戻り、呆けたように天井を見て過ごした。

〃陳述を終えたな。そうだ、それでいい。お前は、もう誰もが認めるこちらの陣営の中心人物だ。俺はこの日を待っていた。お前が盟友になり、俺が推進する事業に協力してくれることをな。お前はこれから、人生の成就がどれほど、この国に活力を与え、豊かさを取り戻すかを見ることになるだろう。幸せな死を願う者が、どれほど勤勉に働き国に貢献するかを見るだろう。孤独死と子どもへの迷惑を怖れる高齢者が、自ら選ぶ幸福な死をどれほど歓迎するか理解するだろう。よくやった、結城〟

紘一郎は、バスタブに浸かっている自分と国会にいる自分がオーバーラップしているのを感じた。南條の声が脳内に響いてくる。この男は、俺が国会で人生の成就に賛成する陳述をしたと思っているのだろう。バカめ。俺はまだ俺のままだ。南條に支配されている俺ではない。そう思いながらも、自分がなにを拠点にしているのかわからなかった。拠点がないのに、まだ戦い続けることができるのだろうか、とても頼りなく不安だった。

紘一郎は歓びの殿堂特別室にいる。最後の別れをするためにやってきた。バスタブに浸かっている女をたった一人で見守っている。女は体に白い布をまとい、液体に浸かっている。係員が「それでは、どうぞ至福の瞬間にお立ち会いください」と言って、部屋を出ていく。紘一郎は女の顔を、右から左から、前から後ろから、位置を変えて見ていく。女は千晶だと思った。千晶が穏やかに眠っている。モニターを見ると、三歳くらいの男の子が芝生の上を駆け回っている。足取りがちょっと覚束ないが、とても楽しそうだ。仕草がかわいい。「草太、ボール、転がすから取って」、千晶の声である。黄色いゴムのボールを、こちらから転がしてやる。草太は全身を弾ませて、ボールに向かってくる。ボールをつかみ拾い上げようとして、草太はつんのめる。ボールの上に体が倒れ、手足をばたばたさせる。「草太、転んじゃったね。でも、芝生だから痛くないでしょ。泣いたらダメよ」、千晶に呼びかけられて、草太はごろりとひっくり返り、笑った。額が広く、目尻が細い。「ママ、そっちに行くからね。待っててよ」。千晶がダンスのステップを踏むように近づいていく。草太が立ち上がり、千晶に抱きついてくる。千晶に甘えて、腰に顔を擦りつけてくる。千晶は腰を下ろして草太と向き合い、服についた枯草をとってやる。草太は千晶にかまわれとても上機嫌だ。「草太、あっちの噴水のある方に行ってみようか」。芝生の中に、敷石が千鳥に並んでいる。草太は両足で石を一つ飛んで休み、また一つ飛ぶ。「草太、ママを見ててごらん」、千晶は右に左にステップを踏んで、敷石の上を飛んでみせた。草太はニコニコして、千晶を真似しようとするが、片足ではうまく飛べない。千晶は草太を両腕で抱き上げ、「いっち、にいっ、さんっ」と敷石を飛んだ。草太はきゃっきゃと声をあげ、千晶の腕の中で体をぐいぐい左右に振った。最後の敷石を飛び終わった千晶は、草太を前に抱えたまま芝生に寝そべった。草太は千晶の腕の中で、またきゃっきゃと笑った。

バスタブの中の千晶が顔を綻ばせ、右に左に体を揺らしていた。紘一郎は千晶が草太と出会い、体が弾むような歓びに満たされているのだと思った。千晶の顔をのぞく。卵型の顔が、生気に満ちて輝くようだ。

〝いいもんだろう、幸福な人間のそばにいるのは。人が幸福になるのは簡単なことだ。幸福になる刺激を脳に受ければいいんだ。どんなに不幸な生涯を負った人間でも、その不幸を帳消しにする歓びを得られる。どうだ、お前が俺に協力してくれたおかげで、この女は至福の時間をもてたのだ。なんと素晴らしいことではないか〟

紘一郎はバラのようなほほえみを浮かべた千晶をとても美しいと思う。いとおしいとも感じる。

このような状態を実現してくれた南條の技術は奇跡のようなものではないか。南條を称えるべきだ。そして、この世界の実現にかかわった自分のこともほめてやりたい。

紘一郎はまた、千晶を見つめる。「結城紘一郎さん」。バスタブの千晶が語りかけてくる。「えっ」。「なにを驚いているの。私です」。千晶が紘一郎に微笑みかける。「あなたは、どうして、そんなところにいるんですか。ただ見てるだけじゃつまらないですよ」。「どういうこと?」。千晶がバスタブから腕を出し手をさし伸ばす。「結城さん、ここに来てください。私の隣りにいてください。そうしたら、あなたも草太のいるところに行けます。草太といっしょに遊ぶことができます。さあ、三人で遊びましょう」。千晶の澄んだ声が紘一郎の耳に心地よく響く。泣きたいような甘酸っぱさがこみあげてくる。紘一郎は着ているものを脱ぎ捨て、バスタブに入り千晶の隣りに腰を下ろす。千晶と体を密着させ窮屈だが、とても気持いい。ただ肌をふれあっていることがうれしくてたまらない。このやすらぎにずっと浸っていたい。

〝結城、お前はバラのような笑みを浮かべている。お前はこの上ない幸福を手に入れた。祝福してやろう。いいか、人生の成就とはこのようなものなのだ〟

頭の中で響く声に、うなずくことばを返そうと発声の準備をする。粘りつく重さが舌と喉にいすわっているため、なかなか声にならない。「わ、わ」と切れ切れに声が漏れるがことばにならない。なにか言わねばと、重たい舌をむやみに動かす。なんだろうこの感覚は。なにかしようとしても四方からひっぱられ、動けない。時間の中に磔《はりつけ》にされたようだ。生きたまま展翅された蝶のようだ。動けない。このままでは、俺は張り裂けそうだ。どうしよう。紘一郎は麻痺したように動きの悪くなった舌で、左上奥から二番目の歯をタップした。蓋は開いたがなにも出てこない。

どうしよう。張り裂けてしまう。このままでは八つ裂きの刑の囚人のように俺はバラバラになってしまう。どうしよう。紘一郎は手当たり次第に、ほかの奥歯をタップした。蓋は開いたがなにも出てこない。うろたえた紘一郎は舌を横向きにして口腔内を探るうちに、思わず犬歯で舌を鋭く噛んだ。激痛が脳髄に響いた。全身の神経に電気が走ったような気がした。口の中が生温かいものに満たされていく。ああ、血の味だと感じる。生温かく塩辛いものが溢れ出てくる。心臓が激しく打つ。そうだ動かなくてはいけないのだ。ほら、なにをしている、動き出すんだ。ほら動け。隣りにいる千晶に声をかける。「こんなところにいてはいけない、逃げよう」。紘一郎は力を振り絞り、千晶を抱きかかえる。「さあ、逃げるんだ」。千晶は紘一郎の腕の中で暴れ、叫ぶ。「やめて、やめて。草太を置いていくなんてできない」。「だめだ、逃げるんだ」。紘一郎は千晶がなんと言おうがかまわず、腕に抱えて逃げる。

声を発するたびに舌が疼く。耐えがたい痛みに紘一郎は頭を振る。と、一人バスタブに浸かり、叫び、身を捩《よじ》っている自分が見えてきた。口から血が流れ、胸に赤い筋をつくっている。先ほど全身を襲っていた引き裂かれてしまいそうな感覚が急速に消えていく。体を縛りつけていた見えない力がなくなっていく。今、紘一郎は磔から解かれた囚人になった。紘一郎はバスタブから立ち上がった。さあ、行くんだ。

すべてを振り切るように一歩踏み出す。腕組みをして紘一郎を見ていた南條に突進し、体当たりをくらわす。南條は、よろめき後ずさった。口から血を流した紘一郎の形相におののき、来るなというように掌を前にかざした。南條は恐怖にひきつった顔でなおもさがり、デスクの前の椅子に腰を落とした。控室で待機していた川嶋が走り込んできて、幽鬼のような紘一郎の姿に茫然とする。紘一郎は南條の前に立ち、ふらつく足に力を込めた。


「やあ、南條」

「な、なんだ」

「南條、お前の負けだ」

「なんだと」

「俺一人の人生も成就できないようでは、お前の負けだ、と言っているのだ」

「なにをこの」

「お前のご立派な理論では、俺を第二の現実とやらに行かせることはできなかったんだ」

「くそ。また、得意のいかさまをしたのか」

「はは、手術はお前も立ち会ってやったのだろう。いかさまなどできるわけがない」

「いや、お前は悪意をもって被験者になった男だ。なにをするかわからん」

「言い訳がましい。俺は、心底怯えたお前の顔を見た。俺一人でさえ支配できなかった事実に震え、おののいているお前の姿をな」

「やめろ。言うな」

「いいか、お前の理論は間違っている。脳は人間というシステムの一部にすぎん。脳の操作によって人生をつくり変え、社会を改善することなど、お前の妄想の産物だ。脳を操作することで、どれほど予想外の異常事が起きたか、お前は知っているだろう。隠蔽しているだけだ。これからもおそろしいことが起きる。もうやめておけ」

「くだらん説教は聞きたくない。俺の理論のおかげで、この国がどれだけ発展し活力が生まれたか、お前は知らぬふりをしている。どれほど、孤独で惨めな老人が幸福な気持で旅立ったか、事実を見ぬふりをしている」

「強がりはやめろ。完全主義者のお前にふさわしくない。お前は小さなミスも許せない男ではなかったのか。人生の成就は、つぎはぎだらけの不完全な技術だ。そんなもので満足しているお前が信じられない」

南條は紘一郎の顔をじっと見上げ、気味の悪い笑みを浮かべた。

「だから、意味のない説教はやめろと言ったろう。そんなことより、今のお前はどういうお前なんだ。どうして俺のつくった現実の中に生きていないんだ。どこから、どうやってここに来たんだ」

「お前のつくった現実がつまらんから、こっちの現実に戻ってきたのさ」

「ふざけるな。第二の現実はすべての人間を幸福にする。そこは、究極の幸福が約束された最後の場所だ。戻ってくるなどありえん」

「南條、いいか。お前のいる小さな世界から外に出ろ。この世の人間の生と死の現実に、もっと直面しろ。逃げようのない死の苦しみを自分で感じてみろ」

「うるさい。お前の、そういう無意味な感傷でことばを飾るところが大嫌いだ。くそ野郎だ」

足を踏み鳴らしデスクを叩いて南條は立ち上がった。紘一郎の纏っている経帷子の襟をつかみ、締め上げた。紘一郎をぐいぐい押しながら罵声を発する。

「この野郎。よくも、この俺を愚弄してくれたな」

紘一郎は押されるままに後退し、足がもつれてどかりと床に腰を落とした。

「やめろ。取り乱したお前はみっともないぞ」

迫ってくる南條を制するように手をあげ、紘一郎は声を発した。

「うるさい」

「ほら、そうやって耳を塞ぎ、怒りに我を忘れているところがお前らしくないのだ。お前は、気に食わない現実もきちんと見てから、自分の理想の実現をめざす男だったはずだ」

「なにを気持の悪いことを言いやがる。お前こそ、現実から目を逸らして空理空論を語る者だ。人間から死の恐怖をとり除き、幸福な最期を約束する技術は、人間の弱さを克服する最も現実的な方策ではないか」

「お前の言い草は、腐りただれた傷口に人工の皮膚を貼って、治癒したと騙《かた》るようなものだ。人間は弱くてみじめでみっともなくていいのだ。死の前でうろたえ、ぶるぶる震える人間でいいのだ。南條、お前、自分がみっともない存在であることを受け入れてみろ」

「また、意味のない説教だ。お前の説教は誰も救うことができんが、俺の技術は数えきれない人間を幸福にしてきた。これが真実だ。ざまあみろ」

「やっていることは、人の脳に薄っぺらな夢を見させるペテン師だ。それも、俺一人にさえろくな夢を見させられないぼんくらだ」

「なんだ、この。その減らず口を叩き潰す」

南條は紘一郎の顎を鷲づかみにした。

「先生、筋弛緩剤の栓が間もなく開きます」

いきり立っている南條のそばに川嶋が来て、耳打ちした。南條が、我に返った顔で、川嶋を睨んだ。

「今、なんと言った?」

「ですから、筋弛緩剤が間もなく入ると……」

南條の顔が青ざめた。

「おい、止めろ。すぐ止めるんだ」

「いいえ、静脈カテーテルにセットされてますから……。タイマーが切れるところです」

「駄目だ、すぐ止めろ」

「もう不可能です。すべて先生の設定通りなんです」

「いや、止めるんだ。こいつは、シープではない。今ここにいて、現実を感じている人間だ、殺すな」

「いいえ、どうすることもできません」

二人のやりとりを、床にすわったまま聞いていた紘一郎は、体の力がふわふわと抜けていき、目の前が暗くなっていった。もう何も見えないし聞こえない。崩れるように背中を床につけ、首をことりと横に落とした。

〈声を聞きとった者たち〉

二〇九三年六月一五日。

「あの、台所に小さい蟻が這ってるんだけど、なんとかしてくれる？」

「はい、すぐ伺って駆除します。場所はどちらでしたっけ。……あ、はい。三街区の二十三番の九号でしたね。そちらに急行します」

千晶は情報端末を切り、害虫駆除の用具一式を入れたバッグを肩にかけ、電動カートに飛び乗る。小さな蟻一匹を見ただけで飛び上がる居住者が、この地域には多い。殺虫スプレーを一吹きすればいいようなものだが、それも怖くてできない。便利屋の千晶のところに頼んでくる住人が多く、短時間でできる仕事の割りにいい稼ぎになる。蟻が家に侵入してくる進路を見つけて殺虫剤をかけることと、家回りの地面に巣を見つけ、中まで深く殺虫剤を注入することが大事だ。そんな程度のことでもずいぶん感謝される。蜘蛛にゴキブリ、ゲジゲジ、ヤスデ、カマドウマ、カメムシ、ナメクジ、人間に嫌われる生き物は多い。千晶は頼まれると二つ返事で出かけ、てきぱき駆除してくる。この仕事を始めたとき、さすがにゲジゲジとヤスデは気持が悪くて、ゴム手をしてでもつかむのは嫌だったが、この頃はすっかり見慣れて、その姿態を愛らしいと思うこともある。

「こんにちは、便利屋です」

「ああ、すぐ来てくれて助かるわ。こっちよ、こっち。入ってきて」

作業服姿で遠慮なくキッチンに入っていく。

「ほら、これよ」

たしかに小さな蟻が行列をつくって、キッチンの床を這っている。

「あ、奥さん、ここに集まってます」

ゴミ箱に無造作に押し込まれたケーキの箱に生クリームが付着している。

「いやねえ、誰がこんなところに捨てたの。まったく」

奥さんはけっしてゴミ箱には近づかず、テーブルの向こうからこわごわ見ている。千晶は箱をつまみ上げ、クリームに黒々とたかっている蟻に念入りに殺虫スプレーをお見舞いした。用意したビニール袋に箱をたたんで入れ、次に、蟻の行列めがけてスプレーを濃密に噴射する。腹這いになり、隅に逃げ込んだ蟻も一匹残らず殺した。蟻の死骸を化学雑巾でていねいに拭き取り、ビニール袋に入れる。スプレーを噴霧した床には柔軟剤を塗布し、さらに芳香剤もかける。

勝手口に蝟集していた蟻を殺し、庭に出て行列の元を探す。巣を発見し殺虫剤を注入する。見落とした巣穴がないかよく点検し、一つでも穴があれば入念に殺虫剤を入れる。専門の業者がやればけっこうな金額になるが、千晶はちょっとした手間賃しかとらない。

「いや、ありがとう。助かったわ。また、なんかあったらお願いするわ」

報酬の他に、高級菓子を手渡され、千晶は上機嫌で家を出る。千晶は、紘一郎もこんなふうに家々を回っていたのだろうかと思う。庭の草取り、剪定、落ち葉集め、庭仕事はとてもいい。土と草の匂いを嗅ぎながら作業をしていると、考えごとが頭から消えていく。ドクダミにはよく出会うが、懐かしい気持でしばし手を止めてしまう。窓やドアの修繕、壁の塗り替え、ケーブル配線など建物にかかわることは、まだ半人前だが、千晶にやってもらいたいと言って頼んでくる顧客も増えてきた。

ときには行方不明になったネコの捜索だとか、歩行困難になった犬の散歩だとか、娘の汚部屋の片づけだとか、夫の尾行だとか、厄介な依頼が舞い込むが、時間に都合のつく限り、応じることにしている。おかげで、この住宅地の裏側の事情が少しずつ見えてきた。

この仕事をするきっかけをつくってくれたのは、結城譲だった。紘一郎の家の片づけをするという話を聞いて駆けつけた千晶を、譲が親身に案内してくれた。便利屋としての紘一郎が残した道具類を見た千晶が、

「私、ここで結城さんの仕事の跡継ぎをしてみたいな」

ともらしたのを譲が聞き逃さなかったのである。彬夫婦も譲夫婦も住む気がないというので、千晶が引っ越してきた。紘一郎の残していた顧客リストをもとに、御用聞きをしてみると、家回りのちょっとした仕事にありつけるようになった。知識産業に勤める者の多いこの地域では、体の汚れる仕事は業者に任せる家が大半だ。つなぎの作業服を着て動き回るのも嫌ではない。手を使い、体を動かすことが、千晶の生活の大部分を占め、不意に忍び寄ってくる寂しさと悔恨に蓋をしてくれる。

家に戻り、一息つく。紘一郎も使っていた厚い天板のテーブルで、一人コーヒーを飲む。空白の時間が来ると、三年前のおそろしい日々のことがどうしても蘇ってくる。紘一郎が幸福増進研究機構に乗り込んでからずっと、銕夫、春馬、不二夫、千晶の四人はGPS機能を使って紘一郎の行方を追っていた。郊外の高機能センターというところに入ったことがわかってからは、四人が交代でセンターの周辺で待機するようにした。紘一郎が隙を狙って脱出してくると期待して、

探査機の画面を見ながら動きをたえずチェックしていた。千晶は自分がいちばん時間をとれるからと他の三人に言って、路地や公園の木立の中で半日以上も佇んでいることが多かった。雨の日が多く、傘を差していても、衣服は滴り落ちる水を含んで重くなった。センター内で戦っている紘一郎がいまどんな状態かを頭に浮かべると、悪いことばかりがちらつき、とるものもとりあえず中に突入していきたい衝動に駆られた。歓びの殿堂から脱出してきた紘一郎のことだ、必ず「やあ」と言いながら現れると自分に言い聞かせるのだが、一週間、そして半月と過ぎてなんの動きもないことで不安が頂点に達した。センターに出入りする人間と車を見るだけで心臓が高鳴り、膝ががくがくした。雨に濡れながら深夜まで木陰に立っていると、不二夫がやってきて、「女性がこんなに遅くまで外にいるのは危険です」と言って、無理矢理千晶を帰らせることも度々であった。

路上に立つ千晶に、紘一郎の息子譲から情報端末に問い合わせが来た。歓びの殿堂に入ったときの予定ではとうに最期を迎えているはずなのに、「バラのほほえみ」社からなんの連絡もない、面会をさせてほしいと頼んだのに、納得のいく理由もなく断られたと、苛立ちを隠さない声で言った。「栖本さん、いったいどういうことですか。あなたは、うちの会社は誠実な対応ではどこにも負けません、と言ったではありませんか」と、譲は厳しい口調で続けた。千晶は背筋が震え、自分が守ってきたものがすべて崩れ落ちてしまっている、縋《すが》るものはもう、ただ紘一郎の生存しかないと思った。譲に向けて、自分はもう会社を辞めたのだ、今は、ただ、紘一郎の行方を追い続け、生還を祈っているだけなのだ、ということばが喉元まで出かかったのを呑み込んだ。

どれほど待っても、紘一郎は出てこなかった。二十二日目、春馬が紘一郎の体に埋められているGPS発信機が移動しているのをキャッチした。行き先は捜査機構であった。なぜだ、と仲間たちは口々に言った。捜査機構の周辺に行き千晶は待った。翌々日、譲から信じられない連絡が入った。「父が、捜査機構の留置場で、心臓発作を起こして死んだと伝えられました」。怒りとも嘆きともつかない譲の声を聞き取ったとき、千晶は全身の血がひいていき、路上に崩れ落ちた。

捜査機構は、遺族に、紘一郎が「歓びの殿堂内で職員の制止にもかかわらず、他の被験者を揺り動かし大声をかけるなど危険な行為をしたため、威力業務妨害罪の疑いで拘束していたところ、留置場内で心臓発作を起こし死亡した」と説明した。結城彬、萌香、衣知花の三人は父が恥知らずな行為をしたと嘆き、怒り、このことはすべて内密に処理しようと相談した。譲は父の死に納得がいかないものがあると言い、捜査機構に事の経緯の公開を求めようとしたが、他の家族三人が同意しなかったため、実現しなかった。千晶は家族葬の会場を訪れ、一人で紘一郎との別れをさせてほしいと頼んだ。棺を開け、鋏夫と春馬から教わった手順にしたがって紘一郎の奥歯からボイス・レコーダーを抜き取った。

千晶を戦慄させる出来事がまだ続いた。幸福増進研究機構理事長南條理央が、高機能センター内で縊死しているのが発見されたというニュースが国中を駆けめぐったのである。人生の成就プランの推進者で、この国のキーマンの一人であった南條の不審な死は、さまざまな臆測をかき立て、権力中枢をも震撼させた。過重な仕事に起因する鬱状態だったのではないかという推測が流されるとともに、南條の業績を称え、その死を悼む声が言説空間に溢れた。だが、千晶にとって南條の死は、紘一郎の死という痛恨の出来事の前では、その余波にしか感じられなかった。

鋏夫、春馬、不二夫、千晶の四人は彬夫妻と譲夫妻を呼び出し、パスチャーとアウトハウスで紘一郎が撮った画像、ボイス・レコーダーに残った紘一郎の声を示した。紘一郎が、人生の成就という技術がいかに危険なものであるかの証拠をつかみ、身を挺して南條と戦ったことを説明した。誰もその説明を事実として受け入れるとは言わなかったが、紘一郎がどのような生涯を終えたのかをどうしても家族に知ってほしい千晶は、その後も四人のところを個別に訪ね説明を繰り返した。

激動の余震があった。南條の側近であり共同研究者であった川嶋一弥が、南條の遺書を公表したのである。遺書には、『「人生の成就プラン」の実施をいったん停止すること。安全性の徹底確認がなされるまで再開をしないこと」と記されていた。この遺書は国中を騒然とさせた。南條の遺書にしたがって「人生の成就プラン」を一旦停止すべきだという主張が、一部のメディアで浮上した。しかし、遺書が偽造であるとの言説が大量に流され、川嶋のことを、恩師の業績に泥を塗る裏切り者だとする決めつけがコメンテーターによって繰り返し行われた。川嶋は職を解かれ、まったく畑違いの外郭団体に追いやられた。この時期に、銕夫と春馬は、施術の危険性を示す証拠として紘一郎が撮った多数の画像をいっせいに公開した。そして、結城紘一郎の不審な死について、捜査機構は取り調べ過程のすべての情報を公開すべきだと訴えた。これにより、人生の成就に反対するグループは施術の即時中止を訴えて全国的な規模で運動を展開した。しかし、画像はすべて反対派による偽造であるとの逆宣伝が言説空間を席巻し、多くの国民は、反対派イコール卑劣な人間とする情動的な反応を示すようになった。反対派は、画像は撮影された時間と場所が電子的に証明できるデータであるとしたが、電子証明も偽造可能であると政府の情報研究機関が見解を発表し、画像の真偽をめぐる争いは泥沼化した。

こうした情報戦は間もなく片がついた。幸福な最期をこいねがって生涯を送ってきた高齢者と、親孝行を望む息子と娘の声が世論を圧倒したのである。人生の成就を一時停止するなどとんでもないことだ、私たちが生涯をかけて待ち望んだ楽しみをなぜ奪うのか、という切々とした訴えが、これでもかというばかりに露出され、広められた。そして、人生の成就への反対論者は非情な人間であるとの大衆感情がうねりになった。事実を正しくとらえ、問題に真剣に向き合おうとする者は「わからずや」だと言われた。続いて、経済団体が次々と声明を発表し、わが国の基幹産業を導き経済成長の鍵を握っている「人生の成就プラン」を停止することは、国家的損失でありけっして認めることはできないとした。

一連の騒動の後、政府は、『「人生の成就プラン」』の実施は従前どおりである。ただし、実人生と第二の現実の内容が明らかに相反する場合の施術の安全性について早急に検討し、ガイドラインの設定をめざす」と声明を発表して結末とした。三年後の今も、以前と変わらず人生の成就は行われ、多くの人々は人生の幸福な最期をこいねがって日々の暮らしを送っている。

世の中の動きにかかわりなく、千晶は彬、萌香、譲、衣知花との面談をいつ果てるともなく繰り返した。理解しあうためではなかった。ただ、そうせずにはいられなかったのである。譲は、「親父の生涯がやっと見えてきた。どうして、自分はこんなに無知だったのだろう。無知だったことが悔しいし、責任を感じる」と、嗚咽を洩らしながら千晶に語った。今、譲は鋳夫や春馬と連絡をとり、人生の成就に反対する運動を千晶とともに陰で担っている。仕事の休みの日には全国各地に足を運んでいる。

萌香は、千晶の訪問を露骨に嫌がり、紘一郎が撮った写真に見向きもしなかった。だが、千晶は「お義父様が何を求めていたか、聞いてください。この声には真実があります」と言って、ボイス・レコーダーを何度も再生した。ある日、耳を手で覆っていた萌香が、〈南條が俺を支配下に置いたのを確信している。だとしたら、時間はもうほとんどない。あのときがやってくる〉、と紘一郎の声が流れたとき、激しく取り乱した。取り澄ました表情が消え失せ、「ああ」と叫んだ。「私よ、私がお義父さんを死に追いやったのよ」と叫び、千晶にとりすがった。ひとしきり悲嘆の呻き声を洩らした後、萌香は「自分は、人生の成就を受けないかもしれない。キャビに汚れたものを処理させ、表面をとりつくろっているこの国がいやだ」と言った。このごろ、萌香は自分の方から千晶に連絡をとってきて、とりとめのない会話をしようとする。二人で紘一郎のとんでもなかったかつての日常を語り合うと、心が和む。

衣知花は、紘一郎撮影の写真を初めて見たときから、人生の成就の裏側にある事実を直感したのかもしれない。ボイス・レコーダーの声を聞いたときは、顔が凍りつき、いく度も全身をびくっと震わせた。怜悧と言っていいほど透徹した理解力をもつ衣知花は、紘一郎の立ち居振る舞いからその精神の在り処を探り当てられなかった自分を情けないと言った。「この国では、すべての情報がイカサマになり、人間そのものがイカサマになりかかっている」と嘆いた。今、衣知花は紘一郎が残した論文を若い世代に読ませるために翻案する作業をしている。だが千晶は、衣知花が時折見せるひんやりとした表情が気になる。紘一郎が辿った道筋を用意した者としての悔悟が周期的に襲ってくるのだろうか。千晶は、衣知花に言ってやりたい。紘一郎は誰かに仕向けられて死地に赴いたのではない、ただ向こう見ずな意地と冒険心で好きなように生きただけなのだと。

彬だけは、頑なに千晶の言うことに耳を傾けなかった。それでも面談には必ず応じた。会うたびに彬は、画像だって録音だって、自在につくり出す技術があるんだと言った。「肉親として、この声があなたの父親のものであることを否定できますか」と、千晶が問いかけたとき、彬は

「そんな質問は無意味です。肉親だけが感じる霊感などあるわけがない。僕は、親父の声に似せた録音はいくらでもつくれる、と繰り返し言うだけだ」と、いらだちをあらわにした。紘一郎の生きた世界に踏み込むことを自分に禁じた彬の姿勢は、どれほど経っても変わらなかった。だが、南條の自死が彬を深く揺さぶっていることに千晶は気づいていた。「あの偉大なリーダーが、自分のやり方を疑うなんてことがあっていいものだろうか」。千晶を目の前にして、彬はそう呟いた。職務と権威でおのれをよろった人間が、自分の依拠してきたものが崩落していくのを感じとっているのだ。崩落させたのは他でもない父の紘一郎ではないか。そのことに気づきながら目を逸らしている彬を、千晶は哀れに感じた。

千晶は三日前に書き終えた小説仕立ての記録をレターケースから取り出した。それはこういう書き出しだ。

二〇八九年七月一一日。結城紘一郎はしらすおろしをたっぷりかけた飯を食べ、なすの味噌汁を飲んでから、濃い茶をすすった。禁断の煙草を抜け落ちた前歯の間に挟んで、ゆっくりふかした。

もう二年以上、仕事の合間を縫って絶えず書いていた。紘一郎とその周辺の人々のことを中心にした記録で、とても長いものになった。忘れてはいけないことをメモに残そうと思って書いているうちに、書き続けることにとりつかれてしまった。ある程度の分量がまとまるたび、結城紘一郎の人となりについてこんな書き方でいいか確認するために、深見鋏夫や柿本春馬に読んでもらった。二人とも、俺たちはこんなくそったれじゃない、紘一郎はもっともっとひどいくそじじいだったと言って笑った。書いている間は、紘一郎がそばで生きているような気がして、絶望の底にいながらもわずかに心が弾んだ。そうしているうちに、あの男の晩年が、いっそういとおしくたいせつなものに思われてきて、このように紘一郎にふれあうことが自分にしか味わえない歓びに感じられた。ただ、自分のことを書くのはとても面映ゆくキーボードを打つ手が止まったが、ここに書くのは千晶という名の別人だ、と思うことにした。

紘一郎と出会って、第二の現実など無意味だと言われたときから千晶の人生は軋み、揺れ、その後もとのような平穏は二度と戻ってこなかった。紘一郎が反対派の急先鋒だったことを知り、彼の論文をひそかに読んだときには、自分が断崖の縁を歩いているような気がした。社の機密を盗み出したときには、自分は狂熱のなかにいたのだと思う。おそろしいことに突き進んで行くことをあえて求め、身を滅ぼしてもかまわないと思っていた。なぜあんなことをしたのだろう。あれが紘一郎の奇想天外な冒険と死を招くことになったのだ。後悔する？　いや、千晶は狂熱の日々がいとおしくてたまらない。紘一郎の求めに応じて、ともにこの国の危険地帯に踏み入ったことが胸を熱くする。

紘一郎は千晶のことをどう思っていたのだろう。地下室で細工作業をしているとき、深見鋏夫が言った。「あいつは、年がいもなく、あんたに恋い焦がれているんだ」と。本当だろうか。「いいかい、あいつは、あんたに振り向いてもらいたくて、子どもみたいに向こう見ずなことをやり始めたのさ」とも言った。本当だろうか。紘一郎とは男と女として向き合ったことは一度もない。いつもすれ違い、食い違いで、心がかき乱されるばかりだった。すれ違っていた距離が今はとてもせつなく、たいせつに思われる。

歓びの殿堂から脱出してきた紘一郎が語った驚きの体験を綴りながら、この国の秩序と繁栄の奥に沈められた人々の呻きが聞こえるようだった。自分がかかわった人々の中にも、精神を引き裂かれ人間性を破壊されてしまった者がいたのではないかと考えると、千晶は胸が痛み、いても立ってもいられなくなる。大声で叫び、喚き、自分を破滅させたくなる。

そんなとき、ボイス・レコーダーに残されたことばを、何度も何度も聞いた。弱々しい自信のない声だ。戦う者とはとても思えない、恐怖と不安にさらされた者の声だ。自分が張り裂け、壊されそうになることを予感しおののいている。だが、この声が千晶にとても力を与えてくれる。なぜなら、それが、脳を通じておのれを支配する強大なプログラムに対し、必死に抗い悶えるからだが発する声だからだ。それはやさしくて、懐かしくて、悲しい。まるであたたかな息遣いのようだ。そんな声を紘一郎がずっと守り続けていたのだと思うと涙が出る。

紘一郎は、よく、「お膳立てされた死など、まっぴらごめん。そこらで野垂れ死にするのがいい」と言っていた。また、「忙しく走って走って、しまいには這いつくばり、はい、おしまい」というのがいいと言って、笑った。

雨の中千晶が膝を震わせて立っていたとき、紘一郎は南條と最後の戦いをしていたのだろう。走って走って、這いつくばり、やがてパタッとおしまいになったのだと千晶は思う。そのことが伝わればいい。まるで野のいきもののように、うろつき、さまよい、力尽きた紘一郎のことを、息子やその妻たち、いや可能なら他の人たちにも、読んで、知ってもらえたらいいと思った。

（完）

単行本化にあたり、個人雑誌「逍遥通信」第三号（二〇一八年）、第四号（二〇一九年）、第五号（二〇二〇年）に掲載した作品に加筆修正したものを最終原稿としております。

人生の成就

発　　行――二〇二一年九月一日　初版第一刷
著　　者――澤田展人
発 行 者――林下英二
発 行 所――中西出版株式会社
〒〇〇七―〇八二三
札幌市東区東雁来三条一丁目一―三四
電　　話――(011) 七八五―〇七三七
F A X――(011) 七八一―七五一六
印 刷 所――中西印刷株式会社
製 本 所――石田製本株式会社

ISBN978-4-89115-397-7